FIGHTING FOR YOU
Alles für dich

VI KEELAND

Aus dem Amerikanischen von Freya Gehrke

Originaltitel: Worth the Chance © 2014 Vi Keeland
Copyright für die deutsche Übersetzung: Fighting for you – Alles für Dich © 2017 Freya Gehrke
Lektorat: Ute-Christine Geiler, Birte Lilienthal, Agentur Libelli GmbH
Deutsche Erstausgabe

Covergestaltung: Sommer Stein, Perfect Pair Creative
Buchdesign: Elaine York, Allusion Graphics, LLC/ Publishing & Book Formatting

ÜBER DAS BUCH

Es sind oft Kleinigkeiten, die ein Leben verändern. Für Nico Hunter war es ein erlaubter Schlag. Ein einziger Kampf...und nichts ist so wie es mal war.

Die Journalistin Liv Michaels hat es fast geschafft. Sie ist klug, entschlossen und nur wenige Wochen von dem Job entfernt, von dem seit der Highschool geträumt hat. Die Zeit heilt alle Wunden und sogar ihr Herz, das Vince Stonetti ihr mit seiner Zurückweisung vor sieben Jahren so grausam gebrochen hat.

MMA-Kämpfer Vince „The Invincible" Stone ist der Traum aller Frauen – stark, sexy, selbstbewusst, und zudem hat er alles unter Kontrolle. Unter schwierigen Verhältnissen aufgewachsen, hat er es gelernt, nie sein Herz zu öffnen. Er mag Frauen, behandelt sie gut, stellt ihre Bedürfnisse über seine eigenen ... aber immer nur für eine Nacht.

Mit dem größten Kampf seines Lebens am Horizont sollte er sich eigentlich ganz auf sein Training konzentrieren. Doch dann führt das Schicksal Liv und Vince wieder zusammen und gibt ihnen eine zweite Chance ...

Manchmal schenkt das Leben einem eine zweite Chance – denn möglicherweise war man beim ersten Mal einfach noch nicht so weit.

– Unbekannt

Für Chris,

ohne den ich verloren wäre

KAPITEL 1 Vince

Das Dröhnen in meinem Schädel steigt von einer dumpfen Bass Drum im Hintergrund zu einem scharfen Snare-Trommelwirbel direkt hinter meinen Lidern an. Mir graut davor, auch bloß ein Auge einen Spalt weit zu öffnen. Nicht dass dieses Geschepper entkommt und mich für den Rest meines Lebens verfolgt. Aber das gottverdammte Bimmeln dieses Handys ist zu schmerzhaft, um es zu ignorieren.

In der Dunkelheit verfolge ich das grauenhafte Gedudel zurück zur anderen Seite des Zimmers, mit dem verzweifelten Ziel, es zum Verstummen zu bringen. Schwer zu finden ist der Störenfried nicht: Er blinkt und summt und hüpft wie eine mexikanische Springbohne.

Ich nehme das Ding in die Hand und sehe auf dem Display das lächelnde Gesicht einer jungen Frau aufleuchten, die ich nicht kenne. Sieht aus wie eine blöde Nervensäge. Es dauert ein paar Sekunden, bis mir aufgeht, dass es nicht mein Telefon ist, das ich in der Hand halte. Ich drücke auf „Anruf ablehnen“, werfe das Ding zurück auf die Kommode, gehe ins Bad und dann zurück zum Bett, ohne das Licht anzumachen. Licht macht das Dröhnen nur schlimmer. Das weiß ich aus Erfahrung.

Ohne mich mit dem Presslufthammer zu befassen, der die Snare Drum verdrängt hat, sobald ich aus der Waagerechten in die Senkrechte gegangen bin, krieche ich unter die Decke, schließe die Augen und drifte langsam wieder weg. Bis das nächste gottverdammte Handy losgeht. Dieses Mal kommt es vom Nachttisch, in Griffweite, und der Klingelton ist mir vertraut. Auf dem Display leuchtet Elles Name auf, und gerade als ich wieder „Anruf ablehnen" drücken will, fällt mir die Uhrzeit ins Auge. Fuck! Diesmal bringt Nico mich um.

„Hallo." Ich versuche, nicht allzu angeschlagen zu klingen, damit nicht gleich klar ist, dass ich gerade erst aufgewacht bin. Besonders erfolgreich bin ich dabei nicht.

„Hab ich dich geweckt?" Elles Stimme klingt besorgt. Sie weiß, dass Nico nur auf einen Anlass wartet, mir einen Tritt in den Hintern zu geben und mich nicht weiter zu trainieren. Ein weiteres Mal.

„Nein, ich bin unterwegs ... Stecke im Stau", lüge ich.

„Gut, er ist nämlich schon unten und wartet nur darauf, dass du nicht auftauchst."

„Ich komme." Ohne ein weiteres Wort beende ich das Gespräch, schleudere das Handy quer durch den Raum und stöhne, als ich es an der Wand zerbersten höre. Wieder vierhundert Dollar ins Klo geschmissen.

„Was ist denn los?", überrascht mich eine Frauenstimme, als ich gerade aufstehen will. Ich habe zehn Minuten, um zu duschen und ins Frauenzentrum zu fahren, sonst stehe ich wieder ohne Trainer da. Als eine Hand nach meinem nackten Hintern grapscht, kommt bruchstückhaft die Erinnerung an letzte Nacht hoch. Krissy. Scheiße.

„Steh auf. In zwei Minuten muss ich hier raus sein." Ich versuche nicht mal, nett zu sein. Ich bin sauer auf mich selbst, weil ich sie mit hergebracht habe. Damit habe ich letzte Nacht meine eigene goldene Groupie-Regel gebrochen, und nur, weil ich zu betrunken war, um sie loszuwerden.

Es ist so: Ich bin MMA-Kämpfer. Und zwar ein ziemlich verdammt guter. Und die guten Kämpfer haben Groupies. Wir nennen sie BBMs. Bumsbares Material. Ja, ich weiß. Nicht besonders nett. Aber wer hat eigentlich behauptet, ich wäre nett? Wenn eine Frau mir nachlaufen und sich auf dem Kneipenklo von mir von hinten durchziehen lassen will, wer bin ich, da Nein zu sagen?

Zumindest benehme ich mich dabei nicht wie ein Arsch. Ich kümmere mich um sie. Sorge dafür, dass sie kriegen, was sie brauchen, bevor ich meine eigenen Bedürfnisse befriedige. Meistens zumindest. Bloß mit nach Hause nehme ich sie nicht. Das weckt falsche Erwartungen. Außerdem wissen sie dann, wo ich wohne.

Nico steht am Eingang, als ich reinkomme. „Du bist zu spät." Ich ignoriere seinen Kommentar und gehe an meinen Platz an der Stirnseite des Kursraums.

Ja, ich bin zu spät, aber dank des Anrufs seiner Frau keine zehn Minuten. Heute bin ich dran mit der Freiwilligenarbeit im Frauenzentrum. Ja, ganz recht, freiwillig. Als ob irgendjemand Nico Hunter eine Abfuhr erteilen könnte. Selbst wenn ich nicht bloß einen letzten kleinen Fehltritt davon entfernt wäre, dass er mich als Trainer fallen lässt – aus dieser Sache könnte ich mich trotzdem nicht rauswinden. Wenn man von

Nico trainiert werden will, dann tut man, was er will … Selbst wenn er einem seine Wünsche als Frage präsentiert. Bei der Antwort hat man nicht wirklich eine Wahl.

Mein Auftritt hier im Frauenzentrum gehört zu meiner Buße. Nico findet, ich müsste meinen Charakter bilden. Müsste lernen, Frauen mehr zu respektieren. Klar, jeder sollte so unter dem Pantoffel stehen wie er. Auch wenn er glaubt, ich wüsste nicht mehr, wie er drauf war, bevor er Elle kennengelernt hat – da irrt er sich.

Den Spießrutenlauf aus der Hintertür des Boxclubs durfte so gut wie jeden Morgen eine andere antreten. Ich war zwar erst dreizehn, aber ich erinnere mich noch. Hauptsächlich, weil die alle verdammt heiß waren. Die Titten bis unters Kinn geschnallt und knallenge Miniröcke – welcher Dreizehnjährige könnte solche allmorgendlichen Anblicke vergessen? An manchen Tagen musste ich mit einem verfluchten Steifen aufs Laufband. Dann hat er Elle kennengelernt, und alles hat sich verändert.

Versteht mich nicht falsch, Elle ist die coolste Frau, die ich kenne. Sie vermittelt zwischen Nico und mir, wenn es zu hitzig wird. Aber dieser Freiwilligen-Blödsinn ist ihr Ding, nicht meins. Trotzdem stehe ich hier an einem Samstagmorgen um zehn Uhr früh und soll einem Raum voller Frauen Selbstverteidigung beibringen.

Nach einem raschen Blick durch den voll besetzten Saal schenke ich ihnen mein bestes Lächeln. Das Lächeln, das es mir jedes Mal ermöglicht, davonzukommen, wenn ich in der Scheiße stecke. Nun ja, zumindest wenn diese Scheiße mit Frauen zu tun hat.

Nico beobachtet von der Tür aus, wie ich den Kurs ein paar Minuten lang Dehnübungen machen lasse. Endlich verschwindet er, und erleichtert höre ich auf, so zu tun, als würde ich mich freuen, heute früh vor diesen Frauen zu stehen. Deutlich lieber läge ich jetzt noch im Bett, flach auf dem Rücken, und würde mir einen blasen lassen.

Als sie mit ihren Tritten anfangen, gehe ich durch die Reihen meiner Schülerinnen. Manchen helfe ich bei der Form, an anderen gehe ich nur lächelnd vorbei, während ich sie in ihren knappen Outfits begutachte. Ich nehme die Klasse in Augenschein, auf der Suche nach meiner nächsten Assistentin. Wenn ich schon ein Vorführmodell brauche, dann kann es wenigstens eine sein, die es wert ist, dass man sie anfasst, oder?

Aus dem Augenwinkel bemerke ich eine Frau in der hintersten Reihe. Sie steht mit dem Rücken zu mir, aber ich weiß jetzt schon, dass sie die Richtige ist – dazu reicht der Anblick dieses Prachthinterns. Er hat eine perfekte Herzform, und als sie die Arme hebt, um sich die Haare zusammenzubinden, erhasche ich unter ihrem Shirt einen Blick auf eine Porzellanhaut, in die ich am liebsten auf der Stelle die Zähne versenken würde.

Als ich in ihre Richtung schwenke, denke ich bei mir, dass diese Veranstaltung möglicherweise doch gar nicht so übel wird. Teufel, wenn sie von vorn auch nur halb so gut aussieht wie von hinten, überziehe ich heute vielleicht sogar. Ich schlendere durch den Gang auf sie zu und mache mich bereit, meinen Charme spielen zu lassen, da dreht sie sich zu mir um. Was ich sehe, lässt mich wie angewurzelt stehen bleiben. Kann sie es wirklich sein?

KAPITEL 2 Liv

James Hawthorne ist ein absolutes Ekelpaket. Vor zwei Minuten habe ich gesehen, wie er seiner Sekretärin in den Po gekniffen hat, und als ich mich jetzt hilfsbereit vorbeuge, um die Unterlagen aufzuheben, die von seinem Schreibtisch gesegelt sind, ertappe ich ihn dabei, wie er mir in den Ausschnitt starrt. Wahrscheinlich hat er das Zeug absichtlich runtergeworfen. Er besitzt nicht mal den Anstand, so zu tun, als hätte er nicht hingeguckt. Stattdessen lächelt er mich allen Ernstes an, als ich ihn dabei erwische, wie er über seinen Schreibtisch schielt. Wie gesagt: ein absolutes Ekelpaket.

Trotzdem lächele ich ihn freundlich an, als ich mich auf den Stuhl vor seinem Schreibtisch setze, auch wenn es mir körperliche Schmerzen bereitet. So sehr will ich diesen Job. Genug, um mir diesen Mist auch noch die restlichen sieben Wochen meines Volontariats gefallen zu lassen.

Das Ekelpaket verliert das Interesse an mir, sobald meine Rivalin den Raum betritt. Summer Langley. Sie ist hochgewachsen und dünn wie ein Model, und ihr langes platinblondes Haar bildet einen auffälligen Kontrast zu ihrer olivfarbenen Haut. Sie ist hübsch, ich mache ihm keinen Vorwurf daraus, dass er sie angeiert. Aber wir sind hier nicht bei einem Schönheitswettbewerb, sondern es geht um einen

Job. Und nicht bloß um irgendeinen, sondern um eine der begehrtesten Stellen in ganz Chicago. Und mittlerweile sind nur noch wir beide übrig. Meine einzige Alternative ist in New York, über tausend Kilometer weit weg von meiner Familie und meinen Freunden.

Mein Lebenslauf spricht für sich. Durchgehend Bestnoten sowohl im College als auch im Studium, Chefredakteurin meiner College-Zeitung und Tutorin bei einem renommierten Englischprofessor während meiner Masterzeit. Summers Qualifikationen dagegen weisen zwei gewisse Extras auf, die ich nicht zu bieten habe: Ihr Vater sitzt im Vorstand der *Daily Sun Times*, und sie hat kein Problem damit, mit dem Chef zu flirten.

Aber diesen Job will ich schon seit der Highschool, also zwinge ich mich, daran zu glauben, dass nach Ende des Volontariats in sieben Wochen die beste Bewerberin die Stelle kriegen wird – diejenige, die die beste Arbeit liefert. Elfhundert Leute haben sich auf diese beiden Plätze beworben. Jetzt sind es nur noch wir beide. Ich bin so nah dran, dass ich es förmlich schon schmecken kann.

Bereits seit ich denken kann, will ich Journalistin bei der *Daily Sun Times* werden. Leute, die für diese Zeitung schreiben, werden mit dem Pulitzerpreis ausgezeichnet und haben hohe Posten in sämtlichen Journalistenverbänden.

Als Summer sich neben mich setzt und wir gemeinsam darauf warten, unsere neueste Aufgabe vom Ekelpaket zu bekommen, lächle ich sie an. Sie ist für die Stelle nicht qualifiziert. In Wahrheit wäre sie nicht einmal hier, würde ihr Daddy nicht im Vorstand sitzen. Aber als wir unsere Aufträge erhalten, macht sich ein ungutes Gefühl in meiner Magengegend breit.

Summer wird einen jungen aufsteigenden Stern am Unternehmerhimmel interviewen, der kurz davor steht, mit seiner wegweisenden Internetmarketing-Firma an die Börse zu gehen. Ich dagegen werde in den Warehouse District geschickt, um mit einem angeschlagenen Mixed-Martial-Arts-Kämpfer zu sprechen, der seinen Lebensunterhalt damit verdient, Menschen krankenhausreif zu prügeln.

Trotzdem lächle ich das Ekelpaket an, als er mir das Memo mit meinem Auftrag reicht, und tue so, als würde es mir nichts ausmachen, dass er Summer die bessere Story gegeben hat.

„Danke, James. Klingt, als könnte sich daraus eine interessante Geschichte machen lassen.“ Ja, genau. Kann mich bitte auf der Stelle jemand erschießen und meinem Elend ein Ende bereiten?

Höflich erwidert James mein Lächeln, doch rasch wandert seine Aufmerksamkeit wieder zu Summer. Er bittet sie, noch dazubleiben, damit sie besprechen können, wie sie an die Story herangehen soll. Mich bittet er nur noch, die Tür hinter mir zu schließen. Ich frage mich, ob er überhaupt merkt, wie mir vor Wut förmlich der Dampf aus den Ohren schießt, als ich sein Büro verlasse.

Nach kurzer Recherche weiß ich, dass der MMA-Kämpfer in einem Frauenzentrum Selbstverteidigungskurse gibt. Vielleicht kann ich die Story als „Bad-Boy-Kämpfer mit verborgenem Herzen aus Gold" aufziehen, damit mir die Leser nicht einschlafen, bevor sie am Ende des Artikels angelangt sind.

Auf dem Weg zum Frauenzentrum verirre ich mich erst einmal, und so schaffe ich es nur äußerst knapp zum Beginn des Kurses, für den ich mich eingetragen habe. Eigentlich wollte ich etwas früher eintreffen, in der Hoffnung, mit dem Kursleiter sprechen und einen Termin für das Interview ausmachen zu können. Doch ich bin spät dran, und der voll besetzte Kurs fängt bereits an. Also schlüpfe ich stattdessen in die letzte Reihe, werfe meine Tasche hinter mich und binde mir rasch das lange rotbraune Haar aus dem Gesicht.

Ich höre die Stimme des Kursleiters lauter werden, als er durch die Reihen geht und nach einer Freiwilligen sucht, mit der er ein paar Griffe demonstrieren kann. Seine Stimme lenkt mich ab, so sexy und mit einer gewissen Härte. Sie klingt beinahe rau, als hätte er die ganze Nacht herumgebrüllt und müsste sich jetzt anstrengen, um sich Gehör zu verschaffen.

Dann verstummt er plötzlich mitten im Satz. Meine Haare sind sicher verzurrt, und so drehe ich mich neugierig um, um herauszufinden, weshalb die sexy Stimme auf einmal schweigt. Als ich sehe, wer da vor mir steht, knicken mir beinahe die Knie ein, und sämtliche Luft weicht mir aus den Lungen.

KAPITEL 3 Liv

7 ½ Jahre zuvor

Er betritt die Bibliothek, und ich halte unwillkürlich den Atem an. Gebannt beobachte ich, wie er sich im Raum umschaut, und weiß, er sucht nach mir. Schon seit fünf Wochen treffen wir uns jeden Donnerstag zur selben Zeit hier. Eine Sekunde lang gestatte ich mir die Illusion, er würde sich nach mir umblicken, weil er mir gehört. Nicht weil Mr Hunter mich dafür bezahlt, dass ich ihm Nachhilfe gebe.

Er sieht so anders aus als die anderen Jungs, und nicht nur, weil er größer und breiter ist. Nein, es ist definitiv mehr als das. Irgendetwas hat er an sich, vielleicht die Art und Weise, wie er sich bewegt, die ihn von den anderen absetzt. Es ist schwer, in Worte zu fassen, was es ist ... Aber er hat es. Stark, selbstbewusst, unbeeindruckt von dem normalen Highschoolkram, der um ihn herum vor sich geht.

Während ich ihn aus der Ferne beobachte, entdeckt er mich und lächelt in meine Richtung. Als sich neben seinem Mund Grübchen in seiner tollen gebräunten Haut bilden, beginnen meine Gedanken zu rasen. In seiner Gegenwart vergesse ich, wo ich bin. Teufel, bei diesem Lächeln vergesse ich, *wer* ich bin. Zielstrebig kommt Vinny zu dem Tisch spaziert, an dem ich sitze, ohne auch nur eins der Mädchen zu bemerken, die in ihrem Tun innehalten, um ihn im Vorbeigehen anzustarren.

„Alles in Ordnung, Liv?“ Ich sehe Besorgnis in seiner Miene, bin mir aber nicht sicher, wieso.

Eine Antwort gebe ich ihm nicht – aber nicht, weil ich nicht wollen würde. Unvermittelt bin ich körperlich unfähig, zu antworten. Mir schwirrt der Kopf, der Raum beginnt, sich um mich zu drehen, und ich bekomme das Gefühl, ich könnte jeden Moment in Ohnmacht fallen.

„Liv?“, wiederholt Vinny, diesmal lauter, drängender. Sein Tonfall reißt mich aus meiner Starre, und mir wird klar, dass ich nicht atme. Vernehmlich dringt die Luft aus meinen Lungen, und ich keuche. Doch das tiefe Einatmen nach dem langen Sauerstoffmangel brennt in meinen Bronchien und löst einen gefühlt endlosen, unkontrollierbaren Hustenanfall aus. Jetzt starrt mich die gesamte Bibliothek an, und am liebsten würde ich unter den Tisch kriechen und mich verstecken. Vinny hält meine Hand und beugt sich angespannt über mich. Er sieht ernsthaft besorgt aus.

Es dauert einen Augenblick, doch schließlich habe ich mich erholt, und der Hustenanfall ist vorbei, sodass ich eine Antwort krächzen kann. „Alles gut. Hustenbonbon, hab mich verschluckt“, lüge ich. Ich kann ihm ja schlecht sagen, dass er mir den Atem raubt und ich manchmal wortwörtlich das Luftholen vergesse, wenn er bei mir ist. Mit Sicherheit hält er mich ohnehin schon für einen Freak.

Vinny schnappt sich einen Stuhl, dreht ihn um und setzt sich rittlings darauf, sodass seine Arme auf der Rückenlehne liegen. Eine typische Bad-Boy-Geste. „Himmel, Liv. Für eine Sekunde dachte ich, gleich muss ich das Heimlich-Manöver anwenden. Ich hatte schon Angst, dich dabei zu zerquetschen – du bist ja so winzig.“ Während er mich mit leiser Stimme so aufzieht, lehnt er sich vor und schenkt mir ein teuflisches Lächeln, bei dem mir das Herz laut in der Brust pocht.

„Mir geht's gut.“ Zum Glück ist mein Gesicht noch von meinem Hustenanfall gerötet, sodass er nicht sieht, wie rot ich werde, bloß weil ich seinen Atem auf meinem Hals gespürt habe. „Lass uns lieber mal loslegen. Wir haben eine Menge zu tun heute, wenn du die Englisch-Klausur nächste Woche schaffen willst.“ Außerdem habe ich Angst, dass mein Herz explodiert, wenn wir nicht langsam mal zurück auf vertrautes Terrain kommen. Ich kann einfach nicht klar denken, wenn dieser Junge in meiner Nähe ist. In seiner Gegenwart wird mein Gehirn zu Brei – selbst das Atmen vergesse ich. Wer *vergisst* denn bitte, zu atmen? Ich bin echt ein hoffnungsloser Fall.

Mit einem scharfen „Psst“ ermahnt uns die Bibliothekarin, leise zu sein, und in spielerischer Kapitulation hebt Vinny die Hände und lächelt sie an. Unter der geballten Wucht dieses Lächelns wird ihre wütende Miene weich. Sein Charme kennt keine Altersgrenzen.

Schließlich fallen wir in unsere Rollen als Schüler und Nachhilfelehrerin, und ich kann mich wieder auf den Grund konzentrieren, weshalb ich so viel Zeit mit Vinny Stonetti verbringen darf. Auch wenn er im Abschlussjahr und damit zwei Jahre älter ist als ich – in Englisch hinkt er ein Jahr hinterher, während ich eine Klasse übersprungen habe. Dadurch sind wir im selben Kurs. Und im Augenblick läuft er Gefahr, auch dieses Jahr wieder durchzufallen. Höchstwahrscheinlich liegt es daran, dass er im Unterricht selbst nur selten anzutreffen ist. Gefühlt ist er die meiste Zeit entweder krankgemeldet oder wegen Prügeleien suspendiert.

Als mein Vater vor sechs Wochen einem Freund von ihm zugesagt hat, seine Tochter würde einem Jungen mit Schwierigkeiten in Englisch Nachhilfe geben, dachte ich, es wäre keine große Sache. Bis ich herausgefunden habe, dass es sich um genau den Jungen handelt, in den ich seit der siebten Klasse total verschossen bin. Drei lange Jahre habe ich ihn aus der Entfernung angeschmachtet, habe beobachtet, wie er geht, wie er sitzt, selbst wie seine Lippen sich beim Kauen bewegen, wenn ich in der Schulmensa verstohlen zu ihm rüberblicke.

Und jetzt bin ich hier. Jede Woche für drei Stunden von Angesicht zu Angesicht mit dem Jungen, der mich schon öfter in meinen Träumen besucht hat, als ich zählen kann. Meine Erwartungen waren komplett anders, auch wenn ich nicht einmal mit Bestimmtheit sagen kann, *was* ich von ihm erwartet habe. Aber er ist noch besser, als ich ihn mir immer vorgestellt habe. Er ist schlau, lernt schnell – und ist dazu noch witzig. Wir haben richtig Spaß, während wir die Inhalte durcharbeiten, und zu meiner Überraschung stelle ich fest, dass wir schon beinahe den kompletten Stoff des Semesters geschafft haben.

„Hast du dir schon überlegt, was als Nächstes passiert, nachdem Julia ihrer Mutter von der heimlichen Hochzeit erzählt? Ich frage mich, wann der spannende Teil kommt … die

Hochzeitsnacht?“ Spielerisch wackelt Vinny mit den Augenbrauen.

Ich kann es immer noch nicht fassen, dass ich ihm von meinem abgedrehten kleinen Hobby erzählt habe. Schon seit ich lesen kann, stehe ich unheimlich auf Liebestragödien. Ich verschlinge jedes Wort, und manchmal reißt die tragische Schönheit mich so mit, dass ich unter Tränen weiterlesen muss. Dann, wenn ich damit durch bin, kann ich nicht anders: Ich schreibe das Ende um. Meiner Ansicht nach hat jede Geschichte ein Happy End verdient.

Vor zwei Wochen, als wir in der Stunde gerade beim Schluss von „Romeo und Julia“ angekommen waren, war ich so von der Geschichte gefangen, dass mir das Ende herausgerutscht ist, das ich dafür zu schreiben begonnen hatte. Während mir mein Eingeständnis hochpeinlich war, hat Vinny ehrlich interessiert gewirkt. Sogar fasziniert. Statt meine verqueren Gewohnheiten seltsam zu finden und davon abgeschreckt zu sein, scheint er mehr wissen zu wollen. Mehr darüber, was ich gern mache. Was mich glücklich macht.

„Also, ich glaube, nachdem ihre Mutter ...“ Gerade als ich Vinny von dem Kapitel berichten will, das ich übers Wochenende geschrieben habe, unterbricht mich eine Stimme, die ich zu verabscheuen gelernt habe.

„Na, da hat anscheinend jemand so richtig Spaß mit seiner kleinen Nachhilfelehrerin.“ Unsanft holt Missy Tatums gehässige Stimme mich in die Realität zurück. Ein Blick ruft mir alles in Erinnerung, was ich nicht zu bieten habe. Ich bin mir ziemlich sicher, hätte sie noch weniger an, dann würde man sie wegen unsittlicher Entblößung suspendieren. Von meiner Position am Tisch aus sind die Unterseiten ihrer vollen Brüste deutlich zu sehen. Ihr halbes T-Shirt bedeckt sie schon kaum, wenn man vor ihr steht, und noch weniger aus der Froschperspektive.

Augenblicklich bin ich mir meiner fehlenden Kurven unangenehm bewusst. Sie ist im Abschlussjahr und ich erst in der zehnten Klasse. Und noch dazu ein Spätzünder. In weniger als dreißig Sekunden ist die entspannte Stimmung, die ich in den letzten Stunden zwischen Vinny und mir gespürt habe, verschwunden, und ich bin wieder zum kleinen Mädchen degradiert.

„Warte draußen, Missy, ich bin in ein paar Minuten fertig." Der sanfte und verspielte Tonfall, den Vinny mir gegenüber verwendet, hat sich in etwas Harscheres, Beherrschenderes verwandelt. Eine Sekunde lang denke ich, Missy will sich beschweren, doch Vinny bedenkt sie mit einem warnenden Blick. Auch wenn sie einen Schmollmund zieht – sie dreht sich um und geht zur Tür, ohne noch etwas zu sagen.

„Tut mir leid", entschuldigt er sich bei mir.

„Ist schon gut."

„Nein, ist es nicht. Sie sollte nicht so mit dir reden." In seiner Stimme liegt immer noch Verärgerung, ganz anders als bei seinem üblichen Umgang mit mir.

„Danke, aber das bin ich gewohnt."

„Was soll das heißen, das bist du gewohnt?"

„Von ihrer Clique." Ich zucke mit den Schultern und deute mit den Augen in Richtung Tür, wo Missy und ihre Freundinnen vor der Bibliothek versammelt stehen und rauchen. „Die machen bloß ihre kleinen Bemerkungen, das ist alles."

„Zum Beispiel?“ An Vinnys Kiefer spielen die Muskeln, und erneut flackert sein Temperament auf. Das ist eine Seite von ihm, die ich bisher nur aus der Entfernung kenne, aber nie von Nahem erlebt habe. Nie auf mich gerichtet. Er ist beängstigend, wenn er wütend ist. Seine relaxte Art ist verschwunden, und an ihre Stelle sind geballte Fäuste und noch straffere Schultern als sonst getreten.

„Es ist weiter nichts.“ Mit einem Lächeln versuche ich Gleichgültigkeit zu heucheln und beginne, meine Bücher zusammenzupacken.

Für einen Moment bleibt Vinny stumm, doch ich spüre, wie er mich beobachtet, während ich meinen Kram zurück in meinen Rucksack stopfe. Es macht mich nervös, und unter der Intensität seines Blicks fühle ich Hitze in meine Wangen steigen. Als ich fertig bin, habe ich keine andere Wahl, als zu ihm hochzuschauen, auch wenn ich mich lieber unter dem Tisch verkriechen würde. Er sagt nichts, doch seine schönen hellblauen Augen nehmen meine Aufmerksamkeit gefangen, und für einen Moment vergesse ich, wo wir sind, und kapituliere vor seiner Anziehungskraft. Doch dann steht er abrupt auf und schnappt sich sein Buch vom Tisch.

„Dann bis nächste Woche?“

Ich nicke nur. Die Worte stecken unter dem Kloß in meiner Kehle fest.

Immer noch am Tisch sitzend schaue ich Vinny nach, wie er die Bibliothek verlässt. Sobald er aus der Glastür tritt, schlingt Missy sämtliche Gliedmaßen um ihn. Einen winzigen Augenblick lang dreht Vinny sich um und sieht zu mir herüber, wie ich immer noch erstarrt auf meinem Stuhl sitze. Dann legt er Missy den Arm um die Schultern, und ich kann den beiden nur noch nachschauen, wie sie davonschlendern.

KAPITEL 4 Vinny

7 ½ Jahre zuvor

Als wir bei mir zu Hause ankommen, bin ich immer noch sauer über die Aktion mit Liv. Und diesem Ärger werde ich mit Missy Luft machen. Sie ist jederzeit für alles zu haben, was ich austeile. Und heute wird sie eine Menge einstecken müssen, schätze ich.

Als wäre der Tag nicht schon beschissen genug, liegt meine Mutter bewusstlos auf der Couch, und neben ihr hocken zwei Junkies, fressen Cornflakes aus der Schachtel und starren in Richtung Fernseher. Ich bin mir ziemlich sicher, dass die nicht gut genug fokussieren können, um zu erkennen, was eigentlich läuft. Es ist drei Uhr nachmittags, und die sind immer noch dicht von letzter Nacht. Zu dem abgemagerten Drecksack auf dem Stuhl gehe ich zuerst. Der Kerl ist so breit, dass er mich nicht mal hat reinkommen hören. Ich trete gegen den Stuhl, und der fällt mitsamt dem Typen um. „Verpiss dich."

Er schaut zu mir hoch und bemerkt mich jetzt überhaupt erst. „Was hast du für ein Problem, Mann?"

„Dich. Und jetzt verpiss dich. Sofort!", brülle ich und halte mich nur mit Mühe im Zaum. Jedes Wort kommt lauter heraus als das davor.

So zugedröhnt der Versager auch ist, wenigstens ist er nicht dumm. Nach einem Blick in mein Gesicht weiß er, dass ihn nur noch dreißig Sekunden von einer Tracht Prügel trennen, die sich gewaschen hat. Und die ich nur zu gern austeilen würde. Vielleicht würde mir das sogar den Kopf freipusten. Wortlos schnappt er sich seinen Kumpel, und die beiden stolpern hastig zur Tür. Kluge Entscheidung.

Meine Mutter rührt sich nicht, obwohl ich mir ziemlich sicher bin, dass selbst die alte Dame zwei Etagen unter uns mich gerade gehört hat. Ich blicke auf ihren Rücken hinab. Mehr kann ich nicht sehen, sie liegt bäuchlings auf der Couch. Immerhin atmet sie noch. Ob mich das eher erleichtert oder mit Bedauern erfüllt, kann ich nicht sagen.

Als ich aus dem Augenwinkel eine Bewegung sehe, fahre ich herum. Missy. Die hatte ich völlig vergessen. „Geh in mein Zimmer, und räum das Bett frei.“ Sie verschwindet flink.

Resigniert decke ich meine Mutter zu und werfe die auf dem Tisch und dem Fußboden verstreuten Essensreste weg. Leer gegessene Plastikschalen, in denen mal Mikrowellengerichte waren, bevor jemand sie zu Aschenbechern umfunktioniert hat. Die Zigarettenstummel stecken in den Speiseresten. Schöne Scheiße, diese Woche also wieder kein Essen.

Als ich in mein Zimmer komme, ist mein zugemüllt zurückgelassenes Bett aufgeräumt, und Missy wartet bereits in Unterwäsche auf mich.

Ich gehe zu ihr rüber, und sie greift nach meiner Hand. Sie will Blümchensex. Dass ich sie küsse und sanft mit ihr umgehe. Aber das ist nicht das, worauf ich aus bin. Nicht das, was ich brauche. Ich nehme die Hand, die sie mir entgegenhält, doch nur, um sie damit ruckartig auf den Bauch zu drehen. Dann packe ich sie bei den Beinen und zerre sie nach unten an die Bettkante, sodass ihre Füße auf dem Boden stehen und sie an der Hüfte vornübergebeugt das Gesicht in die Matratze drückt. Ihr runder Arsch ist hochgereckt, und ihn so vor mir zu sehen macht mich hart. Ich öffne meinen Reißverschluss und hole ihn raus.

Mit der offenen Hand versetze ich ihr ein paar klatschende Schläge auf den Po. Augenblicklich läuft ihre Haut rosig an, und während ich die Farbe dunkler werden sehe, werde ich noch härter. Kaum sitzt das Kondom, dringe ich schon ohne Vorwarnung in sie ein, ramme mich mit einem einzigen tiefen Stoß bis zum Anschlag in sie.

Sie ist schon feucht – nicht dass ich mir die Mühe gemacht hätte, mich vorher zu vergewissern. Es gefällt ihr, wenn ich ihr den Hintern versohle, wenn ich sie bestrafe und ihr zeige, wer hier das Sagen hat. Missy ist genauso verkorkst wie ich.

Mit geschlossenen Augen ziehe ich mich zurück und stoße wieder in sie. Hinter meinen Lidern packt mich unerwartet heftig die Vision von Livs süßem kleinen Gesicht. So klar und deutlich, dass es leicht ist, so zu tun, als wäre sie es, in der ich stecke. Wild hämmere ich in Missy hinein und jage verzweifelt der Vision in meinem Kopf nach, in der Hoffnung, das Bild von Liv zu vertreiben, doch es funktioniert nicht. In letzter Zeit hat sie sich in meinem Kopf festgesetzt, ganz egal, was ich tue.

KAPITEL 5 Liv

Mein Herz hämmert wie verrückt, als ich den Mann auf mich wirken lasse, zu dem er geworden ist. Wie gebannt starre ich ihn an. Er sieht noch genauso aus wie damals, nur älter und noch heißer, wenn das überhaupt möglich ist.

Stark war er schon immer, aber er ist erwachsen geworden, hat an genau den richtigen Stellen an Masse zugelegt. Groß und schlank steht er vor mir, aber seine Arme sind pure, harte Muskeln. Arme, von denen ich noch zu gut weiß, wie sie mich vor all den Jahren gehalten haben. Bloß dass seine straffe, gebräunte Haut jetzt größtenteils mit Tätowierungen überzogen ist. Als er die Arme vor der Brust verschränkt und der Muskel sich vorwölbt, fallen mir auf seinem linken Bizeps ein großes Kreuz und ein kunstvoller Schriftzug ins Auge.

Ich ertappe mich dabei, wie ich die gewundenen Linien verfolge und mich frage, wie es unter seinem T-Shirt wohl weitergeht. Wie viel Zeit so verstreicht, weiß ich nicht, aber als ich den Blick wieder zu seinem Gesicht hebe, grinst er wissend. Ich wurde dabei ertappt, wie ich den attraktiven Mann vor mir angegeiert habe.

Sein Grinsen verwandelt sich in ein strahlendes Lächeln, bei dem zwei tiefe Grübchen zum Vorschein kommen, die einem die Knie weich werden lassen. Es ist ein selbstbewusstes Lächeln, und es verrät mir, dass er um seine Wirkung auf Frauen weiß. Seine umwerfenden hellblauen Augen verengen sich leicht. In seinem Blick schimmert ein Funke von Erheiterung, als er eine Augenbraue hebt. „Miss, würden Sie sich für heute als meine Assistentin zur Verfügung stellen? Für einige Techniken brauche ich jemanden zur Demonstration."

Kurzzeitig verwirrt runzle ich die Stirn. Dann wird mir klar, dass er mich offenbar nicht erkannt hat. Er ist nicht der Einzige, der sich verändert hat. Als wir uns das letzte Mal gesehen haben, war ich noch ein Mädchen. Eine Spätzünderin, die erst weit nach ihren Mitschülerinnen weibliche Formen entwickelt hat.

Das dunkle, schulterlange Haar aus Schulzeiten ist dicken kastanienbraunen Wellen gewichen, die ich mittlerweile auch zu stylen weiß. Statt Brille trage ich dieser Tage Kontaktlinsen, und mein Make-up unterstreicht meine hohen Wangenknochen und bringt meine helle Haut zur Geltung. Heute bin ich kein Strich in der Landschaft mehr. Ich trainiere hart, um meine Kurven wohldefiniert zu halten. Seit unserer letzten Begegnung habe ich mich auf jeden Fall ziemlich verändert.

Vinny hebt eine Augenbraue, während er geduldig auf meine Antwort wartet. Als ich an ihm vorbeischaue, stelle ich fest, dass sich mittlerweile der gesamte Kurs umgedreht hat und uns zusieht. Und wartet. „Äh ... klar."

„Klasse." Vinny wendet sich zu den anderen um und verkündet: „Wir haben eine Freiwillige gefunden." Mit einer

Geste bedeutet er mir, ihm nach vorn zu folgen, und verliert keine Zeit, bevor er loslegt. Die ersten paar Manöver, die er uns beibringt, sind noch harmlos. Er zeigt uns, wie man einen Schlag richtig blockt und dabei den eigenen Kopf schützt. Doch bald sind wir bei etwas angekommen, das er „Überraschungsangriff" nennt.

Vinny weist mich an, mich umzudrehen, und ich spüre, wie er dicht hinter mich tritt. Dicht an meinem Ohr höre ich ihn flüstern: „Dafür muss ich dich ziemlich fest halten." Bei seiner dunklen, sexy Stimme und seinem heißen Atem auf meinem Hals überläuft mich ein Schauer. Langsam legt er die Arme um meinen Oberkörper und verschränkt die Hände direkt unter meinen Brüsten. Auf ganzer Länge presst er sich von hinten an mich, und ich bekomme eine Gänsehaut. Innerlich verfluche ich meinen Körper für diese Reaktion und sende ein Stoßgebet gen Himmel, dass er es nicht bemerkt.

„Ist dir kalt?" Ich höre das Lächeln in seiner Stimme, als er mir ins Ohr flüstert. Scheiße.

„Also, Ladys: Die Angreiferinnen unter euch packen so fest zu, wie sie können. Die Angegriffenen versuchen, sich zu befreien", weist er laut den Kurs an, ohne seinen Griff um meinen Brustkorb zu lockern.

„Du darfst jetzt versuchen, dich zu befreien", flüstert er mir wieder ins Ohr.

Plötzlich muss ich daran denken, wie lange es her ist, dass mich ein Mann berührt hat. Und er feuert mich weiter an. „Na los, wehr dich. Versuch, dich loszumachen." Zu lange. Definitiv zu lange.

Endlich gelingt es meinem Gehirn, die Kontrolle über meinen Körper wieder an sich zu reißen. Ich versuche, mich loszumachen, doch es hat keinen Zweck. Je angestrengter ich mich wehre, desto fester packt Vinny mich, und desto enger werden wir gegeneinandergepresst. Als er schließlich einen Schritt zurücktritt und seinen Klammergriff löst, bin ich für eine Sekunde enttäuscht. An den Kurs gewandt erklärt er den Angegriffenen, wie sie sich aus diesem Griff befreien sollen. „Schaut zu, wir machen es euch vor."

Wieder schließt sich sein Griff von hinten um mich. „Na dann los."

Im Ernst? Ich soll ihm all die schmerzhaften Sachen antun, die er dem Kurs gerade erklärt hat? „Ich will dir nicht wehtun", sage ich so leise, dass nur Vinny mich hören kann.

„Mach dir darum mal keine Sorgen. Ich kann einstecken, was immer du austeilst, Liv."

„Ganz si..." Moment mal, hat er mich gerade Liv genannt? „Vinny?"

„Liv?"

Bastard. Also hat er die ganze Zeit gewusst, dass ich es bin, und nichts gesagt. Dafür überrumple ich ihn und führe all seine Instruktionen perfekt aus, entwinde mich seiner Umklammerung und sorge mit meinem letzten Kniestoß dafür, dass er sich vor Schmerzen krümmt.

Die Hände noch immer auf die Knie gestützt und gequält keuchend, beginnt Vinny zu lachen. „Okay, Leute, ich denke, für heute sind wir fertig."

Verärgert marschiere ich ans andere Ende des Raums, um meine Sachen zu holen. Vinny ist umringt von Frauen, und ich steuere die Ausgangstür an, um unauffällig das Weite zu suchen. Ich bin froh, dass er abgelenkt ist und ich nicht mit ihm reden muss. Was ich mit meinem Auftrag machen soll, weiß ich nicht: Im Augenblick weiß ich nur, dass ich hier rausmuss. Und zwar sofort.

Ich bin schon beinahe an der Tür, als sich ein kräftiger Arm um meine Taille legt und mich zurückzieht. „Wolltest du dich etwa rausschleichen, ohne dich auch nur von mir zu verabschieden?“

„Ich hab gesehen, dass du zu tun hast, da wollte ich nicht stören“, behaupte ich, ohne mich umzuwenden.

„Für dich hab ich nie zu viel zu tun.“ Er dreht mich zu sich herum und hält mich weiterhin fest bei der Taille. Brennend bohrt sein Blick sich in meinen.

„Tja, hat aber so ausgesehen.“ Meine Worte klingen etwas bitterer als beabsichtigt. Mit einer Geste deute ich auf die Frauen, die immer noch am vorderen Ende des Kursraums herumtrödeln und auf ihre Chance warten, seine Aufmerksamkeit auf sich zu ziehen.

„Du siehst ...“, Vinny lehnt sich zurück und lässt seinen Blick über meinen Körper wandern, „ganz schön erwachsen aus.“

„Tja, so ist das, wenn man sich sieben Jahre lang nicht sieht.“

„Da ist mir einiges entgangen.“ Vinnys selbstbewusstes Lächeln gerät ins Wanken, und jetzt sieht er aus, als würde er es ernst meinen. Das besänftigt meinen Ärger auf ihn. Ein bisschen jedenfalls.

„Wusstest du die ganze Zeit, wer ich bin?“

„Dich würde ich überall erkennen, Liv.“ Die Aussage fühlt sich intim an, verführerisch, und ich spüre, wie ich die Deckung ein Stückchen weiter sinken lasse.

„Wie ist es dir ergangen?“ Jetzt, wo das Gespräch sich wieder in Richtung Normalität begibt, wird mir peinlich bewusst, dass er mich immer noch festhält. Fast, als hätte er Angst, ich könnte weglaufen, wenn er mich loslässt.

„Hab mich so durchgeschlagen.“ Vinny hebt die Hand und schiebt mir sachte eine Haarsträhne hinters Ohr, die während unserer Demonstration aus meinem Pferdeschwanz entwischt ist. „Und selbst?“

„Gut. Ich bin Journalistin.“

Vinny lächelt. Es ist ein ehrliches Lächeln, das mir unsere gemeinsame Zeit in Erinnerung ruft. Es kommt mir vor, als wäre es ewig her. Bevor passiert ist, was damals passiert ist. „Ich hab’s immer gewusst. Das wolltest du schließlich schon immer machen.“ Die Bemerkung ist irgendwie süß, und es berührt mich, dass er sich noch daran erinnert, wie ich ihm meine Träume anvertraut habe. Meine Deckung sinkt einen weiteren Zentimeter.

Als ich sein Lächeln erwidere, bemerke ich, dass sein Blick zu meinem Mund huscht. Seine Augen werden dunkler, und über die Gänsehaut, die ich seit seiner ersten Berührung nicht losgeworden bin, läuft ein weiterer Schauer. Durch meine Adern fließt sengende Hitze, und alles andere tritt in den Hintergrund und verblasst.

Einen kurzen Moment lang finden seine Augen meinen Blick, dann senken sie sich wieder zu meinem Mund. Er beugt sich vor, und für eine Sekunde glaube ich, er will mich küssen. Doch dann reißt mich eine Frauenstimme aus meiner kurzzeitigen geistigen Umnachtung.

„Vince, bist du bald fertig? Mir ist stinklangweilig im Auto.“

KAPITEL 6 Vince

Fuck. Krissy hatte ich vollkommen vergessen. Weil ich so spät dran war, hatte ich keine Zeit mehr, sie nach Hause zu bringen, und sie in meiner Wohnung allein zu lassen kam nicht infrage.

Es durchfährt mich beim Klang ihrer nasalen Stimme unangenehm. „Warte im Auto, Krissy." Sie schnaubt zwar ungehalten, dreht sich aber um und geht wieder nach draußen.

Doch der Schaden ist angerichtet. Livs Gesicht ist wieder eine undurchdringliche Maske, und welche Emotion ich dort auch immer gesehen habe – jetzt ist sie verschwunden. „Ich muss los, ich hab zu tun." Ihr Tonfall ist kurz angebunden und geschäftsmäßig. Sie hat sich zu einer starken Frau entwickelt. Einer schönen, starken, unglaublich heißen Frau. Weniger hätte ich auch nicht erwartet.

Sie greift nach der Türklinke, ohne sich noch einmal umzudrehen. „War nett, dich wiederzusehen, Vinny. Pass auf dich auf."

Es trifft mich wie ein Schlag, und plötzlich fährt mir die Panik in alle Knochen. „Warte."

Liv bleibt stehen, dreht sich aber immer noch nicht um.

„Sieh mich an, Liv." Ich beobachte ihr Spiegelbild in der Glastür. Für einen Moment hält sie die Augen geschlossen, wirkt hin- und hergerissen. Unsicher, ob sie flüchten soll oder nicht.

„Sag mir nur eins: Warum bist du heute hergekommen?" Bei der Vorstellung, wie ein Mann Hand an Liv legt und ihr wehtut, drehe ich fast durch vor Wut. Warum sonst kommen Frauen denn zu einem Selbstverteidigungskurs im Frauenzentrum? Weil jemand sie angegriffen hat und sie sich fürchten – oder immer noch mit ihrem Angreifer zusammenleben. Was es auch ist, bei dem Gedanken, jemand könnte meiner süßen Liv etwas antun, kommt mir die Galle hoch.

„Zu Recherchezwecken, für die Arbeit." Sie hält inne und schaut zu mir zurück, nur für ein paar Sekunden. Mit einem traurigen Lächeln lässt sie mich stehen. „Pass auf dich auf, Vinny." Und dann ist sie verschwunden.

KAPITEL 7 Liv

Mein Morgen fängt ungefähr so mies an, wie der Abend davor geendet hat. Die halbe Nacht über habe ich mich von einer Seite auf die andere gewälzt und mich mit Sachen herumgeschlagen, die ich eigentlich schon seit Jahren hinter mir gelassen habe. Das Wiedersehen mit Vinny hat mich völlig aus der Bahn geworfen. Als ich um vier Uhr früh endlich eingeschlafen bin, war ich so ausgelaugt, dass ich den Wecker um halb sieben komplett überhört habe.

Da ich spät dran bin, spare ich mir das Haarewaschen und belasse es bei einem schlichten straffen Pferdeschwanz. Das bisschen Mascara hilft auch nicht, von meinen Augenringen abzulenken, aber ich hoffe, dass mich ein Kaffee wenigstens etwas wacher macht. In meiner Hast kippe ich beinahe die halbe Kanne in meinen Thermobecher und merke nicht, dass ich den Deckel nicht richtig zugeschraubt habe. Als ich den ersten Schluck nehmen will, ergießt sich der gesamte Inhalt über meinen cremefarbenen Lieblingsrock und die schokoladenbraune Seidenbluse. Ich bin komplett durchnässt von heißem Kaffee. Sogar BH und Höschen muss ich wechseln.

Trotz überhörtem Wecker und Zwangs-Outfitwechsel bin ich überraschenderweise nur zwanzig Minuten zu spät und stelle erleichtert fest, dass es niemandem aufzufallen scheint. Viel Zeit bleibt mir nicht mehr, um einen guten Eindruck zu machen, und ich würde es mir nie verzeihen, wenn ich meinen Traumjob nicht kriege, weil ich ein paarmal verschlafen habe.

Ich fische die Recherchemappe Stone aus dem Stapel – die ich mir hätte vornehmen sollen, *bevor* ich ins Frauenzentrum gefahren bin, um mir die Überraschung meines Lebens abzuholen. Systematisch gehe ich bergeweise Fotos und Zeitungsausschnitte durch. Es gibt Dutzende Bilder von Vince „The Invincible“ Stone – der Unbesiegbare, wie passend – im Ring. Wann immer sein Arm zum Sieg in die Höhe gereckt ist, bleibt mein Blick daran hängen. Er sieht so stolz und voller Selbstvertrauen aus. Ungeachtet unserer Vergangenheit kann ich nicht anders, als zu lächeln. Ich freue mich über seine Siege. Auf diesen Moment hat er lange gewartet. Mit dem Kämpfen hatte er schon angefangen, lange bevor wir uns auf der Highschool begegnet sind.

Dann komme ich zu den Paparazzi-Aufnahmen, und mein Lächeln verblasst schnell. Auf jedem Foto hat Vinny ein anderes Mädchen im Arm. Zu Fuß auf der Straße, am Eingang einer Bar, vor dem Boxclub. Wie es scheint, hat sich nicht viel verändert seit damals. Ich nehme mir tatsächlich die Zeit, die Frauen zu betrachten, um zu sehen, ob irgendeine mehrfach auftaucht. Doch offenbar verliert Vinny nach einer Nacht das Interesse.

Es ist nicht zu leugnen, dass sie alle attraktiv sind. Es sind Brünette, Blondinen, Rothaarige, Kleine, Große ... Anscheinend hat Mr Stone keinen speziellen Typ. Es sei denn, man möchte „aufreizend gekleidet“ als Typ bezeichnen. Die

Schar von Weibern, die sich auf den Fotos an Vinny klammern, beginnt mir auf die Nerven zu gehen, und meine sorgfältige Betrachtung jeder einzelnen Aufnahme geht in ein rasches Durchblättern über. Bis ich bei den letzten zwei Fotos angekommen bin.

Eins davon zeigt einen gut aussehenden Mann, der etwa in Vinnys Alter zu sein scheint. Irgendwie kommt er mir bekannt vor, aber ich kann nicht sagen, woher. Erstaunlich hellblaue Augen und ein maskulines, frisch rasiertes Kinn fesseln meine Aufmerksamkeit, und ich ertappe mich dabei, wie ich das Foto anstarre. Das passiert mir immer, wenn ich zu wenig Schlaf bekomme – mein Blick bleibt länger an Dingen hängen als üblich. Als ich den Abzug umdrehe, um mir die normalerweise auf der Rückseite festgehaltenen Informationen dazu durchzulesen, sehe ich zu meiner Überraschung nur eine leere Fläche. Vielleicht ist der Mann ein Gegner von Vinny?

Das letzte Foto in der Mappe zeigt einen älteren Mann. Es besteht eine gewisse Ähnlichkeit mit dem Jüngeren von dem vorherigen Bild, und als ich die beiden nebeneinanderhalte, denke ich, es könnten Vater und Sohn sein. Der ältere Mann sieht freundlich aus, distinguiert, und kommt mir noch bekannter vor als sein jüngeres Pendant. Vielleicht ist er Schauspieler, und ich habe ihn im Fernsehen gesehen? Auf der Aufnahme trägt er eine schlichte Stoffhose und einen Pullover, aber an seiner Haltung ist Selbstbewusstsein abzulesen. Definitiv ein Schauspieler. Vielleicht sind die letzten zwei Bilder einfach nur versehentlich in die Unterlagen gerutscht.

Ich schließe die Mappe und bemühe mich, den umwerfenden Kämpfer von den Fotos aus meinen Gedanken zu verdrängen. Den Mann mit dem kantigen Kinn, der irgendwie immer den perfekten Bartschatten hat. Leicht fällt es mir nicht. Ich schreibe meine Notizen zusammen, auch wenn es nicht viel ist, da ich nicht dazu gekommen bin, ihn zu interviewen. Eine Dreiviertelseite Eckdaten, mehr kriege ich nicht zusammen – und das meiste davon aus dem Gedächtnis.

Auch wenn ich mich dafür hasse, kann ich nicht anders, als mir einen verstohlenen letzten Blick auf die Bilder zu gönnen, bevor ich dem Ekelpaket die Recherchemappe zurückgebe. Aber ich kann einfach nicht von Vinny lassen … Und deshalb muss ich einen großen, *großen* Bogen um Vince Stone machen.

KAPITEL 8 Vince

Zwei Tage ist es jetzt her, und ich kann immer noch nicht aufhören, an Liv zu denken. Sie hat sich in meinem Kopf eingenistet. Jedes Mal, wenn ich die Augen zumache, sehe ich sie. Und es ist nicht nur der Gedanke an ihren Wahnsinnskörper, der mich so blockiert, auch wenn dieser perfekte Hintern sich mir definitiv ins Hirn gebrannt hat.

Liv ist anders, das war sie schon immer. Klug und witzig, sieht sie das Leben auf ihre ganz eigene Art. Unverfälscht. Sie hat mir Perspektive gegeben. Hat mir, der ich bis dahin nur Schlechtes kannte, die Augen für das Gute auf der Welt geöffnet. Damals hat es mich all meine Kraft gekostet, nicht einfach über sie herzufallen. Wie sie mich mit diesen großen grünbraunen Augen angesehen hat ... Bei diesem Blick hat sich der Junge, der ich damals war, gefühlt wie ein Mann.

Ich weiß noch, wie ich bei ein paar Tests absichtlich durchgefallen bin, die ich eigentlich hätte bestehen können, nur um eine Ausrede dafür zu haben, weiter Zeit mit ihr zu verbringen. Mit ihr abzuhängen ... selbst wenn es in der gottverdammten Bibliothek war. Sie war so jung und süß ... und unschuldig. Ein solcher Gegensatz zu allem anderen in meinem Leben.

Liv war anders damals. Ist es noch. Das haben mir schon die paar Minuten vor ein paar Tagen gezeigt. Sie ist die Art

Frau, die man mit nach Hause bringt und seiner Mutter vorstellt. Jedenfalls wenn diese Mutter keine verfluchte Cracksüchtige ist.

Als ich gerade den letzten Satz meines heutigen Workouts beende, sehe ich, wie Sal vom Empfangstresen eine Frau in meine Richtung weist. Und nicht bloß irgendeine Frau, sondern ein heißes Stück Fleisch. Das ist doch genau das Richtige, um mich von Miss Rehaugen abzulenken.

„Mr Stone?"

Ich bin zwar mit meinem Programm durch, aber als sie auf mich zukommt, mache ich noch ein paar einarmige Liegestütze. Sie soll ruhig das volle Programm genießen. Schließlich stehe ich auf und ziehe mir das durchgeschwitzte Oberteil aus, um mir damit das Gesicht abzuwischen. Ihr Blick springt direkt zu meinem Waschbrettbauch. Ein Kinderspiel.

„Wer will das wissen?", entgegne ich lächelnd.

Jetzt schaut sie mir in die Augen und wirft mit einer leichten Kopfbewegung das Haar zurück, bevor sie mir die Hand entgegenstreckt.

„Mein Name ist Summer Langley. Ich arbeite für die *Daily Sun Times*. Könnten wir uns vielleicht ein wenig unterhalten? Wir würden gern einen Bericht über Sie und Ihren bevorstehenden Titelkampf bringen."

„Klar." Ich halte ihre Hand ein wenig länger fest als notwendig, um meinem nächsten Spruch Nachdruck zu verleihen. „Solange es Ihnen nichts ausmacht, wenn's ein bisschen verschwitzt wird." Ich warte, bis sich auf ihrem Gesicht eine Reaktion zeigt, dann deute ich mit den Augen auf unsere schweißfeuchten Hände.

„Ganz und gar nicht.“ Als sie mein Grinsen erwidert, weiß ich, dass wir auf einer Linie sind.

„Kommen Sie, das Gespräch können wir auch in etwas privaterem Rahmen fortsetzen.“ Ich führe sie in die kleine Küche im hinteren Teil des Boxclubs und lasse ihr dann mit einer Geste den Vortritt. Das eröffnet mir einen netten Ausblick auf ihren Arsch in diesem engen Rock. Nicht schlecht, aber zu wenig dran. Kein Vergleich zu Livs perfektem herzförmigen Po. Scheiße, ich muss endlich aufhören, dauernd über Liv nachzudenken. Vor allem, wenn hier so ein heißes Gerät vor mir steht und mich anlächelt, als wäre das Ding schon geritzt.

„So, Sie sind also Journalistin?“ Liv ist auch Journalistin.

„So ist es. Genau gesagt bin ich im Augenblick noch Volontärin und kämpfe um eine volle Redakteursstelle. Mittlerweile sind wir nur noch zu zweit, deshalb hoffe ich, Sie geben mir was Saftiges, damit ich es an die Spitze schaffe.“ Die Betonung liegt auf dem Wort „Saftiges“, und sie schnurrt mich förmlich an. *O ja, du kriegst definitiv was Saftiges von mir.* Bei dem Früchtchen hier werde ich mich wenigstens nicht allzu sehr anstrengen müssen. Ich glaube, die ist fast genauso scharf drauf wie ich. Vielleicht sogar noch mehr. Aber das ist schon okay, auch wenn ich mir meine Beute normalerweise lieber erjage – manchmal ist es auch ganz nett, sich was liefern zu lassen.

Wir setzen uns, und Summer holt einen Notizblock aus einem Designertäschchen, das vermutlich mehr gekostet hat als mein letztes Auto. Bei ihrem nächsten Lächeln blitzen perlweiße, perfekt ausgerichtete Zähne auf, die ihren alten Herrn mit Sicherheit ein Vermögen gekostet haben.

„Also, Mr Stone. Erzählen Sie von sich. Sind Sie in Chicago aufgewachsen?“

„Jap, bin mein ganzes Leben hier gewesen. Grundschule und Highschool in South Shore.“

Sie macht sich ein paar Notizen. „Ach, da kommt auch die andere Volontärin her. Ich bin überrascht, dass Sie sich nicht kennen.“

„Die andere Volontärin?“

„Olivia Michaels. Die Reporterin, die den Bericht ursprünglich machen sollte.“

Verdammt. Liv hat gesagt, sie wäre zur Recherche ins Frauenzentrum gekommen. Da hat sie wohl vergessen, zu erwähnen, dass ihre Recherche sich um mich dreht. „Was ist denn mit der anderen Reporterin passiert?“

„So ganz genau weiß ich das auch nicht, aber sie hat den Auftrag abgegeben.“ Summer lächelt, als könnte sie mich auf der Stelle auffressen. „Ich bin jedenfalls froh drüber. Ich kann’s kaum erwarten, dass wir zum saftigen Teil kommen.“

Eigentlich sollte ich den Göttern für dieses unverhoffte Geschenk danken. Stattdessen bin ich stinkwütend. Richtig angepisst.

KAPITEL 9 Liv

Das Ekelpaket ruft uns beide in sein Büro. Als ich Summer einen guten Morgen wünsche, schaut sie nicht einmal in meine Richtung. Sie ist noch mieser drauf als sonst. Wahrscheinlich hat Daddy ihr das Taschengeld gekürzt oder so was.

„Also, Ladys." Das Ekelpaket kommt hinter seinem Schreibtisch hervor und setzt sich auf die Tischkante, überkreuzt die Arme vor der Brust. „Wie es aussieht, haben wir ein Problem."

Summer verschränkt ebenfalls die Arme vor der Brust und hebt das Kinn. Wie es aussieht, ist es das Problem der Prinzessin. Ich versuche, beim Reden nicht zu lächeln. „Wo gibt es Schwierigkeiten, und wie können wir helfen, James?" Was für eine miese Speichelleckerin ich sein kann – aber es ist mir egal. Sechs Wochen noch. Endlich sehe ich das Licht am Ende des Tunnels, und ich bin mir nicht zu fein dafür, ihm ein bisschen den Hintern zu küssen, um dafür zu sorgen, dass ich als Erste dort ankomme.

„Nun ja, es scheint, Mr Stone hat sich geweigert, sich von Summer interviewen zu lassen."

Fragend schaue ich zu Summer hinüber, doch sie ignoriert mich. Also wende ich mich wieder dem Ekelpaket zu und warte auf weitere Informationen.

„Er will das Interview nur mit dir machen, Olivia.“ Das Ekelpaket zuckt die Achseln. „Also liegt der Auftrag wieder bei dir, Liv.“ Laut seufzt er auf. „Ich weiß noch nicht mal, warum die Story so wichtig sein soll, aber mein Boss will sie haben. Und da Mr Stone beschlossen hat, dass er dich will, soll er das auch kriegen. Dich.“

Mir steht noch immer der Mund offen, als er uns entlässt. Beinahe bin ich schon draußen, da meldet er sich noch mal zu Wort. „Olivia, bleib doch noch einen Moment. Summer, mach die Tür hinter dir zu.“ Ernsthaft, kann mein Tag noch schlimmer werden?

„Hör zu, ich weiß, du hast aus persönlichen Gründen darum gebeten, die Story abgeben zu dürfen. Allerdings sieht es so aus, als hätten wir in dieser Angelegenheit keine Wahl mehr. Betrachte es einfach als lehrreiche Erfahrung. Was auch immer da zwischen dir und Mr Stone läuft, schlachte es aus, und liefere mir eine gute Story.“

Ein absolutes Ekelpaket.

Summer stapft noch immer aufgebracht um unseren gemeinsamen Arbeitsplatz herum, als ich zu meinem Schreibtisch zurückkomme. Ablehnung ist für die kleine Prinzessin wohl eine neue Erfahrung. Auch wenn ich stinksauer auf Vinny bin, weil er sich in meine Arbeit einmischt, muss ich doch zugeben: Sie von ihrem hohen Ross geworfen zu sehen hat durchaus etwas für sich.

„Ich weiß nicht, was für ein Spiel du hier treibst, Olivia, aber es wird dich teuer zu stehen kommen, dass du mich vor James so blöd hast dastehen lassen.“ Mit wutverzerrtem Gesicht sieht sie gar nicht mehr so attraktiv aus. „Ich werde mir nicht nur diesen Job holen, sondern dabei auch noch mit deinem hinterhältigen kleinen Hintern den Boden wischen.“

Ich kann nicht anders – ihre Drohung bringt mich zum Lachen. Wer hätte gedacht, dass die Prinzessin auch mal die Krallen ausfährt? Lasst die Spiele beginnen.

Von der Redaktion aus mache ich mich geradewegs auf in den Boxclub, von dem ich weiß, dass Vinny dort trainiert. Ich habe keine Ahnung, ob er ausgerechnet jetzt da ist, aber wenn ja, dann wird er ordentlich was zu hören kriegen. Die Stunden, die seit dem ersten Aufwallen meiner Wut vergangen sind, haben sie nicht besänftigt, sondern nur noch schlimmer gemacht. So schlimm, dass sie sich von einem leichten Köcheln zu einem lauten Brodeln entwickelt hat und gleich der Deckel vom Topf fliegt ... und irgendwem an den Kopf.

Wie kann Vinny es wagen, mir bei meiner Arbeit dazwischenzufunken? Für wen hält er sich eigentlich? Ich habe zu verdammt hart gearbeitet, um dahin zu gelangen, wo ich heute bin, um mir von einem Jugendschwarm hineinpfuschen zu lassen. Er will Spielchen spielen? Dann wird er bald herausfinden, dass ich nicht mehr das kleine Mädchen bin, für das er mich hält. Ich habe mich weiterentwickelt, seit er mir auf der Highschool das Herz gebrochen hat. Und zwar ganz schön.

Ich komme im Boxclub an und schaue mich erst einmal um. Überall muskelbepackte, volltätowierte Kerle, und es bringt mich etwas aus dem Konzept, als eine hübsche – wenn auch hochschwangere – Frau auf mich zukommt. In ihrem stylishen roten Kostüm wirkt sie fehl am Platz. Abwesend reibt sie mit einer Hand über die Kugel unter dem Blazer, die es aussehen lässt, als würde sie einen Basketball im Bauch mit sich herumtragen.

„Sie sehen aus, als wüssten Sie nicht so genau, wohin." Sie lächelt mich freundlich an. „Suchen Sie jemanden?"

„Äh ... Ja, ich bin auf der Suche nach Vinny Stonetti", antworte ich zögerlich.

„Sie kennen Vinny schon ziemlich lange, oder?" Aufmerksam legt die hübsche Schwangere den Kopf schief und mustert mich. Seltsamerweise haben ihre Nachfrage und ihr ganzes Auftreten etwas Mütterliches an sich, beinahe beschützend – auch wenn sie definitiv nicht alt genug ist, um einen Sohn in Vinnys Alter zu haben.

„Ja, tatsächlich. Wir sind zusammen zur Highschool gegangen." Verwirrt runzle ich die Stirn. „Aber woher wissen Sie, dass wir uns schon länger kennen?"

Wieder lächelt sie. „Weil der Wechsel von Vinny Stonetti zu Vince Stone schon ein paar Jahre her ist. Hier nennt ihn niemand mehr Vinny. Na ja, abgesehen von meinem Mann Nico und mir. Ich kenne ihn schon, seit er ein Teenager war, deshalb ist er für mich immer noch Vinny. Mein Mann nennt ihn auch so, aber hauptsächlich, um ihn zu ärgern."

Jetzt erwidere ich ihr Lächeln. Ihrem Tonfall ist anzuhören, dass sie eine Schwäche für Vinny hat. Das überrascht mich nicht. So geht es den meisten Frauen. Bis er sie verarscht und am Boden zerstört zurücklässt. Wie er es mit mir gemacht hat. „Ist Vinny ... äh ... Vince denn hier?"

„Noch nicht, aber normalerweise kommt er so ungefähr um diese Zeit. Mein Mann trainiert ihn."

„Oh. Okay, dann komme ich später wieder. Oder ich rufe einfach mal an und mache einen Termin aus."

„Sie können gern hier warten. Ich wollte gerade hinten einen Tee trinken. Kommen Sie doch dazu, dann können wir uns gegenseitig peinliche Geschichten über Vinny erzählen."

Darüber muss ich nicht lange nachdenken. Hier bin ich ohnehin schon, und vielleicht kriege ich von ihr auch Material für meine Story. „Gerne, das klingt gut. Ich bin übrigens Olivia." Ich reiche ihr die Hand.

„Und ich bin Elle." Mit einem Lächeln ergreift sie meine und streichelt sich dann gleich wieder den Bauch. „Und das hier ist Nicholas junior. Ich glaube, er trainiert jetzt schon seine Kicks. Er ist genau wie sein Daddy, ein richtiges Energiebündel."

Wir gehen durch den Saal in eine kleine Teeküche am anderen Ende. Elle stellt einen Wasserkocher an und holt zwei Becher vom Regal. „Ich hab leider nur koffeinfreie Getränke. Mein Mann hat entschieden zu viele Babybücher gelesen und innerhalb einer Stunde nach dem Schwangerschaftstest alles Koffeinhaltige aus dem Haus verbannt." Sie lächelt und streichelt wieder beschützend ihren Bauch, als sie weiterspricht. „Wir haben lange auf den kleinen Kerl hier gewartet. Letztes Jahr hat mein Mann sich endlich aus dem aktiven Kampfgeschehen zurückgezogen. Was uns beide betrifft, geht manchmal der Beschützerinstinkt mit ihm durch."

Ihre Unverblümtheit bringt mich zum Lächeln, und ich antworte: „Koffeinfrei passt mir wunderbar. Ich bin noch ganz aufgedreht von den drei Bechern, die ich auf der Arbeit hatte.“

Eine Weile plaudern wir so miteinander, und das Gespräch fließt mühelos dahin. Fast, als wäre sie eine alte Freundin, die ich nach langer Zeit wiedersehe, nicht eine Fremde, die ich gerade erst kennengelernt habe. Seltsamerweise fühlt es sich an, als könnte ich mit ihr stundenlang im Schlafanzug auf dem Sofa rumsitzen, alte Filme schauen und Eiscreme löffeln, nachdem eine von uns eine schlimme Trennung hatte. Genau die Art Freundin scheint sie zu sein.

Ich habe keine Ahnung, wie viel Zeit verstreicht, aber wir reden und kichern fast ununterbrochen. Nach dem letzten Schluck Tee schaut Elle bedauernd in ihren Becher hinunter und seufzt. „Kaffee fehlt mir so. Erzähl mir, wie deine drei Becher heute geschmeckt haben. Mein Gesundheitsfanatiker zu Hause trinkt nicht mal selbst welchen. Manchmal muss ich es wochenlang selbst ohne das Aroma aushalten.“

Lächelnd spiele ich nur zu gern mit. Abgesehen von meiner unbestreitbaren Kaffeesucht erzähle ich einfach gern Geschichten. „Also, heute habe ich mit einem anständigen Kona angefangen. Frisch aufgebrüht, mit einem winzigen Schuss Baileys. Ein Geschmack wie nussige Sahne, frisch geerntet von den Bergen Hawaiis.“

Bei meiner Beschreibung hebt Elle die Augenbrauen und grinst. „Du bringst mich um. Aber erzähl weiter.“ Sie schließt die Augen und wartet.

„Dann, am Nachmittag, hab ich eine kleine Aufmunterung gebraucht, also bin ich zu Barto’s rübergegangen, um mir einen Espresso zu holen.“ Ich lehne mich vor und senke die Stimme zu einem Flüstern. „Einen doppelten.“

„Mmmmh … Barto's. Wie hat der geschmeckt?"

„Dunkel, dickflüssig, selbstbewusst. Arabica-Bohnen." Als ich eine dramatische Pause einfüge, leckt Elle sich die Lippen, und ihre Miene zeigt noch immer ein verträumtes Lächeln. „Der erste Schluck neckt die Zunge, verlockt dazu, die dampfend heiße Köstlichkeit im Mund herumzuschieben, um sie in vollen Zügen zu genießen. Doch man schafft es nicht, kann sich nicht bremsen … Weil man weiß, was als Nächstes kommt. Der unverkennbare Geschmack dunkler Schokolade, der sich über den Hauch von Säure legt und einen tief ins Reich des Geschmacks entführt. Eine Vollmundigkeit, bei der man unwillkürlich die Augen schließt und die Hügel der Toskana vor sich sieht, deren in der Brise schwankende Gräser sich bis an den Horizont hinziehen."

Elles Augen sind noch immer geschlossen, als sie mit einem breiten Lächeln das Wort ergreift. „Mmmh … Ich glaube, ich kann es tatsächlich ein bisschen schmecken. Mach weiter. Erzähl mir von dem Dritten." Sie klingt wie ein kleines Mädchen, das gebannt darauf wartet, dass ihre Mutter die Gutenachtgeschichte fortführt. Ich kann nicht anders, ich muss kichern.

Gerade als ich mit der Beschreibung meines Karamell-Frappuccinos beginnen will, unterbricht eine tiefe Stimme meinen Gedankengang. „Ja, erzähl uns mehr. Sag uns, wie sehr du heiße Köstlichkeiten im Mund liebst, Liv." Vinny. Ruckartig holt seine Stimme mich zurück in die Realität, und als ich mich umdrehe, sehe ich ihn lässig im Türrahmen lehnen, eine Augenbraue hochgezogen und mit einem schmutzigen Grinsen auf dem perfekten Gesicht.

„Vinny, wo hattest du Liv denn so lange versteckt? Ich glaube, ich habe meine neue beste Freundin gefunden." Elle lächelt mir zu, während sie aufsteht und auf Vinnys Antwort wartet.

„Keine Ahnung, wo sie gesteckt hat. Aber ich hoffe sehr, dass wir die verpassten Jahre aufholen können." Als Vinny mich anschaut, ist sein freches Grinsen verschwunden, und an seine Stelle ist etwas getreten, das beinahe als Ehrlichkeit durchgehen könnte.

Elle umarmt mich noch, bevor sie sich verabschiedet. „Hier hast du meine Nummer. Ruf mich in drei Wochen an." Wieder streichelt sie ihren Bauch. „In zweien soll der kleine Racker hier zur Welt kommen. Wir, meine neue beste Freundin, gehen zusammen Kaffee trinken." Lächelnd steuert sie in Richtung Tür und hält ein letztes Mal inne, bevor sie die Küche verlässt. „Ich glaube, da wird ein richtiges Gelage vonnöten sein ... Mindestens drei oder vier Läden klappern wir ab."

Vinny lacht und kommt zu dem Tisch, an dem ich noch immer sitze. „Wie ich sehe, hast du Elle kennengelernt."

„Sie ist toll."

„Ja, das ist sie. Ohne sie wäre ich schon lange raus. Sie ist diejenige, die immer zwischen mir und meinem Trainer schlichtet – ihrem Ehemann Nico. Auch wenn er eine tierische Nervensäge ist, er ist nun mal der beste Trainer in der Branche, seit Preach in den Ruhestand gegangen ist."

„Dich scheint sie auch zu mögen." Meine Worte sind ehrlich gemeint. Es war nicht zu übersehen, dass Elle Vinny vergöttert.

Lässig zieht sich Vinny einen Stuhl zu mir heran. Bevor er sich setzt, dreht er ihn um, sodass er die Unterarme auf die Rückenlehne stützen kann. Augenblicklich bin ich wieder in der Bibliothek, damals, vor so vielen Jahren.

„Also, was führt dich hierher, Liv?“ Auf sein Gesicht schleicht sich ein wissendes Grinsen. Er weiß genau, warum ich hier bin.

„Wie es scheint, hattest du ein kleines Problem mit Summer?“ Mit erhobenen Augenbrauen warte ich auf seine Erklärung.

„Ich hatte keine Lust, meine Story von Daddys kleiner Prinzessin schreiben zu lassen. Hab mir gedacht, jemand, den ich kenne, könnte das besser. Jemand, der schon schreibt, seit er einen Stift halten kann.“

Bei Vinnys Beschreibung von Summer kann ich ein Lächeln nicht unterdrücken. Daddys kleine Prinzessin – da hat er den Nagel auf den Kopf getroffen. „Besonders glücklich war Prinzesschen damit nicht.“

„Kann ich mir denken. So, wie es ausgesehen hat, kann ich mir gut vorstellen, das war das erste Mal in ihrem Leben, dass sie eine Abfuhr gekriegt hat.“

Jetzt schaut Vinny mich an, und das Grinsen auf seinem Gesicht verschwindet, als unsere Blicke sich treffen. In seinen schönen hellblauen Augen liegt eine unübersehbare Eindringlichkeit. Es ist, als würde man in einen ruhigen Ozean blicken, über dem in der Ferne hinter dunkelgrauen Wolken ein gefährlicher Sturm lauert. Bewusst löse ich mich aus diesem Blick. Das Bedürfnis, mich zurückzuziehen, ist groß, auch wenn es keine leichte Aufgabe ist.

„Warum, Vinny?“ Er sieht mich verwirrt an, und ich werde deutlicher: „Warum hast du darauf bestanden, dass *ich* den Artikel über dich schreibe?“

„Weil ich dich wiedersehen wollte“, antwortet er äußerst sachlich, ohne einen Funken Scham für seine Einmischung in mein Leben.

„Du hättest mich auch einfach anrufen können.“

„Hättest du dich dann einverstanden erklärt, dich mit mir zu treffen?“

Okay, ganz falsch liegt er da nicht. Schon öffne ich den Mund, um etwas zu erwidern, doch dann schließe ich ihn rasch wieder und schweige.

„Hab ich mir gedacht“, schiebt er mit einem leicht selbstgefälligen Gesichtsausdruck hinterher.

Ich wechsle das Thema und hole mein Notizbuch und einen Stift hervor. „Wollen wir dann anfangen?“

„Nein.“

„Nein?“

„Du kannst mich beim Essen interviewen. Morgen Abend.“

„Wohl eher nicht, Vinny.“

Er steht auf, stellt den Stuhl wieder auf seinen Platz und verschränkt die Arme vor der Brust. „Tja, na dann. War schön, dich wiederzusehen, Liv.“

Aus schmalen Augen starre ich ihn an. „Du spielst hier mit meiner Chance auf meinen Traumjob, Vinny.“ Vielleicht kann ich ihn ja mit ein paar Schuldgefühlen weichklopfen. Besonders überrascht bin ich allerdings nicht, als er keine Miene verzieht.

Unsicher, wie ich jetzt vorgehen soll, erhebe ich mich ebenfalls. Doch mir ist klar, dass ich zumindest ein bisschen nachgeben muss. „Ein Mittagessen."

„Abendessen."

„Komm mir wenigstens ein klein wenig entgegen, Vinny. Mittagessen."

Der Ausdruck in seinen Augen ist unergründlich, doch mir wird klar, dass der starke Junge sich zu einem entschlossenen Mann entwickelt hat. Einem Mann, der nichtsdestotrotz immer noch nach seinen eigenen Regeln spielt. Zweifelnd, ob er mir meinen Bluff abnimmt oder es drauf ankommen lässt, warte ich mit angehaltenem Atem auf seine Antwort.

„Also gut, morgen zum Mittagessen."

„Morgen kann ich nicht, da bin ich mittags schon verabredet."

„Mit wem?"

„Ich glaube nicht, dass dich das was angeht."

„Sag ab."

Ich schaue ihm in die Augen und suche nach einem Anzeichen, dass er nur scherzt. Vergeblich. Er meint es todernst. „Also gut."

„Ich hol dich bei der Arbeit ab."

„Wir treffen uns im Restaurant."

Vinny schließt die Augen und senkt leicht den Kopf. Nach einem Kopfschütteln holt er tief Luft und kommt zwei Schritte auf mich zu, sodass wir uns direkt gegenüberstehen. Dicht genug, dass ich die Hitze spüren kann, die sein Körper ausstrahlt, aber ohne dass wir uns berühren. „Morgen. Zwölf Uhr. Lombardi's."

Ich nicke nur. Wenn er mir so nah ist, kriege ich keinen zusammenhängenden Satz heraus. Schließlich, einen langen Augenblick später, zwinge ich mein Gehirn, meinem verräterischen Körper die Kontrolle wieder zu entreißen. Mit einem zögerlichen Lächeln wende ich mich zur Tür. „Bis morgen dann."

„Ich kann's kaum erwarten, Liv."

Erleichtert, nach dem gefühlt längsten Tag meines Lebens endlich zu Hause zu sein, marschiere ich geradewegs zum Kühlschrank und hole eine Flasche Weißwein heraus, die mit einem Korken verschlossen ist.

„Du hast ja noch nicht mal deine Handtasche abgelegt. Mieser Tag im Büro, Süße?", zieht mich meine Mitbewohnerin Ally vom Wohnzimmer aus auf.

„Willst du auch ein Glas?", rufe ich zurück.

„Aber sicher, ich bin doch nicht so unhöflich und lass dich allein trinken." Von hier aus kann ich Ally nicht sehen, aber das Lächeln in ihrer Stimme ist unüberhörbar.

Ich fülle zwei funkelnde Kristallgläser randvoll mit Wein – damit ist die Flasche leer – und mache mich auf ins Wohnzimmer. Dort angekommen lasse ich mich auf die Couch fallen, streife mir die hochhackigen Schuhe ab, atme tief aus und rutsche in das weiche Polster, bevor ich einen großen Schluck Wein trinke.

„Raus mit der Sprache. Du siehst total durcheinander aus." Ally hat es sich im Schneidersitz auf dem Sofa bequem gemacht, dreht sich zu mir und schaltet mit der Fernbedienung den Fernseher aus.

„Ich hab heute Vinny wiedergesehen."

„Ernsthaft? Ich dachte, du hättest die Story abgegeben?"

„Dachte ich auch."

„Was ist passiert?"

„Vinny ist passiert." Ich stürze einen weiteren Schluck Wein hinunter. „Er hat sich geweigert, sich von Summer interviewen zu lassen, und erklärt, die Story nur mit mir machen zu wollen."

Als ich zu meiner besten Freundin aufschaue, grinst sie mich aufgeregt an.

„Was zum Geier gibt's denn da zu grinsen?"

„Ich find's ziemlich heiß, dass er nach dir verlangt hat." Ally lacht. „Der war schon früher komplett furchtlos. Ist er immer noch so umwerfend?"

Unwillig wandern meine Gedanken zu Vinny Stonetti. Vince Stone. Über die Jahre ist er nur noch heißer geworden. Äußerlich war er schon immer zum Anbeißen, aber er hatte so ein Selbstvertrauen an sich, eine Kraft, die das noch um ein Vielfaches verstärkt hat. Er ist eine Naturgewalt. Etwas, bei dem ich mir nicht sicher bin, ob ich mich dem stellen will. „Ja, er ist immer noch umwerfend. Aber darum geht es nicht. Er hat mich schon mal verarscht, noch mal lasse ich das nicht mit mir machen."

„Also mich kann er gern verarschen", entgegnet Ally und wackelt mit den Augenbrauen. Schon seit der Grundschule sind wir beste Freundinnen. Auch wenn wir vom Aussehen her auf den gleichen Typ Mann stehen, halte ich mich von den Bad Boys fern. Ally dagegen macht einen Bogen um die guten Kerle.

„Und, wie ist das Interview gelaufen?“

„Bin noch nicht dazu gekommen. Dazu gehe ich morgen Mittag mit ihm essen.“

„Ein Date. Nicht schlecht.“ Ally nippt an ihrem Wein.

„Das ist kein Date.“

„Trefft ihr euch in einem Restaurant und esst zusammen?“

„Ja, aber das ist nicht der Punkt. Es ist bloß ein Geschäftsessen.“

„Hättest du ihn nicht genauso gut heute interviewen können, als du mit ihm gesprochen hast?“

„Hab ich ja versucht, aber er hat sich geweigert. Wollte das Interview beim Abendessen führen.“

„Also hast du ihn von einem Candle-Light-Dinner auf ein Date zum Lunch heruntergehandelt?“

„Ja. Ich meine, nein. Es ist kein Date.“

„Wenn du meinst. Solange du mir danach sämtliche Details berichtest, kannst du es von mir aus auch Kommunikationssitzung mit Nahrungsaufnahme nennen.“

KAPITEL 10 Vince

„Wer war das Mädel da vorhin?" Überall steckt Nico seine Nase rein. Der Blödmann denkt, bloß weil er mich trainiert, darf er jeden Winkel meines Lebens kontrollieren. So ist er schon drauf, seit ich dreizehn war.

„Eine alte Freundin." Ich verpasse dem Sandsack einen Roundhouse-Kick, und Nico muss den Fuß zurücksetzen, um in Position zu bleiben. Seit mehr als zehn Jahren versuche ich jetzt, ihn zu besiegen. Eigentlich dachte ich, mit dem Eintritt in den Ruhestand würde er ein bisschen an Kraft verlieren, beim Training etwas kürzertreten. Aber nein, ein Jahr ist er jetzt raus, und der Mistkerl ist immer noch in Topform.

Ein Mal. Ein einziges Mal in zehn Jahren habe ich ihn zu Boden geworfen. Und dafür habe ich bitter bezahlt. Ich war high beim Training aufgetaucht, und Nico hatte mich zur Rede gestellt. Als wir aufeinander losgegangen sind, musste uns am Ende die halbe Belegschaft auseinanderzerren. Das Ergebnis waren mein Rauswurf aus dem Boxclub und sechs Monate ohne Trainer, bis ich mit Urintests im Zufallsmodus unter Beweis stellen konnte, dass ich clean war.

„Elle hat gestern Abend bestimmt zwei Stunden lang von ihr geschwärmt. Sie findet sie großartig. Ein nettes Mädchen – eine, die dir guttun würde. Dann hat sie irgendwas von

Kaffeedurst geschwafelt und ist sauer auf mich geworden, weil ich welchen trinken könnte. Auch wenn ich den Mist nie anrühren würde. Seit sie schwanger ist, dreht sie völlig am Rad."

Ein nettes Mädchen. Ja, genau das ist Liv. Ein nettes Mädchen. Das ich gern mal von hinten nehmen würde. Hart. Verdammt, ich müsste es besser wissen. Nette Mädchen und ich passen nicht zusammen. Ein einziges Mal habe ich das probiert. Hab sogar eine einigermaßen normale Beziehung hingekriegt, beinahe einen ganzen Monat lang war Blümchensex angesagt. Aber das bin nicht ich. Am Ende hab ich ihr eine Kostprobe von meinem wahren Ich gegeben, und sie hat schreiend das Weite gesucht.

Dabei war es noch nicht mal das richtig harte Zeug. Ich hab ihr bloß ein bisschen den Hintern versohlt und sie an den Haaren gezogen, und sie hat Panik gekriegt. Wahrscheinlich hat sie sich danach irgendeinen Biffy gesucht und geheiratet. Biffy, der ihr ihren Blümchensex gibt und sich die Schweinereien für das Flittchen aufhebt, das er nebenbei unterhält. „Ja, sie ist ein nettes Mädchen. Aber da geht's nur ums Geschäft. Sie schreibt eine Story zu meinem nächsten Kampf."

„Bei Elle und mir ging's auch nur ums Geschäft, als wir uns kennengelernt haben."

Als das mit den beiden seinen Anfang nahm, war ich zwölf oder dreizehn. Zuerst fand ich, die beiden wären ein seltsames Paar. Elle als Anwältin, immer in ihren strengen Business-Kostümen, hat Nico geholfen, aus einem Vertrag rauszukommen. Sie war völlig anders als die halb bekleideten Weiber, die ich normalerweise einmal und nie wieder durch den Boxclub stöckeln sah. Zweimal, wenn sie Glück hatten.

Aber von dem Tag an, als er Elle das erste Mal sah, hatte das ein Ende ... und er machte sich daran, sie für sich zu gewinnen, mit seiner gewohnten Hartnäckigkeit. Anfangs habe ich vielleicht nicht verstanden, was sie aneinander fanden, aber es hat nicht lange gedauert, bis ich begriffen hatte, dass es für Nico Hunter keine andere gibt.

„Mag ja sein, aber ich bin nicht du.“

Es ist schon spät, als ich mit meinem Work-out fertig bin, und ich will nur noch nach Hause und ins Bett. Aber meine Nervensäge von Mutter hat gestern ziemlich mies ausgesehen, also schaue ich noch bei ihr vorbei. Ich kann den Anblick der Frau nicht ertragen, und doch fühle ich diesen Zwang, mich um sie zu kümmern.

Sie ist immer ein Junkie gewesen, solange ich zurückdenken kann. Hat in ihrem Leben noch keinen Job länger gehabt. Als sie jünger war, hat sie nachts gestrippt. Schon mit fünf hat sie mich regelmäßig allein gelassen, um nachts in so einem zwielichtigen Schuppen zu arbeiten, der einem Typen gehörte, den ich Onkel Wally nennen sollte. Von wegen Onkel Wally. Seine Mädchen waren allesamt zugedröhnt, und er hat dafür gesorgt, dass es auch so blieb. So waren sie mehr auf ihn angewiesen.

Einmal hat sie einen Entzug gemacht. Hat sogar in *Wally's Den* aufgehört. Da war ich ungefähr sieben. Fast drei Monate hat sie durchgehalten. Daran kann ich mich noch glasklar erinnern. Die Wohnung war sauber, und es gab regelmäßig was zu essen. Und keine Schnapsleichen überall in den Zimmern. An einem Tag ist sie sogar mit mir in den Zoo gegangen.

Lange hat es nicht gehalten. Onkel Wally ist gekommen, um sie zurückzuholen. Zwei Wochen nachdem sie wieder in *Wally's Den* angefangen hatte, war die Bude zugemüllt und die Junkies wieder da. Und seither hat sich das nicht geändert. An manchen Tagen ist es besser, an manchen schlechter. Gestern war es schlechter. Sie hat beschissen ausgesehen. Aufgeplatzte Lippe und verdammt zittrig. Natürlich hat sie geschworen, sie wäre bloß hingefallen und hätte sich dabei den Mund aufgeschlagen – aber ich traue diesem Versager Jason nicht, mit dem sie sich neuerdings zusammengetan hat.

Auf mein knappes Klopfen reagiert niemand, also öffne ich die Tür mit meinem Schlüssel. So laut, wie der Fernseher dudelt, überrascht es mich, dass die Nachbarn nicht die Bullen gerufen haben. Meine Mutter sitzt auf der Couch und weint. Als sie mich entdeckt, versucht sie, es zu verstecken, aber es ist zu spät, ich habe es gesehen. „Was ist los, Mom?"

„Nichts, mein Schatz. Es ist alles in Ordnung. Du kannst wieder nach Hause fahren. Ich hab dir doch gesagt, du musst nicht jeden Tag nach mir sehen." Ihr Blick huscht zum Bad und wieder zurück zu mir. Eine Hand hält sie an die Wange gedrückt. Beim Reinkommen dachte ich, sie wischt sich gerade die Tränen ab, aber sie versteckt etwas vor mir. Stumm gehe ich zu ihr und ziehe ihr die Finger vom Gesicht. Darunter prangt grellrot ein Handabdruck. Frisch, eben erst hinterlassen, sodass die Farbe noch nicht von brennendem Rot zu geschwollenem Rosa wechseln konnte.

Ich schaue zur geschlossenen Badezimmertür und dann wieder zu meiner Mutter. „Ist er da drin?“

„Vinny, nicht. Jason ist ein guter Mann. Und er hilft mir auch finanziell.“

Ja, genau – indem er ihr die Drogen bezahlt. Und sie dann schlägt. Was für ein scheißtoller Mensch. Auf gar keinen Fall. Ich kann nicht anders. Als der Typ mit seinem dreckigen, verhärmten Gesicht zur Tür herauskommt, sehe ich rot.

Der Penner ist so breit, dass er sich nicht mal wehren kann, als ich ihn beinahe krankenhausreif prügle. Geschieht ihm recht. Mom ging es genauso, als er die Hand gegen sie erhoben hat. Nutzloses Stück Scheiße.

Nach dem ersten Schlag protestiert Mom nicht mal mehr. Sie weiß, wie ich sein kann. Wenn ich erst mal loslege, gibt es für mich kein Halten mehr. Erst recht, wenn es darum geht, meine Mutter zu beschützen. Ich kann sie nicht davon abhalten, sich diesen Mist zu spritzen, aber ich kann sie verdammt noch mal wenigstens davor bewahren, geprügelt zu werden.

Das ist nicht das erste Mal, dass ich mir einen Versager vorknöpfe, der sich gedacht hat, er würde sich mehr wie ein Mann fühlen, wenn er meine Mutter schlägt. Angefangen hat es, als ich fünfzehn war. Über die Jahre habe ich aufgehört, die Arschlöcher zu zählen.

Das Stück Scheiße lasse ich auf dem Boden liegen, dann trage ich meine Mutter in ihr Schlafzimmer und decke sie zu. Sie kann nicht mal mehr laufen. Dazu ist sie zu high und zu gebrechlich. Sie muss mehr essen. Zum Abschied drücke ich ihr einen Kuss auf die Stirn und gehe zurück ins Wohnzimmer, um den Versager aufzusammeln und draußen in die Gosse zu werfen. Ich kann meine Mutter nicht ertragen, aber im Stich lassen kann ich sie auch nicht.

KAPITEL 11 Liv

Als ich in dem Restaurant eintreffe, sehe ich Vinny an der Bar stehen. Ohne ihre anderen Gäste zu beachten, unterhält die Barkeeperin sich nur mit ihm und lehnt sich dabei lasziv über die Theke, sodass er den perfekten Ausblick auf ihre riesigen, unübersehbar falschen Brüste hat. Ihre Haltung ist kaum misszuverstehen. Unerwartet spüre ich einen Stich der Eifersucht, doch schnell unterdrücke ich das Gefühl und zwinge mich, meine instinktive Reaktion zu ignorieren.

„Hey", grüße ich Vinny und gehe zur Bar. Er steht auf und küsst mich auf die Wange, eine Hand an meiner Hüfte. Die Unterhaltung, die er gerade noch geführt hat, scheint vergessen. Unter seinem starken Griff überläuft ein Kribbeln meine Haut. Beinahe zucke ich zurück, so heftig überfällt mich das Gefühl. Verdammt, ich muss auf Abstand bleiben bei diesem Mann.

Höflich lächle ich die wartende Barfrau an, doch die bedenkt mich mit einem hasserfüllten Blick, als Vinny mich zu einem Tisch führt, ohne auch nur zu ihr zurückzuschauen. Auch wenn es keine leichte Aufgabe ist, zwinge ich meine Gedanken zurück zum Geschäftlichen. Doch statt sich mir gegenüberzusetzen, rutscht Vinny neben mich auf die Bank, den Arm lässig über die Lehne gelegt.

Manchmal, wenn ich Pärchen im Restaurant nebeneinandersitzen sehe, denke ich bei mir, wie komisch das wirkt. Irgendwie erscheint es mir natürlicher, sich zu unterhalten, wenn man sich gegenübersitzt. Erst jetzt verstehe ich den Reiz daran. Die Position ist intim, ermöglicht leise Gespräche, und durch die räumliche Nähe sind Berührungen unvermeidlich.

Doch so dicht neben Vinny zu sein macht mich nervös. Außerdem habe ich den Platz an der Innenseite, zwischen ihm und der Wand. Dadurch komme ich mir eingesperrt vor – und es ärgert mich, dass meinem Körper das zu gefallen scheint, ungeachtet dessen, was mein Gehirn davon hält.

„Wäre es nicht bequemer, wenn du dich da drüben hinsetzt?“ Ich deute auf die andere Seite des Tischs.

„Nein. Mir gefällt's hier. Macht's dir was aus?“, entgegnet er mit einem wissenden Grinsen auf dem Gesicht.

„Nein, gar nicht, alles gut“, lüge ich.

Vinny wendet mir den Oberkörper zu und zieht ein Bein angewinkelt auf den Sitz. Heute trägt er eine tief sitzende Jeans und einen schwarzen Pullover mit V-Ausschnitt. Ein lässiger, unaufdringlicher Look. So, wie die Kleidung an ihm fällt, wirkt er eher wie ein Model als wie ein MMA-Kämpfer. Ein Model, dem sein Aussehen relativ gleichgültig ist und das trotzdem, ohne sich anstrengen zu müssen, perfekt aussieht.

Ich hole tief Luft und versuche, mich in die Arbeit zu stürzen. „Also, erzähl mal, bist du beim Gedanken an den bevorstehenden Kampf nervös?“

„Nein.“

„Dein Gegner hat versucht, dich in den Dreck zu ziehen, und behauptet, du wärst drogenabhängig. Willst du dich zu dieser Anschuldigung äußern?"

„Nein."

„Willst du mir auf alles so knapp antworten? Aus dem Wort ‚nein' lässt sich nämlich schwerlich ein Artikel stricken."

„Dann stell bessere Fragen."

Beleidigt gehe ich in die Defensive. „Meine Fragen sind völlig in Ordnung."

„Wie wär's, wenn wir uns abwechseln? Ich gebe dir längere Antworten, aber für jede von deinen Fragen beantwortest du mir eine von meinen." Er rutscht ein Stück näher.

„Ich bin aber nicht diejenige, die hier interviewt wird."

„Ich dann wohl auch nicht." Gelassen nimmt Vinny sich eine Brotstange vom Tisch und beißt beiläufig ab. Das Funkeln in seinen Augen verrät, dass er sich hervorragend amüsiert.

„Du willst mir hier echt das Leben schwer machen, oder?"

„Es muss nicht so sein", antwortet er.

Mittlerweile verspüre ich den Drang, ihm das selbstgefällige Grinsen mit einer Ohrfeige aus dem Gesicht zu wischen. Er weiß genau, dass ich dieses Interview brauche, und ist arrogant genug, mich damit zu erpressen und sich seinen Spaß zu gönnen.

„Also gut. Aber ich zuerst."

„Immer doch." Das verschmitzte Lächeln ist zurück.

„Hast du ein Drogenproblem?"

Er wirft mir einen harten Blick zu. „Nein. Aber ich hatte eins. Als ich mir letztes Jahr den Arm gebrochen hatte und nicht kämpfen konnte, hab ich mich auf was ziemlich Dummes eingelassen. Anfangs habe ich mir eingeredet, es wäre nur, um die Schmerzen zu unterdrücken. Aber das Ganze ist außer Kontrolle geraten. Und zwar schnell. Jetzt bin ich seit sechs Monaten clean. Sonst würde Nico mich nicht trainieren. Er fordert immer noch stichprobenartig Tests von mir, um sicherzugehen, dass ich in der Spur bleibe."

Angesichts seiner Ehrlichkeit lässt meine angespannte Wachsamkeit etwas nach. Während er redet, mustere ich seine supermännlichen Züge. Wie sein Mund sich bewegt, den Bartschatten an seinem Kinn und dem kantigen Kiefer. Es fällt mir schwer, ihn nicht anzustarren.

Vinnys Blick gleitet über mein Gesicht, und ein selbstironisches Grinsen huscht über seine sündhaft schönen Züge, als er weiterspricht. „Jetzt bin ich dran."

Zögernd lächle ich. Sein neckender Tonfall und die Grübchen, die sein Lächeln einrahmen, erwecken bei mir den Eindruck, dass er die Situation genießt, obwohl er gerade ein schwieriges Geständnis gemacht hat.

„Hast du einen Freund?"

Eine hübsche Kellnerin kommt zu unserem Tisch, und Vinny bestellt für uns beide, ohne mich zu fragen. Lasagne. Zum Mittagessen. Um diese Tageszeit würde ich die normalerweise nie bestellen, aber ich finde es süß, dass er noch weiß, was ich mir an den langen Lernabenden damals in der Highschool immer geordert habe.

Mit erwartungsvoller Miene dreht er sich wieder zu mir und widmet mir seine volle Aufmerksamkeit. „Also, ja oder nein?"

„Nein.“

„Jetzt bist *du* aber ein wenig wortkarg. Ich dachte, wir wären uns einig, dass wir mit einsilbigen Antworten nicht weiterkommen. Es sei denn, du willst noch mal von vorn anfangen, und ich antworte auch wieder auf alles mit Nein ...“

„Schon gut.“ Ich gebe mir Mühe, genervt zu tun, und verdrehe die Augen, während ich meine Antwort näher ausführe. „Nein, im Augenblick habe ich keinen Freund. Zwei Langzeitbeziehungen auf dem College, die letzte hat zusammen mit dem Studium geendet. Hier und da mal ein Date, aber meistens habe ich mit der Arbeit alle Hände voll zu tun.“

Vinny nickt, meine Antwort scheint ihn zufriedenzustellen. Jetzt bin ich an der Reihe. „Letztes Jahr hast du ein Aufeinandertreffen mit Ravek abgelehnt, mit der Begründung, dass du für einen Titelkampf noch nicht bereit seist. Was führt dich zu der Einschätzung, dass du es jetzt bist?“

Überrascht hebt er die Augenbrauen. „Du hast deine Hausaufgaben gemacht.“ Lächelnd nehme ich das Kompliment entgegen und warte auf seine Antwort. „Letztes Jahr habe ich darüber nachgedacht, zum Militär zu gehen. Körperlich war ich vielleicht bereit, aber für einen so hochkarätigen Kampf war ich im Kopf nicht fokussiert genug.“

Eine Erinnerung aus unserer Highschool-Zeit blitzt auf. Damals hat er immer zwei Erkennungsmarken um den Hals getragen, die seinem Vater gehört hatten. „Dein Dad war beim Militär, richtig?“

Er greift sich in den Kragen und holt die vertrauten Blechschildchen hervor, die ich schon vor so vielen Jahren von ihrer Kette habe baumeln sehen. „Die hab ich seit meiner

Kindheit nur zum Kämpfen abgenommen. Er ist im Einsatz ums Leben gekommen, als ich noch ein Baby war.“ Bei der Erinnerung wird seine Miene traurig, doch rasch fängt er sich wieder. „Damit schuldest du mir jetzt zwei. Bist du mit Evan Marco zum Abschlussball gegangen?“, will er wissen.

Der Name weckt traurige Erinnerungen. „Nein.“

„Warum nicht?“

„Er war zu schwer verletzt, um hinzugehen. Wie das wohl passiert sein mag?“, setze ich sarkastisch nach. Tatsächlich überrascht es mich, dass er das Thema Evan anschneidet und mich dann auch noch drängt, über das zu reden, was damals passiert ist.

Ich war erst in der Zehnten, deshalb war es ein Schock, als Evan mich gefragt hat, ob ich mit ihm zu dem Ball gehen würde. Er war zwei Jahre älter und Kapitän des Footballteams. Jedes Mädchen wollte von ihm gefragt werden. Doch er hatte sich für mich entschieden. Mir war nicht einmal klar gewesen, dass er meinen Namen kannte. Ich war bloß ein Mauerblümchen, eins von den schlauen Mädchen, die in den Fortgeschrittenenkursen saßen. Doch er hatte gefragt, und ich freute mich riesig auf den Ball ... auch wenn ich ganz tief drinnen insgeheim lieber mit Vinny hingegangen wäre.

Dann ist Evan ein paar Wochen vor dem Ball mit Vinny aneinandergeraten, und nach der Prügelei hat er mir abgesagt. Mein Kleid war schon gekauft, das volle Programm. Ich war am Boden zerstört, aber Vinny hat es schlimmer erwischt. Er war ohnehin schon wegen diverser Prügeleien auf Bewährung gewesen, und Evans Vater saß im Schulvorstand. Deshalb war niemand überrascht, als Vinny von der Schule geflogen ist.

Ich bin dran. „Warum hast du Evan verprügelt?“

Wieder hebt Vinny überrascht die Augenbrauen. „Olivia Michaels, stellst du mir etwa eine persönliche Frage, die nichts mit deinem Artikel zu tun hat?“

Errötend verfluche ich mich innerlich für meine Worte. Aber das treibt mich schon seit damals um. Sicher, Vinny hat sich auf der Highschool oft geprügelt, aber normalerweise nicht mit den beliebten Sportlern. Bis zu dem Zeitpunkt waren Evan und er sogar recht freundschaftlich miteinander umgegangen. „Sieht so aus.“

Halbherzig versucht er ein Lächeln, doch in seiner Miene zeigt sich Anspannung. „Er hat was gesagt, was mir nicht gefallen hat.“

„Er hat was gesagt, was dir nicht gefallen hat?“, äffe ich ihn nach, ungläubig, dass er sich wegen einer solchen Lappalie von der Schule hat werfen lassen.

„Das zählt als weitere Frage, wenn ich mich wiederholen muss“, warnt Vinny grinsend.

So vergehen fast zwei Stunden, in denen Vinny mir jede Frage beantwortet, die ich ihm stelle. Und es ist offensichtlich, dass er die Wahrheit sagt. In den Pausen unseres Frage-und-Antwort-Spiels schwelgen wir in Erinnerungen an die Schulzeit. Ich bin überrascht, wie viel er noch von mir weiß. Mein Lieblingsessen, die Musik, die ich gehört habe, wie ich immer das Ende der Klassiker umgeschrieben habe, mein Traum, Schriftstellerin zu werden. Es ist irgendwie süß und ganz unerwartet.

Vinny übernimmt die Rechnung, obwohl ich ihm sage, dass die Zeitung das Essen bezahlen würde. „Darf ich noch eine Frage stellen, Liv?“

Spielerisch verdrehe ich die Augen, aber irgendwann in den letzten zwei Stunden habe ich meine Deckung sinken lassen ... Er weiß, dass ich nur Spaß mache. „Schieß los."

Er lehnt sich vor zu mir und flüstert: „Darf ich dich küssen?"

Darauf antworte ich nicht sofort – hauptsächlich, weil er mir keine Zeit dazu lässt. Stattdessen küsst er mich tatsächlich. Anfangs zögerlich, kontrolliert, sanft ... beinahe unsicher. Er schmeckt süß, nach dem Tiramisu, das wir uns gerade geteilt haben. Unglaublich köstlich. Einen Augenblick später weicht er ein Stück zurück, doch unsere Lippen berühren sich noch immer, und mir entschlüpft ein leises Stöhnen.

Dann geht alle Sanftheit über Bord, und er fällt über mich her, küsst mich unnachgiebig, plündert meinen Mund mit seiner Zunge und verlangt, dass ich ihm die Führung überlasse. Die Spannung, die meinen Körper im Griff hat, seit ich ihn vor ein paar Tagen wiedergesehen habe, fleht um Erlösung. Ich ertappe mich dabei, wie ich die Finger in seinen Pullover kralle und ihn noch enger an mich ziehe, als seine starken Arme uns ohnehin schon aneinanderpressen. Verzweifelt saugt er an meiner Zunge und beißt mir in die Unterlippe, als ich mich von ihm lösen will, um nach Luft zu schnappen.

Schließlich reißen wir uns keuchend voneinander los, und nur, weil wir Atem holen müssen. Ich bin geschockt von der Heftigkeit meiner Reaktion, und Scham macht sich in mir breit. Erneut will ich mich von ihm lösen, doch Vinny folgt meiner Bewegung und lässt nicht zu, dass der Kontakt abbricht. Er schmiegt sein Gesicht an meine Wange, und ich höre seinen schweren Atem, ganz dicht an meinem Ohr. Es ist ein wahnsinnig erotisches Gefühl, und ich muss Abstand zwischen uns bringen, damit ich nicht irgendetwas Dummes anstelle. „Ich muss dich wiedersehen, Liv“, erklärt er mit dunkler, rauer Stimme.

Ich gebe mir wirklich Mühe, mich zu sammeln, aber in meinem Kopf dreht sich alles, meine Gedanken sind ein einziges Gewirr gemischter Gefühle, teils alt, teils neu. „Was ist mit Krissy oder Missy oder wie sie heißt?“

„Vorbei.“ Die Antwort ist knapp, sein Tonfall scharf.

„Seit wann? Ich hab euch doch erst letzte Woche zusammen gesehen.“

„Seit eben.“

Scheiße. Ich wünschte, ich würde seine Antwort nicht lieben, doch das tue ich. Sie ist trotzig und nicht gesellschaftsfähig, aber ebenso ist sie nackt und ehrlich. Und macht all das aus, was mich vor Jahren so zu ihm hingezogen hat. Er ist, wer er ist, und entschuldigt sich nicht dafür, wenn das nicht den Erwartungen seines Gegenübers entspricht. Auf eine merkwürdige Weise habe ich ihn immer ein wenig um diese Fähigkeit beneidet. Sein eigenes Leben zu leben – wirklich für sich selbst – ist leicht dahingesagt, aber so schwer durchzuziehen.

KAPITEL 12 Liv

Am Samstagmorgen gehe ich zum Yoga. Eigentlich bin ich zu faul, um meinen Hintern aus dem Bett zu hieven, aber ich habe es bitter nötig. Mehr für mein seelisches Wohlergehen als für das körperliche. Die gesamte Fahrt zum Studio über fühlt mein Gehirn sich völlig durchgenudelt an, und die gewohnte morgendliche Klarheit will sich einfach nicht einstellen.

Das Treffen mit Vinny gestern hat mich verwirrt. Damals hat er mich sehr verletzt, und es hat lange gedauert, bis ich darüber hinweg war. Länger, als mir lieb ist. Ihm jetzt eine weitere Gelegenheit dazu zu geben wäre nicht klug. Mag sein, dass Missy dieser Tage Krissy heißt und die Schulhofschlägereien zu Käfigkämpfen geworden sind, aber er ist immer noch derselbe. Der Junge, der sich nimmt, was er will, und keinen zweiten Gedanken daran verschwendet. Bloß dass er heute ein Mann ist. Gott, und was für ein Mann.

Aber dieser Kuss. Das war anders als alles, was ich bisher erlebt habe. So voller Leidenschaft und Verlangen, dass ich meine Umgebung vollkommen vergessen habe. *Mich* vergessen habe. Mich in seiner Nähe aufzuhalten ist gefährlich. Nur zu leicht könnte ich mich erneut in ihn verlieben, und genau deshalb darf ich ihn nicht wiedersehen. Ihm habe ich gesagt, ich würde darüber nachdenken, aber die Entscheidung ist mir nicht schwergefallen. Als ich erst einmal Abstand zwischen ihn und mich gebracht hatte, konnte ich endlich wieder klar denken.

Nach dem Yoga bin ich entspannter und fokussierter, aber trotzdem noch lange nicht mein gewohntes durchorganisiertes Ich. Auf dem Heimweg halte ich noch in der Stadt, um ein paar Einkäufe zu erledigen. Als das Handy in meiner Handtasche klingelt, während ich gerade meine Tüten zum Parkplatz schleppe, habe ich Mühe, es herauszufischen. Die Nummer kommt mir nicht bekannt vor.

„Hallo?"

„Liv?" Eine Frauenstimme. Irgendwie vertraut, aber so auf Anhieb kann ich ihr kein Gesicht zuordnen.

„Ja."

„Hier ist Elle."

„Ach, hi, Elle. Wie fühlst du dich?"

„Als hätte ich eine fünf Kilo schwere Wassermelone verschluckt", seufzt sie. „Hör mal, ich brauche unbedingt einen Kaffee. Hast du Zeit? Dann bestelle ich mir einen entkoffeinierten, und du nimmst den guten Stoff und beschreibst ihn mir beim Trinken."

Lächelnd denke ich an unsere erste und einzige Begegnung zurück, an die augenblickliche Verbundenheit und daran, wie ich ihr den Geschmack meines Kaffees geschildert habe, nach dem sie sich so verzehrt. „Klar, liebend gern. Ich bin gerade in der Stadt, was hältst du davon, wenn wir uns bei Barto's treffen?"

„Perfekt, in einer halben Stunde bin ich da."

In dem Café entdecken wir einander rasch und plaudern sofort los. Sie erzählt mir, wie sie Nico kennengelernt hat, als sie sich für ihn um irgendwelche Verträge gekümmert hat. Ich berichte ihr von der Stelle, die ich mit allen Mitteln zu ergattern versuche, und von meiner Alternative bei der *Post* in New York. Vielleicht eine Stunde sitzen wir so da, als sie schließlich für einen Moment still wird und dann verlegen zu mir aufschaut. Ich sehe ihr an, dass sie etwas loswerden will.

„Ich habe ein Geständnis abzulegen."

„Okay …", antworte ich lang gezogen und weiß nicht, womit ich rechnen soll.

„Vinny hat mich gebeten, dich zu kontaktieren. Ich sollte probieren, ob ich dich überreden kann, mit ihm auszugehen. Versteh mich nicht falsch, ich find dich toll. Ich wollte mich so oder so mit dir treffen. Aber jetzt komme ich mir unehrlich vor, wenn ich hier sitze und nicht alle Karten auf den Tisch lege."

Mein erster Impuls ist das Gefühl, verraten worden zu sein, aber Elle ist das schlechte Gewissen anzusehen, und so beruhige ich sie. Ich mag sie wirklich. Es fühlt sich an, als könnten wir enge Freundinnen werden. „Danke, dass du's mir gesagt hast. Ich weiß deine Ehrlichkeit zu schätzen."

„Tut mir leid. Aus irgendeinem Grund kann ich dem Jungen einfach nichts abschlagen. Ich hatte schon immer eine Schwäche für ihn. Als ich ihn kennengelernt habe, war er gerade mal zwölf oder dreizehn, und über die Jahre haben wir eine Menge miteinander durchgestanden. Vor allem mit seiner Mom und so."

Ich hatte immer den Verdacht, dass Vinnys Mom Probleme hat. Jedes Mal, wenn er in der Schule Stress hatte, hat er sich seine Strafe allein abgeholt – von seiner Mutter keine Spur. Offensichtlich hat Elle keine Ahnung, dass mir die Verhältnisse bei Vinny zu Hause unbekannt sind, und ich fühle mich schlecht dabei, mehr aus ihr herauszukitzeln. Aber aus irgendeinem Grund muss ich mehr erfahren. „Wie geht es seiner Mutter?"

Elle knurrt ungehalten. „Immer noch auf Drogen. Zerrt Vinny immer noch regelmäßig in ihren Mist mit rein. Immer noch eine Vollkatastrophe." Sie nippt an ihrem entkoffeinierten Kaffee und kräuselt die Nase. „Warum kriegt eigentlich niemand einen Koffeinfreien hin, der ein bisschen mehr nach Kaffee schmeckt? Wir schicken Männer auf den Mond und Fotos mit dem Handy um die halbe Welt, aber entkoffeinierter Kaffee schmeckt immer noch wie saures Wasser."

Als es auf zwei Uhr nachmittags zugeht, meldet sich der Alarm auf meinem Handy und erinnert mich daran, dass es Zeit ist, Ally von der Uni abzuholen. Sie hat beschlossen, noch mal zu studieren und ihre Abschlussarbeit anzugehen. Da sie kein Auto mehr hat, habe ich mich bereit erklärt, bei ihren Wochenendkursen Taxi zu spielen. Über zwei Stunden haben Elle und ich in dem Café gesessen, doch es kommt mir vor wie zehn Minuten. „Tut mir leid, ich muss los und meine Mitbewohnerin abholen."

Wir erheben uns, umarmen einander und lachen, als ihr Bauch dabei im Weg ist. „Also, was darf ich Vinny ausrichten?", fragt Elle mit hochgezogenen Augenbrauen und beißt sich auf die Unterlippe. In ihren Augen schimmert Hoffnung.

Sie ist unverkennbar vernarrt in ihn. In gewisser Weise tröstet es mich, zu wissen, dass eine Frau wie Elle sich um ihn kümmert. Vor allem nach dem, was ich gerade über seine Mutter erfahren habe.

„Ich weiß nicht, Elle. Mir ist klar, dass er dir am Herzen liegt ... und merkwürdigerweise stelle ich fest, dass es mir auch immer noch so geht. Aber ich glaube einfach, er ist nicht der Richtige für mich."

Elle sieht enttäuscht aus, lächelt aber trotzdem. „Ich hoffe, wir können dennoch Freundinnen sein?"

„Das fände ich wirklich schön."

KAPITEL 13 Vince

Seit Elle zurückgekommen ist und mir eröffnet hat, dass Liv nicht vorhat, mich wiederzusehen, habe ich einen Lauf. Heute habe ich neun Stunden trainiert. Das ist zu viel, und morgen werde ich dafür die Quittung kassieren, aber im Augenblick ist mir das völlig egal.

Nico hat schon vor einer Stunde den Laden dichtgemacht, mich aber nicht weggeschickt. Er weiß, dass ich etwas aufzuarbeiten habe. Der Mann versteht, wie ich funktioniere. Dass ich rastlos bin und nicht still halten kann, bis ich mich völlig ausgepowert habe. Nico versteht mich, weil er genauso ist. Außerdem weiß er, wie ich diesen Gefühlen vor sechs Monaten begegnet wäre, deshalb ist er froh, dass ich mich hier im Boxclub austobe, statt draußen Party zu machen.

„Willst du drüber reden?" Nico wohnt mit Elle in dem Loft über der Trainingshalle, ist aber noch mal runtergekommen, um nach mir zu sehen. Er wartet hinter dem Sandsack, der von meinen Tritten wild hin und her schwingt, und stabilisiert ihn, sodass ich ein festeres Ziel angreifen kann.

„Nein." Ich verpasse dem Sandsack ein paar Haken, und unter der brutalen Kraft meiner Schläge muss Nico zwei Schritte zurückweichen. Was auch immer ich gerade empfinde, lässt mich härter zuschlagen als sonst. Pech nur, dass man den Mist nicht abfüllen und wieder hervorholen kann, wenn man ihn wirklich braucht.

„Elle sagt, es ist dieses Mädchen", bohrt Nico nach, wie er es immer tut.

„Scheiße noch eins, ich will nicht drüber reden."

„Pass auf, was du sagst."

Verblüfft halte ich inne und lasse die Arme sinken. Das kann doch nicht sein Ernst sein. „Willst du mich verarschen? Ich bin doch keine dreizehn mehr, gottverdammt!"

„Ja, das ist mir bewusst. Trotzdem führst du dich hier gerade so auf, als wärst du's. Außerdem schreist du rum, und meine schwangere Frau macht sich aus irgendeinem hirnrissigen Grund Sorgen um dich Idioten, und wenn sie da oben dein schmutziges Mundwerk hört, ist das respektlos ihr gegenüber."

Meine Fresse, jetzt reicht es aber. „Weißt du, was: Ich verschwinde." Ich schwinge den Sandsack so heftig in seine Richtung, wie ich kann, und stürme davon. Das Ding war sowieso unbefriedigend. Heute Abend brauche ich irgendwas anderes, um Dampf abzulassen.

Keine Stunde später bin ich geduscht und sitze wieder auf dem Motorrad, auf dem Weg zur nächsten Bar. Es ist schon spät, der Laden wird voll mit BBMs sein. Da wird es nicht lange dauern, eine zu finden, die nur auf mich gewartet hat.

In der Stadt ist viel los für einen Samstagabend. Ich habe gefühlt jede einzelne verdammte rote Ampel mitgenommen, seit ich auf der Straße bin. Als schon wieder eine vor mir auf Rot schaltet, halte ich an und stütze mich mit den Füßen am Boden ab. Ich schaue mich um und betrachte die Hochhäuser um mich herum. Diesen Weg nehme ich oft, aber bis heute ist mir das Schild an dem Gebäude, vor dem ich jetzt stehe, nie aufgefallen. *Daily Sun Times*. Na, das passt ja wie Arsch auf Eimer. Noch vor einer Woche hatte ich sie jahrelang nicht gesehen, und jetzt ist sie praktisch überall.

Von meinem Eintreffen beim Flannigan's an dauert es keine zehn Minuten, bis Krissy mich findet. Sie schmiegt sich an meine Seite und reibt ihren Schritt an meinem Bein. Ich weiß, dass ich sie auf der Stelle haben könnte, ohne noch irgendwelche Anstrengungen unternehmen zu müssen. Und sie mag es grob. Normalerweise würde ich die Gelegenheit beim Schopf packen, aber heute nervt sie mich einfach nur. Also lasse ich sie in der Bar stehen und verschwinde durch die Hintertür, ohne ihr zu sagen, dass ich vom Pinkeln nicht wieder zurückkomme.

Nach weniger als einer halben Stunde in der Bar sitze ich wieder auf meinem Motorrad und bin angepisst, dass ich allein bin – aber heute Nacht habe ich kein Interesse daran, mich mit einer Frau abzugeben. Außer einer. Einer Frau, die wiederum kein Interesse daran hat, sich mit *mir* abzugeben. Ganz toll.

KAPITEL 14 Liv

Am Montag arbeite ich bis sechs und haste eilig zum Ausgang, damit ich es noch zu meinem Yogakurs um halb acht schaffe. An der Tür herrscht gerade eine Massenflucht, die Leute stehen Schlange, um durch die mickrigen zwei gläsernen Drehtüren nach draußen zu gelangen. Während ich mich durch das Nadelöhr zwänge und mich mit Trippelschritten bemühe, nicht gegen das Glas zu stoßen, fische ich in meiner Handtasche nach dem klingelnden Handy. Beinahe verpasse ich den Ausstieg, als ich hektisch das Telefon ans Ohr hebe und zugleich unbeholfen versuche, die Träger meiner Handtasche auf meiner Schulter zurechtzurücken.

„Hallo?“

„Liv?“

Als seine Stimme ertönt, erstarre ich. Wortwörtlich. Der Mann hinter mir läuft gegen mich, als ich unvermittelt anhalte. „Vinny?“

„Ja.“

„Woher hast du meine Nummer?“

„Aus Elles Handy geklaut.“

Angesichts seiner Ehrlichkeit lächle ich in mich hinein. „Ist alles okay?“

„Ich will dich sehen.“

Ich hole tief Luft. Allein seine Stimme zu hören bringt meine Entschlossenheit ins Wanken. Es ist definitiv Abstand nötig, um mich seinem Bann zu entziehen. Vielleicht wäre es sogar keine schlechte Idee, mich auch von meinem Handy fernzuhalten. Beim Klang seiner Stimme schmelze ich einfach dahin. „Ich kann nicht, Vinny."

„Ich glaube nicht, dass du da eine Wahl hast, Liv."

„Und wieso das?"

„Weil du gleich in mich reinläufst."

Mir fällt beinahe das Smartphone aus der Hand, als ich aufschaue und ihn lässig an einer Harley lehnen sehe, wie gewohnt mit selbstsicherem Grinsen.

Ich bleibe stehen. „Was machst du hier?" Wie eine Idiotin rede ich noch immer über das Handy mit ihm, obwohl er keine fünf Meter von mir entfernt ist.

Lächelnd hebt Vinny sein Telefon in die Höhe und zuckt die Achseln. Er sieht amüsiert aus, hält sich das Handy jedoch wieder ans Ohr, um zu antworten. „Ich wollte dich sehen."

„Und da kommst du zu meiner Arbeit und wartest auf mich?"

„Wenn das dazu nötig ist." Vor meinen Augen stößt er sich von dem Motorrad ab und schiebt sich das Smartphone in die Hosentasche. Langsam kommt er auf mich zu, fast als würde er fürchten, ich könnte die Flucht ergreifen. Ich rühre mich nicht vom Fleck.

Mein Handy ist noch immer an meinem Ohr, als er direkt vor mir anhält. Dicht genug, dass ich ihn berühren könnte, würde ich mich nur eine Winzigkeit vorlehnen. Er ist mir so nah, dass ich ihn riechen kann. Gott, er riecht unglaublich, mir wird ganz schwindlig davon. „Aber wieso? Wieso willst du mich sehen?“

Behutsam hebt Vinny eine Hand und schiebt mir eine Haarsträhne hinters Ohr, die der Wind mir ins Gesicht geweht hat. Auf meiner Wange verharren seine Finger einen Moment, dann lässt er sie sacht unter mein Kinn gleiten und hebt meinen Kopf an, zwingt mich, seinem Blick zu begegnen. Seine Stimme ist dunkel und zärtlich, als er antwortet. „Ich kann nicht aufhören, an dich zu denken.“

Ich schlucke schwer und versuche, den Kloß in meinem Hals loszuwerden, damit ich eine Antwort herausbringe. „Vinny, ich kann nicht.“

Er schlingt mir die Arme um die Taille und hält mich gefangen. „Doch, du kannst.“ Sein Tonfall wechselt von sanft zu streng, beinahe befehlend. Irgendetwas stellt das mit mir an, ein Erwachen – bei seiner Forschheit spüre ich eine Welle der Erregung. Alles auf der Straße um uns herum scheint zu verschwinden, und auf einmal ist mein Körper absolut auf seinen eingestellt. Es verunsichert mich, dass mich etwas so heißmachen kann, vor dem ich eigentlich schleunigst die Flucht ergreifen sollte.

Er birgt das Gesicht an meinem Hals und atmet tief ein. „Du spürst es doch auch, das weiß ich.“

Ganz unrecht hat er da nicht. Ich spüre es tatsächlich. Bis in die Zehenspitzen. Ich will ihn, und zwar heftig. Aber diesen Pfad habe ich schon einmal mit ihm beschritten. Und ich weiß, wenn ich hier etwas anfange, wird er es beenden. Bevor ich bereit dazu bin. Ein weiteres Mal.

Eben lagen seine Arme noch locker um meine Taille, jetzt zieht er mich fester an sich, bis wir uns auf der ganzen Länge berühren. Hitze strahlt von seinem harten Körper aus und liegt in seinem hungrigen Blick. „Küss mich, und behaupte dann noch mal, ich würde mich irren." Seine Stimme klingt heiser und angespannt.

Unbewusst lecke ich mir die plötzlich trockenen Lippen und entlocke ihm damit ein Stöhnen. Bei dem erotischen Laut steht mein Körper augenblicklich in Flammen, und mir stockt der Atem, als er eindringlich auf mich herabschaut, bevor er meinen Mund besitzergreifend mit seinem verschließt. Sein Kuss ist aggressiv, aber gekonnt, und mir bleibt keine andere Wahl, als mich seiner stürmischen Eroberung zu ergeben.

Ich bekomme gar nicht mit, wie meine Taschen zu Boden fallen, aber dadurch sind meine Arme frei, sodass ich die Finger in sein widerspenstiges Haar schieben kann. Ich ziehe fest an den Strähnen und vertiefe den Kuss. Knurrend packt Vinny mich härter und hebt mich von den Füßen, holt mich noch näher zu sich. Ich spüre seine pochende Erektion an meinem Bauch, und es bringt mich fast um den Verstand. Mein Körper verzehrt sich nach ihm, und ich erwidere seinen Kuss mit einer solchen Wildheit, dass es selbst mich überrascht.

Viel zu bald setzt er mich behutsam wieder ab. Nach diesem Kuss sind meine Knie so weich, dass ich dankbar bin, dass er mich weiterhin festhält – sonst müsste ich Angst haben, umzufallen.

„Ich will dich, Liv. Ich kann einfach nicht anders. Sag mir, dass du das zwischen uns nicht ebenso spürst, und ich verschwinde."

Ich wage nicht, zu ihm aufzuschauen. Meine Gedanken rasen genauso schnell wie mein Herzschlag, und ich fürchte mich vor dem, was ein Blick in diese schönen hellblauen Augen in meinem ohnehin schon geschwächten Zustand mit mir anstellen würde.

„Sieh mich an."

In seinem Tonfall schwingt etwas mit, das mir keine andere Wahl lässt, als zu gehorchen. Bei der Kraft, die in seinem Willen und seiner Forderung liegt, lässt mich meine Urteilsfähigkeit kläglich im Stich. Seine Stärke nimmt mich gefangen, entführt mich in mein eigenes kleines Universum, wo nur wir beide existieren und ich das unerklärliche Bedürfnis verspüre, ihm zu gefallen.

Langsam öffne ich die Augen und schaue zu ihm empor. Sein Blick ist so scharf auf mich gerichtet, dass mir das Atmen schwerfällt. „Sag mir, dass du mich nicht willst."

Ich würde ihm ja gern sagen, dass ich ihn nicht will, aber ich kann es nicht. Denn ich will ihn. Nie habe ich etwas mehr gewollt. Die Gefühle, die er in mir weckt, sind schlicht überwältigend, alles verzehrend. „Es ist nicht so, dass ich dich nicht wollen würde", bringe ich nur flüsternd heraus.

„Was ist es dann?"

„Du." Ich schüttle den Kopf und weiß selbst nicht ganz, was ich ausdrücken will. „Einfach du. Das ist alles zu viel, zu schnell, zu intensiv, und das macht mir Angst. Eine Heidenangst."

Vinnys Mundwinkel wandern nach oben, und vor meinen Augen entspannt sich seine Miene deutlich. „Ich würde dir gern versprechen, dass ich langsam mache, es ruhig angehen lasse, aber ich will nicht mit einer Lüge anfangen. Bei dir bin ich mir nicht sicher, ob ich dazu in der Lage bin, langsam zu machen, Liv." Jetzt ist seine Stimme wieder sanft und liebevoll. „Aber ich verspreche dir, dass ich es versuche. Wenn es das ist, was du brauchst, dann ... versuche ich es."

Vinny zieht den Kopf zurück, um mir direkt in die Augen zu sehen. „Eins kannst du mir glauben, Liv ... Was auch immer zwischen uns ist, es wird passieren. Da kannst du dich querstellen, so viel du willst, aber *wir*, Liv, *werden passieren*. Das kann keiner von uns aufhalten."

Und irgendwo tief in mir drin weiß ich, dass er recht hat.

Vinny lässt mir keine Gelegenheit, es mir noch einmal anders zu überlegen. Ich habe mich bereit erklärt, zu sehen, wohin das mit uns führt, und er spürt, dass ich mit etwas Zeit und Abstand meine Meinung ändern würde – womit er wahrscheinlich richtigliegt. Definitiv richtigliegt. Noch keine Stunde ist unsere Begegnung her, und schon habe ich Zweifel. Trotzdem parke ich nun vor dem Fitnessstudio, in dem ich ihn treffen soll. Statt meiner Yogastunde hat er mich dazu überredet, einen Kickbox-Kurs auszuprobieren, den er in einem der Viertel am Stadtrand gibt.

Er steht schon vorn, als ich hereinkomme. Die paar Frauen, die um ihn herum versammelt sind, sehen aus, als wären sie für ein Fotoshooting für Sportkleidung gekommen und nicht, um wirklich etwas zu tun. Er fängt meinen Blick ein und bedeutet mir mit gekrümmtem Zeigefinger, zu ihm nach vorn zu kommen. Neugierig, was seine hart umkämpfte Aufmerksamkeit von ihnen losgerissen hat, folgen die Frauen seinem Blick und funkeln mich erbost an.

„Ladys, wir fangen gleich an, geht doch schon mal auf eure Plätze.“ Obwohl er mit ihnen redet, hat er mich nicht eine Sekunde aus den Augen gelassen. Mit einem kecken Lächeln deute ich mit dem Daumen auf meine Brust, als wollte ich fragen, ob er mich meint, und grinsend schüttelt er den Kopf.

„Erste Reihe. Direkt vor mir, Liv.“ Er schenkt mir ein schiefes Grinsen und packt sein Shirt beim Saum, um es sich in einer flüssigen Bewegung auszuziehen.

Gespielt unbeeindruckt verdrehe ich die Augen, nehme aber wie gebeten meine Position ganz vorn ein. Die Aussicht ist auch viel zu gut, um sich irgendwo anders hinzustellen.

„Aufwärmen, Ladys. Oder seid ihr etwa schon bereit für mich?“ Er lächelt den voll besetzten Kurs hoffnungsvoller Frauen an, und im Spiegel beobachte ich ihre Reaktionen. Beinahe rieche ich die weiblichen Pheromone, die nach vorne wallen, um das Objekt ihrer Begierde anzuziehen.

Als Vinny meinem Blick begegnet, grinst er mich wissend an. Wieder verdrehe ich die Augen. Er zeigt uns einige Dehnübungen, und im Spiegel entdecke ich ihn hier und da zwischen den Reihen, wie er seine Instruktionen gibt. Als er bei mir ankommt, bleibt er stehen und legt mir fest die Hand auf den unteren Rücken, als ich mich vorbeuge, um mit gestreckten Knien den Boden mit den Händen zu berühren.

„Ein bisschen tiefer." Mit leichtem Druck streichelt er mir langsam über den Rücken. Dabei beugt er sich vor und flüstert mir ins Ohr, sodass nur ich ihn hören kann: „Himmel, du hast einen Prachtarsch, Liv." Ich spüre seine Worte über meine Haut streichen und bin froh, dass wir in einem Raum voller Menschen sind und nicht allein.

Der fünfundvierzigminütige Kurs ist anstrengender, als ich dachte, aber mit Vinny macht es Spaß. Humorvoll und aufmerksam kümmert er sich um seine Schülerinnen. Ich sehe, wie sie ihn alle anstarren, aber sosehr sie sich auch bemühen, ihn zu mehr zu verleiten, wenn er sich persönlich um sie kümmert, er hält stets einen gewissen Abstand. Dabei ertappe ich mich bei der Frage, ob er immer so professionell mit seinen Schülerinnen umgeht oder diese Vorstellung nur meinetwegen abliefert.

Nach dem Kurs bin ich komplett durchgeschwitzt, schlimmer noch als normalerweise nach dem Yoga. „Das hat echt Spaß gemacht, kaum zu glauben, wie schnell die Zeit vergangen ist." Beim Sprechen wische ich mir den Schweiß von der Stirn.

„Freut mich, dass es dir gefallen hat. Du bist gut, ein richtiges Naturtalent. Hast ordentlich Schwung in den Beinen."

„Danke."

„Willst du direkt was essen gehen?"

„Erst mal brauche ich dringend eine Dusche."

„Ich könnte auch eine Dusche vertragen." Anzüglich hebt Vinny die Augenbrauen.

„Das war keine Einladung."

Er packt weiter seine Sachen zusammen. Ein paar Frauen stehen noch redend herum, aber die meisten sind schon gegangen. Mit seiner freien Hand greift Vinny um meine Taille und zieht mich näher zu sich, ohne sich um die noch anwesenden Kursteilnehmerinnen zu scheren. „Wirklich schade. Ich hatte mich schon drauf gefreut, dass du mich einseifst."

„Ich glaube, heute musst du das selbst in die Hand nehmen." Herausfordernd hebe ich eine Augenbraue, denn die Doppeldeutigkeit meiner Aussage ist beabsichtigt.

Vinny lacht und schüttelt den Kopf, dann legt er mir einen Arm um die Schultern und drückt mich eng an sich, während wir zur Tür gehen. „Dann dusche ich eben allein, auch wenn das nicht halb so schön wird. Aber ich führe dich zum Essen aus. Gib mir deine Adresse, in einer Dreiviertelstunde bin ich bei dir. Mehr Zeit kriegst du nicht, das Risiko gehe ich nicht ein."

Wir fahren in einen Teil der Stadt, in dem ich seit Jahren nicht war, gar nicht weit von unserer alten Highschool entfernt. Überrascht stelle ich fest, dass Vinny hinter der Bibliothek parkt. Ohne Erklärung steigt er aus und kommt um den Wagen herum, um mir die Tür zu öffnen.

„Warum sind wir an der Bibliothek?"

Er nimmt meine Hand und hilft mir aus seinem Pick-up, dann greift er sich eine Tasche vom Rücksitz. „Komm mit, ich zeig's dir."

Wir gehen ein Stück, dann wird mir klar, wohin er mich führt. Zu unserem Baum. Nach Vinnys Rauswurf konnte ich jahrelang nicht mal in die Richtung dieses verfluchten

Baums schauen. Das war unser Platz. Ein paar Monate nach Beginn unserer Nachhilfestunden in der Bibliothek war es endlich warm genug geworden, dass Vinny mich überreden konnte, zum Lernen nach draußen zu gehen. Also haben wir uns ein ruhiges Plätzchen unter einem großen Baum gesucht und beinahe jeden Nachmittag nach dem Unterricht dort verbracht. Für mich war es ein besonderer Ort, an dem ich mich zum ersten Mal verliebt habe.

Vinny öffnet seine Tragetasche, holt eine Decke hervor und breitet sie auf dem Gras aus. Mit einer einladenden Geste und einer Verbeugung wartet er darauf, dass ich mich setze.

„Unser Abendessen." Wieder greift er in die Tasche, und diesmal holt er eine Papiertüte heraus, die er mir reicht, bevor er sich dicht neben mir auf der Decke niederlässt.

Ich weiß längst, was in der Tüte ist, aber ich schaue trotzdem nach. Unfassbar, dass er sich an so vieles erinnert. An den meisten unserer Nachmittage hier haben wir uns ein üppig mit Roastbeef und Provolone belegtes Baguettesandwich geteilt, Mayo nur auf seiner Hälfte.

„Ich fasse es nicht, dass du das alles noch weißt."

„Natürlich weiß ich das noch."

Ich versuche, mir ein Lächeln abzuringen, aber er sieht mir an, dass mich etwas beschäftigt.

„Was ist los?"

„Nichts. Ich bin wohl einfach nur überrascht, dass du dich an das alles noch erinnerst."

„Dass ich mich erinnere? Liv, diese Monate mit dir … die könnte ich niemals vergessen."

In all der Zeit, die wir damals miteinander verbracht haben, bestand für mich nie ein Zweifel daran, dass da zwischen uns etwas war. Ich war jung und unerfahren, aber tief im Inneren wusste ich, dass ich ihm auch etwas bedeutete. Dann war es auf einmal einfach vorbei. Und das nächste Jahr meines Lebens über kam ich mir einfach nur dämlich vor, weil ich mir eingebildet hatte, er würde auch etwas für mich empfinden.

Zu sagen, ich wäre am Boden zerstört gewesen, wäre ein Understatement. Das hat mein Vertrauen in so viele Dinge erschüttert: junge Liebe, mein Urteilsvermögen gegenüber Jungs, einem anderen Menschen mein Herz zu schenken. „Dann beantworte mir eine Frage, Vinny: Warum? Warum haben wir aufgehört, Zeit miteinander zu verbringen, nachdem du von der Schule geflogen bist?"

Seufzend fährt Vinny sich mit den Fingern durch die dunkelblonden Locken. Damit bringt er seine widerspenstige Mähne nur noch mehr durcheinander und sieht umso heißer aus. „Mein Leben war einfach so verkorkst. Meine Mom hatte Probleme, ich war gerade von der Schule geflogen, und einiges an mir habe ich nicht einmal selbst verstanden." Er greift nach meiner Hand. „Du warst noch so jung, Liv. Du warst nicht bereit für das, was ich von dir gebraucht hätte."

Leise entschlüpfen mir die Worte, bevor ich sie zurückhalten kann. „Das alles hat mich nicht interessiert. Ich habe einfach nur dich gebraucht."

Ich sehe, wie sich seine Kehle bewegt, als er schluckt. Eine Sekunde lang schimmert der Junge durch, den ich gekannt habe – nur dass er diesmal verloren aussieht, nicht wütend. Doch die Vision verschwindet rasch wieder, und über die Traurigkeit legt sich ein Panzer. „Du hast jemand Besseren gebraucht. Ich hätte dich nur mit runtergezogen", erklärt er. An seinem knappen Tonfall ist klar zu erkennen, dass er die Unterhaltung als beendet betrachtet. Für eine lange Zeit schweigen wir beide. Keiner von uns will der Erste sein, der das Wort ergreift.

Mir ist gar nicht bewusst, dass ich auf unsere ineinander verschränkten Hände hinabstarre und den Blickkontakt meide, bis Vinny mir einen Finger unters Kinn legt und mich zwingt, den Kopf zu heben. „Verstehst du mich?"

„Schätze schon. Gewissermaßen." Meine Stimme wankt. Denn in Wahrheit verstehe ich ihn überhaupt nicht.

„Du hast mir was bedeutet, Liv. Sehr viel."

Ich sehe ihm an, dass er es ernst meint, und fühle mich besser. Wenigstens ein bisschen. Halbherzig lächle ich ihn an, als er sanft mit den Fingerknöcheln über meine Wange streicht. „Fang lieber mit dem Essen an. Wenn ich dich hier so sitzen sehe, muss ich an all die Sachen denken, die wir nie zusammen machen konnten." Sein liebevolles Lächeln weicht einem schmutzigen Grinsen. „Die *ich* nie mit *dir* machen konnte. Ich hab eine ganze Liste von Sachen, die ich mit dir anstellen will."

Beim Essen löst sich die Spannung, die sich zwischen uns aufgebaut hat, und die nächste Stunde verbringen wir damit, einander von unseren Leben zu erzählen. All die fehlenden

Puzzleteilchen aus den Jahren seit damals zusammenzusetzen.

„Was hat Nico eigentlich dazu gebracht, dich doch wieder zu trainieren?“

„Mein Dad.“ Als er das sagt, reibt Vinny sich die Brust, ein unwillkürlicher Griff nach den Erkennungsmarken unter seinem Shirt. Ich bezweifle, dass er sich der Geste überhaupt bewusst ist.

„Dein Dad?“

„Ja. Das hiesige Chapter des Motorradclubs The Angels veranstaltet jedes Jahr am Veterans Day eine Benefiztour, um Spenden für das Kinderkrankenhaus zu sammeln. Die meisten von denen waren bei der Army wie mein Dad. Deshalb bin ich ihm zu Ehren immer mitgefahren, seit ich mit siebzehn mein erstes Bike hatte.

Letztes Jahr wurden mehr Spendengelder benötigt. Das Krankenhaus arbeitet gerade an der Finanzierung eines neuen Anbaus für die Angehörigen von krebskranken Kindern, damit die eine Unterkunft haben, während die Kleinen in Behandlung sind. Also hab ich Nico gefragt, ob er nicht mitfahren und noch ein paar Jungs aus dem Boxclub mitbringen will.“

„Und er hat Ja gesagt und dann wieder angefangen, dich zu trainieren?“

Vinny lacht. „So einfach ist das nicht bei Nico Hunter. Er hat mich gefragt, ob mein Dad stolz wäre auf das, was ich tue. Zu dem Zeitpunkt war ich völlig außer Rand und Band, hab viel zu viel gefeiert und gesoffen. Das hat mir eine vierstündige Predigt eingebracht, aber am Ende hat er sich bereit erklärt, bei der Benefiztour mitzufahren. Danach hat er mir gesagt, ich solle am nächsten Morgen um sechs Uhr früh im Boxclub sein. Ich dachte, er würde mich trainieren. Stattdessen durfte ich einen Drogentest machen. Den ich bestanden habe. Daraufhin durfte ich einen Monat lang zu den willkürlichsten Zeiten bei ihm aufkreuzen und das Ganze wiederholen. Eines Tages bin ich aufgetaucht, und er hat mir gesagt, ich soll in den Ring steigen, statt mir den Plastikbecher in die Hand zu drücken."

„Das klingt, als hättest du dir sein Vertrauen hart erarbeiten müssen."

„Ja, und daran arbeite ich noch. Seit sechs Monaten habe ich außer Alkohol nichts angerührt, aber er macht immer noch unangekündigte Tests mit mir."

„Stört dich das?"

„Was?"

„Dass es so lange dauert, sein Vertrauen zurückzugewinnen."

Darauf antwortet Vinny nicht sofort. Stattdessen schaut er mir in die Augen und hält meinen Blick einen Moment fest, bevor er spricht. „Für Dinge, die mir wichtig sind, strenge ich mich gerne an." Sein Blick senkt sich auf meinen Mund und schnellt wieder hoch. Langsam beugt er sich vor und küsst mich. Der Kuss ist sanft und zärtlich, bedeutungsvoll, und ich spüre einen weiteren Riss in der Mauer, die ich um mein Herz errichtet habe, um es vor diesem Mann zu schützen.

Es ist fast drei Uhr nachts, als Vinny mich schließlich nach Hause fährt. Knapp neun Stunden lang waren wir jetzt zusammen, und trotzdem fühlt es sich an, als würde die Zeit viel zu schnell vergehen. Nachdem er eingeparkt hat, springt er aus dem Wagen und läuft um die Motorhaube herum, um mir aus meinem Sitz zu helfen. Als ich stehe, lässt er mich nicht los, sondern zieht mich eng an sich. Mit festem Griff drückt er mich, ohne ein Wort zu sagen, bestimmt eine Minute lang.

„Ich will mit raufkommen, aber fragen werde ich nicht“, murmelt er an meinem Kopf, das Gesicht noch in meinem Haar vergraben.

Ich löse mich weit genug von ihm, dass ich ihn beim Reden ansehen kann. Gerade als ich antworten will und ihm sagen, dass das zu schnell geht, dass ich ihn noch nicht zu mir nach oben einladen kann, erobert er meinen Mund mit einem Kuss. Seine große Hand legt sich um meinen Hinterkopf und hält mich an Ort und Stelle, während er sacht mit der Zunge die Kontur meiner Lippen nachfährt. Dann saugt er meine Unterlippe in den Mund und beißt fest zu.

Instinktiv will ich vor dem Schmerz zurückweichen, doch es hat keinen Zweck, Vinny hat mich fest im Griff und lässt mir keine Chance auf eine Reaktion. Stattdessen dringt seine Zunge in meinen Mund, und er küsst mich mit einer solchen Leidenschaft, dass es mich am ganzen Körper durchfährt. Meine Haut wird warm, alle Nervenzellen feuern mit Warpgeschwindigkeit, und wie elektrisiert schießt mein Blut durch meine Adern. Ich erwidere seinen Kuss genauso hart, wie er ihn begonnen hat.

„Bald, Liv", flüstert er unter ungeduldigen Küssen, als wir schließlich eine Atempause machen. „Ich will dich in meinem Bett. Unter mir, auf mir, vornübergebeugt … Scheiße, wir werden uns völlig neue Positionen ausdenken, in denen ich dich nehmen kann."

Aus meinem Mund entweicht ein leises Stöhnen, und sein Griff wird noch fester. „Du solltest jetzt lieber schleunigst verschwinden, Liv. Wenn ich dieses Geräusch noch einmal höre, dann muss ich mein Versprechen brechen, es langsam angehen zu lassen – und ich werde nicht aufhören, bis du ein paar Tage lang nicht laufen kannst."

Widerstrebend löst Vinny seinen Griff und lässt mich langsam frei. Es ist offensichtlich, dass es ihn große Mühe kostet, und ich will etwas sagen, doch er legt mir eine Hand auf den Mund und bringt mich zum Verstummen. Streng warnt er: „Geh. Sofort."

Bis ich mich endlich so weit beruhigt habe, dass ich einschlafen kann, geht schon die Sonne auf. Und dann drehen sich meine Träume um den Jungen, den ich einmal gekannt habe, nicht um den Mann, von dem ich mich gerade verabschiedet habe.

Ich sitze an unserem Baum, die Beine an die Brust gezogen, die Arme fest um die Knie geschlungen. Gedankenverloren schaue ich auf ihn hinunter, wie er so lässig und ent-

spannt daliegt, den straffen Körper auf dem dunkelgrünen Gras ausgestreckt. Die Hände hat er hinter dem Kopf gefaltet, und als er zu mir auflächelt, funkeln seine hellblauen Augen – ein herrlicher Kontrast zu seiner gebräunten Haut in der Nachmittagssonne.

„Küss mich, Liv."

Seine Worte lassen mich erstarren. Ich habe durchaus schon mal einen Jungen geküsst, aber keinen wie Vinny. Die letzten vier Monate über konnte ich praktisch an nichts anderes denken. Doch als die Gelegenheit mir endlich direkt in den Schoß fällt, sitze ich nun da wie ein Reh im Scheinwerferlicht.

„Liv." Vinnys Stimme reißt mich aus meinen Träumen. Eine Sekunde lang denke ich, ich muss mir eingebildet haben, dass er mir gerade gesagt hat, ich soll ihn küssen. Ich bin sogar ein wenig erleichtert, dass das alles nur in meinem Kopf stattgefunden hat. Doch diese Erleichterung ist nur von kurzer Dauer. Unwiderstehlich halten seine schönen Augen meinen Blick fest, und diesmal ist glasklar, dass ich mir seine Worte nicht eingebildet habe. „Komm her, Liv. Küss mich."

Er hat immer noch die Hände hinter dem Kopf verschränkt und macht keine Anstalten, sich mir irgendwie zu nähern. Meine Verwirrung muss mir anzusehen sein. „Beug dich vor, Liv. Leg deinen Mund auf meinen, und küss mich."

„Warum?" Endlich komme ich so weit zur Besinnung, dass ich sprechen kann.

„Willst du etwa nicht?", entgegnet er, und um seine Mundwinkel spielt ein kleines Lächeln.

Mein Gesicht wird rot, bevor ich auch nur den Mund aufmachen kann, und verrät meine Verlegenheit schon vor meiner Antwort. „Doch."

„Dann küss mich."

„Aber …"

„Liv."

„Was?"

„Tu's einfach. Hör ausnahmsweise mal auf, nachzudenken."

Also gehorche ich. Ich beuge mich vor, berühre zögernd seine Lippen mit meinen und küsse ihn. Zart, mit geschlossenem Mund.

Als ich mich wieder aufsetze und die Augen öffne, sehe ich Vinny zu mir emporlächeln. Erleichtert erwidere ich es. „Und jetzt küss mich richtig, Liv."

Rasch verschwindet mein Lächeln, verdrängt von Sorge und Nervosität. Ich beiße mir auf die Unterlippe. Geduldig wartend hebt Vinny die Augenbrauen.

Langsam lehne ich mich wieder vor und lege meine Lippen auf seine. Anfangs zaudere ich, den Mund zu öffnen, doch dann tue ich es. Ich zwinge mich, all meine Ängste beiseitezuschieben, und lasse meine Zunge in seinen Mund gleiten. Und mehr ist nicht nötig.

Vinny knurrt und legt mir eine Hand in den Nacken, zieht mich enger an sich, während seine Zunge das Kommando übernimmt. Eine gefühlte Ewigkeit lang küssen wir uns, lösen uns höchstens für ein paar Sekunden voneinander, um wild keuchend gerade genug Luft zu schnappen, dass wir weitermachen können.

Irgendwann beendet Vinny die leidenschaftliche Knutscherei mit einer Reihe von liebevollen, zärtlichen Küsschen mit geschlossenem Mund.

Als er seinen Griff um meinen Nacken gerade so lockert, dass ich meinen Kopf weit genug zurücklehnen kann, um ihn anzublicken, sehe ich, dass er mich anlächelt.

„Warum?“, frage ich.

„Warum was?“ Sanft streichelt er mir mit dem Daumen über den Nacken, während er spricht.

„Warum hast du mich nicht einfach geküsst? Warum hast du dich erst von mir küssen lassen?“

„Ich hab dir Zeit gelassen, Nein zu sagen.“ Er lächelt mich spitzbübisch an. „Auch wenn ich wusste, dass du es wolltest. Ich wusste nicht, ob du schon bereit für mich warst.“

KAPITEL 15 Vince

„Du bist stinkfaul heute. Muss ich erst fragen, was du gestern Nacht getrieben hast, oder fangen wir gleich wieder mit den Urintests an?“ Nico steht mit mir im Ring. Er hat recht, ich bin heute Vormittag völlig erledigt, aber zur Abwechslung steckt diesmal keine Party dahinter.

„Ich bin gestern bis spät mit Liv zusammen gewesen. Als ich dann zu Hause war, konnte ich nicht einschlafen.“

Nico lacht. „Das kenne ich.“

„Tja, drei Stunden hat's gedauert, bis ich endlich weg war, nachdem wir uns verabschiedet hatten.“

„Und du hast auf dem Heimweg nicht noch mal kurz im Flannigan's vorbeigeschaut, um dir eine zum Dampfablassen mitzunehmen?“

„Hab nicht mal dran gedacht.“ Es ist mir überhaupt nicht in den Sinn gekommen, eine BBM aufzugabeln, um den Frust abzubauen, den ich mitgenommen habe, als ich Liv gestern Nacht weggeschickt habe.

„Wird mein Kleiner etwa doch noch erwachsen?“ Nico kommt auf mich zu und hebt die Pratzen, damit ich mit meinen Angriffen loslege.

„Sehr witzig.“

Nico lacht. „Für mich definitiv.“

In einem Roundhouse-Kick schwinge ich das Bein herum, treffe die Pratze – und treibe Nico mit der Heftigkeit des Aufpralls einen Schritt zurück. „Ein bisschen Gegenwind scheint dir ganz gutzutun. Gleich noch mal. Anderes Bein. Wirf mich um, sonst darfst du noch sechs Meilen auf dem Laufband abreißen, wenn wir hier fertig sind."

Dieser blöde Arsch. Immer quält er mich mit diesem gottverdammten Laufband. Schon seit ich noch ein Junge war. Ich hole aus und trete hart mit dem anderen Bein zu. Nico weicht zwei Schritte zurück, bleibt aber aufrecht. „Wie es aussieht, drehst du nach dem Training noch eine Runde heute." Wieder lacht er, und die nächsten vierzig Minuten lang versuche ich, ihn umzuhauen, nur für meine persönliche Befriedigung. Es gelingt mir nicht, aber der Sechs-Meilen-Lauf hilft mir, nach ein paar Stunden Frust wieder runterzukommen.

Auf dem Heimweg vom Boxclub halte ich bei Mom an. Die Tür steht offen, und schon krallt sich die Frustration, die ich gerade weggelaufen habe, wieder in meinen Körper. Wenn sie zugedröhnt ist, wird sie unvorsichtig, achtet kein Stück auf ihre persönliche Sicherheit. Und da sie so gut wie immer zugedröhnt ist, bringt sie sich quasi ständig in Gefahr.

Ich bin überrascht, als ich meine Mutter beim Reinkommen auf der Couch sitzen sehe. Meistens ist sie nicht ansprechbar, und irgendwelche Junkies liegen überall in der Wohnung verstreut. Wie die Überreste einer wilden Partynacht vor dem Aufräumen. Meiner Mutter gegenüber sitzen zwei Männer. Im Gegensatz zu den Leuten, die ich hier sonst vorfinde, scheinen die beiden gewaschen zu sein, ihre Kleider sind weder kaputt noch dreckig, und die Chancen stehen gut, dass sie sich in den letzten ein, zwei Tagen rasiert haben.

„Mom?“ Alle Augen richten sich auf mich. Bei der hitzigen Diskussion, die gerade im Gange war, haben sie mein Eintreten gar nicht bemerkt.

„Hi, mein Schatz.“ Meine Mutter schaut zu mir und dann zurück zu den Männern, die mich anstarren, und ich sehe ihr an, dass sie nervös ist. Wer auch immer die sind, dass sie da sind, heißt nichts Gutes. Sie mögen besser aussehen als das Pack, das sich hier sonst rumtreibt, aber die Stimmung, die von meiner Mutter ausgeht, verrät mir, dass sie genauso viel Ärger bedeuten.

„Wer sind Sie?“ Mit erhobenem Kinn wende ich mich an denjenigen der beiden, der näher bei mir sitzt, und warte auf eine Antwort.

„Wir sind Freunde Ihrer Mutter.“ Der Mann steht auf und verschränkt die Arme vor der Brust. Er versucht, mich mit seiner Größe einzuschüchtern – bloß hat der Kerl keine Ahnung, wen er vor sich hat. Mir ist scheißegal, ob er ein paar Zentimeter größer ist als ich.

„Ach ja? Und was wollen Sie von meiner Mutter, *mein Freund*?“

Der Kerl, der noch sitzt, klatscht sich mit einer Hand aufs Knie. „Heilige Scheiße. Sie sind doch Vince Stone, der MMA-Kämpfer, oder?“ Seine Entdeckung scheint ihn stolz zu machen.

Ich ignoriere die Frage. Sein Kumpan hat mir immer noch nicht meine beantwortet, und jetzt spüre ich das Adrenalin durch meine Adern pulsieren, in Erwartung eines Kampfs. „Ich habe jetzt zweimal höflich gefragt, so langsam verliere ich die Geduld. Wer zum Teufel sind Sie, und was wollen Sie von meiner Mutter?“

„Wir sind auf der Suche nach einem Freund Ihrer Mutter ... der etwas hat, das uns gehört.“

Übertrieben schaue ich erst nach links, dann nach rechts. „Ich sehe hier niemanden außer uns ... Also verschwinden Sie, verdammt noch mal.“

Der Kerl auf dem Sofa lacht leise und steht ebenfalls auf. Vor meinen Augen hebt er die Hand an die Taille und tätschelt etwas, das in seinem Hosenbund steckt, um mir stumm mitzuteilen, dass meine Fäuste seiner Feuerkraft nicht gewachsen sind. Mit einer Kopfbewegung zur Tür bedeutet er dem anderen Kerl, sich in Bewegung zu setzen, und die beiden gehen zum Ausgang.

Der mit der Waffe bleibt noch einmal stehen, bevor er hinausgeht, und dreht sich zu mir um. „Hören Sie, ich hab Sie kämpfen sehen. Hab verdammt viel Respekt für Sie, Mann. Gefällt mir, wenn einer von hier seinen Durchbruch schafft. Wirklich eine Schande, dass es so laufen muss. Aber Ihre Mutter“, mit dem Kinn deutet er in ihre Richtung, „hat zwei Wochen Zeit, um uns entweder unsere Kohle oder unseren Stoff zu liefern.“ Hier macht er eine kurze Pause. „Oder diesen Drecksack Jason aufzutreiben, für den sie sich verbürgt hat. Sonst kommen wir wieder. Und dann können ihr alle Muskeln auf der Welt nicht helfen.“

KAPITEL 16 Liv

„Ich wollte gerade horchen, ob du überhaupt atmest da drin. Wie lange, glaubst du, halte ich es noch aus, ohne dass du mir Details gibst?“ Ich bin noch nicht mal mit beiden Füßen aus meiner Zimmertür, da fällt Ally schon über mich her.

„Kaffee“, antworte ich krächzend. Reden kommt nicht infrage, solange ich nicht mindestens eine große Dosis Koffein intus habe. Ally lässt sich von meiner mürrischen Antwort nicht aufhalten. Stattdessen setzt sie sich auf die Arbeitsplatte in der Küche, direkt gegenüber der Kaffeemaschine, wo ich lethargisch das Gegenmittel für meinen halb wachen Zustand zubereite.

„Ich bin bis zwei aufgeblieben und hab auf dich gewartet, aber du bist nicht gekommen, also nehme ich mal an, das Date mit deinem Sexy Beast ist gut gelaufen?“

„Sexy Beast? Ich dachte, er ist bloß ‚das Beast‘?“

„Das war damals in der Highschool, als er dir dein armes kleines Herz gebrochen hat. Ist vergeben und vergessen. Ich meine, wer würde ihm nicht verzeihen? Der Mann ist ein Sexy Beast.“

„Du verzeihst ihm? Ihr habt euch seit der Highschool nicht gesprochen. Womit hat er sich denn bitte deine Vergebung verdient?“

„Er hat für das Foto in der Zeitung heute sein Oberteil ausgezogen.“ Anzüglich wackelt Ally mit den Augenbrauen und deutet auf die Ausgabe, die auf dem Küchentisch liegt. Aufgeschlagen ist eine Werbeanzeige für Vinnys – nein, Vince „The Invincible“ Stones – bevorstehenden Kampf. Außer der Datums- und Zeitangabe ist darauf nicht viel zu lesen, und trotzdem kann ich irgendwie meinen Blick nicht davon losreißen.

„Kannst du ja später mit in dein Zimmer nehmen und als Inspiration verwenden“, zieht Ally mich breit grinsend auf. „Aber erst mal will ich Einzelheiten.“ Meine beste Freundin verschränkt die Arme vor der Brust. Offensichtlich wird sie mich nicht in Ruhe lassen.

Mit einer Hand umklammere ich fest meinen Kaffee, mit der anderen schnappe ich mir auf dem Weg ins Wohnzimmer im Vorbeigehen die Zeitung. Ally ist mir dicht auf den Fersen.

„Ach, keine Ahnung, Ally.“ Ich stoße einen frustrierten Seufzer aus – und nicht, weil ich meine Erzählung interessanter gestalten will. Mein innerer Kampf ist echt. „Wenn ich mit ihm zusammen bin, ist es so leicht, mir vorzustellen, ich könnte mich wieder in ihn verlieben. Als könnten wir genau da weitermachen, wo wir aufgehört haben. Als wäre er nicht eines Tages einfach davonspaziert und hätte vergessen, dass es mich je gegeben hat. Es macht mir Angst, wie leicht es ihm gefallen ist, einfach zu verschwinden.“

„Vielleicht war es gar nicht so einfach, wie du all die Jahre gedacht hast, Liv. Hast du ihn mal gefragt?“

„Hab ich. Eigentlich wollte ich das gar nicht, aber ich konnte nicht anders … Ich musste wissen, warum es ihm so leichtgefallen ist, während es für mich so unfassbar schwer war."

„Und was hat er geantwortet?"

„Er hat mir genau das erzählt, was ich hören wollte."

„Und das wäre? Etwas anderes als die Wahrheit?"

„Ich weiß es nicht, Ally. Ich habe Angst, ihm zu glauben, dass es die Wahrheit ist. Dass ich ihm vertrauen kann. Dass wir womöglich genau da wieder anfangen können, wo wir aufgehört haben. Oder, noch besser, ganz neu anfangen. Als Erwachsene."

„Tja, dann musst du dich wohl entscheiden. Ist er das Risiko wert? Für die Chance, dass er, wenn du ihn wirklich an dich ranlässt, diesmal womöglich bleibt?"

Wie in Trance erledige ich meine Wochenendbesorgungen. Immer wieder landen meine Gedanken bei Vinny. Als ich im Fitnessstudio in meinem Spinning-Kurs sitze, muss ich daran denken, wie die klaren Konturen seines definierten Waschbrettbauchs sich gestern gestreckt haben, als er dem Kurs eine Reihe von Tritten demonstriert hat.

In der Reinigung lächelt mich ein gut aussehender Mann in einem teuren Anzug an und versucht, ein Gespräch anzufangen. Doch mein Kopf ist nur damit beschäftigt, wie viel besser Vinny in dem Dreitausend-Dollar-Armani-Anzug des Kerls aussehen würde. Alles scheint meine Gedanken zu ein und demselben Punkt zurückzuführen.

Nach meiner letzten Besorgung mache ich noch in der Buchhandlung halt. Nichts pustet mir besser den Kopf frei, als ein paar Stunden die Regale zu durchstöbern und dabei einen Karamell-Latte von der ladeneigenen Kaffeetheke zu schlürfen.

Ich nehme einige Romane zur Hand, die ich mir schon länger näher ansehen will. Eins der Bücher schlage ich auf, blättere ein paar Seiten weit ins erste Kapitel hinein und beginne zu lesen, in der Hoffnung auf eine Entscheidungshilfe, mit welchem der Romane ich den Abend verbringen werde.

Seine pralle, pochende Erektion gleitet an meiner Öffnung entlang und trifft auf meinen glühenden Kitzler. Mir entweicht ein dunkles, kehliges Stöhnen, das die Begierde meines Liebhabers noch anfacht. Mit einem Knurren richtet er sich auf und fährt in mich, füllt mich mit einem einzigen himmlischen Stoß tief aus.

Grundgütiger, und dabei bin ich erst auf Seite sechs. Ich glaube, ich habe meinen heutigen Kauf gefunden, mein Date für den Abend. Da klingelt mein Handy und holt mich weg von einem Ort, den ich gerade zu genießen begonnen hatte.

„Hey." Schon beim bloßen Klang von Vinnys tiefer Stimme muss ich lächeln.

„Hi."

„Bist du zu Hause?", fragt er.

„Nein, in der Buchhandlung."

„Recherche für die Arbeit?"

„Ausnahmsweise mal nicht. Ich versuche gerade, zu entscheiden, mit welchem Buch ich es mir heute Abend gemütlich mache."

„Welches Genre?"

„Äääh ... Liebesroman."

„Mach es dir lieber mit mir gemütlich."

Ich lache über seinen frechen Spruch, doch etwas in seinem Tonfall verrät mir, dass sich dahinter tatsächlich eine Einladung verbirgt. „Aber ich hatte mich schon so drauf gefreut, heute Abend meinen Schund zu lesen."

„Schund? Bring das Buch mit, dann kannst du mir vorlesen. Wir können die Szenen nachstellen."

Plötzlich wird mein Mund trocken. Als ich vor meinem geistigen Auge Vinny die kurze Szene nachspielen sehe, die ich eben gelesen habe, schwirrt mir der Kopf, und meine Hormone überrumpeln mich.

„Liv."

Es dauert einen Moment, bis ich aus meiner Umnebelung wieder auftauche und antworten kann. „Ja, ich bin noch da."

„Kauf das Buch, das du gerade in der Hand hältst."

„Woher willst du wissen, ob ich gerade ein Buch in der Hand habe?"

Vinny lacht leise. „Wie ist der Titel?"

„Ähm." Verdammt, hätte ich mir nicht irgendetwas mit einem weniger eindeutigen Titel aussuchen können? *Seine pralle Hitze*. „Ich hab kein Buch in der Hand", flunkere ich.

„Kauf es, Liv."

„Du bist verrückt, weißt du das?"

„Das hab ich schon öfter gehört. Kauf dieses Buch, Liv. Ich hol dich um sieben ab."

„Aber ..."

„Kein Aber. Sieben Uhr, Liv ... mit dem Buch."

Und dann legt er auf.

KAPITEL 17 Vinny

7 Jahre zuvor

Die letzten Wochen über haben wir mehr Zeit damit verbracht, rumzumachen, als Englisch zu pauken. Und in diesem Fach bin ich der Lehrer und Liv die Schülerin. Die heißeste kleine Schülerin, die mir je begegnet ist. Und sie lernt verdammt schnell.

Mein Plan, es langsam angehen zu lassen, ist die Hölle. Ich will einfach nur in ihr sein, und sie will das auch. Das sehe ich ihr an, wenn ihre Augen glasig werden, sobald ich meine Finger in sie schiebe. Sie ist so eng und heiß, auf jede meiner Berührungen reagiert ihr Körper perfekt. Und dann stößt sie diesen Laut aus, der mich verrückt macht. Ich glaube, sie ist sich dieses Geräuschs nicht mal bewusst. Ein Laut irgendwo zwischen Stöhnen und Schnurren, und ich habe jetzt schon Angst, schlicht zu explodieren, sollte ich das jemals hören, während mein Schwanz in ihr steckt.

Es ist schon fast neun, und der Park ist menschenleer, nur wir zwei wälzen uns noch auf der Decke unter unserem Baum. Seit jenem Abend, als ich sie dazu gebracht habe, mich zu küssen, geht es immer weiter, und jedes Mal schneller. Doch nichts ist je genug. Hitzig reiben wir uns heute aneinander, versuchen uns verzweifelt durch unsere Kleider hindurch zu spüren. Trockensex mit Liv fühlt sich besser an als alles, was ich mit den Schlampen getrieben habe, die ich vor ihr hatte.

Mit einer Hand greife ich zwischen uns, ertaste durch ihre Shorts ihren magischen Punkt und massiere ihn in kleinen Kreisen, so, wie es ihr gefällt. Das weiß ich, auch wenn sie im Bett nicht besonders gesprächig ist – aber ihr Körper verrät mir alles, was ich wissen muss.

Als sie kurz vor dem Höhepunkt steht, drücke ich meinen Mund auf ihre Lippen. Sie versucht, ihre Zunge wegzuziehen, während es sie mitreißt, doch ich zwinge sie, mich weiter zu küssen. Ihr Stöhnen durch meinen Mund gedämpft zu hören treibt mich verdammt noch mal in den Wahnsinn. Das ist das Heißeste, was ich je gehört habe.

Wäre sie irgendjemand anders, hätte ich sie längst auf jede nur erdenkliche Weise durchgenommen und wäre fertig mit ihr. Bloß dass sie nicht irgendjemand ist. Sie ist die süße kleine Liv, und ab und zu erlaube ich mir die Illusion, ich wäre wirklich der gute Kerl, für den sie mich hält.

Noch während sie wieder zu sich kommt, greift sie nach mir, und unvermittelt ist ihre Hand in meiner Hose und drückt meine Peniswurzel, bevor ich sie aufhalten kann. Ihre weiche kleine Hand um meinen dicken, pochenden Schwanz ... Mir droht die Kontrolle zu entgleiten. Dann spüre ich die Hitze ihres Mundes an meinem Ohr und verliere völlig den Verstand, als ich sie flüstern höre: „Bitte, Vinny, ich will dich."

Scheiß drauf. Ich hab's satt, den Braven zu spielen. Keine zwei Minuten später sind wir beide nackt, und ich stehe kurz davor, zu kriegen, worauf ich so geduldig gewartet habe. Mein Schwanz ist perfekt in Position an ihrem Eingang, sie schaut zu mir auf, und unsere Blicke treffen sich. In ihren großen grünbraunen Augen schimmern unzählige Emotionen, doch das ist es nicht, was mir eine Heidenangst einjagt.

Es ist das Vertrauen, das ich dort sehe. Sie schenkt mir all ihr Vertrauen, und das verdiene ich verdammt noch mal nicht. Keine Sekunde lang. Weiß Gott, was es mit ihr machen wird, wenn ich es versaue. Und lange werde ich dazu nicht brauchen. Nichts Gutes ist je von Dauer.

Also schließe ich die Augen. Ich will sie so sehr, dass es körperlich wehtut, aber ich kann ihr einfach nicht in diese großen Augen sehen, wenn ich ihr raube, was sie mir bereitwillig schenken will. Bloß dass es nicht hilft ... Ich sehe sie immer noch, selbst mit fest zusammengekniffenen Lidern. So lebensecht starrt sie mir entgegen, dass ich einen Moment brauche, um sicher zu sein, dass ich sie nicht wirklich noch anschaue.

Als Nächstes versuche ich, mit dem Denken aufzuhören, und presse die Augen so fest zusammen, dass es aussehen muss, als hätte ich Schmerzen. Doch auch das funktioniert nicht. Nichts löscht das gottverdammte Bild ihres süßen, unschuldigen, vertrauensvollen Gesichts in meinem Kopf aus. Kein beschissenes bisschen. So vergehen weitere Sekunden, und mein Körper beginnt zu zittern, während ich mich über ihr halte – brennend darauf, in sie einzudringen, und zugleich unfähig, mich zu rühren.

„Fuck!“ Brüllend springe ich auf, und in der Stille hallt mein Fluch wider. Verzweifelt raufe ich mir die Haare, während meine Gedanken rasen und ich zu begreifen versuche, was zum Teufel ich hier eigentlich mache. Scheiße, Scheiße, Scheiße. Das kann ich ihr nicht antun, verdammt.

„Was ist los?" Livs Stimme klingt zögernd. Ich muss zum Fürchten aussehen, und doch streckt sie ohne jede Angst die Hand nach mir aus.

Als ich abrupt den Arm wegreiße, außer Reichweite, sehe ich ihr an, dass ich ihr einen Schreck eingejagt habe, aber ich darf nicht zulassen, dass sie mich anfasst. Ich muss verdammt noch mal hier weg, weg von ihr, bevor ich es mir anders überlege. „Zieh dich an." Meine Stimme klingt kalt und distanziert.

„Was?" Liv ist verwirrt.

„Zieh dich an, Liv. Ich bring dich nach Hause."

Keiner von uns sagt etwas, auf der ganzen Fahrt bis zu ihrem Elternhaus. Ich tue so, als würde ich die Tränen nicht sehen, die sie sich unauffällig wegzuwischen versucht.

Die nächsten Wochen über vermeide ich es, in Livs Richtung zu schauen, wenn ich sie in der Mensa entdecke. Als ich heute hereinkomme, sehe ich links Missy und rechts Liv, deshalb beschließe ich, mir einen neuen Tisch zu suchen. Schließlich setze ich mich zu Evan Marco und ein paar von seinen Kumpels aus dem Footballteam.

Der Typ findet sich ziemlich geil, aber er ist kein schlechter Kerl. Ein bisschen zu sehr Biffy für meinen Geschmack. Daddys Taschen sind tief, deshalb denkt Evan, er wäre automatisch was wert. Nichts, was ihm das Leben nicht irgendwann gründlich austreiben wird. Im Augenblick diskutieren die Jungs über das Punktesystem in irgendeinem Spiel, das sie offenbar schon eine Weile spielen.

„Die einzige Möglichkeit für Evan oder Kyle, noch den Sieg zu holen, ist, auf dem Abschlussball 'ne Jungfrau zu knacken. Gerade ist Ryan euch beiden fünf Punkte voraus, dank seines Dreiers mit den zwei Blondinen vom Lagerfeuer vorgestern." Caleb Andrews studiert ein kleines Notizbuch voller Listen und Eintragungen, während er mit seinen Freunden redet.

„Wo wir gerade dabei sind, kann diesen Dreier eigentlich irgendjemand bestätigen?", entgegnet Evan.

„Ja, Mann. Scheiße, ich hab's mit eigenen Augen gesehen. Die eine hat ihm einen geblasen, während er bei der anderen die Hand unterm Rock hatte. Ich hätte mir am liebsten die Augen aus dem Kopf gebrannt, nachdem ich seinen kleinen Stummelschwanz sehen musste", erklärt Caleb lachend.

„Ihr sammelt Punkte für die Weiber, die ihr abschleppt?", hake ich mit einem Grinsen nach. Warum wusste ich nichts von dem Spiel? Das klingt doch mal nach einer organisierten Sportart an dieser beschissenen Schule, an der ich mich glatt beteiligt hätte.

„Denk nicht mal dran, Stonetti. Dich würden wir nicht mal mit hundert Punkten Handicap mitmachen lassen. Die Mädels fahren voll ab auf dieses Bad-Boy-Schönling-Ding bei dir." Calebs Entgegnung ist nur halb als Witz gemeint.

„Und, wer liegt vorn?"

„Tja, im Augenblick Ryan. Aber der kann nicht mehr wirklich was holen. Auf dem Abschlussball 'ne Jungfrau zu knallen ist Trumpf, aber er geht mit Laurelyn, das ist also definitiv raus für ihn“, antwortet Caleb lachend.

„Also wenn Evan und Kyle mit zwei Jungfrauen aufkreuzen, können sie ihm den Sieg noch abnehmen?“

„Ganz genau. Das Rennen wird sich allen Ernstes in der allerletzten Nacht entscheiden.“

„Und was kriegt der Gewinner?“ Bei einem Spiel über einen so langen Zeitraum muss verdammt viel im Pot sein.

Evan lächelt. „Einen Dollar.“

„Einen Dollar? Wollt ihr mich verarschen?“

„Uns geht’s nur ums Spiel, Alter, nicht um die Kohle.“

„Wie ihr meint, aber wenn ihr mich fragt, wär’s schöner, beides zu haben.“

Es klingelt, und wir stehen gemeinsam auf. Ich entdecke Liv und sehe zu, wie sie die Mensa verlässt, bevor ich auch nur einen Fuß in ihre Richtung setze. „Und, mit wem gehst du zum Abschlussball, Evan?“

„Olivia Michaels.“

KAPITEL 18 Liv

Bis um sieben die Türklingel geht, habe ich das Buch mindestens zehnmal in meine Tasche gepackt und wieder rausgenommen. Im Augenblick steckt es ganz tief unten drin, aber wenn er länger als dreißig Sekunden bis nach oben braucht, wird es mit ziemlicher Sicherheit nicht mehr dort sein, wenn er klopft.

Ich höre Ally die Tür öffnen, bleibe aber noch einen Augenblick in meinem Zimmer, um mich zu sammeln. Schließlich halte ich den Atem an und zwinge mich, mein Versteck zu verlassen und ins Wohnzimmer zu gehen.

Ally schenkt gerade in der Küche ein Glas Wein ein, während Vinny an der Frühstückstheke auf einem Hocker sitzt. Als ich hereinkomme, dreht er sich um und steht auf, sodass Ally nur noch mit seinem Hinterkopf spricht.

„Hey." Mit einem leichten Grinsen auf dem attraktiven Gesicht verfolgt er, wie ich auf ihn zugehe. Als ich vor ihm stehen bleibe, bin ich plötzlich verlegen und weiß nicht, wie ich ihn begrüßen soll, doch lange hält das Gefühl nicht an. Vinny legt mir eine Hand in den Nacken, lehnt sich vor und drückt mir einen sanften Kuss auf die Lippen.

Als ich aufschaue, entdecke ich ein Lächeln auf Allys Zügen, begleitet von fragend erhobenen Augenbrauen angesichts der Begrüßung, die mir gerade zuteilgeworden ist. Das Weinglas schon halb zum Mund erhoben, überlegt sie es sich nach einem Blick in mein Gesicht anders und streckt es stattdessen mir hin.

Da ich dringend etwas brauche, um meine Nerven zu beruhigen, nehme ich es und danke meiner besten Freundin stumm mit einem Lächeln.

„Willst du auch etwas Wein, Vince?“ Ally greift in den Hängeschrank, in dem unsere Weingläser aufbewahrt werden.

„Nein, danke. Aber lasst ihr euch davon nicht aufhalten“, schiebt er belustigt hinterher, während ich bereits in tiefen Zügen aus meinem Glas trinke und Ally sich soeben ein weiteres einschenkt.

Bei Allys und Vinnys Unterhaltung geht es hauptsächlich um seinen bevorstehenden Kampf. Das meiste von dem, was er erzählt, weiß ich bereits aus dem Interview für meinen Artikel. Es überrascht mich, als er Ally einlädt, zu kommen. „Du solltest Liv begleiten. Ich gebe ihr ein paar zusätzliche Tickets.“

Ich frage mich, ob Vinny sich bewusst ist, dass er sich gerade die bedingungslose Unterstützung meiner besten Freundin für diese neu aufkeimende Beziehung zwischen uns erkauft hat. Sie ist eine absolute Sportfanatikerin, ganz zu schweigen davon, dass sie niemals eine Gelegenheit ausschlagen würde, Männer mit Waschbrettbäuchen in nichts als Boxershorts zu begaffen – umgeben von ein paar Tausend weiteren Kerlen, in denen das Testosteron nur so brodelt bei der Aussicht, besagten Waschbrettbäuchen dabei zuzusehen, wie sie einander zu Brei schlagen.

In Rekordzeit schütte ich meinen Wein in mich hinein und unterbreche die gegenseitige Beweihräucherung der beiden. „Wer hat gesagt, dass ich zu deinem Kampf komme?“, wende ich mich mit fragend erhobener Augenbraue an Vinny.

„Du willst nicht kommen?“

„Das habe ich nicht gesagt.“

„Wo liegt dann das Problem?“

„Du scheinst eine Menge Entscheidungen für mich zu treffen, ohne mich dazu vorher zu fragen“, antworte ich und verschränke die Arme vor der Brust.

„Und diese Entscheidungen gefallen dir nicht?“

„Das habe ich nicht gesagt … Aber …“

„Aber was, Liv?“ Vinny hebt die Schultern. Offensichtlich hat er keinen Schimmer, was ich eigentlich von ihm will.

„Normalerweise fragt man Leute, was sie gerne möchten, bevor man einfach Dinge für sie beschließt.“

Jetzt verschränkt Vinny ebenfalls die Arme. „Kommt mir vor wie eine ziemliche Zeitverschwendung, wenn man längst weiß, was der andere will.“

Mir fällt die Kinnlade herunter. Die Arroganz dieses Mannes ist einfach unglaublich. „Und was ist, wenn du falschliegst mit deiner Annahme, was dein Gegenüber will?“

Vinny schüttelt den Kopf und überbrückt die Distanz zwischen uns. Er legt mir beide Arme um die Taille. „Ich habe keinerlei Zweifel, dass du es mich schon wissen lässt, wenn ich mal falschliegen sollte.“ Und nur für einen Augenblick verschwindet das freche Grinsen von seinem Gesicht, als er mir einen unschuldigen Kuss auf die Lippen drückt.

In dem Restaurant, in das Vinny mich bringt, war ich noch nie. Es ist klein und intim, und normalerweise wüsste ich das zu schätzen. Doch das gesamte Personal scheint ihn zu kennen, und ich bin verärgert, dass er hier offenbar mit all seinen Eroberungen essen geht.

Keine Ahnung, warum mich das stört, aber so ist es. Wir sind beide erwachsen, auch ich hatte so meine Dates und Übernachtungsgäste. Trotzdem ärgert es mich irgendwo ganz tief drinnen, dass er das alles hier schon mal gemacht hat ... mit einer anderen.

Die Kellnerin kommt an den Tisch, um uns zu begrüßen, und mein Puls schnellt hoch, als sie Vinny – nein, Vince – beim Namen nennt. Sie ist niedlich, wenn auch zu dünn. So dünn, dass ich mich bei der Überlegung ertappe, ob sie eine Essstörung hat, oder vielleicht ein Drogenproblem. Während sie ein wenig Small Talk mit Vinny macht, entdecke ich bei meiner sorgfältigen Inspektion dunkle Schatten unter ihren Augen, auch wenn sie versucht hat, sie unter einer dicken Schicht Make-up zu verbergen.

„Also, was darf ich euch bringen? Bier für dich und ...“ Die spindeldürre Kellnerin lächelt mich an und wartet auf meine Antwort.

„Ich nehme einen Merlot. Danke.“ Im nächsten Moment verschwinde ich hinter der Speisekarte, und es gelingt mir nicht, zu verbergen, dass mich seine Vertrautheit mit diesem Restaurant und der Kellnerin stört ... mit dieser ganzen Date-Szenerie. Welche Frau will ihre Vorgängerinnen schon unter die Nase gerieben bekommen, wenn sie mit einem Mann essen geht, der ihr Vertrauen zu gewinnen versucht?

„Magst du Tilapia?"

„Ja", antworte ich, schaue aber nicht von der Speisekarte auf.

„Dann bestelle ich für uns." Vinny klappt seine Karte zu und legt sie auf den Tisch, als wäre die Unterhaltung, die wir gerade begonnen haben, auch schon wieder beendet.

„Ich kann schon selbst bestellen." Es gelingt mir nicht, meinen Ärger zu verbergen, auch wenn ich mir wirklich Mühe gebe.

„Ich habe auch nicht behauptet, dass du das nicht könntest. Ich dachte bloß, da ich die meisten Sachen auf der Karte schon mal hatte ..."

„Und ein paar, die nicht auf der Karte stehen, wie's aussieht", entschlüpft es mir leise, und in meinem Tonfall liegt so viel Bitterkeit, dass selbst ich die Bemerkung zickig finde.

Vinny antwortet nicht gleich. Neugierig, wie er auf meinen unreifen Kommentar reagiert, hebe ich den Kopf und begegne seinem bösen Blick. Einen Augenblick lang sagt keiner von uns etwas. Wir starren einander einfach nur an, beide zu stur, um als Erster den Blick abzuwenden.

„Ich bin hier ständig mit Elle und Nico. Lily kenne ich aus der Gruppentherapie, ich hab sie nie angerührt. Ich habe noch nie eine Frau hierhergebracht."

Ich sehe ihm an, dass er die Wahrheit sagt, und sofort steigt mir Hitze in die Wangen. Es ist mir peinlich, dass ich voreilige Schlüsse gezogen habe, aber noch peinlicher ist mir, wie ich auf diese Schlüsse reagiert habe. Wie eine unsichere, eifersüchtige Freundin.

„Tut mir leid."

„Das muss es nicht." Um seinen Mundwinkel zuckt es. „Freut mich, dass du offenbar gewisse Besitzansprüche hast – mir geht's nämlich genauso."

„Ich hab doch keine ..."

Vinny fällt mir ins Wort, bevor ich es abstreiten kann. „Doch, hast du."

Entnervt schnaube ich und wedle mit der Hand. „Ach, denk doch, was du willst." Dafür ernte ich ein ausgewachsenes, unwiderstehliches Grübchenlächeln.

Rasch ist die Anspannung unseres anfänglichen Zusammenstoßes vergessen, und wir reden stundenlang über die Zeit, die zwischen damals und heute vergangen ist.

„Und du hast also als Jahrgangsbeste die Abschlussrede gehalten?"

Überrascht, dass er überhaupt von irgendwelchen Auszeichnungen weiß, korrigiere ich ihn. „Zweitbeste. Hast du etwa meine Laufbahn verfolgt?"

„Wie ist das denn passiert? Und ja." Er hebt eine Augenbraue. Offensichtlich hat er nicht vergessen, wie ehrgeizig ich sein konnte.

„Scott Julian hat mich um ein paar Prozentpunkte geschlagen." Mittlerweile ist es Jahre her, aber die Schmach der Niederlage brennt noch immer. „In Sport hatte ich nur eine Zwei plus", gestehe ich und verdrehe die Augen.

Für meine Reaktion ernte ich ein amüsiertes Lachen. „Du hast wegen deiner Sportnote den Sieg verpasst?"

„So ist es.“ Ich setze das Glas an und trinke meinen Wein aus. Auch wenn es mich immer noch wurmt, sehe ich doch die Ironie darin. Endlich. Na ja, jedenfalls vielleicht ein bisschen.

„Das war das einzige Fach, in dem ich je eine Eins hatte.“

„Und was ist mit Englisch? Als ich dir Nachhilfe gegeben habe, warst du richtig gut.“

„Ist nur eine Zwei geworden.“ Er leert sein Bierglas. „Die Nachhilfelehrerin war heiß.“ Grinsend zuckt er die Achseln. „Hat mich abgelenkt.“

„Also ist es meine Schuld, dass du nicht auch in einem richtigen Fach mal eine Eins gekriegt hast?“

Seine Brauen ziehen sich zusammen. „Sport *ist* ein richtiges Fach.“

„Pff“, mache ich seine Antwort nieder. „Sport ist *kein* richtiges Fach.“

Das Glitzern in seinen Augen verrät, dass ihn meine Worte amüsieren. „Das sieht Scott Julian bestimmt anders.“

„Ach, red du nur.“ Mit einer Hand schiebe ich die Diskussion beiseite, obwohl ich über dieses Thema definitiv stundenlang reden könnte. Weil es mich immer noch ärgert. „Dir gefällt es doch bloß, mich damit zu provozieren“, werfe ich ihm vor.

Einer seiner Mundwinkel ist zu einem teuflischen Grinsen gehoben, eine Augenbraue hochgezogen – da muss er seine Antwort gar nicht erst in Worte fassen. Wir wissen beide, wie sie lauten würde.

Beim Nachtisch berichte ich ihm von meiner Zeit mit Ally am College und bringe ihn auf den neuesten Stand, was ihre vier Richtungswechsel bei der Berufswahl seit unserem Schulabschluss betrifft. Er erzählt Geschichten von Elle und Nico. Die drei haben eine Menge zusammen erlebt, sie scheinen fast so etwas wie seine Ersatzfamilie zu sein. Mir fällt auf, dass er kaum von seiner Mutter spricht.

Nachdem er gezahlt hat, erhebt sich Vinny und reicht mir die Hand, um mir hochzuhelfen. Allerdings lässt er meine Finger nicht wieder los, als ich stehe. Stattdessen zieht er mich an sich und senkt seinen Mund auf meinen. Ich spüre die Hitze seines Atems und eine so zarte Berührung auf meinen Lippen, dass ich mir nicht einmal sicher sein kann, ob sie wirklich da war.

„Hast du dein Buch mitgebracht?“, fragt er leise, doch seine Stimme klingt so rau, dass mir am ganzen Körper warm wird.

„Ja.“ So nah bei ihm geht mein Atem schneller und wird flach, meine Antwort klingt beinahe wie ein Hecheln. Dieser Mann bringt mich in zwei Sekunden von null auf hundert.

„Braves Mädchen.“ Er zieht ein wenig den Kopf zurück, um mein Gesicht zu betrachten. Bei seiner verruchten Miene setzt mein Herz einen Schlag aus. „Du weißt doch noch, wie ich es geliebt habe, wenn du mir vorgelesen hast. Ich musste mich praktisch auf meine Hände setzen, damit sie sich nicht unter diesen knappen schwarzen Rock gestohlen haben, den du immer getragen hast. Ich habe den Verdacht, dieses Buch ist um einiges spannender als das Zeug, das wir in der Highschool lesen mussten. Und diesmal setze ich mich definitiv nicht auf meine Hände.“

Sein verdammt sinnliches Grinsen in Verbindung mit seiner dunklen, rauen Stimme lässt jede Widerstandskraft, die ich noch hatte, dahinschmelzen.

Er zwinkert mir zu. „Lass uns von hier verschwinden."

Er sagt mir nicht, wohin wir fahren, und ich frage auch nicht. Still sitzen wir nebeneinander, während er seinen Wagen durch die Innenstadt lenkt, sichtlich darauf fokussiert, uns an unser nächstes Ziel zu bringen.

Meine Gedanken rasen, und es fällt mir schwer, mich meinem Körper zu widersetzen, der ganz eigene Vorstellungen zu haben scheint. Zu diesem Zeitpunkt könnte Vinny mir wahrscheinlich erzählen, er wäre ein Serienmörder, aber solange er sich warm und hart an mich presst, weiß ich genau, dass mein Gehirn den Kampf gegen meinen Körper auf seiner unaufhaltsamen Suche nach Erfüllung verlieren würde.

Als er mich in seine Wohnung führt, schweigen wir immer noch. Ich bin nervös und aufgewühlt, und er spürt das genau. Weiß, dass ich kurz davor stehe, meine Meinung zu ändern ... Nicht dass er mir bisher Gelegenheit gegeben hätte, mir überhaupt eine zu bilden. Mit einem muskulösen Arm um meine Taille zieht er mich an sich. Ich lasse den Kopf an seine Brust sinken, immer noch hin- und hergerissen, auch wenn seine Nähe die Waagschale leicht in Richtung der Möglichkeit senkt, diesen schönen Mann nackt zu sehen.

Nach einem kurzen Augenblick streichelt Vinny mir sanft über die Wange und hält an meinem Kinn inne, um mit einem Finger sacht meinen Kopf hochzudrücken, damit ich ihm in die Augen sehe. „Ich will dich, Liv. Ich wollte dich schon vor sieben Jahren. Aber jetzt noch viel mehr. So sehr, dass ich an nichts anderes mehr denken kann. Ich brauche dich."

Er lässt einen tiefen Atemzug entweichen und sammelt sich, bevor er fortfährt. „Du musst nur Nein sagen, Liv. Aber ich warne dich ... Wenn du es nicht tust, dann nehme ich dich." Seine ernste Miene wandelt sich, und ich sehe, wie seine Pupillen sich weiten, spüre, wie sein Körper Hitze verströmt. Als er weiterspricht, packt seine Hand in meinem Nacken fester zu. „Und dann gehörst du mir, und ich mache mit dir, was ich will."

Bei seinen Worten stockt mir der Atem, und ich bin verloren. Seine langen, kräftigen Finger schieben sich in mein Haar, und mit einem Ruck drückt er meinen Kopf weiter zurück und fällt über meinen Mund her. Sein grobes Vorgehen erschreckt mich, doch zugleich durchfährt mich bis in jede Faser meines Körpers ein Stromschlag feuriger Erwartung, sodass selbst das kleinste Härchen sich aufrichtet.

Willenlos schmiege ich mich an ihn, während ich seinen Kuss mit einer nie gekannten Dringlichkeit erwidere. Langsam leckt er über die innere Kontur meiner Lippen, stößt dann abrupt vor und saugt an meiner Zunge, sodass meine Brustspitzen sich aufrichten.

Als er an meiner Unterlippe knabbert, überkommt mich das machtvolle Gefühl, dass das mehr ist als bloß ein Kuss. Er zeigt mir, was er mit mir anstellen will mit seinem heißen, feuchten Mund. Schon bei der bloßen Vorstellung, wie er an anderen Stellen meines Körpers leckt und saugt, schließe ich unwillkürlich die Augen.

Mit der Hand, die nicht in meinem Haar ist, zieht er mich besitzergreifend näher an sich, so eng, dass ich seine Erektion an meinem Bauch fühle. Hart presst sich sein Schaft gegen mein weiches Fleisch, und mir entweicht ein leises Stöhnen.

Im einen Moment stehe ich im Wohnzimmer und werde um den Verstand geküsst, und im nächsten fühle ich, wie er mich mühelos hochhebt und ins Schlafzimmer trägt. Sachte stellt er mich wieder auf die Füße, und ich spüre die Bettkante in den Kniekehlen, doch wir bleiben aufrecht.

„Zieh dein Oberteil aus“, weist er mich mit sündhaft dunkler, rauer Stimme an. Bei seinem Befehlston kribbelt es mich am ganzen Körper.

Wartend tritt Vinny einen Schritt zurück. Unter seinen schweren Lidern brodelt das Verlangen, und ich fühle mich begehrt. Verehrt. Angebetet. Langsam streife ich mir das Oberteil über den Kopf und enthülle meinen schwarzen Spitzen-BH, der sich von meiner hellen Porzellanhaut abhebt. Anerkennend betrachtet Vinny mich, und für einen langen Moment halte ich still und lasse mich von ihm mit den Augen verschlingen.

„Du bist dran.“ Ich suche seinen Blick und erwidere ihn in der Erwartung, dass er meiner Aufforderung genauso widerspruchslos folgt wie ich seiner.

Mit einem wissenden Grinsen schüttelt Vinny den Kopf. „So funktioniert das nicht.“ Er hebt die Hand und fährt mit einem Finger über meine Brustwarze, die nur notdürftig von der schwarzen Spitze verdeckt ist. Die ohnehin schon aufgerichtete Spitze schwillt unter seiner Liebkosung an. Zufrieden mit der Reaktion, die er meinem Körper entlockt hat, wendet Vinny sich der anderen Brust zu, und wieder reagiert mein Fleisch willenlos auf seine Avancen.

„Dreh dich um."

Eben war mein Blick noch gefesselt von seiner Hand auf meiner Haut, jetzt schaue ich hastig zu ihm auf. Wortlos wartet er ab, bis ich seiner Anweisung folge. Dann schlingt er mir die Arme um die Taille und zieht mich an sich, sodass mein Rücken fest an seine Vorderseite gepresst ist. Er vergräbt das Gesicht an meinem Hals und zieht eine Spur aus feuchten Küssen von meinem untersten Halswirbel bis hinauf zu meinem Ohr. Seine Hände umfassen meine Brüste, und sachte drückt er die Spitzen zusammen und entlockt mir ein Stöhnen, das ich nicht einmal habe kommen spüren.

Als er mich noch enger an sich zieht, drückt sich sein Schaft pochend gegen meinen Po. „Fühlst du das, Liv?"

Unfähig, auch nur ein Wort herauszubringen, schlucke ich schwer und nicke.

„Ich werde mich so tief in dich versenken, dass du dich leer fühlen wirst, wenn ich nicht in dir bin."

Himmel. Jetzt beginnt mein Körper zu pulsieren. Heiß schießt das Blut durch meine Adern, und mein Herz pocht in wilder Erwartung.

Wieder zwickt Vinny mich in die Brustwarzen, diesmal fester, gröber. Schmerz durchzuckt mich, aber das treibt meine Begierde nur noch höher. „Ist es das, was du willst, Liv?"

„Ja." Wie von selbst ruckt mein Becken nach hinten, sodass seine Härte sich noch fester an mich presst. Stöhnend beginne ich, die Hüften zu wiegen. Eine gefühlte Ewigkeit lang habe ich mich nach genau dem hier verzehrt.

„Sag's mir. Sag mir, was du willst, Liv." Er drückt sich noch stärker gegen meinen Hintern.

„Dich."

„Sag es. Sag mir, was ich mit dir machen soll."

„Nimm mich. Ich will, dass du mich nimmst."

„Dreh dich um."

Widerstrebend gehorche ich, will die Verbindung nicht unterbrechen, den Kontakt nicht verlieren ... doch der Ausdruck in seinen Augen ist sogar noch intimer als seine Berührung. Er verrät mir, dass er mich will, dass er genauso empfindet wie ich. Doch obwohl ich eine vertraute Wildheit in seinem Blick sehe, gelingt es ihm immer noch, die Beherrschung zu wahren.

„Zieh deine Jeans aus."

Während er noch voll bekleidet ist, fühle ich mich entblößt, als ich mich aus meiner Jeans schäle und in nichts als meinem schwarzen Demicup-BH und dem dazu passenden Tangaslip vor ihm stehe.

Ohne Eile lässt Vinny seinen glühenden Blick über mich gleiten und nimmt jeden Zentimeter in sich auf. Ich sehe Lust und Verehrung, und es heizt mich an, wie ich praktisch nackt vor ihm stehe. Als er mir endlich in die Augen sieht, kann ich seine Gedanken lesen, bevor er sie ausspricht. „Du bist so wunderschön, Liv."

Ich erwidere sein Lächeln. Doch es dauert nicht lange, bis sein zärtlicher Blick einem teuflischen Grinsen weicht. Die Veränderung ist kaum wahrnehmbar – die Art, wie er die

Augen verengt, das Schimmern in seinen Pupillen. Und doch ist sie da, und ich sehe sie.

„Leg dich aufs Bett."

Langsam setze ich mich, dann lasse ich mich nach hinten sinken und schaue auf zu dem Mann, der über mir aufragt.

Vinny lehnt sich vor und hakt an beiden Seiten die Finger unter mein Höschen, um es mir langsam über die Beine abzustreifen. Behutsam öffnet er den Vorderverschluss meines BHs und befreit mich von der Spitze, wobei er mit seinen schwieligen Fingern genüsslich über meine keck aufgerichteten Brustwarzen gleitet.

Dann beugt er sich zu mir herunter, senkt den Mund auf meinen und drückt mir einen sanften Kuss auf die Lippen, bevor er spricht. Seine Stimme ist leise und rau. „Fass nach oben. Halt dich mit beiden Händen am Kopfteil fest. Wenn du sie da lässt, fessle ich dich auch nicht daran."

Bei dieser Drohung werden meine Augen tellergroß. Mit einem verruchten Lächeln fährt er fort: „Jedenfalls diesmal nicht."

Aufmerksam beobachtet er mich und sagt nichts weiter, bis ich schließlich gehorche, beide Arme über den Kopf strecke und die Finger um die Stäbe über mir schließe.

Er gleitet an meinem Körper abwärts und hält an meinen Brüsten inne, um jeden der empfindsamen Nippel einzeln in den Mund zu saugen. Jedes Mal endet die Liebkosung mit einem Zwicken, das schmerzhaft durch meinen Körper zuckt, sich jedoch in Begierde verwandelt, bevor es sein Ziel in meinem Schoß erreicht.

Mit einer Hand greift er mir zwischen die Beine, und sein breiter Daumen massiert meinen Kitzler, während er gekonnt einen langen Finger in mich schiebt. Sofort reagiere ich auf seine Berührung, und sein Finger gleitet mühelos in mich hinein und wieder heraus.

Als er mit einem zweiten Finger in mich eindringt, entweicht mir ein Stöhnen, das ich nicht einmal aufzuhalten *versuche*, so ausgefüllt fühle ich mich. Instinktiv drängt mein Becken nach oben, um den Rhythmus seiner stoßenden Finger aufzunehmen, und ich wühle eine Hand in sein Haar.

Abrupt hört Vinny auf und lässt mich auf dem schmalen Grat am Abgrund der Glückseligkeit schwankend zurück. „Hände ans Kopfteil, Liv. Letzte Warnung."

Mir war nicht einmal bewusst, dass ich die Finger von den kühlen Metallstangen gelöst habe. Eben noch habe ich mich mit weißen Knöcheln daran geklammert, als hinge mein Leben davon ab, und dann waren meine Finger plötzlich wie von selbst in seinem Haar. Mit einem tiefen Atemzug hebe ich die Hände wieder und gehorche, packe das Metall kraftvoll. Vinny scheint zufrieden zu sein, denn jetzt bewegen sich seine Finger wieder in mir. Er saugt an meiner Brustspitze, und mein Becken wiegt sich erneut wie von selbst.

Wieder entfährt mir ein Stöhnen, und ich höre Vinny knurren, bevor seine Finger in einem wilden Rhythmus in mich pumpen. Das langsame Kreisen meiner Hüften wird heftiger, während ich mich seinen feuchten Stößen entgegenwerfe. Gerade als ich spüre, wie sich meine inneren Muskeln zusammenzuziehen beginnen, verschwinden seine Finger – nur um rasch von der Hitze seines Mundes auf mir ersetzt zu werden.

Mit kreisenden Bewegungen seiner Zunge neckt er meinen Kitzler, zuerst sanft und spielerisch. Doch rasch steigert sich der Druck zu einem festen Saugen, bis er wieder zwei Finger in mich schiebt und das Nervenbündel hart zwischen die Zähne zieht. Jede Nervenzelle in meinem Körper steht in Flammen, und mit einem Schrei komme ich. Hilflos und unkontrollierbar bebe und zucke ich unter der unvermittelten Intensität meines Orgasmus.

Noch immer völlig benommen von der erschütternden Erfahrung, meinen Körper Vinny zu überlassen, nehme ich nur ganz am Rande wahr, wie er sich auszieht. Ich höre eine Kondomverpackung knistern, dann spüre ich sein Gewicht auf mir.

„Jetzt darfst du das Kopfteil loslassen, wenn du willst."

Mir war nicht mal bewusst, dass ich mich immer noch daran festhalte. Schon will ich meine Umklammerung lösen, doch dann überlege ich es mir anders. Nach dem überwältigendsten Orgasmus meines Lebens will ich wissen, was als Nächstes kommt. Und so lächle ich zu Vinny empor und schließe mit verruchtem Blick die Finger fester um die Metallstange.

„Perfekt, verdammt." Stöhnend schiebt Vinny sich in mich und füllt mich tief aus. Als sein Mund sich über meinem schließt und ich mich auf seiner Zunge schmecke, stehe ich schon am Rand des nächsten Höhepunkts, bevor er auch nur anfangen kann, sich zu bewegen. Als er schließlich ganz in mir ist, wappne ich mich in Erwartung eines rauen, hitzigen, gnadenlosen Ritts. Stattdessen überrascht er mich und verlangsamt unsere Küsse von wild zu sinnlich, während er sich langsam in mir vor und zurück wiegt.

Ich brenne so sehr darauf, ihn anzufassen, die harten Wölbungen der Muskeln an seinem Rücken zu spüren, wie sie sich unter dem Rhythmus seiner Bewegungen spannen und zusammenziehen. Doch ich lasse es. Er schenkt mir langsame Sinnlichkeit, im Austausch gegen die Kontrolle, die ich ihm überlassen habe.

Anders als mein erster Orgasmus, der mich hart und schonungslos getroffen und in schwindelnde Euphorie gerissen hat, baut sich der zweite langsam auf, wird von Vinny einen herrlichen Stoß nach dem anderen aus mir herausgekitzelt. Und als er mich schließlich zu überrollen beginnt, kommt Vinny vor meinen Augen ebenfalls, und gemeinsam wagen wir den Sprung ins Vergessen, unser Stöhnen halb erstickt von unseren tiefen Küssen.

Ich kann mich nicht einmal erinnern, letzte Nacht eingeschlafen zu sein, doch als ich aufwache, bin ich völlig in Vinny verstrickt. Mein Kopf liegt auf seiner Brust, unsere Gliedmaßen sind umeinandergeschlungen, und ich verspüre nicht das geringste Bedürfnis, mich zu bewegen. Doch als ich die Sonne durch die Jalousie hereinlugen sehe, fällt mir ein, meinen Handywecker auszustellen, bevor das Teil losplärrt und ihn weckt.

Behutsam versuche ich, mich aus dem Gewirr von Gliedmaßen zu befreien, ohne ihn aufzuwecken. Als ich mich nach dem Smartphone strecke, meldet mein Körper überall Muskelkater und wunde Stellen. Ich schalte den Wecker aus, der in knapp fünf Minuten losgegangen wäre, und eine warme Hand legt sich auf meinen Bauch und zieht mich zurück ins Bett.

„Morgen." So früh am Morgen ist Vinnys Stimme rau und tief. Höllisch sexy.

„Guten Morgen." Der Klang bringt mich zum Lächeln, doch das kann er nicht sehen, solange mein Rücken fest an seine Vorderseite geschmiegt ist.

„Wolltest du etwa flüchten?"

„Ich hab nur den Wecker ausgestellt, damit du nicht davon wach wirst."

Er vergräbt das Gesicht in meinem Haar und drückt mir einen sanften Kuss auf den Nacken, bevor er weiterspricht. Sein warmer Atem wärmt mich durch und durch. „Ich muss heute bei Nico im Boxclub einen Kurs leiten. Muss mich beeilen."

Ich bin enttäuscht, versuche aber, es mir nicht anmerken zu lassen. „Oh. Okay."

Wortlos küsst Vinny mich auf die Schulter und steht auf. Mich überläuft ein Frösteln, als die Wärme seines Körpers verschwindet und mich die kühle Luft streift. Ich warte, bis ich die Badezimmertür ins Schloss fallen höre, dann stehe ich auf und suche meine achtlos verstreuten Kleider zusammen.

Als Vinny zurückkommt, habe ich den Großteil der Sachen gefunden, aber mein Höschen fehlt, sodass ich noch immer in nichts als die Decke gewickelt bin.

„Wo willst du denn hin?"

Hat er unser Gespräch von eben vergessen? Das, in dem er mir gesagt hat, dass ich gehen muss? „Äh ... nach Hause."

„Ich dachte, du wolltest nicht flüchten?"

„Wollte ich auch nicht. Aber du gehst doch zur Arbeit."

Vinny steigt in Laufshorts und bückt sich, um den Tanga aufzuheben, nach dem ich mich bis eben umgeschaut habe.

„Suchst du den?“ Mit einem verruchten Grinsen lässt er den winzigen Stofffetzen um seinen Finger kreisen.

„Ja.“ Ich hebe den Arm, um mir das Höschen zu schnappen, aber Vinny ist zu schnell für mich. Er knüllt den Stoff in einer Hand zusammen und schlingt mir den anderen Arm um die Taille, um mich an sich zu ziehen.

„Bleib hier. Es dauert keine zwei Stunden, dann bin ich wieder da.“

„Du willst, dass ich bleibe?“

Er beugt sich vor und bringt den Mund dicht an mein Ohr, bevor er antwortet: „Ich will, dass du in meinem Bett auf mich wartest, wenn ich wiederkomme.“

Das ist ein nettes Angebot von ihm, das ich zu schätzen weiß, aber es ist nicht nötig. Ich bin ein großes Mädchen – er muss mich nicht verhätscheln, bloß weil wir eine heiße Nacht miteinander hatten. „Schon gut. Ist lieb gemeint, aber ich hab ohnehin noch Sachen zu erledigen.“

Vinny dreht mich zu sich herum und hebt meinen Kopf, damit ich ihm in die Augen schaue. „Lieb gibt es bei mir nicht, Liv. Dass ich dir sage, du sollst bleiben, ist reine Selbstsucht. Ich will wieder in dir sein. Ich werde schon wieder hart, wenn ich bloß an den Laut denke, den du machst, wenn du für mich kommst. Also scheiß auf deine To-do-Liste, geh wieder ins Bett, und versuch, ein bisschen neue Kraft zu sammeln. Denn die wirst du brauchen.“

Lieber Himmel. Kann sein, dass ich entrüstet sein sollte angesichts seiner wenig feinfühligen Ausdrucksweise, doch ich bin es nicht. Stattdessen bin ich trunken vor Begierde und ertappe mich dabei, wie ich ihn sprachlos anstarre. Vinny grinst. Offenbar weiß er, dass er mich gekriegt hat.

„Okay?“ Er gibt mir einen Kuss.

„Okay“, antworte ich schließlich mit einem Lächeln, an dem er ablesen kann, dass ich es mir anders überlegt habe.

Als er seinen Schlüsselbund von der Kommode nimmt, öffnet Vinny seine andere Hand und enthüllt darin schwarze Spitze. Ich hatte ganz vergessen, dass er immer noch mein Höschen hat. „Das behalte ich.“ Mit einem teuflischen Grinsen stopft er sich den Tanga in die Hosentasche und verlässt die Wohnung.

KAPITEL 19 Vince

Energiegeladen leite ich die Frauen in dem Selbstverteidigungskurs durch eine Reihe von Techniken. Normalerweise suche ich mir meine Assistentin für die Demonstrationen auf Basis ihres Hinterns oder der Größe ihrer Oberweite aus. Doch heute habe ich einfach die genommen, die am nächsten bei mir stand, eine mollige Frau um die fünfzig.

Seltsamerweise ist es die unterhaltsamste Stunde seit Monaten, abgesehen von dem Tag mit Liv. Meine Partnerin ist kitzlig und berührungsempfindlich, und jedes Mal, wenn ich sie anfasse, um eine Position vorzuführen, kichert sie oder prustet los. Eigentlich finde ich übermäßig fröhliche Menschen um diese Tageszeit einfach nur ätzend, aber ihr Lachen ist irgendwie ansteckend.

Am Ende der Stunde drückt die Frau mich und bedankt sich, dass ich ihr den Tag versüßt habe. Völlig untypisch für mich küsse ich sie auf die Wange und entgegne, dass vielmehr ich mich bei ihr dafür bedanken sollte. Als ich meine letzten Sachen zusammenpacke, überrascht es mich nicht, Nicos Stimme zu hören. Noch habe ich nicht sein volles Vertrauen zurückgewonnen, und er verspürt immer noch das Bedürfnis, mich zu kontrollieren, wann immer ich für einen Kurs eingetragen bin.

„Du bist heute ja gut drauf."

„Das bin ich wohl." Ohne mehr preiszugeben, hänge ich mir die Tasche diagonal über die Schulter. Es juckt mich in den Fingern, wieder nach Hause zu kommen. Beim Gedanken an das, was mich dort erwartet, läuft mir das Wasser im Mund zusammen.

„Hast du den Schlüssel für die Hintertür dabei? Elle ist mit beiden Schlüsselbunden los, aber ich will die Garage abschließen, bevor ich hier für ein paar Stunden das Haus verlasse."

„Klar." Ich ziehe die Schlüssel aus der Tasche und bemerke dabei nicht, wie etwas zu Boden segelt.

Nicos Blick schnellt nach unten und macht mich auf den schwarzen Stofffetzen aufmerksam, der dort am Boden liegt. „Ich glaube, du hast da was verloren."

Rasch schnappe ich mir den Spitzentanga und spüre, wie sich in meiner Brust etwas zusammenzieht. Es macht mich sauer, dass Nico etwas so Intimes von Liv gesehen hat. „Verpiss dich."

Nico ist verblüfft. „Seit wann bist du denn so eigen mit den Sachen von irgendwelchen BBMs?"

„Das ist nicht irgendeine BBM", presse ich mit zusammengebissenen Zähnen hervor, und aus jedem Wort sprüht der Zorn.

Einen Moment lang wirkt Nico ratlos, dann scheint er etwas zu begreifen, auch wenn ich ihm keinerlei weitere Erklärung liefere. Schwungvoll schlägt er mir auf die Schulter und nimmt mich mit zur Tür. „Freut mich zu hören. Dann verschwinde mal, und genieß deine Liv."

Woher weiß er das?

Auf dem Heimweg mache ich kurz halt, um etwas zu essen und eine Zeitung zu besorgen. Es ist Jahre her, dass ich eine verdammte Zeitung gekauft habe. Die einzigen Gelegenheiten, bei denen ich die Dinger auch nur überfliege, sind, wenn ich ein Bild von mir entdecke, eine Anzeige für einen bevorstehenden Kampf. Und dann lese ich sie auch nur von hinten nach vorne und verliere das Interesse, bevor ich bei irgendwelchen echten Nachrichten ankomme. Aber es ist Livs Zeitung, die, bei der sie arbeitet, und deshalb vermute ich mal, die liest sie jeden Tag.

Es ist still, als ich die Wohnung betrete. Einen Moment lang denke ich, sie ist vielleicht doch gegangen. Dann komme ich ins Schlafzimmer und sehe sie. Sie liegt bäuchlings mitten auf dem Bett, in dem Shirt, das ich gestern Abend anhatte. Im Schlaf ist ihr Gesicht so friedlich, dass ich beinahe die Tür wieder zuziehe und sie sich ausruhen lasse. Beinahe. Doch dann regt sie sich, schiebt das schon angewinkelte Knie noch höher und zieht damit den Saum des Shirts mit nach oben. Darunter kommt ihr herrlicher nackter Hintern zum Vorschein. Und ich kann einfach nicht widerstehen.

Leise ziehe ich mich aus, ohne auch nur eine Sekunde den Blick von der Wölbung ihres halb entblößten Pos zu nehmen. Wie er sich rundet, dort, wo er auf ihren Oberschenkel stößt, und die köstliche Herzform, die ihre straffen Muskeln bilden, lässt mir das Wasser im Mund zusammenlaufen.

Nichts würde ich jetzt lieber tun, als diese seidige helle Haut unter meiner Hand leuchtend rot anlaufen zu sehen.

Es fällt mir schwer, zu widerstehen, wie er so unter dem Shirt hervorschaut und mich lockt. Mich herausfordert, einen Klaps darauf niedersausen zu lassen. Mit Schmackes. So fest, dass sie es auch dann noch spürt, wenn sie sich das nächste Mal setzt. So fest, dass sie an mich in ihrer Pussy zurückdenkt, wenn ich nicht mehr da bin. So fest, dass sie niemals vergisst, wer ihr dieses Brennen beschert hat. Wer ihr gezeigt hat, welche Freuden ein bisschen Schmerz bringen kann …

Es fehlt nicht viel dazu, dass ich sie mit einem schallenden Klaps auf den Po wecke, um mich gleich darauf erneut in sie zu rammen, für eine weitere Runde harter, tiefer Penetration – da flattern ihre Lider, und lächelnd schaut sie zu mir auf. Ein liebliches, unschuldiges Lächeln, völlig ungewohnt für mich. Keine andere Frau hat mich je so angesehen. Noch nie. Keine einzige.

Ich verfolge, wie ihre Augen sich fokussieren und an mir hinabwandern, bis ihr aufgeht, dass ich nackt bin. Und hart. Anerkennend betrachtet sie meinen Körper, doch dann begegnen sich unsere Blicke, und ihr Lächeln wird breiter. Für gewöhnlich sehen Frauen mir nicht mehr ins Gesicht, wenn ihr Blick einmal unterhalb des Halses gelandet ist. Damit kann ich gut leben. Für gewöhnlich.

Liv zieht die Decke beiseite, dreht sich auf den Rücken und streckt mir wortlos die Hand entgegen. Und so nehme ich sie und vergesse den Schmerz, den ich ihr eben noch zufügen wollte. Stattdessen folge ich ihrer Einladung. Was nicht ist, kann ja noch werden …

KAPITEL 20 Liv

Ich reiche Vinny den Sportteil der Zeitung, bevor ich mich in die Wirtschaftsnachrichten vertiefe. Mein Rücken ruht an der Armlehne der Couch, meine Beine liegen über Vinnys Schoß, und er beginnt, mir die Füße zu massieren.

„O mein Gott, fühlt sich das gut an.“ Meine Stimme senkt sich und lässt kaum Zweifel daran, wie sehr ich es genieße, so von ihm verwöhnt zu werden. Augenblicklich kommt die Erinnerung an seine Hände an anderen Stellen meines Körpers wieder. Ich schließe die Augen und lasse die Zeitung sinken, die ich eben noch so dringend lesen wollte. Binnen weniger Sekunden ist der Inhalt des Artikels vollkommen vergessen.

„Stets zu Diensten.“

Mit einem Daumen bearbeitet Vinny mein Fußgewölbe, mit der anderen Hand massiert er den Ballen, der oft das meiste Gewicht tragen muss, da ich bei der Arbeit High Heels anhabe. „Mmmmmh“, entweicht es mir, und berauscht schließe ich die Augen. Meine Schultern sinken herab, sämtliche Verspannungen lösen sich, und das, obwohl er sich am anderen Ende meines Körpers zu schaffen macht.

„Himmel, Liv. Ich übernehme keine Verantwortung für mein Tun, wenn du dieses Geräusch machst und dabei so aussiehst.“

„Tut mir leid, ich kann nichts dafür. Du hast wirklich begabte Hände."

„Das hab ich schon öfter gehört."

Als hätte er mich schonungslos aus einem wolkenweichen, herrlichen Traum gepflückt, verspanne ich mich am ganzen Leib und entreiße ihm meine Füße. Meine Stimme wird hart, als ich entgegne: „Ich hab wirklich kein Interesse daran, was deine Missys und Krissys dazu sagen."

Vinny hebt die Augenbrauen und besitzt die Dreistigkeit, genervt auszusehen – obwohl er es war, der mir mit seinem Spruch eine verbale Ohrfeige versetzt hat. „Ich bin MMA-Kämpfer, Liv, schon vergessen? Dass ich begabte Hände habe, weiß ich von meinen Trainern und Gegnern." Er rauft sich das Haar. „Gut zu wissen, dass du so wenig von mir hältst, dass du glaubst, ich würde dir gegenüber mit anderen Frauen prahlen."

„Ich, äh … Tut mir leid … Ich dachte, du meinst …"

„Ja, ich weiß, was du dachtest, was ich meine." Abrupt steht er auf und will schon gehen, doch dann hält er inne und dreht sich wieder zu mir. „Was war das für ein Gefühl, als du dachtest, ich rede von meinen Affären mit anderen Frauen?"

„Ich … Ich verstehe die Frage nicht."

Vinny beugt sich vor und stützt sich zu beiden Seiten meines Gesichts auf der Couch ab, engt mich bewusst ein. „Einfache Frage. Einfache Antwort. Du bist hier das kluge Köpfchen."

Da ich die Wahrheit nicht eingestehen will, versuche ich, vage zu bleiben und die Frage zurückzugeben. „Ich fand es unhöflich. Wie würdest du es finden, wenn ich über einen anderen Mann reden würde, während ich dich massiere?"

Vor meinen Augen werden seine Pupillen in dem hellen Blau größer und größer, bis nur noch ein dünner Farbkranz zu sehen ist und die Dunkelheit siegt. Seine Kiefermuskeln mahlen, er sprüht förmlich vor Wut. „Ich würde irgendjemandem den Kopf abreißen wollen. Beantworte die verdammte Frage, Liv." Zornig verengt er die Augen.

„Ich war eifersüchtig. Okay? Jetzt zufrieden?", fahre ich ihn laut an.

„Gut."

„Gut?" Das soll doch wohl ein Scherz sein. „Du *willst*, dass ich eifersüchtig bin?"

„Ich will, dass du aufhörst, alle paar Stunden nach Gründen zu suchen, vor mir zu flüchten. Eifersucht bedeutet immerhin, dass es dir nicht ganz egal ist."

Zweimal öffne ich den Mund, um etwas zu sagen. Doch jedes Mal geht mir auf, dass ich ihm nichts zu erwidern habe. Aufmerksam wartend beobachtet Vinny mich. Seine Augen sprechen Bände. Grundgütiger, diese Augen sagen alles. Brennen sich mit einer solchen Intensität in mein Innerstes, dass es mir den Atem nimmt.

„Du machst mir Angst, Vinny." Ich mache eine Pause. *„Das hier* macht mir Angst", flüstere ich, und das Gefühl ist mir peinlich. Aber immerhin bin ich ehrlich. Endlich.

Für einen Moment schließt er die Augen, und ich sehe seinen Adamsapfel hüpfen, als er schluckt. Als er sie wieder öffnet, haben sie sich verändert, sind weniger wütend, aber immer noch voller Emotionen. Er nimmt eine Hand von der Armlehne, auf der er sich immer noch über mir abstützt, und umfasst sanft mein Kinn. „Du machst mir auch Angst, Liv."

Ich drehe das Gesicht in seine Handfläche und drücke einen Kuss darauf. Als ich wieder zu ihm schaue, dämmert mir etwas, das mich zum Grinsen bringt. „Ich mache Vince ›The Invincible‹ Stone Angst?“

Vinny erwidert mein Lächeln. „Heute legst du’s aber wirklich drauf an, oder?“

Diese Steilvorlage kann ich einfach nicht ungenutzt lassen. Mit erhobener Augenbraue frage ich: „Und wenn es so ist, gibst du’s mir dann?“

Er stöhnt, und bevor ich auch nur protestieren kann, hat er mich schon vom Sofa gehoben, sich über die Schulter geworfen und marschiert geradewegs ins Schlafzimmer. Die nächsten paar Stunden vergehen in stetem Wechsel: Mal lesen wir in meinem neuen Buch, mal gibt Vinny mir, worauf ich es angelegt habe.

Es ist beinahe Mitternacht, als Vinny mich zu Hause absetzt. Vor meiner Wohnung ist kein Parkplatz zu finden, deshalb sage ich ihm, er kann mich einfach rauslassen, doch er besteht darauf, mich noch zur Tür zu bringen.

Dass Ally im Wohnzimmer sitzt, bemerken wir überhaupt nicht, während wir zehn Minuten lang wie die Teenager an der Tür rummachen, bevor ich ihn regelrecht aus der Wohnung schieben muss. Genauso sehr zu seinem wie zu meinem eigenen Wohl. Wir müssen beide morgen arbeiten. Ich zumindest größtenteils am Schreibtisch. Seine Arbeit ist körperlich fordernd.

Ich schließe die Tür und lasse die Stirn dagegensinken.

„Sieht aus, als hättet ihr Spaß gehabt." Allys Stimme lässt mich hochschrecken.

„Sitzt du etwa die ganze Zeit da im Dunkeln, nur um mir einen Heidenschreck einzujagen, wenn ich nach Hause komme?"

„Vielleicht."

„Du brauchst echt Hilfe."

„Ich brauche einen von der Sorte", entgegnet sie mit einer Geste zur Tür, die ich gerade hinter Vinny geschlossen habe.

Lachend gehe ich in die Küche. „Eigentlich wollte ich ja ins Bett. Willst du vielleicht vorher noch ein Glas Wein trinken?"

„Bringt Vince Stone Frauen zum Sabbern?"

Kopfschüttelnd hole ich zwei Kristallgläser aus dem Schrank. Es gibt reichlich Abende, an denen wir uns was vom Lieferdienst bestellen, und manchmal essen wir auch direkt aus der Verpackung. Aber unser Wein kommt immer in die guten Gläser. „Das nehme ich mal als ein Ja."

„Worauf du einen lassen kannst." Als wir uns auf der Couch einander gegenübersetzen, muss ich über Allys Aufregung lächeln. „Dieser Mann steht so was von auf dich."

„Auf mir *gelegen* hat er vor ein paar Stunden definitiv."

Allys Augen werden groß, und strahlend klatscht sie in die Hände. „So gefällt mir das, so was will ich hören!"

Ich nippe an meinem Wein und lasse mich dann mit einem theatralischen Seufzen in die Couch sinken. „Himmel, Ally, er ist einfach so … so … intensiv. Es ist, als würde er mich komplett durchschauen. Keine Möglichkeit, sich zu verstecken."

„Na ja, warum willst du dich denn überhaupt verstecken?"

„Keine Ahnung. Ich hab einfach das Gefühl, dass ich das langsam angehen muss. Ein paar von meinen Gefühlen für mich behalten. Aber Vinny kann man schwer etwas abschlagen. Ach, ich kann das nicht erklären."

„Er hat dir damals wehgetan, Liv. Du bist nur vorsichtig", sagt Ally und zwinkert mir grinsend zu. „Genieß einfach den Sex, und schau, wohin das Ganze führt."

Als ich den letzten Schluck von meinem Wein trinke, spüre ich auch schon, wie er mir zu Kopf steigt. Ich vertrage ohnehin nicht viel, aber unter Schlafmangel ist es besonders schlimm. „Oh, den Sex genieße ich definitiv."

„Ich hasse dich", verkündet meine beste Freundin lächelnd.

„Ich hasse dich auch", erwidere ich und lehne mich vor, um ihr einen Kuss auf die Wange zu geben, bevor ich aufstehe, um mich bettfertig zu machen. „Träum süß, Al."

„Sag mir nur eins", ruft Ally mir hinterher, als ich schon an meiner Zimmertür bin. „Ist er so einer, der im Bett die Kontrolle übernimmt?"

Lächelnd antworte ich, ohne mich umzudrehen: „Du hast ja keine Ahnung."

KAPITEL 21 Liv

Mit leerem Blick starre ich auf meinen Computerbildschirm und rutsche auf meinem Schreibtischstuhl hin und her, auf der Suche nach einer bequemen Sitzposition. In meinem Körper zwickt und zwackt es noch überall nach meinem Sexmarathon mit Vinny, und immer wieder muss ich an seine Worte denken: *Ich werde mich so tief in dich versenken, dass du dich leer fühlen wirst, wenn ich nicht in dir bin.*

Als ich so auf meinem Stuhl zapple, geht mir auf, dass er sein Versprechen tatsächlich wahr gemacht hat. Gerade mal drei Tage ist es her, dass wir uns gesehen haben, und doch fühle ich mich an diesem Morgen leer ohne ihn.

Wie aufs Stichwort klingelt mein Handy, und lächelnd hebe ich es ans Ohr. „Ich hab gerade an dich gedacht."

„Ach ja, und was genau hast du da gedacht?" Vinnys tiefe, heisere Stimme verströmt puren Sex.

„Ich ..." Abrupt fällt mir wieder ein, wo ich bin, und als ich aufschaue, sehe ich Summers Blick an mir kleben, während sie auf meine Antwort wartet. „Äh ... Das muss ich dir später erzählen."

„O nein, keine Chance. Du hast angefangen, jetzt bring es auch zu Ende. Lass mich hier nicht einfach hängen, den Scheiß mache ich nicht mit, Liv."

Mit gesenkter Stimme erkläre ich: „Mir ist bloß was eingefallen, was du gesagt hast."

„Wer sitzt da so dicht in deiner Nähe, dass du flüstern musst?"

„Eine Kollegin."

„Die kleine Prinzessin?"

Lachend antworte ich: „Ja."

„Umso mehr Grund, es mir jetzt zu erzählen. Komm schon, Liv. Lass es mich hören", beschwört er mich mit dunkler, verlockender Stimme. „Du willst es doch auch."

Himmel, vor diesem Mann kann man aber auch gar nichts verbergen. In Zukunft muss ich wirklich darauf achten, was so alles aus meinem Mund kommt. „Es ging um ein Gefühl von Leere", flüstere ich und blicke zu Summer hoch, deren Augen weit aufgerissen sind. Da habe ich wohl nicht leise genug geflüstert.

Vinny stöhnt. „Du fühlst dich leer, weil ich nicht in dir bin, Liv?"

Zögernd spüre ich mein Gesicht rot anlaufen. „Ja."

„Sag es."

„Bist du wahnsinnig? Das geht nicht. Ich bin auf der Arbeit."

„Um zwölf hole ich dich zum Mittagessen ab."

„Vinny", warne ich ihn.

„Bis nachher, Liv." Er legt auf, bevor ich noch etwas erwidern kann.

Als ich den Kopf hebe, starrt Summer mich immer noch an. Wenn Blicke töten könnten, läge ich jetzt leblos am Boden. „Entschuldige", sage ich zuckersüß und hebe die Schultern, begleitet von einem übertrieben falschen Lächeln. Es dürfte unübersehbar sein, dass keins von beidem ernst gemeint ist.

Nur mühsam kämpfe ich mich durch die folgenden Stunden, während mein Blick immer wieder nach der Uhr auf meinem Handy schielt. Als es endlich zwölf ist, bin ich freudig erregt und unsicher zugleich. Nach unserem gemeinsamen Wochenende fühlen sich die drei Tage Trennung an wie eine Ewigkeit. Aber die Arbeit hat mich für zwei Tage aus der Stadt geführt, und dann musste Vinny Promotion für seinen bevorstehenden Kampf machen.

Sobald ich durch die Drehtür nach draußen trete, sehe ich ihn. Lässig lehnt er an einer hüfthohen Betonmauer zur Rechten, die Beine an den Knöcheln gekreuzt. Als ich auf ihn zugehe, richtet er sich auf, macht jedoch keine Anstalten, mir entgegenzukommen. Stattdessen verfolgt er meine Bewegungen mit diesem unverschämten Grinsen.

Schließlich stehe ich vor ihm, doch keiner von uns sagt etwas. Entschlossen legt Vinny mir einen Arm um die Taille und zieht mich an sich, während er den Kopf senkt und meinen Mund mit einem Kuss erobert. Das Gefühl ist so machtvoll, dass ich für einen Moment vollkommen vergesse, wo wir sind, bis wir uns atemlos voneinander lösen.

„Hey." Er lehnt seine Stirn gegen meine.

„Hi."

Sein Blick huscht über meine Schulter und kehrt zu mir zurück. „Ich glaube, wir haben Publikum."

Als ich mich umdrehe, entdecke ich die sprachlose Summer. Wie angewurzelt steht sie da, mit offenem Mund.

Peinlich berührt drehe ich mich wieder zu Vinny, um mein Gesicht zu verbergen. Ich sende ein Stoßgebet zum Himmel, dass er es mir gleichtut und sich unauffällig verhält.

„Hey, Summer." Ungerührt hebt er die Hand, die nicht an meiner Taille liegt, zu einem Winken, und ich könnte ihn dafür umbringen, dass er es noch schlimmer macht.

„Äh … Hi." Völlig durch den Wind ergreift sie die Flucht.

Die nächste Stunde über erzählen wir einander von den letzten Tagen. Vinny berichtet von seinem Promo-Shooting und macht Witze über den Fotografen, der aus seiner Schwärmerei für Vinny kein Geheimnis gemacht und ihn vier Stunden lang mit „mein Zuckermuskelbärchen" angesprochen hat.

Als er mich schließlich zurück zu meinem Bürogebäude begleitet, bin ich schon zehn Minuten zu spät – deshalb bleibt eigentlich keine Zeit für Spielchen, als er mich in seinen Armen gefangen hält und verlangt, dass ich ihm sage, woran ich vorhin gedacht habe.

„Hast du es wirklich so dringend nötig, dass dein Ego gestreichelt wird?", ziehe ich ihn auf.

„Wenn du nicht gerade was anderes streichelst, dann ja."

Ich verdrehe die Augen und versuche es auf die ernste Tour. „Ich hab meine Mittagspause jetzt schon überzogen."

„Dann solltest du dich besser beeilen."

„Aber du hältst mich fest."

„Du weißt, was du tun musst, damit ich dich loslasse."

„Du bist echt ein arroganter Idiot." Spielerisch gebe ich ihm einen Klaps auf die Brust und versuche, mich aus seiner Umklammerung herauszuwinden.

„Das wusstest du auch schon vor sieben Jahren."

Ich kann nicht anders, ich muss lachen. Er hat ja so recht. Selbstbewusst war er schon immer, durchaus auch mit einer Neigung in Richtung Arroganz. „Ernsthaft, ich muss wieder an die Arbeit."

„Sag es."

Grundgütiger, der Mann gibt auch nicht nach. „Wirklich?"

Mit einem breiten Grinsen nickt er. „Wirklich."

Ich schüttele den Kopf und lenke ein. „Ich hab heute Vormittag noch ein bisschen die Nachwirkungen von, du weißt schon, von unserem Wochenende gespürt. Und da musste ich an etwas denken, das du gesagt hast."

„Weiter", fordert er mich mit breitem Lächeln und funkelnden Augen auf.

„Also gut. Du hast gesagt, du würdest dich so tief in mich versenken, dass ich mich leer fühlen würde, wenn du nicht in mir bist."

„Und tust du das?", erkundigt sich Vinny strahlend und genießt es offenbar sehr, dass ich ihn zitiert habe.

„Was?"

„Dich leer fühlen?", präzisiert er mit seinem frechen Grübchenlächeln. Die Antwort kennt er offensichtlich längst.

„Ja, Vinny. Ich fühle mich leer, wenn du nicht in mir bist. So. Da hast du's. Geht's dir jetzt besser?"

„Noch besser würde es mir gehen, wenn ich jetzt tief in dir wäre."

„Du bist unmöglich, weißt du das?"

„Wie du meinst, Miss Füll-mich-aus."

„Mein Zuckermuskelbärchen."

„Aus deinem Mund gefällt mir das sogar irgendwie."

Lachend vergesse ich beinahe, wie spät es ist. Beinahe. „Im Ernst jetzt, ich bin tierisch spät dran, ich muss wirklich los."

Liebevoll gibt er mir einen schnellen Kuss, lässt mich aber noch nicht los. Mit leiser, sexy Stimme eröffnet er mir: „Bei der ärztlichen Voruntersuchung zum Kampf letzte Woche haben sie gleich alles abgecheckt. Ich bin gesund." Er lehnt die Stirn an meine und schaut mir suchend in die Augen, während er auf meine Antwort wartet.

Mir wird der Mund trocken, und ich kann kaum schlucken, als ich meine Antwort herauszubringen versuche. „Ich nehme die Pille. Keine anderen Partner seit meiner letzten Untersuchung."

Auf seinem Gesicht breitet sich ein schelmisches Grinsen aus. „Dann wirst du dich nicht lange leer fühlen."

Eine hitzige Röte überzieht mich von den Zehenspitzen bis zum Scheitel. Vinny lacht in sich hinein, er scheint meine Verlegenheit zu genießen. „Morgen Abend?"

„Morgen Abend." Als ich mich umdrehe und gehe, spüre ich, wie sein Blick auf meinem wiegenden Hintern förmlich brennt.

An meinem Arbeitsplatz empfängt mich Summer mit einem bösen Blick. Eifersucht steht ihr nicht. Ihr an sich hübsches Gesicht wird davon verzerrt und gemein, und eine unbestimmbare Hässlichkeit kriecht hervor und drängt an die Oberfläche.

„Tja, dann wissen wir wohl, warum Vinny explizit nach dir verlangt hat. Er wollte eine, die leicht zu haben ist.“ Dabei schaut sie hinunter auf ihre Fingernägel und versucht, so zu tun, als würde es sie nicht kümmern, aber ich weiß es besser.

Bevor ich etwas erwidern kann, schaut das Ekelpaket aus seiner Tür und winkt uns beide in seine Höhle, zeigt dabei ein anzügliches Lächeln, bei dem sich mir die Fußnägel hochrollen.

Ich grinse Summer an, entschlossen, mich nicht auf ihr Niveau hinabzubegeben. Dann schnappe ich mir Zettel und Stift und steuere Ekelpakets Büro an. Normalerweise tue ich alles, um nicht mit ihm allein in einem Raum zu sein, aber heute ziehe ich selbst seine Gesellschaft der von unserer Prinzessin vor.

Das Ekelpaket kommt hinter seinem Schreibtisch hervor und quetscht sich in die Lücke zwischen uns und der Vorderkante seiner Tischplatte. Und als wäre es noch nicht schlimm genug, dass sein Schritt quasi auf meiner Augenhöhe hängt, fasst er mit der rechten Hand hinunter und rückt seine Kronjuwelen zurecht, bevor er das Wort ergreift. Widerlich, einfach nur abartig.

„Also, meine Süßen, wir müssen ein bisschen umstrukturieren. Summer, ich möchte, dass du dir die Story mit der Verlagsübernahme vorknöpfst."

„Aber ...", will ich einwenden. An diesem Artikel arbeite ich schon seit drei Wochen, und das wird ein großes Ding. So groß, dass es mir dabei helfen könnte, am Ende den Job zu kriegen.

Summer lächelt. Ich könnte wetten, sie weiß nicht mal etwas von der Übernahme oder warum das so eine Bombenstory ist. Aber sie sieht, wie sehr ich mich ärgere, und das reicht ihr.

„Kein Problem, James. Ich mach dir gern was Ordentliches aus dem, was Olivia da bisher zusammengekritzelt hat."

Was Ordentliches? Das soll doch wohl ein Scherz sein. Ich sehe die Chance auf meinen Traumjob dramatisch dahinschwinden und kann das nicht ohne Gegenwehr geschehen lassen. „James, ich bin schon fast fertig mit der Story ... Ich brauche wirklich nur noch ein paar Tage, dann kann ich alles zusammenschreiben. Summer müsste sich die ganze Arbeit noch mal machen, um den Stand meiner Recherchen nachvollziehen zu können."

Ohne auch nur darüber nachzudenken, wischt das Ekelpaket meinen Einspruch beiseite und geht zurück hinter seinen Schreibtisch. „Für Summer sollte es kein Problem sein, damit zurechtzukommen. Am besten holst du dir Olivias Akte über den Fall gleich jetzt, Summer, und fängst an, sie durchzuarbeiten. Lass uns beiden noch ein paar Minuten unter vier Augen."

Mit einem zuckersüßen Lächeln für James und einem hämischen Grinsen in meine Richtung verabschiedet sich Summer. Ich kann an ihrem Gang erkennen, dass sie glaubt, ihr Sieg sei zum Greifen nah. Und ich fürchte, damit hat sie recht. Auf keinen Fall lasse ich mich so einfach aus dem Rennen werfen. „James, ich ..."

Das Ekelpaket fällt mir achtlos ins Wort und macht meinem Protestversuch ein Ende. „Olivia, du bekommst einen Spezialauftrag. Einen, der über das Wohl und Wehe deiner Karriere entscheiden kann."

Jetzt hat er meine volle Aufmerksamkeit.

„Uns ist aus verlässlicher Quelle zugetragen worden, dass Senator Preston Knight unehelichen Nachwuchs hat."

Keine Frage, das *ist* eine lebensverändernde Story. Eine, die die Verkaufszahlen jeden Tag aufs Neue in die Höhe treiben und rund um den Globus Beachtung finden würde. Ich bin begeistert, aber auch überrascht, dass sie einen Niemand wie mich auf diesen Leckerbissen ansetzen.

„Wow. Ich fasse es nicht. Das hätte ungeahnte Ausmaße." Preston Knight befindet sich gerade im Wahlkampf um seine vierte Amtszeit. Die Kampagne für seine Wiederwahl dreht sich ganz um seine christlichen Werte. Doch diese Bombe hätte Auswirkungen, die weit über das Leben dieses einzelnen Mannes hinausgehen. Sollte er seinen Sitz im Senat verlieren, drehen sich die Mehrheitsverhältnisse, und die Kontrolle fällt zurück an die Gegenseite.

„Und wie. Und diese Geschichte vertrauen wir dir an. Ist dir klar, wie groß dieses Ding ist?" Das Ekelpaket lehnt sich auf seinem Schreibtischstuhl zurück und verschränkt die

Hände vor sich, ein missglückter Versuch, würdevoll auszusehen.

„Absolut ..." Meine Gedanken rasen. „Ich will in keiner Weise undankbar klingen ... aber ich bin überrascht, dass du dich gerade für mich entschieden hast."

„Habe ich nicht. Das war der Chefredakteur." Das Ekelpaket lehnt sich vor und bedeutet mir, näher zu kommen, als wolle er mir ein großes Geheimnis verraten. Obgleich die Tür geschlossen ist und wir die einzigen Personen im Raum sind. Dramatisch flüsternd fährt er fort: „Und man hat mich autorisiert, dir Folgendes zu sagen, Olivia: Wenn du diese Story wasserdicht machst, gehört der Job dir." Er zwinkert mir zu.

Das ist eine Gelegenheit, wie man sie nur einmal im Leben bekommt, und doch sitze ich hier und bin aus irgendeinem Grund äußerst nervös. „Das ist ja fantastisch. Ich kann's kaum erwarten, loszulegen."

„Gut, gut, ich bin mir sicher, du machst das toll, Olivia." Er greift in seine Schreibtischschublade und holt eine Aktenmappe in einem nichtssagenden braunen Papierumschlag heraus. „Eins noch."

Ich weiß nicht, wieso, aber mir rutscht das Herz in die Hose. Ich wusste doch, dass da noch mehr dahintersteckt. Etwas, das es zu einer noch größeren Geschichte macht.

Als er die Mappe aufschlägt und Fotografien durchzublättern beginnt, bin ich verwirrt. Alle zeigen dasselbe Motiv ... Vinny. Im Boxclub, auf seinem Motorrad, wie er ein Geschäft für Sporternährung und Nahrungsergänzung verlässt ... Immer weiter blättert das Ekelpaket, bis er bei einer Aufnahme anlangt, bei der mir das Herz stockt. Vinny und ich, knutschend hier vor dem Gebäude. Vor nicht einmal zwei Stunden.

„Ich verstehe nicht."

„Unsere Quelle glaubt, der uneheliche Sohn von Senator Knight ist dein neuer Freund Vince Stone."

Das Bild in der Recherchemappe zu Vinny – das war kein Schauspieler, das war der Senator. Das Blut rauscht mir so laut durch die Adern, dass es sich anfühlt wie ein außer Kontrolle geratener Zug, der jede Sekunde entgleisen und sein Ende an einer Betonmauer finden wird. Mir fällt das Atmen schwer, und für einen Augenblick fürchte ich, mich über die Fotos zu übergeben.

Panisch greife ich mir an die Brust und spüre, wie mir die Farbe so schnell aus dem Gesicht weicht, dass es sogar das Ekelpaket mitbekommt und nervös wird.

„Olivia. Alles in Ordnung?"

Keine Antwort.

„Olivia." Plötzlich steht er und redet lauter.

Keine Antwort.

„Olivia!" Jetzt schreit er. Kommt um den Tisch und fasst mich bei der Schulter. Ich erschrecke mich so sehr, dass ich beinahe vom Stuhl falle.

„Bist du okay?"

„Ja ... äh ... ja, alles gut", lüge ich.

„Kriegst du diese Story geregelt?"

Meine Reaktion kommt mit Verzögerung, doch schließlich gebe ich ihm die Antwort, die er hören will. „Ja."

„Gut. Nimm dir doch ein bisschen Zeit, um die Unterlagen durchzugehen. Solltest du Fragen haben, wende dich gern an mich."

Als ich mich erhebe, zittern mir die Knie, doch ich schaffe es zur Tür, ohne dass sie unter mir einknicken.

„Olivia?“

Ich wende den Kopf, ohne wirklich etwas zu sehen. Aber zumindest scheint meine Reaktion normal zu wirken.

„Hol uns diese Story. Hol dir den Job. So einfach ist das.“

Ja, klar. Ganz einfach.

KAPITEL 22 Vince

In nicht einmal einer Stunde habe ich bereits drei Sparringspartner verschlissen. Ich bin so vollgepumpt mit Adrenalin, dass ich mittlerweile das Gefühl habe, es sogar mit Nico aufnehmen zu können. In nichts als Kopfschutz und Shorts wippe ich auf den Zehenballen auf und ab und warte ungeduldig, bis Nico meinem nächsten Opfer den Kopfschutz umgeschnallt hat.

Den Typen habe ich schon öfter im Boxclub gesehen. Er ist grottenschlecht. Normalerweise könnte ich ihn mit ein paar Geraden und zwei harten Kicks erledigen, aber heute fühle ich mich nicht normal. Ich stehe unter Strom. Ohne jegliches chemische Hilfsmittel.

„Komm schon, du brauchst ja länger, um ihm den Kopfschutz festzuzurren, als er im Ring durchhalten wird."

„Blas dich nicht zu sehr auf, Kleiner", entgegnet Nico, aber ich sehe ihm an, dass er seinen Spaß hat und stolz darauf ist, wie gut ich mich heute schlage. Meine Arroganz stört ihn nicht wirklich. Hauptsächlich, weil er sich genauso gern aufbläst.

Endlich steigt mein vierter Sparringspartner in den Ring, und heilige Scheiße, lag ich falsch. Ich muss zu viel darauf rumgedacht haben. Mich selbst unterschätzt. Ein Tritt und eine Gerade, und der Typ liegt lang hingestreckt am Boden. So viel zum Thema leichtes Sparring.

Nico schüttelt lachend den Kopf und reicht dem armen Kerl die Hand. „Was soll ich heute nur mit dir anstellen?“

Immer noch auf und ab wippend entgegne ich hastig: „Gib mir einen echten Gegner.“

Suchend schaut Nico sich um, doch es sind nur ein paar Jungs zum Krafttraining hier, von denen es keiner auch nur annähernd mit mir aufnehmen kann. Ratlos hebt er beide Arme und erwidert: „Wen?“

„Dich.“

Er lacht. „Ich glaube nicht, Kleiner.“ Schon will er aus dem Ring steigen.

„Hast du Schiss?“, rufe ich laut genug, um die Aufmerksamkeit aller Anwesenden auf uns zu lenken. Ich werde ein bisschen Unterstützung brauchen, um ihn zu diesem Kampf zu bewegen.

Nico dreht sich um und hebt eine Augenbraue. „Übernimm dich nicht, Vinny.“

„Ich bin mir nicht so sicher, wer sich hier übernehmen würde, alter Mann.“

Die Jungs an den Gewichten halten in ihrem Training inne und werfen ein paar anfeuernde Rufe ein, begleitet von einem „Willst du dir das etwa gefallen lassen, Nico?“.

„Gib mir deinen Kopfschutz“, wendet Nico sich an meinen letzten Sparringspartner, bevor er sich wieder zu mir dreht. „Behaupte nachher nicht, ich hätte nicht versucht, dir das auszureden.“

Grinsend hüpfe ich einmal durch den gesamten Ring, ziehe eine richtige Show ab für die Muskelprotze, die gekommen sind, um zuzuschauen.

Sicher verzurrt in dem Kopfschutz hebt Nico die Hände und tritt mir grinsend entgegen. „Das hast du dir schon lange verdient. Das wird ein Spaß.“ Und dann schlägt er zu. Unerwartet, hart und schnell trifft er mich an den Rippen. Ich stolpere zwei Schritte zurück, schaffe es jedoch irgendwie, mich auf den Beinen zu halten.

Also reagiere ich und hole zu einem Roundhouse-Kick aus, der an Nicos Schulter landet. Die pure Wucht des Tritts trifft ihn unvorbereitet, und er stolpert drei Schritte zurück und kann sich nur mit Mühe an den Seilen aufrecht halten. Ich rechne damit, dass er sich wieder auf mich stürzt, doch dann bleibt er wie erstarrt stehen. Als ich seinem Blick folge, sehe ich Elle, eine Hand an die Unterseite ihres prallen Bauchs gedrückt und mit angespannter Miene.

„Nico … Ich glaube, es ist so weit.“

„Scheiße.“ Mit einem Satz springt er über die Seile und wirft mir den Autoschlüssel zu, als er neben Elle landet. „Hol den Wagen nach vorn, Vinny.“

Als er sie auf den Rücksitz bugsiert hat, will Elle ihn nicht loslassen, und so bringe ich die beiden zum Krankenhaus, während sie im Fond sitzen – fast wie ein echter Chauffeur. Die Fahrt ist kurz und verfliegt noch schneller, wenn man neunzig statt der vorgeschriebenen fünfzig fährt.

Am St. Joseph angelangt, springen Nico und ich beide aus dem Auto und hechten zu Elles Tür, um ihr herauszuhelfen. Keinem von uns fällt auf, dass der Wagen noch läuft und mit drei offenen Türen dasteht. Nico erklärt der Frau an der Aufnahme, warum wir hier sind, und sie weist uns an, uns zu setzen. Es wird ein paar Minuten dauern, bis der Arzt sich Elle ansehen kann.

Als ihre Wehe nachlässt, schaut Elle aus ihrem Stuhl zu Nico und mir empor, wie wir zu beiden Seiten neben ihr aufragen. Ein fettes Grinsen macht sich auf ihrem Gesicht breit, geht gleich darauf in schallendes Gelächter über. „Wisst ihr eigentlich, wie ihr zwei ausseht?"

Zum ersten Mal seit unserem überstürzten Aufbruch blicke ich an Nico und mir hinunter und erinnere mich daran, dass wir nichts als Boxershorts und Kopfschutz tragen. Weder Schuhe noch T-Shirts. Nur zwei aufgepumpte MMA-Kämpfer mit knallharten Waschbrettbäuchen, die über eine hochschwangere Elle wachen.

Als ich mich im Wartebereich umschaue, sehe ich, dass uns alle anstarren. Nico und ich stimmen in Elles Lachanfall mit ein.

Drei Stunden später sind wir zurück im Boxclub. Braxton-Hicks oder irgend so einen Blödsinn haben sie es genannt, auch bekannt als wilde Wehen. Ich schnappe mir meine Tasche und verabschiede mich mit einem Kuss auf die Wange von Elle.

„Ich weiß ganz genau, dass du diese Wehen nur vorgetäuscht hast. Du hast uns kämpfen sehen und wolltest nicht, dass dein abgehalfterter Ex-Champion von einem Ehemann sich hier in seinem eigenen Boxclub blamiert“, werfe ich ihr lächelnd vor. Kopfschüttelnd erwidert Elle das Lächeln.

KAPITEL 23 Liv

Inmitten von Hunderten wild verstreuter Dokumente und Fotografien sitze ich auf meinem Bett, und mir ist schlecht … Als hätte eine riesige Hand in meine Brust gegriffen und würde mein Herz so fest zusammenquetschen, dass es Mühe hat, noch Blut durch meine Adern zu pumpen. Vor mir liegen Bilder, Geburtsurkunden, Interviews, unvollständige Stammbäume und Stunden über Stunden von Recherchen über Senator Knight und Vinny.

Ich habe so viel über die letzten zehn Jahre von Vinnys Leben gelernt, so viele Puzzleteile haben sich zusammengefügt, die den Mann aus ihm gemacht haben, der er heute ist. Doch das alles sind Dinge, die *er* mir hätte erzählen sollen. Dinge, die ich nach und nach hätte erfahren sollen, während wir einander neu kennenlernen.

Ich starre auf das Bild hinunter, von dem ich in den letzten vier Stunden kaum die Augen nehmen konnte, und Vinnys faszinierende blaue Augen blicken mir entgegen. Eindringlich. Nur dass es ein Foto von Senator Knight ist. Die Ähnlichkeit ist nicht zu leugnen. Die breiten Schultern, der kantige Kiefer, sogar ihre Haltung. Selbstbewusst, unerschütterlich, mit einer Autorität, die einem sofort das Gefühl gibt, dass sie das Sagen haben.

Die Berichte reichen beinahe fünfundzwanzig Jahre zurück, noch bevor Senator Knight überhaupt gewählt war. Mit Mitte zwanzig war Preston Knight ein aufsteigender Stern unter Chicagos Juristen, angestellt bei einer der renommiertesten Kanzleien der Stadt. Verheiratet mit seiner Jugendliebe vom College – das perfekte Bilderbuchleben. Als er mit gerade einmal achtundzwanzig zum jüngsten Partner bei Kleinman & Dell wurde, schien ihm die Welt zu Füßen zu liegen.

Den Quellen nach sind Vinnys Mutter und Knight sich zum ersten Mal bei einer Feier in einem Laden namens *Wally's Den* begegnet, am Abend seiner Aufnahme als Partner. Ein Stripclub, der damals bekannt war als ein Ort, an dem reiche und mächtige Männer mal ganz unter sich über die Stränge schlagen konnten. Vinnys Mutter hat dort als Kellnerin gearbeitet und offenbar Knights Interesse geweckt. Einen Monat lang soll er sie unermüdlich bearbeitet haben, bis er endlich bekam, was er wollte.

Den Aussagen zufolge war Knight äußerst ungehalten, als er keine zwei Monate nach Beginn der Affäre erfuhr, dass seine Geliebte schwanger war. Zu dem Zeitpunkt erwartete seine Frau bereits das erste gemeinsame Kind der beiden, einen Sohn, der nur wenige Wochen vor Vinny zur Welt kommen sollte.

Die Spur der Affäre verliert sich im Anschluss an einen Vorfall, der Vinnys Mutter ins Krankenhaus brachte. Offenbar wurde sie eines Nachts überfallen, als sie aus *Wally's Den* kam. Dabei wurde sie so schlimm zusammengeschlagen, dass die Ärzte es kaum glauben konnten, als sie das Baby nicht verlor. Besonders, da sich die Schläge vor allem auf ihren Bauch konzentriert hatten.

Die Polizei hatte bei den Ermittlungen in dem Fall keinen Erfolg, da Vinnys Mutter in ihrer Beschreibung des Mannes sehr vage blieb. Allerdings geht aus internen Ermittlungsunterlagen hervor, dass sie etwas zu verbergen hatte – dass sie womöglich sogar die Identität ihres Angreifers kannte und ihn gedeckt hat.

Mein Handy klingelt und reißt mich aus der Umnebelung, die mich nicht losgelassen hat, seit ich mich in den Haufen von Unterlagen vertieft habe.

„Hey." Beim Klang von Vinnys Stimme schmelze ich dahin.

„Hi."

„Hab ich dich geweckt?"

„Nein, ich hab noch gearbeitet."

„Irgendwas Interessantes?"

„Nein." Meine Antwort kommt so hastig, dass ich mich frage, ob mein Schuldbewusstsein durchs Telefon jagt und Vinny am anderen Ende der Leitung ins Gesicht klatscht.

„Tja, ich hatte jedenfalls einen interessanten Tag."

Ich erstarre, überzeugt, dass er weiß, was ich hier tue – womöglich sogar die Fotos sehen kann, die auf dem Bett vor mir liegen. Sicher, das kann überhaupt nicht sein, aber das hält meine Paranoia nicht davon ab, auf Touren zu kommen.

„Liv?" Mein Mangel an Reaktion weckt seine Sorge, das höre ich in seiner Stimme.

„Tut mir leid, mir ist das Telefon aus der Hand gefallen", lüge ich.

„Oh.“

„Warum war dein Tag denn so interessant?“, frage ich zögernd und warte mit angehaltenem Atem auf seine Antwort.

„Elle hat Wehen bekommen.“

„Oh.“ Ich atme aus. „Wow.“

Paranoia und Schuldgefühle sind ein machtvoller Cocktail, der mir schon jetzt einen Kater bereitet, obwohl ich gerade noch mal davongekommen bin.

„Ja“, stimmt er lachend zu. „Ich weiß nicht, wer nervöser war – Nico, Elle oder ich.“

„Und hat sie das Baby schon zur Welt gebracht?“

„Nein. Hat sich als Fehlalarm herausgestellt.“

„Oh. Da sind die beiden aber bestimmt enttäuscht.“

„Ich glaube, Nico hat eher erleichtert ausgesehen als alles andere.“ Ich höre sein Lächeln und weiß, dass er sich diebisch freut, seinen Trainer in Angst erlebt zu haben. „Der große Kerl hat ziemlich verängstigt gewirkt.“

„Vielleicht macht es ihn nervös, seine Frau in den Wehen liegen zu sehen. Zu erleben, dass sie Schmerzen leidet.“

„Ich glaube, er hat eher Angst vor dem, was nach den Wehen kommt.“

„Das gefällt dir, was? Die Vorstellung, dass er sich vor einem kleinen Baby fürchtet?“

„O ja.“

Seine Ehrlichkeit entlockt mir ein Lachen. Eine halbe Stunde reden wir noch so. Er erzählt mir Geschichten von Elle und ihrem kleinen Bruder Max. Es ist offensichtlich, dass er die beiden sehr gernhat, und die Vorfreude auf das Baby ist ihm anzuhören.

Als wir auflegen, lasse ich mich auf das Bett zurücksinken, und mir schwirrt der Kopf. Wieder überkommt mich dieses Gefühl, in einem führerlosen Zug zu sitzen, ohne eine Chance, die unausweichliche Entgleisung aufzuhalten. Der Job, von dem ich schon seit meiner Kindheit träume, baumelt am seidenen Faden direkt vor meiner Nase. Es wäre so leicht, die Hand auszustrecken und ihn mir zu holen. Und wenn ich es nicht tue, wenn ich mir die Chance meines Lebens entgehen lasse, würde nichts den Sturz abfedern. Die Stelle würde Summer gehören.

Keine zehn Minuten nach dem Ende meines Gesprächs mit Vinny klingelt das Telefon schon wieder, und ich ziehe ernsthaft in Erwägung, den Anruf zu ignorieren. Doch ich tue es nicht, sondern melde mich – wenn auch weit weniger enthusiastisch als üblich.

„Ich muss immer noch an dich denken. Dein Gesichtsausdruck, als ich dich heute vor deiner Arbeit geküsst habe. Ich liege im Bett und habe einen Steifen, wenn ich mich daran erinnere, wie dein Körper auf mich reagiert." Vinny spricht jetzt leiser. „Sogar in der Öffentlichkeit. Es ist unkontrollierbar und so gottverdammt sexy – ich musste dich einfach noch mal hören."

Ich schlucke schwer, und meine Stimme ist kehlig, als ich antworte: „Das war schon kein schlechter Kuss ..."

„Morgen Abend. Ich werde Sachen mit dir anstellen, dass du wieder und wieder meinen Namen schreist."

Ähm ... Wie reagiert man auf so was? Abgesehen davon, dass sich einem die Brustspitzen aufrichten und die Stelle zwischen den Beinen in freudiger Erwartung zu pochen beginnt. „Okay", sage ich leise.

„Nacht, Liv."

„Nacht, Vinny."

Ich lege auf, werfe das Handy auf einen Haufen von Papieren und drifte schließlich irgendwann weg. Im Schlaf finden mich Visionen, wie Vinny mich zum Schreien bringt, statt Gedanken an die Story, die ich verfassen muss.

KAPITEL 24 Liv

Heute bin ich mit neuem Lebensmut aufgewacht. Ich habe beschlossen, dass die Geschichte schlicht nicht wahr ist. Gott kann einfach nicht so grausam sein, mir diesen Mann zurückzubringen und mich dann zu zwingen, die einzige ehrenvolle Erinnerung an seine Familie zu zerstören. Eine Erinnerung, die ihm lieb und teuer ist. Männer mit hellblauen Augen und kantigem Kiefer gibt es viele. Teufel, es gibt eine ganze Reihe von schönen Menschen da draußen, die als Verwandte von Senator Knight oder Vinny durchgehen könnten.

Aufgeräumt erscheine ich pünktlich im Büro, bereit, mich kopfüber in die Recherche zu stürzen. Ich muss nur ein paar Dinge mit dem Ekelpaket klären, bevor ich mich frisch ans Werk mache.

„Guten Morgen, James. Hast du einen Moment Zeit für mich?“

„Ich habe, was immer du brauchst. Komm rein.“ Sein schmutziges Grinsen verrät mir, dass die Wortwahl kein Zufall war. Am liebsten würde ich nach dieser plumpen Zweideutigkeit auf der Stelle duschen. Trotzdem lächle ich, als ich mich auf den Stuhl setze, den er mir mit einer Geste zuweist.

„Ich hab gestern Abend lange über die Story mit Senator Knight nachgedacht.“

„Etwas anderes hatte ich auch nicht erwartet.“ Das Ekelpaket lehnt sich auf seinem Schreibtischstuhl zurück und legt in einer gebetsähnlichen Pose die Fingerspitzen aneinander.

„Was passiert, wenn ich die nächsten paar Wochen an der Story arbeite und sich am Ende herausstellt, dass Senator Knight doch nicht Vince’ Vater ist? Was ist dann mit mir und der Stelle?“

„In diesem Fall sind wir ziemlich sicher, dass wir richtigliegen.“ Er richtet sich in seinem Chefsessel auf. „Aber bisher konnte noch niemand eindeutige Beweise dafür oder dagegen liefern. Bring uns einen Beweis, und der Job gehört dir. An der Geschichte sitzen jetzt schon seit einiger Zeit ein paar einflussreiche Leute, aber Senator Knight hat gründliche Arbeit geleistet, das Ding ist enger als der Arsch einer Jungfrau. Unser einziger Weg da rein ist der MMA-Kämpfer … und nachdem ich die Fotos von euch hier draußen gesehen habe, würde ich sagen, den Kerl im Bett zum Reden zu bringen dürfte ein Kinderspiel für dich sein.“

Statt auf seine widerliche Bemerkung einzugehen, entscheide ich mich für Professionalität und Sachlichkeit. „Dafür werde ich ein Spesenkonto brauchen.“

„Genehmigt.“

„Außerdem brauche ich eine Geschichte zur Tarnung, irgendwas, das mir Zeit mit Senator Knight verschafft. Ich habe mir überlegt, wir könnten ihm ein mehrseitiges Feature über ihn und seine Familie vorschlagen. Ihm erzählen, wir wollen eine Art Kennedy-Feeling herstellen, in einem Artikel über traditionelle Werte. Damit hätte ich auch zu seiner Frau und seinem Sohn Zugang.“

„So machen wir's." Er grinst. „Mir gefällt, wie du denkst."

Allein dieser Kommentar sollte mir eine Heidenangst einjagen.

KAPITEL 25 Liv

Am Freitagabend verspüre ich absolut kein Bedürfnis, feiern zu gehen. Die Woche war so lang, dass ich lieber ins Bett kriechen, mich zusammenrollen und zwölf Stunden durchschlafen würde, als mit Ally durch die Bars zu ziehen. Aber sie hat Geburtstag, und ich habe ihr versprochen, dass wir es krachen lassen.

Ich weiß, dass ich die Woche ergebnisloser Recherchen hinter mir lassen und eine Weile mal nicht an die Geschichte denken sollte, aber das ist leichter gesagt als getan. Mich quälen Schuldgefühle, weil ich Vinny mein Projekt verschweige, aber ich will ihm nicht wehtun, indem ich ihn ohne echten Anlass dazu bringe, seinen Vater zu hinterfragen. Einen Soldaten, den er nie kennengelernt hat. Einen Mann, den er immer verehrt hat.

Es wundert mich immer noch, dass meine beste Freundin Vinny eingeladen hat, uns heute zu begleiten, als er mich gestern Abend abgeholt hat. Normalerweise sind Geburtstagsfeierlichkeiten immer nur uns Mädels vorbehalten. Aber offenbar hat es gereicht, als er erwähnt hat, er könnte ein paar Jungs aus dem Boxclub mitbringen. Mit durchtrainierten, volltätowierten Kämpfern ist unser Geburtstagskind leicht zu überzeugen.

„Was meinst du?“ Ally kommt aus ihrem Zimmer, in einem knappen Rock und auf so hohen Absätzen, dass sie damit an die eins achtzig groß sein muss – ohne kommt sie gerade so auf eins fünfundsechzig.

„Ist das ein Rock oder ein Gürtel?“, ziehe ich sie auf.

„Nicht jede hier hat ein Sexy Beast.“

„Also mit dem Outfit dürftest du wohl ein paar auf dich aufmerksam machen.“ Ich nippe an dem Wein, den ich mir gerade eingeschenkt habe, in der Hoffnung, dass er mich etwas beruhigt.

„Glaubst du?“ Den Sarkasmus in meiner Stimme hat Ally überhört, und so wertet sie meinen Kommentar als Kompliment. Zufrieden schaut sie auf ihr Outfit hinunter, bevor sie fortfährt: „Na los, zieh dich um ... Das Geburtstagskind braucht noch ein Geschenk zum Auspacken nachher.“ Sie wackelt mit den Augenbrauen.

Für mich bestand nie ein Zweifel, was ich heute tragen werde. Jede Frau hat dieses eine Outfit, das sie liebt und in dem sie mehr Komplimente bekommt als sonst im ganzen Jahr. Meins ist smaragdgrün. Der untere Teil schmiegt sich um meine Kurven und endet kurz oberhalb der Knie. Über der Taille weitet sich der Stoff zu einer Art Bluse, deren Falten kunstvoll um meine Schultern fallen. Von vorn ist es schlicht, das Beeindruckendste sind der Schnitt und die Farbe. Das Smaragdgrün bildet einen schönen Kontrast zu meiner hellen Haut und dem kastanienbraunen Haar, eine bezaubernde Farbkombination, die definitiv vielen Leuten gefällt.

Allerdings ist es die Rückenansicht des Kleids, die es umwerfend macht, und das weiß ich. Dieselben Stoffbahnen, die vorn nur einen züchtigen Ansatz von Dekolleté zeigen, bedecken mich auch am Rücken, nur tiefer ausgeschnitten. Viel tiefer. So tief, dass sie bloß eine schmale Spur porzellanweißer Haut zeigen – vom Nacken bis kurz über meinen Poansatz. Wie bei einer Schatzkarte wird die Aufmerksamkeit durch den Schnitt dorthin gelenkt, wo das tiefgrüne Material sich eng um meinen Hintern schmiegt.

Irgendetwas sagt mir, dass Vinny dieses Kleid lieben wird. Mir ist aufgefallen, dass mein Hinterteil es ihm angetan hat. Es mag ja sein, dass ich vorgebe, nicht zu bemerken, wohin sein Blick häufig driftet, wenn wir die alltäglichsten Dinge verrichten, doch ich sehe es sehr wohl. Und heute Abend mache ich mich nur für ihn schön.

Allys Schmollmund, als sie mich aus meinem Zimmer treten sieht, bestätigt mir, dass ich mich für das richtige Outfit entschieden habe. „Aber ich hab doch Geburtstag. Wie soll mich denn irgendjemand bemerken, wenn du *das* Teil trägst?"

Die zweite Bar, in die wir gehen – die, wo wir Vinny und seine Freunde treffen sollen –, ist brechend voll. Als wir uns zur Theke durchgequetscht haben, um unsere Drinks zu bestellen, verliert Ally keine Zeit, bevor sie den Barkeeper wissen lässt, dass sie Geburtstag hat.

„Zwei Long Island Iced Tea", ruft sie über die ohrenbetäubende Musik hinweg, die aus den deutlich zu basslastig eingestellten Boxen dröhnt. Das Hämmern ist so laut, dass ich die Vibration in meinen Händen auf der Bar spüre und mein Herz holpernd in den gleichen Rhythmus einfällt.

„Moment, ein Long Island, ein Wasser“, korrigiere ich, und lächelnd nickt mir der Barkeeper zu.

„Aber ich hab Geburtstag! Du musst mit mir feiern!“

„Irgendwer muss aber auch auf dich aufpassen. Ein Long Island Iced Tea, und ich werde dich tragen müssen.“

„Ich trinke auch ganz langsam.“ Sie lächelt.

„Den Spruch kenne ich.“

Ein halbes Glas später kichert Ally bei jedem Wort, während wir zusammen ein Pärchen beäugen, das still und für sich auf der anderen Seite der Bar sitzt. Die beiden wirken unbehaglich, die Frau rührt mit dem Strohhalm in ihrem Drink, und der Mann schaut auf die Uhr.

„Gestern Abend sind sie zusammen ausgegangen. Da war es neunzehn Monate her, dass sie das letzte Mal flachgelegt wurde. Neunzehn Monate!“ Die letzten Worte zieht sie extra lang, bevor sie fortfährt. „Kennengelernt haben sie sich auf Match.com. Warte, nein, Churchdate.com. Du weißt schon, da, wo die Gottesfürchtigen nach anderen Spinnern suchen, die sich am Sonntagmorgen viel zu früh aus dem Bett quälen, um sich eine Stunde lang von einem alten Mann vollseiern zu lassen.“

Ally macht eine Atempause, lange genug, um weitere zwei Fingerbreit ihres Cocktails hinunterzustürzen, bevor sie mit ihrer Erzählung fortfährt. „Einen Monat lang haben sie nur gechattet, bis er sich mal getraut hat, sie um ein Date zu bitten. Gestern Abend haben sie sich dann in einem Coffeeshop getroffen und sich zum ersten Mal persönlich gesehen. Beide waren äußerst enttäuscht.“

Mit hochgezogenen Augenbrauen lausche ich ihrer Geschichte, dann deute ich auf Allys Glas. „Ich hab ein bisschen Angst davor, wie es weitergeht, wenn du auch noch den Rest davon intus hast“, ziehe ich sie auf.

In keiner Weise gebremst von meiner Bemerkung fantasiert Ally weiter. „Also, Elgin – so heißt der Typ –“, ihr Grinsen wird breiter, „schlägt vor, was trinken zu gehen. Du weißt schon, mit genug Alkohol kann man sich jeden schöntrinken.“ Wieder ein Schluck von dem unschuldig aussehenden, aber hochprozentigen Getränk, das sie säuft, als wäre es Limo. „Beide schütten sich vier Wodka Tonic hinter die Binde. Elgin mag zwar ein großer Kerl sein, aber er verträgt genauso wenig wie Penny.“

„Penny?“, vergewissere ich mich lächelnd. Ally denkt sich immer die besten Namen aus. Ich persönlich habe nie eine Penny kennengelernt, aber die Frau auf der anderen Seite der Bar passt perfekt zu dem Namen. Es würde mich nicht überraschen, wenn sie tatsächlich so heißt.

„Ja, seine Begleiterin. Jetzt unterbrich mich nicht dauernd, ich verlier sonst den Faden.“

Sicher, das liegt an meinen Fragen und nicht an ihrem Drink aus fünf Sorten hochprozentigem Alkohol.

„Also, Penny und Elgin landen bei ihr zu Hause. Wo sie übrigens eine riesige Sammlung von Hello-Kitty-Plüschtieren hat. Und ich meine Hunderte. Schon da hätten beim armen Elgin die Alarmglocken klingeln müssen. Aber, ach, der Alkohol und die Latte in seiner Hose haben ihn für sämtliche Anzeichen blind gemacht …“ Ally seufzt, als würde sie mit dem armen Elgin mitfühlen.

„Und, was ist in Hello-Kitty-Land passiert?“ Traurig, aber wahr – ich bin wirklich gespannt auf den Rest der Geschichte.

„Die beiden haben gleich losgelegt. Zwei aufgeheizte, sexuell ausgehungerte Buchhalter fallen übereinander her. Tja, nur stellt sich dann heraus, dass sie eine Mieze ist.“ Ally leert ihr großes Glas und knallt es etwas zu enthusiastisch auf die Theke.

„Eine Mieze?“, hake ich mit zusammengezogenen Augenbrauen nach und denke, dass so langsam die Unsinn redende betrunkene Ally zum Vorschein kommt.

„Ja, sie hat einen Katzenfetisch. Beim Sex tut sie gern so, als wäre sie ein Kätzchen.“

„Was?“

„Ganz genau. Und jetzt ist die Katze aus dem Sack, die beiden sind wieder nüchtern, und das da“, sie zeigt auf das immer noch unbehaglich auf der anderen Seite der Bar sitzende Pärchen, „ist das Date am Tag danach, zu dem die beiden sich verpflichtet fühlen, nachdem sie’s getrieben haben wie die Karnickel – oder Kätzchen.“

„Getrieben wie die Karnickel?“, überrumpelt mich Vinnys Stimme, während ich ganz auf meine beste Freundin fokussiert bin und versuche, ihrer abgedrehten Geschichte zu folgen.

Allys Gesicht strahlt wie ein Weihnachtsbaum, und sie wirft Vinny die Arme um den Hals, um ihn überschwänglich zu begrüßen. Ihre Geschichte ist vollkommen vergessen. „Ich freu mich so, dass du da bist!“

Ja, sie ist definitiv betrunken. Das ist meine fröhliche, angeschickerte Ally.

Vinny grinst sichtlich erheitert und blickt mich mit fragend erhobenen Augenbrauen an. Ich zucke nur die Achseln und schaue lächelnd zu, wie Vinny sich im Angesicht einer beschwipsten Ally schlägt.

Er stellt ihr die drei Freunde vor, die er mitgebracht hat, einer durchtrainierter und härter aussehend als der andere. Der Größte der drei trägt Glatze, und unter seinem Kragen lugen Tattoos hervor. Ich würde bares Geld darauf verwetten, dass der nicht redet, sondern nur grunzt und knurrt. Nicht schwer zu erraten, wem heute Nacht Allys Hauptaugenmerk gelten wird.

„Hey." Vinny kommt zu mir, legt einen Arm um mich und küsst mich besitzergreifend auf den Mund. Nie hätte ich mir träumen lassen, dass etwas so Höhlenmenschartiges genau mein Ding sein könnte. Vor Vinny waren öffentliche Zuneigungsbekundungen nichts für mich, vor allem nicht in der Intensität, die er von Natur aus verströmt.

„Hi."

„Du siehst bezaubernd aus", erklärt er mit dunkler, sinnlicher Stimme. Langsam gleitet sein anerkennender Blick an meinem Körper hinab und wieder zurück, und er macht keinen Hehl daraus, dass es ihm gefällt. Seltsamerweise ist das eins der Dinge, die ich an ihm so attraktiv finde. Er besitzt Selbstvertrauen und ist unverfälscht, redet nicht um den heißen Brei herum. Pure, gnadenlose Ehrlichkeit.

„Danke." Komplimente anzunehmen war noch nie meine Stärke, aber Vinny macht es mir leicht … weil ich ihm glaube, dass er es ernst meint.

„Also, wer treibt es hier wie die Karnickel?“, hakt er grinsend nach, und ich spüre, wie mir vor Verlegenheit heiße Röte ins Gesicht steigt.

„Das war bloß eine ausgedachte Geschichte. Ein Spiel, das Ally und ich gern spielen.“

Mit einer Geste ruft Vinny den Barkeeper heran und bestellt sich ein Bier, dann deutet er zu Ally hinüber und erklärt: „Und zwei von dem, was sie zuletzt hatte.“

„Äh … Ich wollte nichts mehr trinken.“ Ich halte mein Glas hoch. „Wasser. Heute bin ich mal die Verantwortungsvolle. Irgendwer muss Ally später nach Hause tragen.“

„Ich trag euch beide. Genieß den Abend. Ich lass euch zwei hier drinnen sowieso nicht aus den Augen.“ Während er sich in dem Laden umschaut, nimmt er mir das Wasser ab und stellt es auf die Theke. Stattdessen drückt er mir den Drink in die Hand, den der Barkeeper gerade abgeliefert hat.

Dankbar lächelnd nippe ich an meinem Glas. „Okay, aber du weißt nicht, worauf du dich da einlässt. Ally dreht komplett durch, wenn sie zu viel trinkt, und ich vertrage nichts.“

Vinny nimmt ebenfalls einen Schluck von seinem Bier und lenkt das Gespräch zurück auf ein Thema, das er mich nicht so leicht übergehen lassen wird. „Also. Karnickelsex?“

„Du lässt aber auch nicht locker, oder?“

„Nein.“ Dieses teuflische Grinsen mit den lausbubenhaften Grübchen macht sein Gesicht einfach unwiderstehlich.

Nach einem theatralischen Seufzer trinke ich mir einen großen Schluck Mut an, bevor ich ihm erkläre, was Ally und ich schon seit unserer Jugend miteinander spielen. Angefangen hat es auf einer Party in der Highschool, als wir uns gelangweilt haben, aber über die Jahre sind wir weit kreativer geworden. „Theken-Profiling."

„Theken-Profiling?" Offenbar hat Vinny von unserem wundervollen Spiel noch nie gehört.

„Eine von uns sucht sich ein Pärchen aus, und die andere muss ein Profil für die beiden erstellen ... eine gemeinsame Hintergrundgeschichte."

„Und wer hatte hier Karnickelsex?"

Verlegen deute ich auf das Pärchen am anderen Ende des Raums, das immer noch äußerst unbehaglich aussieht.

„Die hatten keinen Karnickelsex, Babe."

„Woher willst du das wissen?"

Wortlos hebt er eine Augenbraue, als könnte er meine Ahnungslosigkeit nicht fassen, nimmt einen Schluck von seinem Bier und lässt den Blick suchend durch den Saal schweifen.

„Der große Dünne in dem schwarzen Sakko, der sich mit der Brünetten in dem ...", einen Moment sucht er vergeblich nach der richtigen Beschreibung, „Hauch von nichts unterhält." Er dreht sich, sodass wir beide nebeneinander lässig mit den Ellbogen an die Bar gelehnt dastehen.

Ich schlürfe von meinem Cocktail und lege sofort mit meiner Story los.

„Brendon." Ich wende den Kopf und blicke Vinny geradeheraus an, mit gekonnt ernster Miene. „So heißt er."

Amüsiert hebt Vinny die Augenbrauen und wartet auf mehr.

„Ist Programmierer", fahre ich fort. „Er war sechseinhalb Jahre mit seiner Ex Julie zusammen. Als Programmierer verbringt er natürlich viel Zeit an seinem Laptop. Eines Abends haben Julie die Frühlingsgefühle gepackt …“

Vinny unterbricht mich. „Frühlingsgefühle?“

„Ja, Frühlingsgefühle. Bei einer Profilerstellung wird nicht unterbrochen, Mr Stone.“ Mit erhobener Augenbraue lächle ich ihn an, eine stumme Herausforderung, mir zu widersprechen.

In gespielter Kapitulation hebt Vinny die Hände und bedeutet mir mit einer Geste, weiterzumachen.

„Also, Julie haben die Frühlingsgefühle gepackt, daher ist sie zu Brendon ins Arbeitszimmer gegangen. Da er mit niemandem gerechnet hat, war die Tür nur angelehnt, und durch den Spalt konnte Julie seine Show live mitverfolgen. Sie hat ihn auf frischer Tat ertappt, wie er sich einen runtergeholt hat – im Videochat mit einer Frau, mit der er schon beinahe ein Jahr insgeheim Kontakt hatte.“

Ich mache eine Pause und nehme noch einen Schluck aus meinem Glas. Verdammt, das Zeug schmeckt so lecker, dass man leicht vergisst, wie stark es ist – bis einem der Kopf zu schwimmen beginnt.

„Und die Frau da bei ihm, ist das Julie oder die aus dem Videochat?“

„Weder noch. Julie hat ihn verlassen. Ist gleich am nächsten Tag ausgezogen. Allerdings hat sich dann herausgestellt, dass die Frau aus dem Videochat selbst verheiratet war, und so wurde der arme Brendon gleich zweimal in vierundzwanzig Stunden abgeschossen.“

„Okay, wer ist dann die Frau?“

„Die hat er bei Nordstrom kennengelernt. Er ist in den Laden gegangen, um sich ein Sakko zu kaufen. Dreihundert

Dollar wollte er dafür ausgeben, aber dann ist er ihr über den Weg gelaufen. Sie arbeitet in der Herrenabteilung und hat ihm dieses überteuerte Tausendfünfhundert-Dollar-Stück verkauft. Dafür musste er seine Kreditkarte zücken, weil Julie ihr gemeinsames Erspartes sämtlich von den Konten geräumt hatte. Ihm stand schon der Schweiß auf der Stirn, während unsere Miss Hauch von nichts die Karte durchgezogen hat ... und er Angst hatte, dass das Gerät die Abbuchung verweigert."

Ein tiefes, volles Lachen verrät mir, dass Vinny meine Geschichte gefällt. „Das alles hast du dir gerade einfach aus den Fingern gesogen?"

In gespielter Entrüstung entgegne ich: „Das ist nicht aus den Fingern gesogen, das ist die Geschichte der beiden."

Allys zwitschernde Stimme holt mich aus dem neckischen Schlagabtausch mit Vinny. Ungeduldig hüpft sie von einem Fuß auf den anderen, auch bekannt als Pipi-Tanz. „Komm mit."

Lächelnd drücke ich Vinny einen Kuss auf die Wange, stoße mich von der Theke ab und lasse mich von meiner Freundin in Richtung Toiletten ziehen. Drei Schritte weit komme ich, dann legt sich ein muskulöser Arm um meine Taille und hält mich fest.

„Was?" Als ich mich umdrehe, ist Vinnys Miene todernst.

„Ich komme mit."

„Aufs Klo?"

„Ja, ich warte vor der Tür", brummt er.

„Wieso, was ist los?"

„Ich hab gerade die Rückseite von deinem Kleid gesehen."

Zwei Stunden später ist Ally in Hochform, und ich bin jenseits von Gut und Böse. Zwei von Vinnys Freunden sind in der Menge verschwunden und nicht wieder aufgetaucht. Ally, Vinny, der Glatzkopf und ich haben uns an der Bar eingerichtet, und meine beste Freundin unterhält uns alle mit ihren verrückten Anwandlungen. Ihre letzte Runde Theken-Profiling bestand aus der mit schwerer Zunge vorgetragenen Geschichte eines tragischen Mutterkomplexes, mit dem das arme Pärchen, das wir uns ausgesucht hatten, zu kämpfen habe.

Nachdem Ally den Glatzkopf auf die improvisierte Tanzfläche geschleift hat, zieht Vinny mich eng an sich, sodass mein Rücken sich an seine Vorderseite drückt, und legt mir die Arme um die Taille.

„Willst du tanzen?“, frage ich, auch wenn ich mir ziemlich sicher bin, dass ich die Antwort kenne.

„Ich tanze nicht.“

„Hat dir das nie jemand beigebracht?“, will ich wissen, während er das Gesicht in meinem Haar vergräbt und eine empfindsame Stelle an meinem Hals entdeckt, an der er unauffällig knabbern kann.

„Ich hab nicht gesagt, dass ich es nicht kann, sondern nur, dass ich es nicht tue.“

„Du kannst tanzen?“ Langsam ist meiner Stimme die Ablenkung anzuhören, während er gemächlich seine Liebkosungen auf meine Schulter verlegt. Ungeduldig zieht er an meinem Kleid, um mehr Haut freizulegen und seine zärtliche Folter fortzusetzen.

„Natürlich, aber mit dir tanze ich am liebsten in der Waagerechten."

Ach du liebes bisschen. Doch mir geht es mit ihm schließlich genauso. Ohne mich loszulassen, dreht er mich herum und verschränkt die Arme hinter meinem Rücken, sodass wir eng aneinandergepresst dastehen.

Als ich zu ihm aufschaue und unsere Blicke sich treffen, frage ich mich, was er gerade denkt. Bloß dass ich zu viel getrunken habe und die Frage aus meinem Mund purzelt. „Wie geht unsere Thekengeschichte?"

Er hebt den Kopf und sieht mir in die Augen, und fasziniert von seiner ruhigen Selbstsicherheit warte ich auf seine Antwort. „Der Kerl? Der ist jahrelang suchend durch die Welt gestreift, ohne zu wissen, was ihm eigentlich gefehlt hat. Es war einfach, als würde zu seinem Puzzle noch ein Teil fehlen. Dann ist er einer klugen, schönen, witzigen Frau begegnet, die sich am liebsten in ihrer ganz eigenen Gedankenwelt austobt."

Die Mauer aus Eis, die ich zum Schutz vor diesem Mann um mein Herz errichtet habe, schmilzt dahin und lässt mich verwundbar zurück. Auch wenn ich versuche, sie einzudämmen, übermannen mich meine Gefühle, und das ist meiner belegten Stimme anzuhören. Mit einem kaum hörbaren Flüstern will ich ihn zum Weitersprechen veranlassen, während ich hoffe und bete, dass diese Geschichte ein glückliches Ende hat. „Was passiert, nachdem die beiden sich begegnet sind?"

Vinny schließt die Arme noch fester um mich und drückt mir einen sanften Kuss auf die Lippen. Seine hypnotisch schönen Augen wärmen mir das aufgetaute Herz, als er fortfährt: „Nach und nach, jeden Tag ein bisschen mehr, hat sie auch ihn in ihre Gedankenwelt eingelassen, und eines Tages ist er aufgewacht und hat erkannt, dass er nicht mehr ziellos umherstreift. Wann es dazu gekommen ist und wieso, da ist er sich nicht sicher, aber es ist so. Was auch immer er die letzten sieben Jahre über gesucht hat, war endlich wieder an seinem Platz."

Ich bringe keinen Ton heraus, seine Worte haben mir buchstäblich den Atem geraubt. Haben all meine Zweifel fortgewaschen und den Weg zu meinem Herzen freigelegt, das er nun fast schon ganz in Besitz genommen hat. Zum zweiten Mal.

Noch mal zwei Stunden später bin ich ziemlich angetrunken, als Vinny die Autotür öffnet, damit ich einsteigen kann. Doch statt das zu tun, werfe ich ihm die Arme um den Hals. Überrumpelt lächelt er mich an, als ich ihm einen Kuss auf die Nasenspitze gebe. Ich habe ein schlechtes Gewissen, weil ich mich von der Party verabschiedet habe, bevor Ally genug hatte, aber der Alkohol ist mir viel zu schnell zu Kopf gestiegen. Außerdem hat der Glatzkopf versprochen, sie nach Hause zu bringen, und von der Aussicht wirkte sie mehr als begeistert.

„Du bist süß, wenn du betrunken bist."

„Ich bin nicht betrunken", behaupte ich einen Hauch undeutlich, ganz egal, wie sehr ich mich bemühe, nüchtern zu klingen.

Er gibt mir einen schnellen Kuss und überrascht mich, indem er mich von den Füßen hebt und sachte in den Beifahrersitz gleiten lässt. Dann schnallt er mich an, schließt die Tür und geht zur Fahrerseite hinüber.

„Zu dir oder zu mir?“ Er startet den Wagen.

„Du bist dir deiner Sache ja sehr sicher.“ Kichernd drehe ich mich zu ihm herum.

„Ich will mich nur um meine Süße kümmern.“

Als ich verwirrt die Augenbrauen zusammenziehe, erklärt er sich genauer. „Ich schulde dir noch einen Tanz“, erinnert er mich mit plötzlich dunkler, samtiger Stimme.

Ich schlucke und rutsche auf meinem Sitz hin und her, um das Pochen zwischen meinen Beinen zu beruhigen, das mich beim Gedanken an den Rhythmus ergreift, der gar nicht bald genug durch meinen Körper hämmern kann. „Zu dir.“

Lächelnd fährt Vinny los.

„Und fahr bitte schnell“, flüstere ich und lege ihm eine Hand auf den Oberschenkel.

„Süße, wir wären so oder so zu mir gefahren. Das ist näher, und ich weiß nicht, ob ich es selbst diese zehn Minuten lang noch aushalte, nachdem ich die halbe Nacht auf diesen Rückenausschnitt starren musste.“

KAPITEL 26 Liv

Vinny spart sich das Lichteinschalten, als wir in seiner Wohnung ankommen. Stattdessen ruht sein Griff fest auf meiner Hüfte, während er mich zwischen den Möbeln hindurchmanövriert. Als wir im Dunkeln links abbiegen, verliere ich die Orientierung und weiß nicht mehr, wo wir sind – allerdings bin ich mir sicher, dass das Schlafzimmer in der entgegengesetzten Richtung liegt.

Schweigend schiebt er mich behutsam vorwärts, bis ich sanft an etwas vor mir stoße. „Beug dich vor." Er tritt dichter hinter mich und lenkt mit leisem Druck im Nacken meinen Oberkörper nach unten, bis ich auf etwas Kaltem, Hartem lande. *Die Kücheninsel.*

Mit zur Seite gedrehtem Gesicht liege ich da, die Wange an der kühlen Oberfläche, und er nimmt die Hand von meinem Nacken. Ich spüre seine gezähmte Kraft, als er langsam die Finger an meinem Rückgrat hinabgleiten lässt, bis er meinen Poansatz erreicht. „Greif nach oben, und halt dich an der Kante auf der anderen Seite fest."

In der Hüfte vorgebeugt, die Wange auf die Arbeitsfläche gepresst, hebe ich die Hände über den Kopf und tue, wie mir befohlen. Vinny tritt noch näher zu mir und drückt sich mit seinem Schritt an meinen Po, bevor er sich über mich beugt, sodass sein Körper auf ganzer Länge auf meinem liegt und ich zwischen seinen unnachgiebigen Muskeln und dem harten Granit gefangen bin.

In der dunklen Küche ist es so still, dass ich jeden seiner Atemzüge höre, als sein Mund ganz dicht an meinem Ohr landet. „Dieses Kleid ist eine Sünde." Mit scharfen Zähnen zwickt er mich ins Ohrläppchen, dass mir ein Ausruf entfährt, eine Mischung aus Schock und Schmerz. Rasch leckt seine Zunge hinterher, und zärtlich saugt er an der Haut, auf der eben noch seine Zähne ihre Spuren hinterlassen haben.

„Hast du das für mich angezogen? Um mich verrückt zu machen, während ich zusehen musste, wie andere Männer dich mit den Augen ausziehen?"

Ich will antworten, doch mir bleibt die Stimme in der Kehle stecken, und meine Entgegnung ist kaum mehr als ein Murmeln. „Ich habe es angezogen, weil ich dachte, es gefällt dir."

„Das tut es. Es ist perfekt. Dein straffer kleiner Körper treibt mich schon den ganzen Abend in den Wahnsinn." Mit starken Händen liebkost er meine Seiten, auf und ab. Jeden Zentimeter ertastet er, während seine Finger langsam über mich gleiten. Das sind keine sanften Zärtlichkeiten, er ist ungeduldig und grob, und unter seinem harten Griff habe ich das Gefühl, als müsste er mich so fest packen, weil er sonst auch den letzten Rest Beherrschung verlieren würde.

„Es bringt mich um den Verstand, zu sehen, wie andere Kerle dich anstarren", grollt er, als würde schon die bloße Erwähnung eines anderen Mannes seine Gefühle in Aufruhr versetzen. Schroff schiebt er mir den Rock bis zur Taille hoch und reißt mir das Höschen vom Leib. Die Kraft in dieser Aktion erregt mich, und unwillkürlich beginne ich zu zappeln, während mein nackter Po auf ihn wartet.

„Alles an dir macht mich einfach …“ Seine Worte verklingen, und als er sich aufrichtet, vermisse ich augenblicklich die Wärme seines Körpers.

Im nächsten Augenblick spüre ich seine Hand zärtlich auf meinem Po. „Bist du bereit für mich?“ Seine Stimme ist rau. Angespannt. Dunkel.

„Ja.“

Wie in Zeitlupe zieht er die Finger zwischen meinen Pobacken nach unten zwischen meine Beine und taucht in mich ein, vergewissert sich, dass ich die Wahrheit sage. „Du bist so feucht“, knurrt er, und überlaut ist das Geräusch seines Reißverschlusses zu hören.

Mir entweicht ein Wimmern, als er in mich eindringt, selbst tropfnass hat mein Körper Mühe, seinen dicken Schaft ganz aufzunehmen. Erst als er bis zum Anschlag in mir ist, hält er inne und gibt mir einen Moment Zeit, mich an ihn zu gewöhnen. Heiser spricht er weiter. „Ich will in dir kommen. Diese süße kleine Pussy auffüllen, die nur mir gehört.“

Dann zieht er sich fast ganz aus mir zurück, schlingt mir einen Arm um die Taille und hält mich fest, rammt mich jedem seiner kräftigen Stöße förmlich entgegen. Und jedes Mal reibt er dabei über diese empfindsame Stelle in meinem Inneren, nur um sich wieder zurückzuziehen, bevor er mich vollends zum Höhepunkt bringt. So kurz davor in der Schwebe zu sein ist pure Folter und zugleich die absolute Glückseligkeit.

Seine Stöße werden härter, und mit jeder rhythmischen Bewegung bringt er uns beide dem Orgasmus immer näher. Mir entfährt ein lautes Stöhnen, als ich spüre, wie mein Körper und mein Geist auf das Ufer des Ozeans zujagen, der darauf wartet, über mich hereinzubrechen. Wieder zieht Vinny sich fast ganz aus mir zurück und grollt eine Antwort auf mein Stöhnen, als unerwartet seine Hand laut und hart auf meinen Hintern klatscht, bevor er sich wieder tief in mich rammt.

Mein Körper reagiert, bevor mein Gehirn überhaupt hinterherkommt. Wild pulsierend krampfen sich meine inneren Muskeln um ihn, während mich Woge um Woge des brutalsten Orgasmus überrollt, der je meinen Körper erfasst hat. Mit einem lauten Fluch kommt auch Vinny, und die Hitze seines Samens in mir macht meinen eigenen Höhepunkt noch überwältigender.

Kurz darauf, als unser Atem sich langsam beruhigt, während unsere verschwitzten Leiber sich noch immer aneinanderpressen, fasst Vinny mich bei den Armen und richtet mich auf, dann hebt er mich hoch und trägt mich ins Schlafzimmer. Ich bin immer noch völlig benebelt, als er mich aus der restlichen Kleidung schält. Kleidung, die uns in der Hitze des Gefechts völlig egal war. Dann legt er sich zu mir ins Bett, schmiegt sich von hinten an mich und zieht die Decke über uns. Sanft küsst er mich auf die Wange, bevor ich in einen tiefen Schlaf sinke.

Am nächsten Morgen erwache ich mit dem Gefühl, beobachtet zu werden. Ich liege bäuchlings auf dem Bett, und die um meine Taille geknotete Decke trägt nicht wirklich dazu bei, meinen nackten Hintern zu bedecken.

In der Erwartung, Vinny neben mir zu entdecken, drehe ich den Kopf, doch das Bett ist leer. Stattdessen sitzt er ein kurzes Stück entfernt in nichts als einer Jogginghose auf einem Sessel und trinkt köstlich duftenden Kaffee aus einem überdimensionierten Becher.

„Morgen." Er nippt an seinem Kaffee und wirkt in seinem Sessel sehr behaglich.

„Wie lange bist du schon wach?", frage ich mit vom Schlaf belegter Stimme.

„Keine Ahnung. Eine Stunde vielleicht."

„Und wie lange sitzt du schon da?"

„Keine Ahnung. Eine Stunde vielleicht." Er lächelt frech.

„Und dann sitzt du einfach nur da?"

„Ich genieße die Aussicht." Mit einem breiten Grinsen deutet er mit den Augen auf mein entblößtes Hinterteil.

„Du starrst seit einer Stunde meinen Hintern an?"

„Das ist aber auch ein verdammt geiler Arsch." Wieder trinkt er einen Schluck Kaffee und hebt die Schultern, als sei er sich keiner Schuld bewusst.

Ich greife nach hinten und zerre an der Decke, die sich mir auf unerklärliche Weise um den Körper gewickelt hat wie eine wütende Schlange, die ihr Opfer gerade zerquetschen will.

„Nicht." Vinny steht auf und kommt zum Bett, um mir das kleine Stück Stoff aus den Fingern zu ziehen, das ich befreien konnte. Als er sich neben mich setzt, sinkt die Matratze unter ihm ein. Er greift mit einem Arm übers Bett und zieht mich mit einer Bewegung, die ihn keinerlei Mühe zu kosten scheint, zu sich heran.

„Ich liebe es, da meinen Handabdruck zu sehen." Mit einem Klatschen landet seine Hand auf meinem Po. Als er weiterspricht, wird sein spielerischer Tonfall zu einem tiefen Raunen – sexy und heiser. Zärtlich liebkost er meinen Hintern. „Tut dir was weh von letzter Nacht?"

„Nein." Beim bloßen Gedanken an letzte Nacht spüre ich, wie mir die Röte ins Gesicht steigt.

„Sieh mich an", befiehlt er streng. „War letzte Nacht für dich okay?" Er sucht meinen Blick und hält ihn gnadenlos fest.

„Ja." Aus irgendeinem Grund fällt es mir schwer, das zuzugeben, doch es stimmt. Letzte Nacht war für mich mehr als bloß okay. Ich hätte nie gedacht, dass ich es im Bett etwas gröber mag. Doch in letzter Zeit habe ich so einige Dinge über mich herausgefunden, die ich nicht erwartet hätte.

Mit einem Nicken akzeptiert Vinny meine Antwort. „Kaffee?"

„O mein Gott, ja."

Er lächelt, und von seinen Zügen weicht eine Anspannung, die mir bis eben gar nicht aufgefallen war. Doch jetzt ist sie fort. „Ich hol dir einen, aber sieh bloß zu, dass dein Arsch noch genau so daliegt, wenn ich zurückkomme." Er beugt sich vor und beißt mir spielerisch in eine Pobacke.

Nach einer langen, heißen, äußerst befriedigenden Dusche trocknen wir uns im Bad gemeinsam ab. Als ich den beschlagenen Spiegel sauber wische, tritt Vinny hinter mich und küsst mich auf die Schulter.

„Fährst du nächstes Wochenende mit mir weg?“ Im Spiegel sucht er meinen Blick.

„Wohin?“

„Samstag habe ich einen Schaukampf in der Nähe von Washington. Eigentlich wollte ich Freitag Morgen hinfliegen, aber wenn du dich nicht von der Arbeit loseisen kannst, können wir auch später starten.“

Ach tatsächlich, in der Nähe von Washington? „Ich muss sogar selbst diese Woche da runter, für ein Interview. Könnten wir auch Donnerstag früh abfliegen, sodass ich am Freitag in D. C. arbeiten kann?“ Während ich im Spiegel in seine Augen blicke, bin ich für einen Sekundenbruchteil kurz davor, ihm zu erzählen, was ich dort tun muss. Einfach mit allem herauszuplatzen.

Jeden Tag merke ich, wie ich mich mehr in diesen komplizierten Mann verliebe. Aber die Schuldgefühle, die es mit sich bringt, ihm ein so persönliches Geheimnis vorzuenthalten, lasten schwer auf meinen Schultern. Rasch überlege ich es mir anders. Ich kann ihm nicht wehtun, nur um mir Erleichterung zu verschaffen. Vor allem, solange ich mir nicht mal sicher bin, ob es überhaupt wahr ist.

„Was immer du willst. Im Boxclub gibt es immer jemanden, der bereit ist, für ein bisschen Extraknete meine Kurse zu übernehmen.“

„Okay.“

Vinny dreht mich zu sich herum. „Okay?“ Mit diesem fragenden Lächeln auf dem Gesicht sieht er so jung und glücklich aus. Als ich ihn so stressbefreit und unbeschwert sehe, habe ich das Gefühl, das Richtige zu tun. Nicht mal in der Highschool habe ich ihn je so sorgenfrei gesehen.

„Klar, das klingt toll. Kann ich dann auch deine Show sehen?“, frage ich schelmisch.

„Du darfst zusehen, wie ich jemandem kräftig in den Arsch trete.“ Er drückt mir einen Kuss auf den Mund, bevor er mir das Handtuch wegzieht, in das ich mich eingewickelt hatte, und mich über seine Schulter wirft.

„Was machst du da?“

„Ich schleife dich zurück ins Bett.“

„Ich kann auch selbst laufen.“

„Ich kann dich aber auch tragen.“

„Mag sein, aber zu Fuß bin ich noch schneller.“

KAPITEL 27 Vince

„Treib mir Preach nicht zu sehr in den Wahnsinn. Er tut mir einen Gefallen damit, dass er mit dir nach D. C. fliegt, solange Elle nicht reisefähig ist."

„Ich mach das schon."

„Das hast du auch am Abend vor deinem ersten Kampf gesagt, und dann musste ich dich um zwei Uhr morgens von der Polizeiwache abholen."

„Diesmal werde ich definitiv nicht um zwei Uhr morgens in einer Bar sein." Ich lasse mich von der Klimmzugstange fallen und lande direkt vor Nico. Der bleibt unbeeindruckt stehen.

„Das will ich auch hoffen."

Als Nächstes schnappe ich mir ein Springseil und vermeide es, beim Reden in seine Richtung zu schauen. „Liv kommt auch mit nach Washington."

„Liv kommt auch mit?"

„Gibt's hier drin ein Echo, verdammt?"

Lachend schüttelt Nico den Kopf. „Das gefällt mir. Die Frau macht den Eindruck, als könnte sie dich aus Ärger raushalten."

„Ich kann mich auch selbst aus Ärger raushalten." Ich bringe das Springseil auf Touren, bis es mit Warpgeschwindigkeit um mich surrt, für jeden Sprung zwei Umdrehungen. Hastig macht Nico einen Schritt zurück, damit ihm das Seil nicht ins Gesicht peitscht, als es sirrend durch die Luft rast.

„Wie du meinst. Ich bin jedenfalls froh, dass sie mitkommt."

„Ja, ich auch."

Am Donnerstag schaue ich noch kurz bei meiner Mutter nach dem Rechten, bevor ich Liv abhole, um mit ihr zum Flughafen zu fahren. Moms Zustand ist besser als sonst, sie sitzt tatsächlich aufrecht auf dem Sofa und ist in der Lage, sich zusammenhängend zu unterhalten.

„Gut siehst du aus, Ma."

Sie lacht. Wahrscheinlich denkt sie, ich will ihr bloß Honig ums Maul schmieren. „Danke, Schätzchen."

„Ist Jason wieder aufgetaucht und hat das mit den zwei Kerlen von letzter Woche in Ordnung gebracht?" Mittlerweile habe ich mich ein wenig umgehört. Der Kerl ist ein noch mieserer Versager, als ich ohnehin schon dachte. Und ich habe von Anfang an nicht viel von ihm gehalten.

Mit gesenktem Blick ringt sie die Hände, und ich kenne ihre Antwort, bevor die Worte über ihre Lippen kommen. „Nein, ich hab alles versucht, um ihn zu erreichen, aber er ist einfach weg. Wie vom Erdboden verschluckt."

Scheiße, ich wusste, dass der Drecksack nichts Gutes bedeutet. Ich hätte ihm den Rest geben sollen, als ich die Gelegenheit dazu hatte – an dem Tag, als er die Hand gegen meine Mutter erhoben hat.

„Ma, mit diesen Typen ist nicht zu spaßen. Ich hab mich umgehört, die sprechen keine leeren Drohungen aus. Für wie viel hast du bei denen gebürgt?“

„Zweihundert.“

„Bitte sag mir, dass das ein Scherz ist! Oder meinst du zweihundert Dollar?“ Aufgewühlt beginne ich, auf und ab zu laufen. Was zum Teufel hat sie getan? Wo soll ich eine solche Summe herbekommen? Bisher dachte ich, der Versager ist einfach irgendwo im Halbkoma versackt, aber dafür ist er schon zu lange weg ... und jetzt wird mir langsam klar, dass er sich offensichtlich versteckt. Und meine Mutter in der Patsche sitzen lässt, nur weil sie für ihn gebürgt hat. Jetzt werde ich wirklich nervös.

„Es tut mir leid, Vincent.“ Sie beginnt zu weinen. Die Frau macht mich wahnsinnig. Meine halbe Kindheit hat sie mir versaut, und wahrscheinlich ist sie auch verantwortlich für mein verkorkstes Verhältnis zu Frauen, und trotzdem kann ich es nicht ertragen, sie weinen zu sehen.

Ich setze mich zu ihr, lege ihr einen Arm um die Schultern und ziehe sie an mich. „Nicht weinen, Ma. Das wird schon wieder.“ Wie, ist mir schleierhaft, doch es muss einfach so sein. „Wir finden ihn, oder wir denken uns was anderes aus.“ Ihr Körper bebt unter tiefen Schluchzern. „Versprochen.“

KAPITEL 28 Liv

Schon seit unserem Aufbruch nach D. C. ist Vinny ungewohnt still. Er hat gesagt, es wäre nichts weiter, aber ich konnte ihm ansehen, dass er da nicht so ganz aufrichtig war. So geistesabwesend, wie er wirkt, frage ich mich, ob der Schaukampf am Samstag ihm vielleicht mehr Sorgen bereitet, als er zugeben will. Oder er fliegt einfach ungern, auch wenn der Flug bisher völlig glatt verlaufen ist.

„Also, nachdem ich mir die Haare dann blau gefärbt und das Augenbrauenpiercing hab machen lassen, dachte ich mir, wir könnten zu Target gehen und den gesamten Lagerbestand an Rasierschaum aufkaufen."

Vinny nickt und lächelt, ohne wirklich ein Wort zu hören, und so rede ich weiter: „Ich meine, gut möglich, dass wir einen Jahresvorrat Rasierschaum brauchen, wenn es wirklich zu dieser Flut kommt, die sie angesagt haben. Dann können wir eine ganze Weile nichts nachkaufen. Oder siehst du das anders?"

Als Vinny mit Verzögerung bemerkt, dass ich auf eine Antwort warte, wendet er den Kopf zu mir. Doch selbst als er mich direkt ansieht, hört er weiterhin kein Wort von dem, was ich sage. „Äh, klar."

Er ist noch immer ganz woanders, obwohl wir so dicht nebeneinandersitzen – also fahre ich schwerere Geschütze auf. „Oh, okay, super. Ich hab mir schon gedacht, dass dir das nichts ausmacht. Ich meine, ich hatte ihm schon zugesagt, bevor das mit uns angefangen hat. Es werden auch nur ein oder zwei Dates, mehr als einmal schlafe ich also wahrscheinlich sowieso nicht mit ihm."

„Moment mal, was?" Plötzlich ist seine Miene angespannt. Ich habe keine Ahnung, was genau er gehört hat, aber anscheinend ist endlich etwas zu ihm durchgedrungen.

„Ach, willkommen zurück."

„Hast du mir gerade erzählt, dass du ein Date mit einem anderen hast?"

„Ich hab dir auch erzählt, ich würde mir die Haare blau färben und ein Augenbrauenpiercing machen lassen, und da dir das nichts auszumachen schien … dachte ich, ich teste mal aus, wie weit du wirklich weg bist." Ich schenke ihm ein Lächeln.

„Sehr nett. Aber du weißt, was passiert, wenn ich auch nur daran denke, dass dir ein anderer Mann zu nahe kommt, oder?" Als Vinny sich vorlehnt, ist ein bedrohlicher Gesichtsausdruck an die Stelle der geistesabwesenden Miene von eben getreten.

Überrumpelt finde ich mich plötzlich auf Vinnys Schoß wieder – er hat mich einfach aus meinem engen Flugzeugsessel gehoben und hinübergezogen. Mein Widerspruch verklingt ungehört, als er ohne große Vorwarnung meinen Mund mit einem forschen Kuss erobert. Bei öffentlichen Zuneigungsbekundungen war mir noch nie ganz wohl, deshalb bin ich überrascht, als mein verräterischer Körper seinem Drängen ohne langes Zaudern nachgibt. Innerhalb weniger Sekunden erwidere ich seinen Kuss voller Leidenschaft.

Mein Gehirn ist zu keinem Gedanken mehr fähig, während mein Körper sich der besitzergreifenden Nähe dieses unberechenbaren Mannes beinahe schmerzhaft bewusst ist. Ich bin so versunken in dem Gefühl seiner großen Hände an meinen Wangen, mit denen er mich festhält, damit er mich um den Verstand küssen kann, dass ich die Flugbegleiterin beim ersten Versuch einer höflichen Unterbrechung gar nicht höre.

„Sir, sie müsste dann jetzt wirklich zurück auf ihren eigenen Platz. Wir setzen gleich zur Landung an."

Mit hochrotem Gesicht würde ich am liebsten unter den Sitz kriechen, als mir klar wird, dass die Stewardess mit uns spricht. Vinny dagegen findet es erheiternd, dass man uns in flagranti erwischt hat wie zwei hormongesteuerte Teenager. „Entschuldigen Sie, manchmal kann sie sich einfach nicht zurückhalten." Achselzuckend schenkt er ihr sein schönstes Grübchenlächeln. „Ich sorge dafür, dass sie sich wieder hinsetzt."

„Vinny!" Entrüstet gebe ich ihm einen Klaps auf die Brust und werfe ihm einen gespielt bösen Blick zu, während er der Flugbegleiterin zuzwinkert.

Als wir den Check-in im Hotel hinter uns haben, wirkt Vinny wieder mehr wie er selbst. Ohne zu fragen, bestellt er beim Zimmerservice eine Flasche von dem Wein, den ich immer trinke, und einen Obstteller. Für einen Moment will ich noch einmal mit ihm darüber diskutieren, dass er ständig Entscheidungen für mich trifft, doch dann gestehe ich mir ein, wie dieses Gespräch enden wird. *Willst du Wein? Ja, aber darum geht es nicht. Hast du Lust auf ein bisschen Obst? Ja, aber das heißt nicht, dass du es mir bestellen musst.* Da belasse ich es lieber dabei und protestiere erst dann, wenn ich ein anderes Endresultat erreichen will als er.

„Du hast gar nichts weiter von dem Interview erzählt, das du morgen machen willst. Geht es um jemanden, den ich kenne?“, erkundigt sich Vinny.

Augenblicklich erstarre ich und gerate in Panik. Lügen konnte ich noch nie gut, aber in Kombination mit meinen Schuldgefühlen fällt es mir äußerst schwer, mir nichts anmerken zu lassen. Deshalb bin ich froh, dass ich mit dem Rücken zu ihm stehe, als ich diese Frage beantworten muss.

„Äh … Wohl eher nicht, bloß ein Senator.“

„Ein Senator, soso.“ Vinny kommt zu mir und bleibt hinter mir stehen, während ich meine Kosmetiktasche auspacke. Mit angehaltenem Atem warte ich praktisch darauf, dass er mir eröffnet, er wüsste, was ich vorhabe. Stattdessen legt er mir die Arme um die Taille und schmiegt das Gesicht an meinen Hals.

„Ist er jung? Muss ich eifersüchtig sein?“ Langsam küsst er sich hinauf zu meinem Ohr.

Benebelt von seinem warmen Atem und dem sanften Knabbern stehe ich reglos da und weiß nicht, was ich antworten soll. Verspielt stupst Vinny mich an, und meine Antwort kommt mir etwas zu defensiv über die Lippen. „Äh … Nein, der ist alt genug, um dein …“

Zu meinem Glück unterbricht uns an dieser Stelle das Klopfen des Zimmerservice. „Macht's dir was aus, wenn du hingehst? Ich muss mich mal frisch machen", bitte ich ihn.

„Natürlich." Mit einem Klaps auf den Po lässt er mich die Flucht ins Bad antreten. Dort angekommen starre ich für einen Moment in den Spiegel, bevor ich mir kaltes Wasser ins Gesicht spritze – in der Hoffnung, ein bisschen klarer im Kopf zu werden. Einige Augenblicke später habe ich mich genug gesammelt, um mich zurück ins Zimmer zu wagen, und bin überrascht, dass das Mädchen vom Zimmerservice noch da ist.

„Würden Sie mir ein Autogramm geben? Ich bin ein Riesenfan von Ihnen. Ich hab all Ihre Kämpfe gesehen. Bei dem Schaukampf morgen bin ich sogar live dabei." Die kokette junge Hotelangestellte scheint völlig hingerissen. Sie ist niedlich, auf diese gewisse Cheerleader-Art.

„Klar. Wo soll ich unterschreiben?" Ich bin mir ziemlich sicher, dass die Frage überhaupt nicht anzüglich gemeint war, und trotzdem sehe ich die Wangen des Mädchens rosa werden.

Aus einer Schublade hole ich einen Schreibblock mit dem Emblem des Hotels hervor, gehe zu den beiden hinüber und schalte mich in das Gespräch ein. „Bitte sehr." Ich reiche dem Mädchen den Block und lächle sie an. Zuckersüß – die Art Lächeln, die andere Frauen sofort zu deuten wissen. Die wahre Aussage dahinter ist nur zu klar.

Neugierig schaut Vinny mich an, bevor er ihr den Block abnimmt und seinen Namen daraufkritzelt.

Das kleine Flittchen wippt aufgeregt auf und ab, als sie das Autogramm von ihm entgegennimmt, bevor ihr Blick wieder auf meine Miene fällt und sie den Wink mit dem Zaunpfahl versteht. „Dann bis Samstag, Mr Stone."

Bevor Vinny sie zur Tür hinausbugsiert hat, habe ich schon ein Glas von dem bereits geöffneten Wein in der Hand. Ich werfe mir eine Erdbeere in den Mund und hebe lächelnd eine Augenbraue. „Die war niedlich."

„Findest du? Mein Typ war sie nicht. Ist mir nicht weiter aufgefallen." Er nimmt sich zwei Weintrauben vom Teller, steckt sich eine in den Mund und schiebt die andere mir zwischen die Lippen.

Ich nippe an meinem Wein und komme zu dem Schluss, dass ich es vermutlich nicht wissen will, aber ich kann mir die Frage nicht verkneifen: „Und wie sieht Ihr Typ aus, *Mr Stone*?", äffe ich die Kellnerin nach.

Vinny nimmt mir das Weinglas aus der Hand und stellt es auf dem Servierwagen ab. Dann legt er mir die Arme um die Taille und zieht mich an sich. „Ich hab nur einen Typ."

„Und der wäre?"

„Du."

Nach außen hin verdrehe ich bloß die Augen, aber insgeheim liebe ich seine Antwort. Er gibt mir einen Kuss auf die Nasenspitze und schließt mich unerwartet zärtlich in die Arme.

„Was wollen wir heute Abend machen?", frage ich und wäre vollends zufrieden damit, für die nächsten drei oder vier Jahrzehnte genau da zu bleiben, wo ich gerade bin.

„Was immer du willst."

„Wirklich?“ Ich lehne den Kopf zurück, um ihn ansehen zu können.

„Klar, solange es sich darum dreht, in diesem Raum zu bleiben und mich in dir zu haben.“

Eine weitere Entscheidung, über die ich nicht zu diskutieren beschließe.

KAPITEL 29 Liv

„Morgen." Vinnys rauer Stimme ist anzuhören, dass er auch noch nicht lange wach ist. Arme und Beine mit seinen verschlungen, kuschle ich mich enger an ihn, und friedlich ruht mein Kopf auf seiner Brust, sodass ich seinem Herzschlag lauschen kann. Ich atme tief aus. Mir graut vor dem Gedanken, aufzustehen und die Achterbahnfahrt von einem Tag zu beginnen, die mir heute bevorsteht.

Gedankenverloren streicht Vinny mit den Fingern über meinen nackten Rücken, malt immer wiederkehrende Linien darauf. Die Liebkosung beruhigt mich und macht es mir noch schwerer, aus dem Bett zu kommen. So geht es mir immer mit ihm – dass ich die Welt aussperren und am liebsten komplett vergessen würde. Erst recht heute. Ich will einfach nur in unserer kleinen Glücksblase in diesem Zimmer bleiben und mir die Zeit zwischen den Schäferstündchen mit Obstnaschen und Weintrinken vertreiben.

Viel zu bald geht der Wecker auf meinem Smartphone los, und stöhnend strecke ich den Arm danach aus, schalte ihn aus und setze dazu an, das Bett zu verlassen. Ein starker Arm zieht mich zurück. „Wo willst du hin?"

„Ich muss unter die Dusche, mein Termin ist um zehn, und mit dem Fotografen muss ich mich schon eine halbe Stunde vorher treffen."

„Erst einen Kuss."

„Aber ich hab mir noch nicht die Zähne geputzt."

„Dann gib mir irgendwas anderes, das ich küssen kann. Ich liege hier und sehe dich nackt – wenn du dich nicht beeilst, wirst du definitiv zu spät kommen."

Mit einem flinken Küsschen springe ich aus dem Bett, bevor er mich noch einmal aufhalten kann, auch wenn ich viel lieber dortbleiben und mich von ihm zum Zuspätkommen verleiten lassen würde.

Zusammen mit Paul Flanders, einem der Dutzende von fest angestellten Fotografen der *Daily Sun Times*, treffe ich vor dem Anwesen von Senator Knight ein. Zwischen gemauerten Säulen versperren zwei hoch aufragende schmiedeeiserne Torflügel die Einfahrt. Auf einer der Säulen ist eine Kamera angebracht, die in unsere Richtung schwenkt, als wir vor der Gegensprechanlage zum Stehen kommen.

„Kann ich Ihnen helfen?", scheppert eine männliche Stimme aus dem Lautsprecher, untermalt von Knistern und Rauschen.

„Ich habe um zehn Uhr einen Termin mit Senator Knight. Mein Name ist Olivia Michaels, ich komme von der *Daily Sun Times*."

„Halten Sie bitte Ihren Ausweis vor das rote Kreuz auf dem Kasten."

Ich wühle meinen Führerschein hervor und tue, wie mir geheißen. Wieder surrt die Kamera. Einen Moment später öffnet sich das Tor. „Fahren Sie bis zur Hügelkuppe. Sie können vor einer der Garagen parken."

Einer der Garagen? Eine lange Zufahrt windet sich durch sorgsam getrimmte Rasenflächen zu einer stattlichen Villa empor. Ich stelle den Wagen ab und nehme den fantastischen Ausblick in mich auf. Von der Kuppe dieses Hügels aus schaut das Märchenanwesen auf Washington, D. C., in der Ferne hinab.

„Na, hier werde ich keine Probleme haben, ein paar Plätzchen zu finden, bei denen Erinnerungen an das Kennedy-Anwesen wach werden", bemerkt Paul, als wir vor der einschüchternd riesigen weißen Flügeltür des Haupteingangs stehen und darauf warten, dass man uns in Empfang nimmt.

Als die Türen sich öffnen, sehen wir uns zu meiner Überraschung Senator Knight gegenüber. In einer Villa wie dieser hatte ich halb mit einem Butler gerechnet, der uns mit vornehmem britischen Akzent begrüßt.

„Sie müssen Miss Michaels und Mr Flanders sein. Bitte, kommen Sie doch herein." Lächelnd reicht Senator Knight uns nacheinander die Hand, als wir eintreten.

In einem marineblauen Pullover und einer Khakihose sieht er lässig-elegant aus. Ich ertappe mich dabei, wie ich ihn während seiner Begrüßung anstarre. Da bin ich noch kaum im Haus, und schon suche ich in seinen Zügen nach Hinweisen auf die Verwandtschaft mit Vinny.

Zu meinem Glück beraten der Senator und Paul sich erst einmal ein paar Minuten lang darüber, welche Stellen auf dem Anwesen sich für Fotoaufnahmen eignen würden. Das gibt mir Gelegenheit, sein Gesicht zu betrachten, ohne mich am Gespräch beteiligen zu müssen. Seine hellblauen Augen sind außergewöhnlich schön und ein starker Kontrast zu seiner tief gebräunten Haut. Es ist nicht zu leugnen, dass die Farbe beinahe eins zu eins mit der von Vinnys Augen übereinstimmt, doch zugleich ist da ein himmelweiter Unterschied, auch wenn ich nicht exakt benennen kann, worin der besteht.

Als er nach draußen zeigt, um Paul die Richtung zu einer bestimmten Stelle zu weisen, kann ich mir sein Profil anschauen. Bei dem Anblick bleibt mir fast das Herz stehen. Der gleiche kräftige Kiefer, die gleiche markante Schädelform, die mir nur allzu vertraut ist. Es ist mir beinahe unangenehm, es bei einem anderen Menschen zu sehen – aus irgendeinem Grund fühle ich mich dabei nackt.

Nach einem letzten kurzen Austausch macht Paul sich auf den Weg nach draußen, um das Haus zu fotografieren, und Senator Knight wendet seine Aufmerksamkeit wieder mir zu.

„Miss Michaels, ich habe schon viele Ihrer Kollegen bei der *Daily Sun Times* kennengelernt, aber ich glaube nicht, dass wir schon einmal das Vergnügen hatten“, erklärt er lächelnd. Es ist ein geübter Gesichtsausdruck, der mir in Erinnerung ruft, dass er einen Gutteil seines Lebens damit verbracht hat, auf Stimmenfang Hände zu schütteln und Babys zu küssen. „Ich bin mir sogar ziemlich sicher, dass wir uns noch nicht begegnet sind. Eine so attraktive junge Dame wäre mir im Gedächtnis geblieben.“

„Äh … danke.“ Ich weiß nicht so recht, wie ich auf das Kompliment reagieren soll. „Ich bin neu bei der *Daily Sun Times*.“

„Nun, dann hoffe ich, das hier wird nur das erste von vielen zukünftigen Interviews. Mit manchen der Journalisten bei der *Sun* verbindet mich eine lange Geschichte. Ein bisschen fühlt es sich so an, als hätte ich so einige von ihnen über die Jahre erwachsen werden sehen."

Mit einem freundlichen Lächeln lüge ich: „Das fände ich schön. Es ist mir eine Ehre, Sie kennenzulernen." Von meinen Recherchen weiß ich, dass er Frauen gern beeindruckt. Vor allem junge Frauen. Je ehrfurchtsvoller ich mich in seiner Gegenwart geben kann, desto mehr wird er reden.

„Begleiten Sie mich in die Bibliothek?" Es ist eine Frage, doch er wartet die Antwort nicht ab. Stattdessen winkt er mir, ihm zu folgen, und führt mich durch eine Folge von Korridoren. Das große Haus ist schön, ein architektonisches Kleinod – und zugleich kalt, beinahe steril.

In der traumhaften Bibliothek lassen wir uns auf zwei einander gegenüberstehenden Sofas nieder. Von der Grundfläche her ist der Raum nicht übermäßig groß, doch er erstreckt sich über zwei Stockwerke. Eine kleine Treppe führt zu einer Galerie hinauf, die sich um das gesamte Zimmer zieht und von der aus Besucher auch die Bücher auf der oberen Ebene erreichen können.

„Gefällt Ihnen die Bibliothek?" Lächelnd beobachtet Senator Knight, wie ich den Raum in mich aufnehme. Hier drinnen muss ich meine Ehrfurcht nicht spielen. Der Ort ist wunderschön, der Traum eines jeden Journalisten.

„Das ist atemberaubend." Ich lasse den Blick über die unzähligen Reihen kostbar gebundener Bücher gleiten, deren Regale mindestens sechs Meter hoch aufragen, wenn nicht höher. „Wirklich beeindruckend, diese klassische, edle Schönheit.“

„O ja, definitiv. Eine Schönheit.“ Als ich mich wieder Senator Knight zuwende, merke ich, dass sein Blick über mein Gesicht wandert, und für eine Sekunde bin ich mir nicht sicher, ob er noch von der Bibliothek spricht.

Hastig wühle ich in meiner Tasche, um die Röte zu verbergen, die ich in meine Wangen steigen spüre. Ich lasse mir Zeit damit, meinen Notizblock, einen Stift und das Diktiergerät hervorzuholen, in der Hoffnung, dass die Hitze genauso schnell verfliegt, wie sie mich überkommen hat.

„Also, Senator Knight. Ich hatte gehofft, wir könnten zu Beginn etwas über Ihren Hintergrund sprechen, eine Atmosphäre für den Artikel schaffen. Die Leser an Ihrem Aufstieg teilhaben lassen.“ Lächelnd schalte ich mit einem Klicken das Diktiergerät vor mir ein.

„Was immer Sie wünschen. Ich bin ein offenes Buch.“

Ja, sicher. „Ursprünglich stammen Sie aus Chicago. Haben Sie sich wegen der Nähe zu Ihrer Familie für das Jurastudium vor Ort entschieden?“

„Eine hervorragende Frage. Es gibt eine Reihe von Gründen, warum ich mich für Loyola entschieden habe, aber ja, die Nähe zu meiner Familie war mir wichtig. Familie ist der Kern einer jeden Erfolgsgeschichte. Für mich gab es im Grunde nie eine andere Wahl. Ich hatte bereits mein Grundstudium an der Loyola gemacht, und die katholischen Werte der Universität haben mir aus der Seele gesprochen. Das hat mich meinem Glauben und dem Familienleben nähergebracht. Als man mir dann die Gelegenheit eröffnete, dort mein Jurastudium anzuschließen, habe ich natürlich sofort zugegriffen." Lächelnd zwinkert er mir zu. „Außerdem habe ich dort meine große Liebe kennengelernt."

Hat ja nicht lange gedauert, bis der feine Herr Senator seine familiären Werte und seine religiösen Ansichten einbringen konnte, was? In mir wächst das Gefühl, dass der Mann diese zwei Themen in so gut wie jede Antwort einflechten könnte. Seit das Diktiergerät läuft, ist er Politiker durch und durch, es quillt ihm förmlich aus allen Poren. Wie ein Schauspieler vor der Kamera erwacht er zum Leben. *Schnell, irgendjemand muss ihm ein Baby reichen, das er küssen kann.*

„Mrs Knight hat ihren Abschluss in Frühkindlicher Erziehung gemacht. Hat sie während Ihrer Zeit in Chicago unterrichtet?"

„Nein, nein. Sie hat zwar eine Menge ehrenamtlicher Arbeit geleistet, aber wir haben ziemlich jung geheiratet, und sie hat ihre Aufgabe als Vollzeitmutter sehr ernst genommen. Nicht viele Frauen sind heutzutage noch bereit, sich dieser wichtigen Aufgabe voll und ganz zu widmen."

Oder Männer. Sein Kommentar ist sexistisch und ärgert mich, doch tapfer setze ich ein Lächeln auf und antworte: „Ich hoffe, ich bin eines Tages in der glücklichen Lage, zu Hause bei meiner Familie bleiben zu können." Die Worte hinterlassen einen schalen Geschmack auf meiner Zunge.

Senator Knight lehnt sich auf seiner Couch zurück und legt einen Arm auf die Seitenlehne. Auf seinem selbstgefälligen Gesicht ruht ein wohlwollendes Lächeln.

„Sie waren erst achtundzwanzig, als man Sie bei Kleinman & Dell zum Partner gemacht hat. Das ist beeindruckend, da haben Sie doch bestimmt ordentlich gefeiert."

Als er den Kopf dreht, um aus dem Fenster neben uns zu schauen, geht eine Veränderung in seiner Miene vor. Sein Kiefer arbeitet, und diesmal braucht er länger für seine Antwort. Wäre ich nicht auf irgendeine Reaktion aus gewesen, hätte ich es wahrscheinlich gar nicht bemerkt, doch so sehe ich es sehr genau. „Nun ja. Damals war ich noch jünger." Einen Moment später wendet er sich mir wieder zu, und seine Maske sitzt perfekt.

Noch eine Stunde verbringen wir im Gespräch, doch im Grunde hätte ich nicht herkommen müssen, um die Story zu schreiben. Nichts von dem, was er mir erzählt, ist neu. Langsam verzweifle ich, und in der Hoffnung auf mehr beschließe ich, beim Thema Familie tiefer nachzubohren.

„Sie haben nur den einen Sohn, Jackson, richtig?"

„Ja."

Vielleicht bilde ich es mir ein, weil ich nach etwas Ausschau halte, das nicht da ist, aber für mich kam seine Antwort einen Hauch zu schnell.

„Könnte ich vielleicht kurz mit ihm sprechen – wenn er die Zeit hat? Das wäre wundervoll. Ich weiß, dass er bei Paul für das Shooting eingeplant ist, aber wenn er mir für einige Fragen zur Verfügung stünde? Ich hätte wirklich gern ein paar O-Töne von ihm. Er muss unheimlich stolz sein auf Sie und all das, wofür Sie stehen."

Lächelnd erhebt sich Senator Knight. „Für Sie nimmt er sich die Zeit bestimmt, Miss Michaels." Und er zwinkert mir wieder zu.

Ich folge Senator Knight nach draußen in die weitläufigen Grünanlagen, wo Mrs Knight gerade von Paul beim Gärtnern fotografiert wird. Sie trägt eine blütenweiße Bluse, hat sich die Khakihose in die halbhohen Gummistiefel gesteckt, und ihr perfekt frisiertes Haar ist sorgsam mit einem pastellrosa Schal hochgebunden. Ihre Pose sitzt genauso perfekt wie ihr Make-up, als sie sich vorbeugt und ein kleines Loch aushebt, um einen Tomaten-Setzling einzupflanzen.

Auf mich wirkt die Szenerie beinahe komisch. Wer gärtnert denn bitte in einer teuren weißen Bluse und mit vollem Make-up? Noch lustiger wird das Ganze dadurch, dass ich unseren Wagen in der Auffahrt direkt neben dem Pick-up des Gärtners abgestellt habe. Trotzdem schaue ich mit der ehrfurchtsvollsten Miene, die mir möglich ist, zu Senator Knight auf, während der stolz die gestellte Szene betrachtet, die sein Leben wiedergeben soll.

„Ihre Frau ist wirklich sehr schön." Und total künstlich.

„Vielen Dank." Bei dem Kompliment schwillt ihm die Brust, als wäre das, was ich gerade gelobt habe, in irgendeiner Weise sein Verdienst.

„Kommen Sie, treiben wir meinen Sohn auf, damit wir Ihnen ein paar gemeinsame Minuten verschaffen können."

Über einen gepflasterten Weg führt Senator Knight mich zu einem kleineren Haus, das aussieht wie ein Gästequartier oder vielleicht die Unterkunft eines der Hausangestellten. „Jackson zieht das Gästehaus der unablässigen liebenden Fürsorge seiner Mutter bei uns in der Villa vor. Das hier ist der Kompromiss, auf den sie sich geeinigt haben, als er beschlossen hat, es sei an der Zeit, auszuziehen." Ohne anzuklopfen, öffnet er die Tür und ruft ins Haus: „Jackson, hier ist jemand, der dich kennenlernen möchte."

Drinnen ist es still. Der Senator geht hinein und sieht sich um, während ich am Eingang warte. Erschrocken fahre ich zusammen, als hinter mir eine Stimme erklingt: „Kann ich Ihnen helfen?"

Meine Reaktion ist so heftig, dass ich das Gleichgewicht verliere und beinahe hinfalle, als ich über ein paar Laufschuhe stolpere, die jemand gleich neben der Tür hat stehen lassen. Ein starker Arm ist zur Stelle, um mein Wanken zu stabilisieren. „Entschuldigen Sie, ich wollte Ihnen keine Angst einjagen. Alles in Ordnung?" Mit beiden Händen hilft er mir, meine Balance wiederzufinden, und erst da schaue ich auf und sehe das Gesicht zu der Stimme.

Ich blicke geradewegs in Vinnys Augen und erstarre. Auf einmal ist mir schwindlig. Die Augen des Senators haben zwar die gleiche Farbe, aber irgendetwas war daran anders, was meine Hoffnung genährt hat, unsere geheimnisvolle Quelle könnte falschliegen. Doch die Augen, die jetzt auf mich herunterschauen, zerschlagen so gut wie jede Hoffnung, an die ich mich geklammert habe.

Mit offenem Mund starre ich den Mann an. Ich kann mich nicht davon losreißen, wie vertraut mir der Blick in diese Augen ist, obwohl er ein völlig Fremder ist. Da ich kein Wort herausbringe, nicke ich nur.

Er stützt mich noch immer, und ich erkenne Besorgnis in seiner Miene. „Sind Sie sicher, dass es Ihnen gut geht?"

In diesem Moment unterbricht uns Senator Knight. „Jackson, da bist du ja." Verwirrt dreht er sich zu mir. „Ist alles in Ordnung mit Ihnen? Sie sehen blass aus."

Jackson nimmt mir das Antworten ab. „Ich hab sie erschreckt und beinahe umgerannt." Als er mich anlächelt, kommen tiefe Grübchen zum Vorschein. „Und dabei kenne ich noch nicht mal ihren Namen."

Vorsichtig lässt er meine Arme los, als wollte er sichergehen, dass ich auch wirklich allein stehen kann, dann tritt er einen Schritt zurück und streckt mir die Hand entgegen. „Hi, ich bin Jax Knight." Sein Lächeln wirkt echt.

„Olivia Michaels", bringe ich endlich heraus und lasse zu, dass er meine Hand schüttelt. Er hält sie fest, bis sein Vater die Vorstellung zu Ende geführt hat.

„Miss Michaels schreibt für die *Daily Sun Times*. Sie arbeitet gerade an einem Feature über uns zur Wahlkampagne. Dazu würde sie dir auch gern ein paar Fragen stellen."

„Freut mich sehr, Sie kennenzulernen, Miss Michaels." Mit einem breiten Grinsen lässt er meine Hand schließlich los.

„Bitte nennen Sie mich doch Olivia."

Er nickt. „Aber nur, wenn Sie mich Jax nennen."

„Nicht Jackson?"

„Ach nein, das ist mir zu formell. Mein alter Herr hier nennt mich gern Jackson, weil er findet, das klingt präsidentenmäßiger, aber für meine Freunde bin ich Jax."

Senator Knights Handy klingelt, und er entfernt sich für einen Moment, sodass Jax und ich unter uns sind.

„Und, wie heißen Sie für Ihre Freunde, Olivia Michaels?" Da ist wieder dieses flirtende Lächeln. Es ist anders als das von Vinny, aber die Wirkung auf Frauen ist dieselbe, da bin ich mir sicher. Irgendetwas haben die beiden einfach an sich. Ein Hauch Unverfrorenheit in Verbindung mit diesem Aussehen ist eine tödliche Kombination.

Jackson Knight ist groß, vielleicht sogar ein paar Zentimeter größer als Vinny, und so breit gebaut wie sein Vater. Im Augenblick trägt er ein weißes T-Shirt und eine tief sitzende Jogginghose, womit die Ähnlichkeit zu Vinny nur noch deutlicher wird.

„Die meisten neuen Bekannten nennen mich Olivia, aber meine engsten, ältesten Vertrauten nennen mich Liv."

„Also gut, Liv." Er grinst. „Ich wollte gerade laufen gehen, aber ich hatte mein Wasser vergessen, deshalb bin ich noch mal zurückgekommen." Er hält inne. „Und ich bin froh darüber. Kann ich Ihnen was zu trinken anbieten?"

„Deine Mutter will, dass ich für ein paar Aufnahmen zu ihr in den Garten komme", erklärt Senator Knight und ist schon fast an der Tür, als er sich noch einmal zu uns umdreht. „Benimm dich ja anständig bei Miss Michaels, Jackson", warnt er seinen Sohn, bevor er das Haus verlässt.

Ohne seinen Vater zu beachten, winkt Jax mir, ihm zu folgen. „Kommen Sie, ich hole uns beiden ein Wasser, und dann können wir draußen spazieren gehen, während wir uns unterhalten – wenn Sie möchten."

„Sehr gern, vielen Dank."

Zu meiner Überraschung plätschert das Gespräch bei unserem Spaziergang angenehm dahin. Ganz anders als Senator Knight scheint Jackson auf jede Frage frei und ungekünstelt zu antworten. Entspannt scherzen wir miteinander, und viele seiner Antworten grenzen an einen Flirt, doch er geht nie zu weit.

„Also, was hat Sie dazu bewogen, sich der Welt der Vermögensverwaltung zuzuwenden?“ Ich weiß, dass er sich mit der Betreuung einiger hochkarätiger Privatportfolios einen Namen gemacht hat. Sogar das *Wall Street Journal* hat von den Renditen Notiz genommen, die er seinen Investoren letztes Jahr gesichert hat.

„Mein Vater“, entgegnet Jax mit einer Ehrlichkeit, die ich nicht erwartet hatte.

„Nicht Ihre erste Wahl, was?“

Er lacht. „O nein. Verstehen Sie mich nicht falsch, ich habe es nicht schlecht getroffen, und der Job ist durchaus interessant.“

„Aber …?“, hake ich nach. Hinter der Aussage steckt offensichtlich mehr.

„Aber was ich wirklich gern machen würde, ist auf lange Sicht keine besonders kluge Karriereentscheidung.“

„Und das wäre?“

Jetzt wirkt Jax’ Lächeln verlegen, fast als wäre es ihm peinlich, seinen Kindheitstraum preiszugeben. „Ich wollte immer Profiboxer werden. Den Sport betreibe ich schon seit meiner Kindheit.“

Wie angewurzelt bleibe ich stehen. Jax geht noch zwei Schritte weiter, bevor er bemerkt, dass ich nicht mehr neben ihm bin.

„Liv. Alles in Ordnung? Sie machen mir schon wieder Angst.“ Rasch streckt er einen Arm nach mir aus, als befürchtete er, ich würde gleich wieder das Gleichgewicht verlieren.

Mit einem Schlag trifft mich die volle Realität des Damoklesschwerts, das über mir schwebt, seit ich diesen Auftrag bekommen habe, und mir wird übel. Zum ersten Mal gestehe ich mir ein, dass ich, sosehr ich mir auch wünsche, die Geschichte wäre nur ein Hirngespinst, an der Wahrheit nichts ändern kann.

Die Zeit bleibt stehen, und im Schnelldurchlauf spult sich vor meinem inneren Auge mein Alles-ist-möglich-Leben ab. So viele Türen, die ich in der Zukunft vor mir geöffnet gesehen habe, fallen zu, und in diesem Augenblick weiß ich, dass von jetzt an nichts mehr so sein wird, wie es war.

„Liv. Wollen Sie sich einen Moment setzen?" Auf Jax' Miene spiegelt sich echte Sorge, und mir geht auf, dass ich nicht einmal bemerkt habe, wie er vor mich getreten ist. Mit beiden Händen hält er mich bei den Schultern. Ich habe jedes Zeitgefühl verloren, während ich in diesem Albtraum in meinem Kopf festsaß.

Mit einem Kopfschütteln reiße ich mich aus meiner Erstarrung und komme endlich wieder zu mir. „Mir geht's gut. Entschuldigung. Ich hätte heute Morgen wohl lieber etwas essen sollen. Manchmal, wenn mein Blutzucker zu weit absinkt, werde ich ein bisschen benebelt", schwindele ich.

„Kommen Sie, gehen wir ins Haus und flößen Ihnen ein bisschen Zucker ein."

Drinnen bugsiert Jax mich auf einen Stuhl und besteht darauf, dass ich einen Apfel esse und eine ganze Flasche Gatorade austrinke, bevor er mich wieder aufstehen lässt. Noch eine Gemeinsamkeit mit Vinny – wenn er seine Befehle blafft, werde ich folgsam wie ein Soldat bei seinem Drillsergeant.

„Sind Sie sicher, dass es Ihnen gut geht?"

„Ja, alles in Ordnung. Tut mir leid, ich wollte Ihnen keinen Schreck einjagen."

„Also, wenn Sie wollen, dass ich Sie in die Arme nehme, können Sie auch einfach fragen. Dafür müssen Sie nicht extra so tun, als würden Sie gleich in Ohnmacht fallen."

„Was? Ich hab doch nicht …" Gerade als ich seinen Eindruck zurechtrücken will, schaue ich auf und sehe den Schalk aus seinen Augen blitzen. Er lacht auf, und das hilft auch mir, mich etwas zu entspannen.

„Sicher, dass Sie keine weiteren Fragen an mich haben?", vergewissert er sich lächelnd, als ich erkläre, dass wir hier fertig sind und ich mich wohl lieber verabschieden sollte. Im Aufstehen nehme ich beiläufig unsere leeren Flaschen vom Tisch und steuere den Abfalleimer an. Doch kurz bevor ich seine Flasche hineinwerfe, überlege ich es mir anders und lasse sie in meiner Jackentasche verschwinden. Betend, dass er es nicht bemerkt hat, gehe ich weiter zur Spüle und stelle den Teller hinein, auf dem er mir meine Apfelschnitze gebracht hat.

Als ich mich umdrehe, steht Jax hinter mir. Dicht. Zu dicht. Mit dem Rücken zur Spüle habe ich keinen Spielraum, um den richtigen Abstand zwischen uns zu bringen. Er sieht, wie ich mich auf der Suche nach einem Ausweg umschaue, und stützt sich zu beiden Seiten von mir mit den Händen auf der Spüle ab. So kann ich ihm nicht entkommen, und sein Körper ist nah genug, dass ich die Hitze spüre, die von ihm ausgeht, jedoch ohne dass er mich tatsächlich berührt. „Gehen Sie mit mir essen, Liv."

Ach du lieber Himmel. „Das ... das geht nicht. Ich habe einen Freund.“ *Von dem ich mir außerdem mittlerweile ziemlich sicher bin, dass er zufällig auch Ihr Bruder ist.*

„Ich sehe da keinen Ring an Ihrem Finger“, bemerkt er mit erhobener Augenbraue und grinst. „Ein Date. Heute Abend.“

„Mein Freund ist mit mir hier, und ich glaube nicht, dass es ihm besonders gefallen würde, wenn ich ihm erzähle, dass ich heute Abend ein Date habe.“

Immer noch lächelnd entlässt er mich schließlich aus seinen Fängen. „Da habe ich aber wirklich Pech. Sie wissen, wo Sie mich finden, falls Sie es sich anders überlegen.“

Ich helfe Paul, sein Equipment zusammenzupacken, und Familie Knight begleitet uns noch zum Wagen. „Vielen Dank, dass Sie sich für uns Zeit genommen haben“, sage ich an alle drei Familienmitglieder gerichtet. „Es war mir wirklich eine Freude, Sie kennenzulernen.“ Der Senator und Mrs Knight verabschieden sich und sprechen noch kurz mit Paul ab, wann und wie sie eine Vorauswahl der Bilder bekommen, um sie abzusegnen.

Jax begleitet mich zur Fahrerseite, und ich strecke ihm die Hand entgegen. „War schön, Sie kennenzulernen, Jax.“

„Ebenso, Liv.“ Mit leichtem Zug verwandelt er den Handschlag geschickt in eine Umarmung.

Weil er das Ganze eher scherzhaft als aufdringlich abzieht, lache ich. Und bevor wir uns voneinander lösen, flüstere ich ihm noch ins Ohr: „Probieren Sie das mit dem Boxen wenigstens mal. Geben Sie Ihre Träume niemals auf."

KAPITEL 30 Vince

Als ich wieder in Richtung Hotel loslaufe, wird es schon dunkel. Ich habe keine Ahnung, wo die Zeit geblieben ist. Länger als eine halbe Stunde können die acht Kilometer Laufstrecke bis nach Arlington nicht gedauert haben. Das würde allerdings bedeuten, dass ich beinahe vier Stunden damit verbracht habe, hier herumzuwandern und am Grab meines Vaters zu sitzen.

Natürlich kenne ich Bilder vom Nationalfriedhof aus dem Fernsehen, aber nichts hätte mich auf die Emotionen dabei vorbereiten können, selbst durch die kilometerlangen, perfekt ausgerichteten Reihen schneeweißer Grabsteine zu gehen, von denen in der Nachmittagsbrise vielerorts die amerikanische Flagge geweht hat.

Eigentlich hätten meine Gedanken sich um all die verlorenen Leben und die vielen anderen Kinder drehen sollen, die mit nur einem Elternteil aufgewachsen sind. Stattdessen habe ich neben seinem Grab gesessen und im Kopf dasselbe *Was wäre, wenn* durchgespielt, das mich schon seit meiner Kindheit beschäftigt. Was, wenn mein Vater es zurück nach Hause geschafft hätte, statt im Krieg sein Leben zu lassen? Wäre meine Mutter dann anders gewesen? Vielleicht nicht den Großteil meiner Kindheit über komplett zugedröhnt?

Was, wenn sie jeden Tag nach der Schule für mich da gewesen wäre?

Auf meinem Weg zurück ins Hotel sehe ich überall in D. C. Familien durch die Stadt schlendern. Gemeinsam bestaunen sie die Sehenswürdigkeiten und genießen die Zeit miteinander. Ein kleiner Junge posiert mit seinem Vater vor dem Lincoln Memorial, während die Mutter die beiden fotografiert, und alle drei lächeln. Sie erschaffen sich hier eine Erinnerung.

Der Gedanke treibt mich dazu, das Tempo anzuziehen. Wut steigt in mir auf: Wut, dass mein Vater nicht zurückgekommen ist, aber noch mehr Wut darüber, dass meine Mutter nicht in die Bresche gesprungen ist, um mir den Halt zu geben, den ich gebraucht hätte.

An die letzten zwei Kilometer habe ich keine Erinnerung, ich bin so schnell durchgesprintet, dass ich immer noch keuchend atme, als ich das Hotelzimmer betrete.

„Hey.“ Liv schaut von ihrem Platz auf dem Bett zu mir auf, wo sie auf ihrem Laptop tippt. Ich antworte nicht. Stattdessen marschiere ich zu ihr, wickle ihr Haar um meine Faust und ziehe mit einem Ruck ihren Kopf zurück, sodass ich über ihren Mund herfallen kann, den ich so verzweifelt brauche.

Sie beschwert sich nicht, obwohl ich schweißüberströmt bin und gerade wie ein absolutes Arschloch hier reingepoltert bin. Doch sie erwidert meinen Kuss mit derselben Heftigkeit. Fast, als würde sie das genauso sehr wollen wie ich.

„Ich brauche dich“, murmle ich in ihren Mund, ohne sie zu Atem kommen zu lassen.

„Ich dich auch“, stöhnt sie, kaum hörbar unter meinen wilden Küssen.

„Wie war dein Interview?“, stelle ich eine Stunde später endlich die Frage, die ich ihr gleich als Erstes hätte stellen sollen. Aber ich habe sie einfach so verdammt verzweifelt gebraucht. Musste mit ihrer Hilfe den ganzen Mist zum Verstummen bringen, der mir durch den Kopf gewirbelt ist. Meinen Zorn loswerden.

Ich weiß, dass das nicht fair ist. Sie hat es nicht verdient, das alles abzubekommen, aber ich habe es einfach nicht mehr ausgehalten. Tief in meinem Inneren verabscheue ich mich dafür, wie ich sie behandle, und bemühe mich, die Dinge geradezurücken – auch wenn sie sich mit keiner Silbe beschwert hat.

„Ganz okay“, antwortet sie knapp, und daraus kann ich ihr keinen Vorwurf machen. Wahrscheinlich denkt sie, würde es mich wirklich interessieren, hätte ich verdammt noch mal gleich beim Reinkommen nachgefragt … wie jeder normale Mensch.

„Was hast du denn den Tag über so getrieben?“, fragt sie. Ihr Kopf liegt auf meiner Brust, und ich streichle ihr übers Haar. Die Geste erfüllt mich mit Frieden – der Drang, mir die Strähnen um die Hand zu wickeln und daran zu rucken, ist dank Liv zusammen mit meinem angestauten Frust verschwunden.

„Ich bin nach Arlington zum Nationalfriedhof gelaufen.“

Sie hebt den Kopf, stützt das Kinn auf ihre Hand direkt über meinem Herzen und schaut zu mir auf. Mit leiser Stimme, voller Anteilnahme fragt sie: „Ist da dein Vater begraben?“

„Ja." Ich streiche ihr das Haar aus dem Gesicht. Sie ist so gottverdammt schön.

„Warst du vorher schon mal da?" Sie spielt mit den Erkennungsmarken, die auf meiner Brust liegen, und fährt mit der Fingerspitze über die eingeprägten Buchstaben.

Ich schüttle den Kopf.

„Ich hätte doch mitkommen können. Dabei hättest du nicht allein sein sollen."

Das Kranke daran ist: Ich bin nicht mal auf die Idee gekommen, sie könnte mich begleiten wollen. Ich bin so daran gewöhnt, mich um meinen eigenen Kram zu kümmern, dass mir nicht ansatzweise der Gedanke gekommen ist, da irgendwie anders als allein hinzugehen.

„Danke. Es bedeutet mir viel, dass du mitgekommen wärst."

Einen Moment lang hält sie meinen Blick fest, den Kopf nachdenklich zur Seite geneigt. „Vinny, es ist nicht so, dass ich bloß dir zuliebe mitgekommen wäre – ich will für dich da sein." Sie macht eine Pause. „Das ist ein Unterschied."

Mag sein, dass ich zu dumm bin, aber ich sehe da keinen verdammten Unterschied. Andererseits konnte Liv immer besser mit Worten umgehen als ich. Also zucke ich nur die Achseln.

KAPITEL 31 Liv

Ich war noch nie bei einem Profikampf. Auch wenn ich weiß, dass dies nur ein Schaukampf ist, bin ich aufgeregt – ich freue mich darauf, Vinny zuzusehen, wie er das tut, wofür er lebt.

Weil es kein offizielles Match ist, verbringen die Kontrahenten in ihren drei Runden nur je eine Minute im Käfig statt der üblichen drei oder fünf. Da Vinny bald einen Titelkampf hat, ist er Publikumsmagnet der Veranstaltung und wird als Letzter antreten, wie ein Rockstar nach der Vorband.

Wir kommen in einen kleinen Raum in den Katakomben des Gebäudes. Direkt über uns finden die Kämpfe statt. Vor Ort empfängt uns ein älterer Mann, und es ist nicht zu übersehen, dass die beiden sich gernhaben.

„Preach, du hast mir gefehlt, du alter Sack. Ohne dich ist der Laden einfach nicht mehr derselbe.“ Die beiden begrüßen sich mit einer Männerumarmung, einer Mischung aus Handschlag und einarmigem Bruststoß.

„Was dir fehlt, bin nicht ich, du kleiner Scheißer – du sehnst dich bloß nach den Zeiten zurück, als Nico noch jemand anderen als dich hatte, mit dem er sich in die Haare kriegen konnte.“ Das Lächeln der beiden bei diesem Schlagabtausch sagt eine Menge über das starke Fundament ihrer Freundschaft.

Als Nächstes bemerkt Preach mich. „Wen hast du denn da mitgebracht? Die Kleine ist viel zu hübsch, um sich mit einem Clown wie dir abzugeben.“ Auf dem Weg zu mir gibt er Vinny im Vorbeigehen einen Klaps auf den Hinterkopf.

Ohne auf Vinnys Versuch einzugehen, seine Frage zu beantworten, kommt Preach vor mir zum Stehen, und Vinny kann nur lachend zusehen und den Kopf schütteln. „Hallo, schöne Frau. Mein Name ist Preach, und ich bin Single, falls da Interesse besteht?“

Ebenfalls lachend reiche ich ihm die Hand. „Ich bin Olivia – schön, dich kennenzulernen, Preach.“

Höflich schüttelt er die dargebotene Hand, lässt jedoch nicht los und spricht zu Vinny, ohne die Augen von mir zu nehmen: „Von der Süßen hier hat Elle mir letzte Woche alles erzählt. Hat gesagt, sie ist was Besonderes, und ich soll mich benehmen.“

„Da hat Elle recht.“ Jetzt kommt Vinny zu uns und legt Preach von hinten eine Hand auf die Schulter. Seine Antwort ist an Preach gerichtet, doch die Worte spricht er direkt zu mir. „Sie ist was Besonderes.“ Er hält inne, und ich sehe, wie sein Blick langsam über meinen gesamten Körper wandert, von Kopf bis Fuß, bevor er weiterspricht. „Wie wär’s, wenn du jetzt meine Freundin loslässt und mir stattdessen die Hände bandagierst, alter Mann?“

Die nächste Stunde verbringen wir zu dritt in dem kleinen Umkleideraum, und die Männer tauschen sich über verschiedene andere Kämpfer aus. Preach war Nicos Trainer und ist zum selben Zeitpunkt in den Ruhestand gegangen wie er. Die drei Männer haben eine Menge miteinander erlebt, und wieder habe ich das Gefühl, als ob sie für Vinny in vielerlei Hinsicht eine Art Familie geworden sind.

Als schließlich Vinnys Kampf näher rückt, gehe ich auf meinen Platz in der Arena. Vinny hat dafür gesorgt, dass ich am Gang sitze, fast direkt hinter der Ecke, aus der er kämpfen wird, nur zwei Reihen vom Käfig entfernt. Ich sehe noch das Ende eines Kampfs, dann steigt der Ansager in den Ring. Schon bevor er das Wort ergreift, beginnt mein Herz heftig in meiner Brust zu pochen.

„Ladies and Gentlemen, in der roten Ecke, einen Meter achtzig groß, dreiundachtzig Kilo schwer, der Mann, auf den Sie alle gewartet haben, Herausforderer im bevorstehenden Kampf um den Titel des Mittelgewichts-World-Champion – die Frauen lieben ihn, die Männer fürchten ihn ... Hier kommt Vince ‚The Invinnnnncible' Stone!"

Die Menge tobt, als Vinny durch die Gasse schreitet. Er trägt noch seinen schwarzen Mantel, die Kapuze ins Gesicht gezogen, doch das hält die Frauen nicht davon ab, zu kreischen wie Fans bei einem Rockkonzert. Eine, die zwei Plätze weiter steht, hüpft mit tränenüberströmtem Gesicht auf und ab, streckt einen Arm nach ihm aus und schreit: „Vince, Vince, ich liebe dich, Vince!"

Wie aufs Stichwort, fast als würde er ihr antworten, springt Vinny nach oben in den Käfig und dreht sich langsam um, lässt den Blick über die Menge wandern, bis er mich entdeckt, und zwinkert mir mit einem verdammt frechen Grinsen im Gesicht zu. Als ich die Augen verdrehe, lächelt er und wendet sich wieder dem Ansager vor ihm zu. Er hat keinen Schimmer, dass er der armen Ahnungslosen zwei Sitze neben mir gerade den Tag ihres Lebens beschert hat. Hysterisch umklammert sie den Arm ihrer Freundin und kreischt so laut, dass ich jedes Wort verstehe, obwohl das Publikum immer noch jubelt: „Hast du das gesehen? Hast du das gesehen? Er hat mir gerade zugezwinkert!“

Währenddessen kündigt der Ansager Vinnys Gegner an, rattert dann eine Reihe von Regeln herunter, von denen ich noch nie gehört habe und die ich nicht ansatzweise verstehe, und der Kampf beginnt. Gespannt beobachte ich, wie Vinny beinahe sofort die Kontrolle übernimmt. Schnell und hart greift er an und trifft seinen Gegner zuerst mit einem Tritt vor die Brust, dicht gefolgt von einem rechten Haken ins Gesicht. Seine gesamte Rückenmuskulatur arbeitet, als seine Kraft und rohe Gewalt den Mann keine zehn Sekunden nach Kampfbeginn ins Wanken bringen. Doch lange hält die Umnebelung nicht an.

Wie aus dem Nichts reißt Vinny seinem Gegner mit ausgestrecktem Bein die Füße weg, sodass der andere von seinem eigenen Schwung getragen auf dem Rücken landet – und Vinny auf ihm. Es geht alles so schnell, dass ich gar nicht nachvollziehen kann, wie er das überhaupt angestellt hat, obwohl ich das Ganze aus nicht mal drei Metern Entfernung beobachtet habe.

Sekunden später ist der Kampf auch schon vorbei, als Vinny irgendetwas mit dem Arm des anderen anstellt und der Mann laut aufschreit, um im nächsten Augenblick abzuklopfen. Insgesamt kann die Begegnung keine dreißig Sekunden gedauert haben. Ich bin mir nicht mal sicher, ob Vinny auch nur ins Schwitzen geraten ist, und getroffen wurde er definitiv kein einziges Mal.

Ohne sich daran zu stören, dass der Kampf, für den sie gutes Geld gezahlt haben, so schnell zu Ende ist, drehen die Massen durch und brüllen und johlen, als der Kampfrichter Vinnys Arm hebt und ihn damit zum Sieger erklärt.

Als Preach und Vinny auf dem Weg nach draußen an mir vorbeigehen, sehe ich Preach lachen. Über dem Arm trägt er Vinnys Mantel, den der sich nicht wieder übergezogen hat – sehr zur Freude der Frauen, die ihm ewige Liebe schwören, als er mit seinem dreisten Grinsen an ihnen entlangschreitet. Er weiß, dass das Publikum ihn liebt. Es ist eine surreale Erfahrung, bei der mein Herz zu rasen beginnt und ich mich schon jetzt frage, wie viele Tage es wohl dauern wird, bis ich ihm wieder dabei zusehen kann.

Obwohl ich einen Pass besitze, der mir Zutritt zu den unteren Ebenen gewährt, stelle ich mich in die Schlange, in der viele keinen haben. Einen Moment lang frage ich mich, warum Leute sich dann bei einem solchen Tier von Sicherheitsmann überhaupt anstellen, bis mir aufgeht, was da in der Schlange vor mir tatsächlich los ist.

Diejenigen mit Pässen werden zügig durchgewinkt, die ohne werden gemustert. Die gut aussehenden Frauen mit kurzen Röcken und langen Beinen bekommen Pässe zugesteckt. Die, die nicht für würdig befunden werden, schickt man wieder weg. Dabei steigt in mir natürlich die Frage auf, wie viele Frauen in der Vergangenheit so ihren Weg in Vinnys Kabine gefunden haben, um einen überstandenen Kampf zu feiern.

Ich bemühe mich sehr, den Stich der Eifersucht tief in mir zu ignorieren – schließlich weiß ich, dass ich weder seine noch meine Vergangenheit beeinflussen kann –, doch den Weg zu seiner Umkleide lege ich wie in Trance zurück. Weil ich derart in Gedanken versunken bin, dass ich nicht darauf achte, wohin ich gehe, stoße ich frontal mit jemandem zusammen, kurz bevor ich Vinnys Tür erreiche.

„Liv?"

Diese Stimme kenne ich, kann sie aber gerade überhaupt nicht einordnen. Verwirrt schaue ich auf. „Jax? Was machen Sie denn hier?"

Er lächelt mich an. Auch wenn er überrascht wirkt, merke ich, dass er sich freut, mich zu sehen. „Dasselbe könnte ich Sie fragen." Gespielt misstrauisch verengt er die Augen und lehnt sich vor: „Sind Sie mir etwa gefolgt, um so einen Zusammenstoß zu inszenieren, damit ich Sie wieder festhalten muss?" Natürlich weiß ich, dass er nur scherzt. Allerdings habe ich keine Gelegenheit, darauf zu reagieren, weil die Tür, vor der wir stehen, sich öffnet und Vinny herauskommt.

Er wirft nur einen Blick auf Jax' Hand auf meinem Arm, und seine Miene verwandelt sich. „Ich weiß nicht, wer du bist, aber nimm die Hände weg von ihr. Sonst sieht das, was ich mit dem Kerl da oben im Käfig gemacht habe, gegen das, was ich mit dir anstelle, wie ein Warm-up aus."

Wie versteinert stehe ich da. Diese zwei Männer nebeneinander zu sehen macht mir jede Antwort unmöglich. Die Ähnlichkeit ist so viel frappierender, wenn ich sie beide so direkt vor mir habe.

„Liv?" Mit verwirrtem Blick schaut Jax zu Vinny und zurück zu mir.

„Liv." Vinnys Stimme ist ein unverhohlenes Grollen.

Die Luft zwischen den beiden knistert förmlich vor Anspannung, und ich spüre, dass Vinny kurz vor der Explosion steht, als er einen Schritt auf Jax zu macht, sodass die Männer sich Auge in Auge gegenüberstehen.

Das reißt mich aus meiner Erstarrung, und rasch trete ich an Vinnys Seite und fasse ihn beim Arm, um seine Aufmerksamkeit auf mich zu ziehen. „Vinny, er hat nur Spaß gemacht, wir kennen uns. Es ist alles gut." Doch meine Worte tragen nur wenig dazu bei, die Bestie vor mir zu besänftigen. Schlimmer noch – Jax strafft die Schultern und ballt die Fäuste, wappnet sich sichtlich für das möglicherweise Bevorstehende.

„Wer ist der Kerl, Liv?" Vinnys Worte mögen zwar an mich gerichtet sein, aber er steht immer noch Brust an Brust mit Jax da. Die Männer starren sich gegenseitig nieder.

„Sein Name ist Jackson, er ist der Sohn von dem Politiker, den ich gestern interviewt habe." In einem Versuch, seinen Fokus zu verschieben, ziehe ich fester an seinem Arm.

„Das ist keine Erklärung dafür, dass er dich betatscht hat."

„Ich bin mit ihm zusammengestoßen ... Er hat nur dafür gesorgt, dass ich nicht hinfalle. Wirklich, es ist alles in Ordnung, es war meine Schuld. Er hat mich in keinster Weise belästigt."

Angespannt mustere ich sein Gesicht, während er einige endlose Sekunden lang die Informationen abwägt, die ich ihm gerade gegeben habe. Abschätzend nimmt er den Mann vor sich in Augenschein. Schließlich sehe ich, wie sein Kiefer sich eine Spur lockert, und lasse erleichtert den Atem entweichen, den ich angehalten hatte, ohne mir dessen überhaupt bewusst zu sein.

Vinny tritt einen Schritt zurück und nickt Jax zu. „Entschuldige, Mann, ich hab das einfach falsch interpretiert. Hier unten sieht man verdammt irren Scheiß.“ Besitzergreifend zieht er mich an seine Seite und legt mir einen Arm um die Schultern.

Jax erwidert das Nicken, und gerade als ich denke, wir kommen vielleicht doch allesamt unbeschadet aus der Nummer raus, macht er den Mund auf. „Kein Problem. Bei Liv kann ich dir keinen Vorwurf daraus machen, dass deine Beschützerinstinkte anspringen. Du bist echt ein Glückspilz.“ Jax lächelt anzüglich.

Ist er wahnsinnig? Vielleicht hat ihn ja auch die Todessehnsucht gepackt. Vinnys Griff um meine Schulter wird fester, und ich spanne mich an … in der Sorge, dass seine Reaktion diesmal nicht verbal ausfallen wird. Zum Glück kommt in diesem Moment Preach aus der Umkleide und lenkt Vinny für ein paar Sekunden ab, sodass der nicht sieht, wie Jax mir zuzwinkert.

Im Ernst jetzt?

„Wir müssen rauf und mit den Reportern reden. Bist du so weit?“ Als Preach mich auf Vinnys anderer Seite entdeckt, lächelt er mich an. „Unser Großer hat gut ausgesehen da oben, was, Liv?“

Ich kann nicht anders, als sein Lächeln zu erwidern, auch wenn ich innerlich noch immer kurz vor dem Nervenzusammenbruch stehe angesichts der zwei Männer vor mir. „O ja, das hat er.“

Als ich zu Vinny emporschaue, belohnt er mich mit einem stolzen Strahlen. Sein Arm gleitet von meinen Schultern um meinen Hals, und mit leichtem Druck dreht er mich zu sich und presst unerwartet seine Lippen auf meinen Mund. Ohne sich darum zu scheren, dass hier zwei Männer keinen Meter von uns entfernt stehen und dabei zusehen müssen, wie er mich um den Verstand küsst – und nach einer Weile ist es mir genauso egal.

Mit einem dunklen Laut gibt er meinen Mund schließlich frei, und als ich den Kopf wende, sehe ich Jax immer noch dastehen. Das freche Grinsen ist verschwunden, und an seine Stelle ist etwas getreten, das ich nicht einordnen kann. Vielleicht Eifersucht?

„Ja, ist ja gut jetzt, ihr zwei könnt später noch unter euch feiern. Aber jetzt bewegt euch erst mal, ihr Turteltäubchen", zieht Preach uns auf.

Ohne ein Wort zu Jax steuert Vinny hinter Preach her in Richtung Treppe. Unhöflichkeit war noch nie mein Ding, und so wende ich den Kopf, um wenigstens ein „Pass auf dich auf, Jax" loszuwerden – und spüre, wie sich mir alle Nackenhaare aufrichten. Denn hinter Jax, am anderen Ende des Gangs, steht Senator Knight und starrt geradewegs auf Vinny.

KAPITEL 32 Vince

Den Schaukampf habe ich hinter mir, jetzt muss ich mich voll auf das bevorstehende Match konzentrieren. Eine Chance auf den Gürtel. Und zwar eine reelle Chance. Junior Lamaro. Der Mann neigt dazu, links die Deckung sinken zu lassen, damit ist er ein offenes Ziel für meine knallharte Rechte. Er ist zäh, aber das Ringen ist seine stärkste Disziplin. Der Schlüssel zu meinem Sieg wird sein, mich vom Boden fernzuhalten.

Eigentlich sollte ich heute Abend im Boxclub sein und an meiner Technik feilen. Stattdessen bin ich in einer beschissenen Bar, in der ich schon fast ein Jahr lang nicht mehr war, auf der Suche nach den Drecksäcken, die mich mit in ihren Sumpf gezogen haben. Drogensüchtige. Dealer. Komplett abgefuckte Versager. Typen, die ich als Freunde betrachtet habe. Freunde, die fröhlich dafür gesorgt haben, dass ich genauso abgefuckt blieb wie sie, wenn ich nur die Rechnungen gezahlt habe.

Solange diese Scheiße mit Jason über dem Kopf meiner Mutter schwebt, kann ich mich einfach nicht auf das konzentrieren, was nötig ist. Weil es genauso über mir schwebt. Wie üblich, wenn ihr selbst gewähltes erbärmliches Leben sie mal wieder in den Sumpf zerrt, versuche ich sie rauszuholen. In den meisten Fällen lande ich am Ende selbst im Dreck.

Die ersten drei Kerle, mit denen ich rede, haben Jason schon seit Wochen nicht mehr gesehen. Leute, die nur wenig an einen Ort bindet, können leicht von der Bildfläche verschwinden. Aber ich werde diesen Wichser aufspüren. Und dann wahrscheinlich erst mal krankenhausreif prügeln, weil ich meine Zeit damit verschwenden musste, seinem Arsch hinterherzujagen, statt zu trainieren. Den Rest überlasse ich den zwei Schlägern, die meine Mutter im Auge behalten.

Plötzlich greift mir von hinten eine Hand in den Schritt. Sie kann froh sein, dass ich nicht mit einem Schlag reagiere – meistens kommen meine Reaktionen automatisch. Es kostet mich eine bewusste Anstrengung, innezuhalten und einen Impuls umzuleiten, den ich mir über Jahre antrainiert habe. Ich packe die aufdringliche Hand, drehe mich um und sehe, dass sie Krissy gehört. Toll, einfach nur großartig. Kann der Abend noch schlimmer werden?

„Wo hast du denn so lange gesteckt, Vince?“ Jetzt legt sie mir beide Hände an die Brust. Rasch entferne ich sie wieder.

„Hatte zu tun.“ Als ich mich von Krissy abwende, entdecke ich dicht hinter mir eine Freundin von ihr. Wie ein Rudel Wölfe kreisen sie mich ein. Ich bin mir ziemlich sicher, dass die Freundin mir an meinem Tiefpunkt mal hier auf dem Klo einen geblasen hat. Damals war ich jeden Tag high, ich weiß nicht mal mehr ihren Namen. Nicht dass mich der interessieren würde.

„Hi, Vince“, schnurrt die Frau jetzt.

„Kein Interesse.“ Nicht hier, nicht jetzt, nie wieder.

„Ich kann dein Interesse wecken.“ Sie hebt die Hand und schafft es mit ihrem langen roten Fingernagel bis dicht an meinen Mund, doch ich fange sie ein, bevor sie mich berührt. Deutlich zu fest drücke ich ihre knochigen kleinen Finger zusammen und denke bei mir, wie verdammt leicht es wäre, sie ihr zu brechen – deshalb zwinge ich mich, sie loszulassen. Aber sie hat verstanden.

„Hey, Vince, mit uns beiden könntest du alles vergessen, was dich nervt“, säuselt Krissy hinter mir. Bei diesem Klang frage ich mich, wie ich es je mit ihr ausgehalten habe. „Wir haben genug, um zu dritt Party zu machen.“

Endlich sagt sie etwas, das mein Interesse weckt. „Kennst du Jason Buttles?“

„Vielleicht.“ Lächelnd dreht Krissy den Oberkörper leicht hin und her. Sie spielt die Kokette und denkt, das wäre niedlich, aber das ist es nicht – ich finde es einfach nur gottverdammt nervig. Aber ich weiß, wie Frauen wie sie ticken. Aus ihr kriege ich mehr heraus, wenn ich ihr gebe, was sie will.

Also wende ich mich ihr zu und schenke ihr meine volle Aufmerksamkeit. Ich lege ihr eine Hand in den Nacken und senke den Kopf, als wollte ich sie küssen, doch das tue ich nicht. Stattdessen lächle ich. „Kannst du ihn erreichen?“

„Vermutlich.“ Die zwei Hände, die ich von meiner Brust entfernt hatte, sind wieder da, doch diesmal lasse ich sie, auch wenn ihre Berührung mich anwidert.

„Dann mach das für mich.“

Sie zieht eine Schnute. „Warum sollte ich?“

Jetzt lasse ich die andere Hand um ihre Taille wandern und ziehe sie an mich. „Weil ich mit ihm sprechen muss. Und sobald das erledigt ist, kann ich mit euch zwei Hübschen Party machen“, lüge ich.

Sie schmiegt sich an mich und bringt ihren Mund noch dichter an meinen, in der Erwartung, dass ich sie küsse. Als ob ich sie anrühren würde bei der Frau, die ich jetzt habe. Ich ziehe den Kopf zurück. „Ruf ihn an."

„Er hat kein Telefon."

Wer hat denn bitte kein gottverdammtes Telefon? Gestern habe ich den Obdachlosen von der Nordseite von Nicos Boxclub mit einem Handy telefonieren sehen. „Wie erreichst du ihn denn sonst?"

„Pieper."

Pieper? Sind wir im Jahre neunzehnhundertzweiundachtzig? „Dann piep ihn an."

Stumm holt sie ihr Smartphone heraus, drückt einen Moment darauf herum und lächelt mich dann wieder an. „Erledigt."

Na toll, jetzt muss ich mit den beiden hier warten.

Eine Stunde vergeht, ohne dass Jason sich zurückmeldet. In der Zwischenzeit habe ich Krissy und ihre Freundin zwar in Sichtweite behalten, aber mit genug Abstand, dass ich mich nicht mit ihnen unterhalten muss. Zu meinem Glück sind ein paar Jungs aus dem Boxclub aufgetaucht, mit denen ich mir die Zeit vertreiben kann.

Aber jetzt habe ich genug von der Warterei. Wahrscheinlich liegt der Versager irgendwo bewusstlos in der Ecke oder hat gerade kein Münzgeld zur Hand, um sich eine verdammte Telefonzelle zu suchen und Krissy zurückzurufen. „Pass auf, ich muss los. Wenn Jason sich meldet, ruf mich an, okay?"

„Aber was ist mit unserer Party?", schmollt Krissy.

„Die müssen wir wohl leider verschieben, bis ich mit Jason sprechen konnte.“ Und damit bin zur Tür hinaus, bevor eine der beiden eine Antwort zustande bringt.

KAPITEL 33 Liv

Heute nach der Arbeit wende ich mich endlich an Ally, erzähle ihr die ganze Geschichte, die mir so auf der Seele liegt, bei einem Glas – nein, einer Flasche – Wein.

„Und denkst du, es war ein Zufall, dass die beiden auch bei dem Schaukampf waren?“

„Ich weiß es nicht ... Jax boxt selbst, nicht professionell, aber es wirkte, als wäre er mit ziemlicher Leidenschaft dabei. Es würde mich nicht überraschen, wenn er sich Tickets für die Veranstaltung besorgt hätte. Die Arena war ganz in der Nähe von D. C., deshalb hab ich im ersten Moment wirklich an einen Zufall geglaubt.“

„Und was hat deinen Eindruck verändert?“

„Der Ausdruck auf dem Gesicht des Senators. Er hat Vinny so richtig angestarrt.“

„Vielleicht ist er ein Fan von ihm?“

Ich nehme einen weiteren Schluck Wein und schließe die Augen, um mich an Senator Knights Miene zurückzuerinnern. „Da hat mehr dahintergesteckt. Irgendwas sagt mir einfach, dass er es weiß.“

„Und was willst du jetzt tun?“

Resigniert lasse ich mich auf die Couch sinken und schaue meine beste Freundin an. „Ich weiß es nicht, Al. Wenn ich diese Wasserflasche an die Zeitung weitergebe, werden die einen DNA-Test machen lassen, und sobald sie das Ergebnis haben, ist es völlig egal, was ich beschließe. Dann werden sie nicht erst darauf warten, was ich in meinen Artikel schreiben will."

„Dann lass den Test eben selbst machen. Besorg dir irgendwas von Vinny, und schick die Proben unter falschem Namen in irgendein Labor. Verschaff dir Gewissheit, bevor du hier durchdrehst, weil du nicht weißt, was du tun sollst."

„Hm, theoretisch könnte ich das machen."

„Mach's. Man kann nie wissen ... vielleicht ist das wirklich alles ein riesiger Zufall. Die blauen Augen, der Kampfsport ... eben alles. Es hat schon merkwürdigere Zufälle gegeben."

Ich versuche, sie anzulächeln. „Danke, Ally. Ich fühle mich so schuldig dabei, Vinny das vorzuenthalten. Aber ich will ihn nicht verletzen. Er liebt das Bild, das er von seinem Vater hat. Es ist schwer zu erklären ... Er glaubt einfach, alles Gute in ihm kommt von diesem Mann. Auf dieses Bild kann ich nicht einen solchen Schatten werfen, solange ich mir nicht hundertprozentig sicher bin." Und selbst wenn es sich als komplett wahr erweisen sollte, weiß ich nicht, ob ich es übers Herz bringe.

„Betrachte es mal so. Wenn es stimmt, bist es wenigstens du, die es herausfindet, und du kannst ihn vor dem bewahren, was die Zeitung mit ihm machen würde, wenn jemand anders diesen Artikel schreiben würde."

In dieser Nacht schlafe ich nur wenig, weil ich mich endlos hin und her wälze. Die Schuldgefühle machen mir das Abschalten so gut wie unmöglich. Als ich gerade noch pünktlich ins Büro schlurfe, obwohl ich bereits seit Stunden wach bin, empfängt Summer mich mit einem übertrieben eifrigen falschen Lächeln.

„Morgen, Olivia." Ihre Miene ist zuckersüß und doch alles andere als freundlich.

„Hallo, Summer." Ich entscheide mich für Professionalität und antworte, als hätte sie mich nicht die letzten drei Wochen über ignoriert und mit Sachen geknallt, sobald ich in der Nähe war.

„Wie geht's Vince?"

Was zum Teufel führt sie im Schilde? „Dem geht's hervorragend, danke." Irgendwie gelingt es mir, mein professionelles Auftreten zu wahren.

Sie lässt sich auf meiner Tischkante nieder, verschränkt die Arme vor der Brust und schlägt die langen, schlanken Beine übereinander. „Ich war gestern Abend mit Daddy essen."

„Schön für dich." Ich nehme mir eine Aktenmappe und fahre meinen Laptop hoch, während ich schwer darum kämpfe, ihr keine Munition für ihr seltsames Spielchen zu liefern.

Dann lehnt sie sich zu mir herab und flüstert mir immer noch lächelnd zu: „Ich kann's kaum erwarten, zu sehen, wie sehr ihm deine kleine Story gefallen wird."

Als ich das Stechen von Tränen hinter den Augen spüre, stehe ich rasch auf und blinzle sie fort, bevor ich Summer sie sehen lasse. Der Gedanke, dass nun noch jemand ein so machtvolles Geheimnis über Vinny weiß, ist niederschmetternd, doch ich zwinge mich, Zorn aufzubringen statt der Trauer, die mich eigentlich erfüllt.

„Ich muss zugeben, als wir uns zum ersten Mal begegnet sind, war ich ein bisschen neidisch. So ein schönes Mädchen, und mit genau den richtigen Verbindungen. Aber jetzt, wo ich dich kennengelernt habe, kann ich dich nur noch bemitleiden. Warum hörst du nicht auf, dir über mein Leben den Kopf zu zerbrechen, und legst dir selbst eins zu, Summer? Es gibt sicher jede Menge Männer, die auf verzweifelte Bohnenstangen voller Selbsthass stehen."

Damit stopfe ich den Laptop, den ich gerade angeworfen hatte, zurück in meine Tasche. Auf gar keinen Fall kann ich hier heute den ganzen Tag sitzen und sie angucken. Als ich aus dem Augenwinkel das Ekelpaket sehe, setze ich ein fröhliches Gesicht auf und packe stumm weiter. Mit Gift in der Stimme warne ich Summer lächelnd: „Halt dich ja von Vinny fern."

Ihrem eigenen Lächeln ist die Befriedigung über ihren Treffer anzusehen, und zwischen perfekt gebleichten Zähnen hindurch zischt sie: „Ich bin eine geduldige Frau. Irgendjemand wird ihn wieder zusammenflicken müssen, wenn du ihm erst mal das Herz aus der Brust gerissen hast. Das werde ich mit Freuden übernehmen."

Den Rest des Tages über arbeite ich von zu Hause aus, schreibe einen Artikel zu Ende, der noch aussteht, und recherchiere Labore, die DNA-Tests durchführen. Nachdem ich mir eine Liste ausgedruckt habe, streiche ich die ersten Einträge gleich weg, weil sie mir zu sehr in der Nähe liegen. Vielleicht fühlt es sich ein bisschen weniger riskant an, wenn ich für etwas Abstand zwischen dem Labor und meinem Leben sorge.

Mein Telefon klingelt, und der Klang von Vinnys Stimme beruhigt mich, obwohl er im Zentrum all dessen steht, was im Augenblick so viele Spannungen in mein Dasein bringt. „Hey."

„Hallo, meine Schöne."

Nach einem langen Tag des Fröstelns wird mir durch und durch warm.

Mit einem lauten Seufzen ergebe ich mich meinen Gefühlen, auch wenn ich sie nicht ganz verstehe. Wie ist es von meinem anfänglichen Instinkt, die Flucht zu ergreifen, so weit gekommen, dass ihn zu hören mir inneren Frieden beschert? „Es tut gut, mit dir zu reden."

„Schlechten Tag gehabt?" Obwohl ich es nicht sehen kann, weiß ich, dass er lächelt. Es schwingt eine männliche Befriedigung in dem kehligen Laut mit – er mag den Gedanken, dass er mir so leicht die Laune verbessern kann.

„Ja."

„Willst du drüber reden?" Die Ironie an dieser Frage entgeht mir nicht.

„Nein, aber danke für das Angebot. Wie war dein Tag?"

„Den hab ich komplett im Krankenhaus verbracht."

„Was ist passiert?" Sofort packt mich echte Sorge.

„Elle kriegt ihr Baby. Diesmal wirklich."

„Wow, wie geht es ihr?"

„Sie schlägt sich gut. Aber der Arzt hat auch gesagt, es dauert noch ein paar Stunden. Deshalb fahre ich jetzt kurz nach Hause und gehe duschen, ich bin hier direkt aus einer Trainingseinheit aufgeschlagen. Ich muss ziemlich müffeln, die Krankenschwestern gucken mich schon die ganze Zeit so komisch an."

So selbstsicher er auch ist, manchmal hat er wirklich keinen Schimmer. „Die gucken dich nicht an, weil du müffelst. Die gucken, weil du ein absoluter Leckerbissen bist."

Er lacht. „Ach so – so was fällt mir gar nicht mehr auf. Ich habe nur noch für eine Frau Augen."

„Gut zu wissen." Damit hat er mir das erste echte Lächeln seit zwei Tagen entlockt.

„Was hältst du davon, wenn ich dich nach meiner Dusche aufsammle und wir uns was zu essen holen, bevor wir zurück ins Krankenhaus fahren? Bis dahin ist der kleine Kerl dann hoffentlich auch da."

„Liebend gern."

KAPITEL 34 Liv

So entspannt habe ich Vinny noch nie erlebt. Als wir am Krankenhaus ankommen, nimmt er meine Hand, und mit ineinander verschränkten Fingern schlendern wir gemeinsam zur Geburtsstation. „Wie viele Kinder willst du?“

Die Frage erwischt mich unvorbereitet. „Zwei, vielleicht drei.“ Meine Antwort bringt ihn zum Lächeln. „Und du?“

„Ich hab nie wirklich darüber nachgedacht.“ Für einen Moment wird er still und überlegt. „Sechs.“

„Sechs?“, entgegne ich entsetzt. Die Zahl schockt mich.

Vinny grinst. „Alles Jungs.“

„Sechs Jungs? Dir ist schon klar, dass du dir nicht aussuchen kannst, was du kriegst, oder?“, ziehe ich ihn auf und stoße ihn mit der Schulter an.

Als wir durch die Flügeltür die Station betreten, entdecken wir Nico sofort. Er ist von Kopf bis Fuß in hellblaue OP-Kleidung gehüllt, hat eine Haube auf dem Kopf und die dazu passenden blauen Schuhüberzieher an den Füßen. Sein Lächeln ist so breit, dass ich es schon sehe, bevor er sich die blaue Schutzmaske vom Gesicht zieht.

Die Männer fallen sich in die Arme und drücken einander fest, und beide haben Tränen in den Augen. „Zehn Finger, zehn Zehen. Er ist wunderschön, genau wie seine Mutter.“ Nico schnieft gegen seine Tränen an.

„Wie geht es Elle?“

„Sie hasst mich. Kurz bevor das Baby draußen war, hat sie irgendwas geschrien von wegen, mein Kopf wäre zu groß, und das wäre alles meine Schuld.“ Keine Sekunde lang weicht dieses Strahlen von seinem Gesicht.

„Sie kriegt sich schon wieder ein.“ Grinsend klopft Vinny seinem Freund und Trainer kräftig auf den Rücken.

„Ja, das haben die Schwestern auch gesagt. Die meinten, das ist normal und alles sofort wieder vergessen, wenn er erst mal sauber ist und sie ihn ein bisschen länger in den Armen halten kann.“ Erst jetzt bemerkt Nico mich und begrüßt mich mit einem Wangenkuss. „Hey, Liv. Danke, dass du mitgekommen bist.“

„Herzlichen Glückwunsch. Ich hoffe, Elle hat nichts dagegen, dass ich so kurz nach der Geburt schon hier aufschlage.“

„Solange du ihr Kaffee mitbringst, hättest du selbst im Kreißsaal dabei sein können, und sie hätte nichts dagegen gehabt.“

Zwei Stunden später dürfen wir endlich die Mom des kleinen Nicholas besuchen. Mit einem Kaffee in der Hand begrüße ich Elle und gratuliere ihr.

Lächelnd nimmt sie einen gierigen Schluck von dem schwarzen Gold. „Ich wusste, du lässt mich nicht hängen.“

Zu meiner Überraschung rollt eine Schwester ein kleines durchsichtiges Wägelchen herein, in dem das Baby, sorgsam in eine weiche blaue Decke gewickelt, liegt. Bis eben dachte ich, wir würden den Kleinen nur hinter Glas zu Gesicht bekommen. Ich schaue auf die rosigen Wangen hinunter und bin gefesselt von der Schönheit und Perfektion dieses leibhaftigen, lebendigen Wunders, das erst wenige Stunden alt ist.

„Na, glaubst du, du kannst ihn halten, ohne ihn fallen zu lassen?" Nico stößt Vinny mit dem Ellbogen an.

„Ich bin ja nicht du, alter Mann. Meine Hände taugen noch was", entgegnet Vinny grinsend.

„Wasch dir deine verdammten Finger", herrscht Nico ihn an.

Die Dynamik zwischen den beiden ist interessant. Eine Mischung aus Vater-Sohn-Beziehung und brüderlicher Rivalität, mit einem guten Schuss Autoritätskampf auf beiden Seiten. Doch unabhängig von alledem haben die beiden einander unübersehbar wirklich und aufrichtig gern.

Irgendetwas geschieht, als ich zusehe, wie Vinny vorsichtig den kleinen Nicholas von Nico entgegennimmt. Ein stiller Moment, in dem all die sexuelle Energie, die dieser selbstbewusste und beherrschende Mann verströmt, sich unter die Oberfläche zurückzieht und einen wunderschönen, sanften, unglaublich liebevollen Menschen zum Vorschein kommen lässt.

Der bloße Anblick, wie er ehrfürchtig auf dieses Kind in all seiner Perfektion hinabschaut, wie ein stolzer Löwe, der hingerissen über sein Junges wacht, geht mir direkt ans Herz. Ich weiß genau, was er empfindet, als ihm die Tränen in die Augen treten und ungezügelte Liebe aus ihm hervorströmt – allein aus dem Grund, dass sein Herz beschlossen hat, zu lieben. Das weiß ich, weil ich dasselbe fühle … wenn ich Vinny ansehe.

Elle erwischt mich beim Starren und lächelt mir zu, während die Männer von unserem Austausch nicht das Geringste bemerken, obwohl wir sie aus kürzester Entfernung beobachten. „Er ist ein guter Mann, Liv. Eines Tages wird er einen hervorragenden Vater und Ehemann abgeben." Sie nimmt meine Hand und drückt sie. „Wenn ihr so weit seid."

Anstelle der fast übermütigen Stimmung von vorhin verströmt Vinny jetzt einen Frieden, der mir hilft, die Anspannung und die Schuldgefühle fernzuhalten, die in letzter Zeit hinter jeder Ecke zu lauern scheinen. Nachdem ich mich entschieden habe, heute bei ihm zu übernachten, ziehe ich mich in seinem Bad um. Als ich zurückkomme, sitzt Vinny am Fußende auf dem Bett, den Kopf in die Hände gestützt, und denkt nach.

„Alles okay?" Ich trete zwischen seine Beine und lege ihm die Hände auf die Schultern.

Zärtlich zieht Vinny mich an sich und dreht den Kopf, um das Gesicht durch den Stoff des T-Shirts an meinen Busen zu schmiegen. „Mir geht's fantastisch, und dir?", flüstert er heiser, und an seiner Stimme höre ich, dass er Sex will, ohne dass er es in Worte fassen muss.

„Mir geht's wunderbar. Das war ein schöner Abend. Danke, dass du mich mitgenommen hast."

Vinny zieht mich auf seinen Schoß und schiebt mir mit seinen großen Händen die Haare vom Hals, bevor er mich dort mit dem Mund berührt. Als er spricht, spüre ich, wie seine Lippen sich auf meiner Haut bewegen. „Ich will mit dir Liebe machen, Liv."

Laut pocht mein Herz in meiner Brust. „Ich will dich auch."

„Mehr. Ich will mehr, Liv."

„Ich verstehe nicht." Fragend ziehe ich den Kopf zurück, um ihm ins Gesicht zu schauen, doch er senkt den Blick und weicht mir aus. Für einen Augenblick scheint er nachzudenken, bevor er mich mit seinen blauen Augen ansieht.

„Ich habe noch nie mit jemandem Liebe gemacht. Am dichtesten davor war ich mit dir, vor einer Ewigkeit. Damals habe ich Angst bekommen, und es jagt mir auch jetzt eine Heidenangst ein. Aber ich will dich, Liv. Mehr. Einfach verdammt noch mal mehr. Ich kann noch nicht mal selbst genau sagen, was das bedeutet, aber gleichzeitig weiß ich es mit einer Sicherheit, die größer ist als alles andere in meinem gesamten verkorksten Leben."

Es gibt keine Worte, die antworten könnten auf das, was er mir anbietet, und so spare ich mir eine Erwiderung und gebe ihm, worum er mich bittet. Ich drücke meinen Mund auf seinen und küsse ihn mit meinem ganzen Sein. Der Kuss ist, anders als die gewohnte heiße Leidenschaft zwischen uns, seelenvoll, innig und wunderschön – und, das weiß ich in dem Moment, er verändert mein und sein Leben.

Zärtlich hebt Vinny mich von seinem Schoß und legt mich aufs Bett.

Vinny

Gegen jeden Impuls in meinem Körper zwinge ich mich, nicht über sie herzufallen und mich tief in sie zu versenken. Stattdessen verharre ich über ihr, stütze mich mit einer Hand neben ihrem Kopf ab und führe mit der anderen ihre Fingerspitzen an meinen Mund, um jede einzelne sanft zu küssen.

Wortlos hebt sie die Arme, als ich ihr das Oberteil abstreife. Ich schaue an ihr hinab und bewundere ihre Schönheit. Sie ist gottverdammt perfekt. Weiche Kurven, straffe Muskeln, überall porzellanhelle Haut.

Gebannt sieht sie zu, wie ich den Kopf senke und die Zungenspitze über ihren Nippel schnellen lasse. Unter meiner Berührung richtet er sich auf, und als ich die Reaktion ihres Körpers sehe, geht ein Zucken durch meinen Schwanz. Ich nehme die rosa Knospe in den Mund und sauge fest daran, verkneife es mir aber, zuzubeißen, auch wenn der Drang groß ist.

Sanft knabbernd wandere ich von einer vollen Brust zur anderen und mache mich über die zweite wartende Spitze her, während ich die erste zwischen Daumen und Zeigefinger rolle. Liv stöhnt auf, und es ist dieser Laut, der mich wahnsinnig macht. Eine kehlige Mischung aus Seufzen und Schnurren. Schon damals hat mich das fast um den Verstand gebracht, aber einen erwachsenen Mann kann dieses Geräusch zu animalischen Dingen treiben.

Vor meinen Augen werden ihre Züge weich, ihre Lider senken sich und öffnen sich Sekunden später nur halb wieder. Ich bringe uns in Position, mein Kopf schwebt über ihrem, mein Schwanz ruht perfekt zwischen ihren Schenkeln. Ich spüre ihre feuchte Hitze und will nichts mehr, als mich darin zu versenken, sie hart zu nehmen und bis auf den letzten Zentimeter auszufüllen.

Doch ich tue es nicht. Stattdessen schließe ich kurz die Augen und reiße mich zusammen, verharre über ihr. Warte. Beobachte sie. Als meine Arme zu zittern beginnen, klammere ich mich an jeden Funken Beherrschung in mir und zügle meine Begierde. Groß blickt sie mit ihren grünbraunen Augen zu mir empor, und tiefe Emotionen leuchten mir daraus entgegen. Und auf einmal bin ich um sieben Jahre zurückversetzt, in eine Zeit, in der ich mir nicht zugetraut habe, ihr nicht wehzutun. Genau wie damals starre ich in ein Augenpaar, das mir eine Scheißangst einjagt, weil es voller Vertrauen ist. Nur dass ich es diesmal will. Brauche. Endlich Manns genug bin, es anzunehmen.

Ich drücke ihr einen zärtlichen Kuss auf die Lippen und lächle zu ihr hinunter. Sie schlingt die Arme um mich und erwidert mein Lächeln, und gemeinsam lieben wir uns zum ersten Mal. Langsam dringe ich in sie ein, ohne den Blick von ihr zu lösen, selbst als ich ganz tief in ihr bin.

Als ich mich wieder zurückziehe, atmen wir beide beinahe synchron tief ein und halten einen Moment inne, bevor wir erneut beginnen, uns zu bewegen. Zusammen finden wir unseren Rhythmus, ein gemächliches Gleiten, ohne Eile, jeder Atemzug und jeder Stoß in perfektem Einklang. Unsere Blicke trennen sich nie länger als ein paar Sekunden, nur aus reiner Notwendigkeit, wenn wir uns küssen.

Minuten später sehe ich, wie ihre Miene sich verändert, und nehme mit meinen langen Stößen Tempo auf. Ihre Hände auf meinem Rücken gleiten zu meinem Po hinunter und umklammern ihn, als ihr Höhepunkt naht.

„Zeig's mir. Zeig's mir, Babe. Ich will dich sehen, während deine enge Pussy sich um mich zusammenzieht. Ich muss dich sehen." Langsam senken sich ihre Lider, und ich weiß, sie ist kurz davor. „Augen auf, Babe. Lass mich sehen, wie du dich mir ganz überlässt."

Ihr Blick ist glasig, doch mit großer Mühe schafft sie es, meine Anweisung zu befolgen, während ihr Orgasmus pulsierend durch ihren Leib rollt. Zuckend windet sie sich unter mir, während ich bebend weitermache, meinen eigenen Höhepunkt hinauszögere, wieder und wieder in sie gleite, rein und raus, ein ums andere Mal. Jede einzelne Umklammerung spüre ich, bis ich es schließlich nicht länger aufhalten kann.

Ich ersticke ihr Stöhnen mit einem Kuss. Diese Laute so von mir gedämpft zu hören ist beinahe mehr, als ich ertragen kann. Keuchend versenke ich mich so tief in sie, wie es nur irgend geht, und komme unkontrollierbar zitternd, während sie unter wilden Küssen meinen Namen stöhnt.

KAPITEL 35 Liv

Als ich am nächsten Morgen erwache, rolle ich mich zur Seite und spüre nur die kühle Matratze, wo eigentlich Vinny liegen sollte. Dann fällt mir ein Zettel auf dem Kissen ins Auge. „Bin laufen gegangen, Schlafmütze. Bin bald wieder da. Sei nackt."

Lächelnd nehme ich zur Kenntnis, dass der gefühlsbetonte Vinny von gestern wieder verschwunden ist und an seine Stelle der vertraute fordernde Mann getreten ist. Nicht dass es mir etwas ausmachen würde. Ich hatte sowieso nicht vor, in nächster Zeit das Bett zu verlassen.

Eine halbe Stunde später holt mich ein Klopfen an der Tür aus meinem Dämmerzustand zurück. Rasch schnappe ich mir Vinnys Shirt von gestern Abend und wickle mir die dünne Decke um, bevor ich zur Tür tappe. Der Boden ist kalt unter meinen nackten Fußsohlen.

Als ich aufmache, rechne ich mit Vinny, stattdessen blickt mir ein vage bekanntes Gesicht entgegen, in Kombination mit einem Minirock, und aus ihrem Dekolleté quillt mehr Busen hervor, als in dem knappen Top darunter steckt.

„Kann ich dir irgendwie helfen?" *Bitte sag mir, dass du dich in der Tür geirrt hast.* Noch klammere ich mich an einen Funken Hoffnung, aber tief drinnen weiß ich, dass sie wegen Vinny hier ist.

Die Wasserstoffblondine beäugt mich von oben bis unten, und auf ihrer Miene zeigt sich Verärgerung, als sie antwortet: „Ist Vince da?“

„Nein.“

„Und wer bist du?“ Na, wenn da mal nicht jemand eine erstklassige Zicke ist.

„In Anbetracht der Tatsache, dass ich diejenige bin, die sein Shirt von gestern Abend trägt, sollte diese Frage wohl eher von mir kommen“, gebe ich gnadenlos zurück.

„Ich bin Krissy. Sag Vinny, ich hab, was er wollte, und er soll mich anrufen.“

„Ich glaube nicht, dass du noch irgendwas hast, was er will“, entgegne ich knapp und habe Mühe, mich zu beherrschen.

Mit einem unangenehmen Lächeln, dem anzusehen ist, dass sie mir gleich etwas sagen wird, das mir nicht gefallen wird, erklärt sie: „Das klang vorgestern Nacht aber noch ganz anders.“

Ich nehme mir vor, zu bleiben und ihn ruhig um eine Erklärung zu bitten, wenn er vom Laufen zurückkommt, aber dann fängt mein Kopf an, Dinge zu hinterfragen. Es mag ja sein, dass wir unsere Beziehung nie definiert haben, aber sich als mein Freund darzustellen und mir zu sagen, er wolle mit mir Liebe machen, klingt für mich ziemlich eindeutig nach Exklusivität. In nicht einmal zehn Minuten wandelt sich mein inneres Mantra, dass es sicher eine gute Erklärung für das alles gibt, zu der Überzeugung, dass ich eine naive Idiotin bin.

Schließlich gewinnt das Bedürfnis, den Kopf frei zu kriegen, die Oberhand, und ich beschließe, mich anzuziehen und später mit Vinny zu reden. Nur bin ich dafür leider nicht schnell genug. Ich sitze gerade auf dem Bett und stecke meine Füße in die Schuhe, als Vinny hereinmarschiert kommt.

„Du solltest doch nackt im Bett liegen", tadelt er flirtend, während er sich das verschwitzte T-Shirt auszieht. Die kurze Hose hängt ihm tief auf den Hüften, und sein definierter Waschbrettbauch ist eine Ablenkung, die ich nicht gebrauchen kann.

„Das hab ich auch. Bis Besuch für dich gekommen ist." Ich stehe auf und blicke mich suchend nach meiner Tasche um. Wahrscheinlich habe ich sie gestern Abend, als wir heimgekommen sind, in der Küche liegen lassen.

Als mein eisiger Ton zu ihm durchdringt, hält Vinny inne, hebt eine Augenbraue und besitzt die Frechheit, so auszusehen, als hätte er keine Ahnung, wovon ich rede.

„Was für Besuch?"

„Krissy. Sie lässt ausrichten, sie hat, was du vorgestern Nacht von ihr wolltest." Ich schiebe mich an ihm vorbei durch die Tür.

Natürlich folgt er mir. „Es ist nicht das, was du denkst, Liv."

„Ach nein?" Schließlich drehe ich mich doch zu ihm um. Nicht einmal der Anblick seines unverschämt heißen schweißglänzenden Körpers kann meine Wut dämpfen. „Hast du sie vorgestern Nacht getroffen?"

Er beißt die Zähne zusammen. „Ja, aber ..."

„Geh mir aus dem Weg, Vinny." Doch er blockiert die Wohnungstür, und ich kann nicht weg.

„Nein." Äußerlich ruhig verschränkt er die Arme vor der Brust und lehnt sich gegen die Tür.

„Nein?" Meine Stimme wird lauter.

„Jetzt hör aber mal auf, Liv. Ich hab mir nichts zuschulden kommen lassen. Vertraust du mir so wenig?" Ernsthaft? Jetzt ist *er* sauer auf *mich*? Wie geht noch gleich dieses Sprichwort? *Täuschst du mich einmal – Schande über dich. Täuschst du mich zweimal …*

„Wie würdest du das finden, wenn vor dir plötzlich ein Kerl steht, der sagt, er hat vorgestern die Nacht mit mir verbracht?"

Er zuckt zusammen. An der Art, wie sein Kiefer sich verspannt, ist seine Antwort auch ohne Worte abzulesen.

„Also gut. Aber hör mir zu. Es ist nichts passiert. Ich war auf der Suche nach jemandem und bin ihr und einer Freundin von ihr über den Weg gelaufen. Da hab ich sie gebeten, sich zu melden, wenn sie den Typen erreicht. Ich habe nicht damit gerechnet, dass sie einfach hier aufkreuzt."

Ich gebe mir wirklich Mühe, zu akzeptieren, was er mir erzählt – seine Stimme klingt so ehrlich. Aber die Erfahrung und meine Selbstzweifel überschatten seine Worte. Dann geht mir plötzlich auf, wieso sie mir so bekannt vorkam. Das war die Tussi vom Selbstverteidigungskurs, die in Vinnys Auto auf ihn gewartet hat, als wir uns zum ersten Mal wieder begegnet sind. Allein beim Gedanken daran wird mir übel.

„Hast du mit ihr geschlafen?"

Bei der Reue auf seinem Gesicht braucht es keine Worte. „Das war, bevor wir uns wiedergetroffen haben."

„Lass mich raus, Vinny."

Er löst sich von der Tür und geht zwei Schritte auf mich zu. „Seit dem Tag, als du in diesen Kurs gekommen bist, habe ich mit keiner anderen mehr geschlafen, Liv. Ich bin eine ganze Menge mieser Dinge, aber eins bin ich nicht: ein Lügner.“

Es kostet mich all meine Willenskraft, an ihm vorbeizugehen und die Wohnung zu verlassen.

KAPITEL 36 Vince

Ich habe nicht einmal eine Nummer von Krissy. Das hätte ich mir wohl besser überlegen sollen, bevor ich ihr gesagt habe, sie soll sich bei mir melden, wenn sie was von Jason hört. Ich bin sauer, dass sie einfach an meiner Tür aufgekreuzt ist, aber noch wütender macht es mich, dass Liv mir offenbar nicht glauben will, wenn ich ihr sage, dass da nichts gelaufen ist.

Zwei Minuten nachdem ich die Bar betreten habe, trifft auch Krissy mit dem Blasehasen ein. „Hey, Vince“, säuselt sie mit ihrer nasalen Stimme.

„Krissy.“ Ich nicke ihr zu. Sie hat ja nichts Falsches getan, es ist nicht ihre Schuld, dass ich kein Interesse habe. Zum ersten Mal habe ich ein schlechtes Gewissen wegen der Art, wie ich sie behandelt habe ... und möglicherweise auch verdammt viele andere Frauen.

„Sieht aus, als hättest du meine Nachricht bekommen.“ Sie grinst. Jegliche Reue in mir verschwindet, als mir klar wird, dass es ihr Vergnügen bereitet hat, Liv wehzutun.

„Zieh ja keine Scheiße mit Liv ab, Krissy.“

„Ich hab ihr nicht das Geringste getan. Aber mit der wirst du noch richtig Probleme kriegen – die denkt, du gehörst ihr allein.“

Und es fühlt sich an, als hätte mich ein Laster überfahren, als es mir aufgeht: Es ist verflucht noch mal wahr.

Eine Viertelstunde später habe ich eine Adresse von Jason. Der Penner ist auf die andere Seite des Bundesstaats geflüchtet, statt Eier zu beweisen und für den Scheiß geradezustehen, den er sich eingebrockt hat. Und bloß deshalb werde ich morgen einen kompletten Trainingstag darauf verwenden müssen, einen langen Roadtrip zu machen, um den Wichser aufzutreiben. Das macht mich stinksauer, aber heute Abend habe ich noch etwas Wichtigeres zu klären.

Als Ally mir öffnet, ist sie überrascht, mich zu sehen. Schätze, ich bin selbst überrascht, dass ich hier bin. Es ist schon fast elf, und ich habe mir nicht die Mühe gemacht, vorher anzurufen. Wozu auch? Selbst wenn sie versucht hätte, mich abzuwimmeln: Ich wäre trotzdem hergekommen.

„Äh …“ Sie öffnet zwar die Tür, bittet mich aber nicht herein.

„Ich muss mit ihr reden, Ally.“

Widerstrebend tritt sie beiseite und lässt mich vorbei. Drinnen sehe ich mich um, doch in der Wohnung ist es still.

„Sie steht unter der Dusche.“

Ich nicke.

„Und sie ist ziemlich betrunken.“

„Betrunken?“

„Ja.“ Sie deutet auf die leere Weinflasche auf der Arbeitsplatte in der Küche. „Als ich nach Hause gekommen bin, hat sie schon genuschelt und irgendwas von dir und Missy gefaselt."

„Krissy", korrigiere ich sie – nicht dass es eine Rolle spielen würde.

„Nein, es ging um Missy. Glaub mir, ich habe mir zwei Jahre lang anhören dürfen, wie sie sich über Missy auslässt. Sie hat definitiv über sie geredet."

Ich nicke, als würde das alles für mich einen Sinn ergeben, aber um ehrlich zu sein, bin ich ziemlich ratlos. Was zum Teufel hat Missy mit der ganzen Sache zu tun?

„Ich geh rüber zu Andrea, zwei Häuser weiter – Mojitos trinken, einen Film mit haufenweise nackten Männern gucken, fluchen wie die Matrosen und am Ende durchs Internet stalken. Damit sind wir auf jeden Fall ein paar Stunden beschäftigt, ihr habt die Wohnung also für euch." Lächelnd steuert sie in Richtung Tür, bleibt aber noch einmal stehen und dreht sich zu mir um. Ihre Miene wird ernst. „Bitte tu ihr nicht noch mal so weh, Vince."

Das nagende ungute Gefühl im Bauch, das mich schon den ganzen Tag quält, gewinnt die Oberhand, und ich warte nicht, bis Liv im Bad fertig ist. Stattdessen öffne ich die Tür und spreche mit bewusst gesenkter Stimme, um sie nicht zu erschrecken. „Liv?"

„Vinny?" Sie zieht den Duschvorhang beiseite.

„Ja, Babe."

„Warum hast du dich für Missy entschieden statt für mich?" Ohne die Barriere des Duschvorhangs spritzt das Wasser, das auf ihren Leib prasselt, bis auf den Fußboden.

„Ich verstehe die Frage nicht …?"

„Ich versteh's auch nicht. Ich … ich … ich hab dich geliebt." Ihre Zunge ist ein wenig schwer, aber sie ist offensichtlich im vollen Besitz ihrer geistigen Kräfte. „Und du hast dich für Missy entschieden." Tränen strömen ihr übers Gesicht, und jeder Zentimeter ihres Körpers ist tropfnass.

Ich strecke den Arm aus und stelle das Wasser ab, wobei ich ebenfalls einen ordentlichen Schwall abbekomme. Schnell lege ich ihr ein Handtuch um und trockne sie ab, bevor ich sie hochhebe und in den Armen halte. Behutsam trage ich sie zum Bett, lege sie hinein und krabble neben ihr unter die Decke.

Ich wische ihr das nasse Haar aus dem Gesicht, hebe ihr Kinn an und zwinge sie, meinem Blick zu begegnen. „Ich hab mich nicht für Missy und gegen dich entschieden. Du warst so jung und süß und unschuldig."

Ich halte inne und überlege, wie ich das in die richtigen Worte fassen kann. Obwohl ich mir nicht sicher bin, ob es die richtigen Worte überhaupt gibt – ich verstehe mein Handeln ja selbst bis heute nicht wirklich. „Und ich war ein verkorkster Versager, der früher oder später von der Schule fliegen würde. Ich wollte dir nicht wehtun, Liv. Du hast mir vertraut, und ich habe immer nur alles ruiniert. Ich wollte nicht auch noch dich ruinieren."

Tiefe Trauer malt sich auf ihrem Gesicht, und es bricht mir das Herz, zu sehen, wie furchtbar ich ihr wehgetan haben muss.

„Und Krissy habe ich auch nicht angefasst."

„Ich weiß." Eine einsame Träne rollt über ihre Wange.

Ich halte sie im Arm, bis ich höre, wie ihr Atem langsamer geht, und weiß, sie ist eingeschlafen. Und dann halte ich sie einfach weiter.

KAPITEL 37 Liv

Als ich aufwache, ruft mir das Pochen in meinem Schädel in Erinnerung, wie viel ich gestern Abend getrunken habe. Trotzdem bin ich glücklich, ein warmer Körper hält mich fest umschlungen – doch dann fallen mir Einzelheiten ein. Betrunken. Dusche. Eine ganze Unterhaltung über Missy. Und Krissy. Uff … Bei dem Gedanken dröhnt mir der Schädel nur noch mehr.

Eine ganze Flasche Wein drückt auf meine Blase, und ich schlüpfe aus dem Bett, noch immer in das feuchte Handtuch von gestern Nacht gewickelt. Beim Blick in den Spiegel erschrecke ich vor mir selbst mit dem feuchten Vogelnest auf dem Kopf und verschmierten Make-up-Resten im Gesicht. Ohne Dusche lässt sich das nicht richten.

Ich schrubbe mir die Schminke ab und will gerade eine Kur in meine Haare einarbeiten, als der Duschvorhang beiseitegeschoben wird und ein nackter und deutlich bereiter Vinny zum Vorschein kommt. Grinsend steigt er hinter mir in die Wanne. „Morgen." Er küsst mich auf die Schulter.

„Du nimmst mir das ganze warme Wasser weg", werfe ich ihm vor. Es stimmt, aber ich will ihn bloß aufziehen, und das weiß er.

„Ich sorg schon dafür, dass dir warm ist." Er dreht mich zu sich herum, legt die Arme um mich, geht einen kleinen

Schritt zurück und drückt mich eng an sich, sodass wir beide unter dem heißen Wasserstrahl stehen.

So verharren wir für ein paar ruhige Momente, bis Vinny den Kopf zurückzieht, auf mich herunterschaut und fragt: „Alles okay zwischen uns?"

„Ich glaube schon."

„Du glaubst?" Er legt mir zwei Finger unters Kinn und hebt meinen Kopf, bis ich ihn ansehen muss.

„Ich hab nur ein bisschen Angst."

Er atmet aus. „Ich auch, Liv."

Stumm nicke ich.

„Dreh dich um." Liebevoll seift Vinny mir den Rücken ein. An den Schultern lässt er sich Zeit und massiert die Anspannung eines ganzen Tages aus meinen schmerzenden Muskeln.

Ich stöhne. „Das fühlt sich so gut an."

„Umdrehen." Ich gehorche und lasse den Kopf nach vorn sinken, während er meine Schultern von vorn und oben bearbeitet. Dann stützt er sich mit den Daumen auf meinen Schlüsselbeinen ab, um sich mit den Fingerspitzen meinem Nacken zu widmen.

Ein paar Minuten später sind meine verspannten Muskeln gelöst, und seine Hände gleiten an mir hinab, bis sie auf meinen Hüften ruhen. Mit seiner Stimme geht eine Veränderung vor, sie wird dunkler, rauer. „Beine auseinander."

Ich gehorche. Mit einem Griff nach oben dreht er den Duschkopf so, dass das Wasser nur noch auf mich herabregnet. Warm strömt es mir über den Rücken, während seine Hände weiter abwärtswandern. Seine Finger gleiten über meinen Kitzler, dann massiert er ihn sanft in kleinen Kreisen. Wie Elektrizität breitet sich die Spannung in mir aus, sodass ich selbst unter dem warmen Wasser eine Gänsehaut bekomme.

Er lehnt sich vor und nimmt eine meiner Brustspitzen in den Mund, um daran zu saugen, bevor er sanft hineinbeißt und mit den Zähnen daran zieht. Mir entfährt ein Stöhnen, als seine Finger tiefer rutschen und in mich gleiten, während sein Daumen den Druck auf meinen Kitzler übernimmt.

Mein Atem wird schneller und flacher, und schon bald trudele ich dem Höhepunkt entgegen. Vinny spürt die Reaktion meines Körpers und knurrt: „Nicht kommen."

Als könnte ich irgendetwas dagegen tun. Schon breitet sich die Euphorie in mir aus. „Ich kann nicht", keuche ich, so kurz vor dem Absprung. Ich brauche den freien Fall, der all meine Gedanken fortwaschen kann, wenn auch nur für einen kurzen Moment.

Da zieht er seine Finger zurück, und für eine Sekunde will ich ihn dafür umbringen, dass er mich so kurz vor der Erfüllung hängen lässt.

„Dreh dich um, und stütz dich an der Wand ab."

Da ich verzweifelt wieder an den Punkt gelangen will, an dem ich gerade war, gehorche ich hastig und wende ihm den Rücken zu. Ich beuge mich vor, presse die Hände gegen die geflieste Wand, und er verliert keine Zeit. Dank des Wassers und meiner eigenen Erregung gleitet er mühelos in mich. Ich spüre jeden dicken Zentimeter seines Schafts, wie er mich so herrlich dehnt und sich in einer einzigen quälend langsamen, unglaublichen Bewegung in mich versenkt.

„Langsam oder schnell?"

O Gott. Er lässt mir die Wahl. Allein diese Worte aus seinem Mund zu hören bringt mich schon fast wieder an den Rand des Höhepunkts. „Schnell."

Mit einer großen Hand packt er mich fester an einer Hüfte, die andere wandert nach vorn und hebt meinen Po ein kleines Stück an, positioniert mich für das, was er mir gleich geben wird. Ich schnappe nach Luft, als sein praller, harter Schwanz in mich zu hämmern beginnt, ohne jede Gnade.

Bewegungsunfähig gefangen stehe ich vor dieser Wand und halte mich fest, während er sich wieder und wieder in mich rammt, und ich stöhne seinen Namen, als meine inneren Muskeln sich um ihn zusammenziehen und erneut ein Orgasmus heranrollt.

„Fuck!", grollt er und beugt sich über mich, sodass seine nasse, harte Brust sich an meinen Rücken presst, als er die Zähne in meine Schulter schlägt. Ein scharfer Schmerz rast durch meinen gesamten Körper und verwandelt meinen abklingenden Höhepunkt in einen Tsunami, der über mich hereinbricht und mich absolut funktionsunfähig zurücklässt. Bebend arbeitet mein Körper sich durch die überwältigende Empfindung, während ich seiner Kraft hilflos ausgeliefert bin und mich nicht einmal mehr auf den Beinen halten kann.

Mit feuchtem Haar und verschrumpelten Fingern – dank einer Dusche, die so lang war, dass uns das heiße Wasser ausgegangen ist – lässt Vinny sich auf einem der Hocker an der

Frühstückstheke nieder und sieht mir zu, wie ich uns was zu essen mache.

„Das sieht richtig professionell aus“, kommentiert er, als ich mir einen Ofenhandschuh überziehe. Ich öffne die Ofenklappe und hole pünktlich zum Klingeln der Eieruhr die Brötchen heraus. Mit dem Fuß werfe ich die Klappe wieder zu und greife dabei gerade rechtzeitig nach der Pfanne, um die Eier zu wenden.

„Ich koche gern, aber besonders oft komme ich leider nicht dazu.“

„Ich esse gern. Vielleicht solltest du jeden Tag zu mir kommen und mir mein Abendessen kochen.“ Er grinst.

Lachend schüttle ich den Kopf und hole zwei Teller aus dem Hängeschrank. „Meine kulinarischen Privatdienste sind ziemlich kostspielig.“

„Vielleicht kann ich ja in Naturalien zahlen?“, entgegnet Vinny mit einem hinterlistigen Lächeln und hebt eine Augenbraue. Der Mann denkt aber auch immer nur an das eine. Er hat Glück, dass ich an diesem einen zufällig auch interessiert bin.

Schnell verteile ich Eier, Frühstücksspeck und Brötchen auf zwei Teller, stelle seinen vor ihm ab und gehe um die Theke herum, um mich zu ihm zu setzen. „Das hängt davon ab, was für Naturalien du zu bieten hättest.“

Als ich gerade Platz nehmen will, fängt er mich ein, hebt mich auf seinen Schoß und neckt mich mit einem Stück Speck, das er mir erst hinhält und dann wieder wegzieht, als ich den Mund öffne, um abzubeißen. „Du kochst, ich füttere dich.“

Wortlos bewege ich den Kopf vor und schnappe mir den ganzen Speckstreifen, und dabei zwicke ich ihn mit den Zähnen in den Finger. Überrascht hebt er die Augenbrauen, aber er kann nicht verbergen, wie sich augenblicklich seine Pupillen weiten, als er meine Zähne an seiner Haut spürt. Mit festem Griff packt er meinen Hintern und knurrt. „Mach das noch mal, und ich füttere dich gleich hier auf der Arbeitsplatte. Dann wird dein Essen kalt, während du damit zu tun hast, alles zu schlucken, was ich dir in diesen verdammten sexy Mund schiebe."

Mein Herz macht einen Purzelbaum, und ich lehne mich vor, um das Gesicht an seinen Hals zu schmiegen. Ich muss ihn einfach auf meiner Gänsehaut spüren, er soll merken, was für einen Effekt seine Worte auf meinen Körper haben.

Blind für alles, was um uns herum geschieht, überhöre ich völlig das Klackern von Allys Sandalen auf den Holzdielen. Erst als sie schon am Kühlschrank steht, bemerke ich sie. „Müsstet ihr zwei nicht eigentlich arbeiten oder so was?", fragt sie lächelnd, während sie sich ein großes Glas O-Saft einschüttet, um es gleich darauf in einem einzigen langen Zug zu leeren.

„Könnte es sein, dass du Durst hast?", zieht Vinny sie auf.

Ich will von seinem Schoß rutschen, doch sein Griff wird fester, sodass ich nicht wegkomme.

„Wie eine Bergziege. Und Hunger hab ich auch. Kann ich was von deinem Eiertoast haben, Liv?" Sie greift zu und beißt einen Happen davon ab, mit dem sie so in etwa die Hälfte meines Frühstücks verschlingt, bevor ich überhaupt eine Chance habe, zu antworten.

„Bedien dich ruhig", kommentiere ich überflüssigerweise und schüttle den Kopf, muss aber trotzdem lächeln.

„Kannst du mich auf dem Weg zur Arbeit an der Uni absetzen? Ich hab heute *Gruppenarbeit*." Beim letzten Wort verzerrt sich ihre Stimme zu einem Stöhnen, und ihre fröhliche Miene gerät ins Wanken.

„Keine gute Gruppe erwischt?"

„Fünf Frauen. Ich hatte gehofft, der große Typ mit dem Bart landet bei mir." Zur Unterstreichung wackelt sie mit den Augenbrauen.

Leise lachend rückt Vinny mich auf seinem Schoß zurecht, damit er besser an sein Frühstück kommt. „Ich kann dich absetzen, wenn ich zum Boxclub fahre. Die Uni liegt auf dem Weg." Zwei Bissen, und der Teller ist leer. Möglicherweise sollte ich mal die Mengen überdenken, die ich so zubereite. Ich bin es definitiv nicht gewohnt, für einen Mann zu kochen, der an einem Tag mehr Kalorien beim Sport verbrennt, als ich in einem Monat zu mir nehme.

„Bist du mit dem Wagen oder mit dem Motorrad hier?" Aufgeregt drückt Ally die Hände vor der Brust aneinander, wie ein kleines Mädchen, das gleich erfährt, ob ihre Mom ihr das Pony gekauft hat, um das sie schon ewig bettelt.

„Motorrad." Vinny stellt mich auf die Füße, steht auf und dreht mich zu sich herum. Während er mir eine Haarsträhne hinters Ohr streicht, fragt er so leise, dass nur ich es höre: „Ist das okay für dich?"

Ich nicke. Und weil ich es süß finde, dass er sich genug Gedanken macht, um sich zu vergewissern, ob meine beste Freundin bei ihm auf dem Motorrad mitfahren darf, ignoriere ich den winzigen Stich der Eifersucht, der mich bei der Vorstellung packt, wie eine andere Frau ihre Arme um Vinny legt. Selbst wenn sie meine beste Freundin ist.

„Heute kommt Nico wieder. Ich werde den ganzen Tag im Boxclub verbringen, und heute Abend muss ich dann einen kleinen Ausflug unternehmen."

„Einen Ausflug?" Fragend ziehe ich die Augenbrauen zusammen.

„Ich muss da was für meine Mom regeln." Während seine Stimme um Beiläufigkeit bemüht ist, tritt in seine Augen eine dunkle Traurigkeit. Sein angespannter Kiefer und der verlorene Blick verraten, wie es in ihm aussieht.

„Kann ich helfen?"

Bei seinem ehrlichen Lächeln wird mir warm ums Herz. Zärtlich streichelt er mir über die Wange und lässt die Hand in meinen Nacken gleiten. „Allein dass du es anbietest, hilft schon." Mit leichtem Druck zieht er meinen Mund auf seinen und drückt mir einen sanften, liebevollen Kuss auf die Lippen. „Hab einen wundervollen Tag, meine Schöne."

KAPITEL 38 Vinny

„Wie geht's dem kleinen Bambino?“, frage ich, während ich auf den Punchingball eindresche.

„Hervorragend, aber er ist ein kleines Energiebündel, genau wie seine Mutter.“ Nico lächelt. „Elle ist echt klasse, meine Nichte ist oben und ‚hilft‘ ihr mit dem Baby.“

„Die Siebenjährige mit dem pinken Tutu und den Cowboystiefeln?“

„Genau die. Als ich nach unten gegangen bin, hat Elle ihm gerade die Windeln gewechselt, und da höre ich die Kleine fragen, was eigentlich in seinen ‚Huden‘ drin ist“, berichtet Nico lachend.

Nach dem Punchingball wechseln wir in den Ring. „Erst ein bisschen Sparring, dann hab ich Kojo herbestellt, damit er dich mal ordentlich auf der Matte rannimmt.“

„Der Kerl ist gruselig. Ich weiß echt nicht, wie der überhaupt noch hören kann mit dem Blumenkohl, der ihm da aus dem Kopf wächst.“ Ich lasse einen Tritt zum Warmwerden los, und Nico hebt die Pratzen.

„Mag ja sein, aber Blumenkohl-Ohren hin oder her: Er hat eine Goldmedaille im Ringen und du nicht. Wenn du bei Lamaro eine echte Chance haben willst, dann musst du dich wirklich konzentrieren und so viel mitnehmen, wie Kojo dir über die nächsten zwei Wochen beibringen kann.“

Ich schwinge das Bein hoch durch die Luft, immer den Pratzen hinterher, und treffe mit jedem Tritt ziemlich exakt dorthin, wohin ich gezielt habe. Das Kickboxen ist meine stärkste Disziplin.

„Wie läuft's mit Delilah?“ Mein jüngster Tritt wirft Nico drei Schritte zurück. Schon bei der bloßen Erwähnung meiner Mutter kommen in mir Jahre aufgestauter Wut hoch. Vielleicht sollte ich sie mit zu dem Titelkampf schleifen und mit Crackpfeife in der Hand direkt an den Käfig setzen, damit ich so richtig schön angepisst bin, während ich auf Lamaro losgehe.

„Hat Ärger, wie immer“, knurre ich und gehe dazu über, zwischen Tritten und Schlägen abzuwechseln.

„Was hat sie jetzt wieder angestellt?“ Nico hebt die Pratzen höher und bedeutet mir mit einer Geste, ein paar schnelle Geraden loszulassen. Wir kennen uns schon so lange, dass wir praktisch stumm trainieren können. Für einen Großteil unserer Kommunikation sind keine Worte nötig. Trotzdem redet er jedes Mal unablässig und steckt seine Nase in meine Angelegenheiten. So war er schon, als ich noch ein Junge war.

„Schlechte Entscheidungen getroffen. Sich mit Verlierern abgegeben, die sie in ihren Scheiß mit reinziehen.“ Mit ein paar kurzen Geraden und einem schweren Aufwärtshaken gehe ich auf Nico los, und die Wucht meiner Schläge treibt ihn in die Seile.

„Lass dich diesmal nicht von ihr mit runterziehen. Das hier ist deine Chance, Vinny. Gelegenheiten wie diese hat man nicht allzu oft. Wenn du mit den Gedanken woanders bist, wird Lamaro das sofort merken und dich nach Strich und Faden verprügeln. Aber wenn du dich fokussiert in den Kampf wirfst, kann das Ganze einen komplett anderen Ausgang nehmen, als die Buchmacher erwarten."

Nico nimmt die Pratzen ab und bleibt stehen, bis er meine volle Aufmerksamkeit hat. „Du kannst den Kerl besiegen, Vinny. Mit deinem rechten Haken und ein bisschen Techniknachhilfe von Kojo. Du bist so weit. Behalt einfach nur das verdammte Ziel im Blick."

Später stehe ich in einer Lache meines eigenen Schweißes – und vielleicht sind auch ein paar Tränen dabei nach der Tortur, die ich drei Stunden lang unter Kojo erleiden durfte. Ich stürze einen ganzen Liter Wasser hinunter und klaube mein schweißdurchtränktes Oberteil vom Boden auf.

Als ich mich aufrichte, erhasche ich einen Blick auf lange, wohlgeformte Beine in einem schokoladenbraunen Rock, bei denen mir trotz meiner akuten Dehydrierung das Wasser im Mund zusammenläuft. Liv. Ich bin überrascht, sie zu sehen, aber es ist eine schöne Überraschung. Ich beobachte, wie Sal zu mir zeigt und sie lächelnd aufschaut. Ihr Blick verweilt auf jeder Wölbung meiner Brustmuskeln, und unbewusst leckt sie sich die Lippen, während sie auf mich zukommt. Ich rühre mich nicht, sondern warte, bis sie bei mir ist.

„Hey." Ich lege mir das Handtuch um den Nacken.

„Bereit für unseren Ausflug?" Sie hebt eine Tasche, die ich bis gerade gar nicht bemerkt hatte – ich war abgelenkt von der inneren Vision, wie diese Beine sich um meine Taille schlingen.

Verwirrt lege ich den Kopf schief und denke für einen Moment, ich muss irgendein Gespräch mit ihr vergessen haben, doch dann lächelt sie. Der Ausdruck ist schelmisch und süß, und am liebsten würde ich sie dafür festhalten und nie wieder loslassen.

Rasch verenge ich die Augen, damit sie nicht erkennen kann, dass ich beschlossen habe, sie mitzunehmen, sobald sie gelächelt hat. Stattdessen gebe ich vor, darüber nachzudenken, ob sie mitkommen darf. Kampfbereit steht sie da und strafft schon die Schultern, um sich für eine Diskussion zu wappnen. Ihre Unerschrockenheit macht mich an. Sehr.

Mit zwei Schritten dringe ich in ihren Wohlfühlbereich ein, dann lehne ich mich vor, sodass ich hoch über ihr aufrage, immer noch mit unergründlicher Miene. Unverwandt schaut sie durch ihre langen, dichten Wimpern zu mir auf, und die Entschlossenheit vertieft das Grünbraun ihrer Augen. Keine Sekunde weicht ihr Blick von mir, und ich lehne die verschwitzte Stirn an ihre und lege ihr eine Hand in den Nacken, um sie an mich zu ziehen. „Zehn Minuten, lass mich nur kurz duschen." Auf meinen schnellen Kuss hin lächelt sie in stummem Triumph zu mir empor.

KAPITEL 39 Liv

Von Chicago bis nach Macomb sind es mit dem Auto vier Stunden quer durch den Bundesstaat, selbst bei der Geschwindigkeit, mit der Vinny fährt. Die letzten Sonnenstrahlen tauchen den abendlichen Himmel vor uns in ein tief orange-violettes Glühen. Ich rutsche zu Vinny rüber, um meinen Kopf an seine Schulter zu lehnen, und er legt den Arm um mich und zieht mich noch enger an sich.

„Willst du darüber reden, was hinter diesem Ausflug steckt?“ Ich hebe den Kopf, und für einen Moment treffen sich unsere Blicke, bevor er wieder auf die dunkler werdende Straße schaut. Vinny atmet tief aus, und für einen langen Moment bleibt es still, bevor er antwortet.

„Meine Mutter ist drogenabhängig. Schon solange ich denken kann.“ Mir zieht sich das Herz in der Brust zusammen, als ich die leise gesprochenen Worte höre, auch wenn er nur bestätigt, was ich bereits weiß. „Sie neigt dazu, sich in Schwierigkeiten zu bringen. Diesmal mit einem Dealer, der keine Gefangenen macht. Kein guter Mensch.“

„Und was willst du unternehmen?“ Ich kann die Sorge in meinem Ton nicht verbergen, Vinny hört sie ebenfalls.

„Nichts. Mach dir keine Gedanken. Ich muss bloß den Typen auftreiben, der ihr diesen Schlamassel eingebrockt hat, und seinen Arsch zurück nach Chicago schleifen." Seine Hand schließt sich fester um meine Schulter. Weil ihm klar ist, dass seine Worte nicht ausreichen, versucht er, mich mit seiner körperlichen Stärke zu beruhigen.

„Ist der Mann gefährlich?"

„Der ist bloß für sich selbst eine Gefahr. Das ist ein Drecksack. Ein Versager. Nach dem habe ich gesucht, als ich vor ein paar Tagen Krissy in der Bar getroffen hab."

Schon beim bloßen Klang ihres Namens aus seinem Mund versteife ich mich. Vinny bemerkt es sofort. „Das tut mir wirklich leid. Aber sie kennt ihn, und ich hab sie gebeten, ihn zu kontaktieren. Mehr nicht."

Nach einem tiefen Atemzug gestehe ich die Wahrheit ein: „Ich weiß."

„Du wusstest, dass da nichts passiert ist?", hakt er überrascht nach.

„Ganz tief drinnen wusste ich, dass du die Wahrheit sagst."

„Warum bist du dann wutentbrannt davongestürmt?"

Angesichts seiner Offenheit und Ehrlichkeit kann ich ihm die Wahrheit nicht länger vorenthalten, und so füge ich mich in mein Schicksal. „Ich war eifersüchtig."

„Eifersüchtig, ja?" Ich muss nicht hochgucken, um zu wissen, dass er lächelt, aber ich hebe trotzdem den Kopf.

„Was gibt's da zu grinsen?" Spielerisch verpasse ich ihm einen Rippenstoß.

„Du magst mich." Sein Lächeln wird breiter.

„Und darauf kommst du erst jetzt?"

„Du magst mich sehr."

Ich verdrehe die Augen, auch wenn er es nicht sehen kann, weil sein Blick auf die Straße gerichtet ist. „Du bist ja ganz schön von dir überzeugt."

„Mag sein. Aber du bist trotzdem scharf auf mich."

Wo er recht hat ...

Stunden später biegen wir auf den Parkplatz eines kleinen Hotels ab. „Hier wohnt der Kerl?"

„Nein."

„Brauchst du eine Pause?"

„Nein. Wir checken hier ein, damit du in Sicherheit bist, während ich mich auf die Suche nach Jason mache."

„Ich will aber mitkommen." Selbst mich widert der Tonfall an, in dem das aus meinem Mund gekommen ist – nölig und nervenaufreibend.

Er parkt dicht beim Haupteingang und streckt den Arm nach hinten, um unser Gepäck von der Rückbank zu holen. „Du bleibst hier, wo ich weiß, dass du in Sicherheit bist."

„Aber ..."

„Liv, diese Leute sind Junkies und Abschaum. Wenn du dabei bist und ich auf unser beider Sicherheit achten muss, lenkt mich das nur ab und macht es mir noch schwerer, den Versager aufzuspüren."

„Also bin ich eine Ablenkung?" Meine Stimme wird lauter.

Er legt mir einen Arm um den Nacken und zieht mich eng an sich. „Und zwar eine verdammt große", sagt er mir einfach so direkt ins Gesicht.

Beleidigt will ich mich aus seinem Griff winden, doch meine Bemühungen sind vergebens. „Nicht so schnell." Jetzt liegt Schärfe in seiner Stimme.

Er wartet, bis er meinen Blick einfangen kann, erst dann fährt er fort. „Ich bin verdammt noch mal verrückt nach dir, also ja, das macht dich zu einer riesigen Ablenkung. Wie wär's also, wenn du mir ausnahmsweise mal den Gefallen tust? Denn je schneller ich den Kerl finde, desto schneller kann ich wieder hier sein und dir zeigen, wie genau du mich ablenkst."

Eine berauschende weibliche Befriedigung macht sich in mir breit und lässt mich vergessen, warum ich mich überhaupt beschwert habe. Alles nach „Ich bin verdammt noch mal verrückt nach dir" war schon gar nicht mehr nötig, damit hatte er mich überzeugt.

KAPITEL 40 Vince

Mit dem Baseballschläger in der Hand, den ich immer unter dem Wagensitz bereithalte, kundschafte ich auf leisen Sohlen das Grundstück des verbarrikadierten abbruchreifen Hauses aus, in dem Jason angeblich untergekrochen ist. Aufmerksam nehme ich meine neue Umgebung in mich auf. In der Luft hängt der Gestank von Müll und altem Plastik und verrät mir, dass ich am richtigen Ort bin.

Aus einem zerbrochenen Fenster, dem einzigen, vor das keine mit Graffiti zugesprayten Bretter genagelt sind, zieht ein weiterer Geruch, den ich zu meinem Leidwesen nur zu gut kenne. Das Haus ist eine Crackhöhle. Ein Ort, an dem die Leute landen, wenn sie denken, sie sind ganz unten angekommen – nur um herauszufinden, dass es darunter noch eine weit erbärmlichere Ebene gibt, von deren Existenz sie noch gar nichts geahnt haben.

Die Tür knarrt, als ich versuche, unbemerkt hineinzugelangen. Es sind nicht die Junkies, die mir Sorge bereiten, sondern die nervösen Dealer, die schnell mal zur Waffe greifen, um ihre Ware zu schützen. Hier und da sind ein paar brennende Kerzen verteilt – der Strom ist mit Sicherheit schon lange abgestellt. In der Küche sitzen drei oder vier Leute auf Klappstühlen um einen Tisch herum. Mein Eindringen kümmert keinen von denen.

Auf einer ranzigen Couch im Wohnzimmer liegen zwei zugedröhnte Frauen. Die eine ist völlig weggetreten, von ihren Augen ist nur noch das Weiße zu sehen – die würde nicht mal dann nach draußen finden, wenn es brennt. Die andere bemerkt mich und stützt den Kopf auf die Hand, um halbherzig einen verführerischen Blick zu versuchen.

„Suchst du was Bestimmtes, Süßer?“ Wahrscheinlich ist sie erst Ende zwanzig, aber ihre Zähne sind vor Fäule braun, und sie sieht aus, als hätte sie es nicht leicht gehabt im Leben. Zu viel gesehen, zu viel mitgemacht.

„Jason Buttles. Wir sollten uns treffen. Hat er sich in letzter Zeit mal blicken lassen?“ Es macht mir Angst, wie mühelos ich mich in diesem Leben immer noch zurechtfinde und genau den richtigen Ton treffe.

„Der ist weg. Gestern abgehauen. Hat irgendwas von einer Schwester oben im Norden gesagt, wo er unterkriechen wollte. Heute Morgen waren auch zwei richtig gruselige Typen hier und haben nach ihm gefragt. Da ist er wohl gerade noch rechtzeitig weggekommen.“

Scheiße. „Weißt du, wo genau im Norden?“

„Hat er nicht gesagt. Aber wenn du ihn siehst, sag ihm, er schuldet Felicia noch ’ne Schachtel Kippen.“

Genau, das mache ich, wenn ich ihn finde … ihm ausrichten, dass er dir noch Kippen schuldet.

Ich durchsuche trotzdem noch den Rest des Hauses. Schließlich habe ich schon früh im Leben gelernt, mich nicht auf das Wort eines Junkies zu verlassen. Leider wird Felicias Geschichte noch von ein paar weiteren Versagern bestätigt. Als ich vor der letzten Tür im Obergeschoss angekommen bin, muss ich schon die Taschenlampe an meinem Handy benutzen, um mich in der Dunkelheit zurechtzufinden.

Hinter der Tür sehe ich zu meiner Überraschung auf dem Bett in der Ecke ein Display leuchten. Ein Junge hebt den Kopf – er kann höchstens zehn sein – und greift nach einem langen Metallrohr, das neben ihm auf der Decke liegt. Rasch hebe ich kapitulierend die Hände, während ich den Raum nach irgendwelchen anderen Gefahrenzeichen absuche.

„Wohnt deine Mutter hier?“, frage ich, als ich in der Ecke Müllbeutel stehen sehe, aus denen Klamotten quellen. Der Koffer des Junkies.

Er legt das Spiel weg, mit dem er beschäftigt war, aber nicht das Rohr, und bleibt sorgsam auf Abstand. Manieren hat er allerdings keine. „Geht dich einen Scheißdreck an“, faucht er, und die aggressive Antwort kommt ihm so leicht über die Lippen, als wäre er es gewohnt, so zu reden.

„Ich will keinen Ärger machen. Ich bin nur auf der Suche nach einem Freund, aber jetzt weiß ich, dass er nicht hier ist.“

„Wer ist dieser Freund?“

„Jason.“

„Der Kerl ist ein Versager.“

Meine Mundwinkel zucken. Der Kleine hat absolut recht, aber es braucht verdammt dicke Eier, um mir das ins Gesicht zu sagen.

„Stimmt, ist er. Wohnst du hier?“

„Im Augenblick schon.“

„Ist Felicia deine Mutter?“ Ich hoffe es, denn die andere ist noch kaputter.

„Nee, die ist nur mit meiner Mom befreundet.“

Verdammt, der arme Junge. „Heute schon was gegessen?"

Er zuckt die Achseln. „Mit dir geh ich nirgendwohin."

Ich lächle. Kluges Kerlchen. „Gut. Solltest du auch nicht. Ich bin kein schlechter Kerl, aber du kennst mich nicht."

„Wahrscheinlich bringt meine Mom mir später noch was."

Nach dem Zustand der Frau unten auf der Couch zu urteilen, stehen die Chancen, dass das heute noch passiert, nicht wirklich gut. Und wahrscheinlich auch morgen noch nicht. „Ich hol dir was. Bin gleich wieder da."

Als ich eine Viertelstunde später zurückkomme, hat sich niemand von seinem Platz wegbewegt. Auf mein leises Klopfen an der Tür des Jungen kommt keine Antwort, aber ich gehe trotzdem hinein. Ich werfe ihm die Tüte aufs Bett, ohne ihm zu nahe zu kommen. Wartend sehe ich zu, wie er darin herumwühlt, das Sandwich herausholt und heißhungrig das Papier herunterreißt. Gott weiß, wann er das letzte Mal was Richtiges gegessen hat.

„Ich hab dir auch noch ein bisschen Obst und einen Vitamindrink dazugetan. Iss das selbst, nicht eintauschen. Zahnbürste und Zahnpasta sind auch dabei, die solltest du benutzen. Ganz unten drin liegt ein Fünfziger. Versteck das Geld in den Kleidern, die du am Leib trägst. Nicht hier bei deinen Sachen liegen lassen. Die riechen das, und dann ist es weg, bevor du dir das nächste Mal was zu essen kaufen kannst. Und benutz das Geld ausschließlich für Essen."

Ich weiß nicht, ob er sich um meine Anweisungen überhaupt schert, aber als ich das Zimmer verlasse, erklingt hinter mir seine Stimme. „Danke."

Und die gesamte Fahrt zurück zum Hotel über denke ich, dass es vielleicht mal an der Zeit ist, auch Nico Danke zu sagen.

KAPITEL 41 Liv

Bestimmt zum hundertsten Mal laufe ich in dem Zimmer auf und ab, als ich endlich einen Schlüssel im Schloss höre und wie erstarrt stehen bleibe. Leise öffnet Vinny die Tür. „Hey. Du bist ja noch wach."

„Natürlich bin ich noch wach. Glaubst du, ich kann schlafen, während ich darauf warte, dass du von einer Aktion zurückkommst, bei der du verletzt werden könntest?"

Er wirft seinen Schlüssel auf die Anrichte ein Stück neben der Tür, und auf sein Gesicht tritt ein amüsiertes Grinsen, bei dem eins seiner tiefen Grübchen zum Vorschein kommt. „Du weißt schon, womit ich meinen Lebensunterhalt verdiene, oder?"

„Das ist was anderes." Ich schüttle den Kopf und wende mich wieder dem Thema zu, das uns hier ans andere Ende des schönen Staates Illinois geführt hat. „Hast du ihn gefunden?"

Seine erheiterte Miene wird grimmig. „Nein."

„War denn überhaupt jemand bei der Adresse?"

„Ja, ein ganzer Hort von Versagern, aber kein Jason. Der ist gestern abgehauen, irgendwo Richtung Norden zu seiner Schwester oder so."

Unwillkürlich hebe ich eine Augenbraue. „Ein Hort?"

Mit einem frechen Grinsen auf dem Gesicht kommt er zu mir geschlendert. „Ich hatte eine gute Nachhilfelehrerin.“

„Das muss aber eine wirklich hervorragende Tutorin gewesen sein.“ Mit einem Lächeln schlinge ich ihm die Arme um die Taille.

„Vielleicht war ich sogar ein bisschen in sie verknallt. Heißer kleiner Schlaukopf. Hätten alle meine Lehrer so ausgesehen, wäre ich vielleicht sogar an der Schule geblieben.“ Er schiebt mir die Hände in den Nacken, beugt sich zu mir herunter und presst seinen Mund auf meinen.

Ein paar Minuten später stehen wir immer noch so da, und atemlos frage ich ihn: „Was machen wir jetzt?“

„Mir fallen da schon so ein paar Sachen ein.“ Anzüglich hebt er eine Augenbraue. Dann küsst er mich noch mal kurz, bückt sich und hebt mich mühelos auf die Arme. „Na komm, meine kleine Ablenkung ... lenk mich ab.“

Damit lässt er sich auf das Bett sinken, doch zu meiner Überraschung bin ich immer noch über ihm. Beim Anblick der vertrauten Begierde in seinen Augen hatte ich damit gerechnet, mich gleich unter ihm wiederzufinden, ihm hilflos ausgeliefert. Doch heute scheint er mir ein wenig Kontrolle zuzugestehen.

Ans Kopfteil gelehnt hebt er mein Oberteil an, darunter kommt ein pinker Spitzen-BH zum Vorschein. Er stöhnt. Meine Brustwarzen sind bereits aufgerichtet, als er mit den Daumen darüberfährt und auch mir ein leises, kehliges Stöhnen entlockt. Geschickt zieht er die weichen Körbchen, aus denen meine Brüste hervorquellen, ein kleines Stück herunter, sodass die aufgerichteten Knospen zum Vorschein kommen, bevor er sich vorbeugt und eine davon mit der Zungenspitze neckt.

Während ich den Rücken durchstrecke, um ihm besseren Zugriff zu gewähren, wühlt er die Finger in mein langes Haar und ballt sie zur Faust. Mit einem Ruck zieht er meinen Kopf zurück. „Willst du, dass ich an deinem hübschen, prallen Nippel sauge?"

Atemlos hauche ich: „Ja."

Und sofort lässt er Taten folgen, saugt fest an meinem Fleisch und zwickt mit den Zähnen hinein, bevor er die eine Brustwarze wieder loslässt und sich der anderen zuwendet, die ihn schon sehnsüchtig erwartet. Immer wieder saugt er mit seinem heißen Mund an mir, begleitet von trägen, gemächlichen Bissen in meine geschwollenen Brüste.

Unter mir spüre ich seine Erektion größer werden und presse mich dagegen, verzehre mich nach Reibung. Wieder steigt ein dunkles Stöhnen aus meiner Kehle auf, doch diesmal findet Vinny meinen Mund und erstickt den Laut mit einem Kuss. Dann wandert er weiter zu meinem Hals und lässt die Zunge über meine Haut gleiten, auf und ab, mal knabbernd, mal saugend.

„Bist du schon bereit für mich?", höre ich seine samtige Stimme gedämpft an meinem Hals, und seine Worte geben mir den Rest. Gott, ich liebe es, wenn er so mit mir redet.

„Ja", bringe ich schwer atmend und mit bebenden Lippen hervor.

„Reite mich", raunt er mir ins Ohr, und jedes Wort, jeder Atemzug schickt einen Schauer durch mich hindurch. Nichts würde ich lieber tun als das. Mir wird klar, dass das, was er mir gerade schenkt, weit tiefer geht, als es oberflächlich scheinen mag, und ich bremse mich und umfasse sein Gesicht mit beiden Händen. Küsse ihn eindringlich, voller Emotionen. Sinnlich. Verführerisch ... alles, wozu ich in diesem Moment imstande bin. Ich will, dass er mich fühlt. Sehne mich nach seinem Verlangen. Muss spüren, dass er mich braucht. Genauso sehr wie ich ihn.

Mit einer Hand an meinem Po hebt Vinny mich weit genug an, um uns von unseren restlichen Kleidern zu befreien, ohne dass wir uns voneinander lösen müssen. Ich greife zwischen uns und massiere seinen Schaft, mache ein paar Pumpbewegungen, doch das ist kaum nötig. Er ist schon steinhart.

Ohne mich auch nur eine Sekunde aus den Augen zu lassen, packt Vinny mich bei den Hüften und hebt mich auf die Knie, sodass seine dicke Eichel sich an meinen Eingang schmiegen kann. Ich spüre das Zittern in seinen Armen, als er sein Bedürfnis, immer alles zu kontrollieren, zügelt. Dieses Geschenk, das er mir anbietet, ist weit größer als mein tatsächlicher Wunsch, das Kommando zu übernehmen. Und so gebe ich ihm zurück, was er mir gerade überlassen hat: „Nimm mich. Bitte."

Er schließt die Augen und atmet tief durch, und als er sie wieder öffnet, tritt ein verruchtes Grinsen auf seine Züge. Mit einer einzigen kraftvollen Bewegung drückt er mich herab, während sein Becken nach oben schnellt und er mich bis zum Anschlag ausfüllt. Für einen langen Moment hält er mich so fest und schaut mir suchend in die Augen.

„Ich liebe es, so tief in dir zu sein", erklärt er rau, bevor er in einem gnadenlosen Rhythmus von unten in mich hämmert. Mit harten, schnellen Stößen versenkt er sich in mich, und die Muskeln an seinen Armen wölben sich, jedes Mal, wenn er mich nach unten zieht, ihm entgegen. Und mit jedem Mal spüre ich ihn tiefer in mir, bis kein Haar mehr zwischen uns passt.

Fieberhaft rasen wir dem Höhepunkt zu, während er die absolute Kontrolle über meinen Körper hat, obwohl ich diejenige bin, die oben ist. Schweißüberströmt klatschen unsere Leiber aneinander, verzweifelt suchen unsere Münder nach Berührungspunkten, und er küsst mich gierig, bringt uns auf allen nur möglichen Ebenen in Kontakt. Wie eine Sturmflut bricht mein Orgasmus über mich herein und hält meine Gefühle in einem machtvollen Sog, und mir laufen die Tränen übers Gesicht, während ich stöhnend die Wogen der Ekstase durch meinen Körper rollen spüre.

Als ich langsam wegnicke, den Kopf in die Kuhle zwischen seiner Brust und seiner Schulter gebettet, seinen Arm fest um mich geschlungen, bemerke ich, dass meine Hand auf den Erkennungsmarken über seinem Herzen ruht. In meiner Brust sitzt ein Schmerz, den ich nicht länger ignorieren kann. Dieser vielschichtige Mann beschützt seine Mutter und hat doch niemanden, der ihn beschützt.

KAPITEL 42 Vinny

Nico hat mir heute eine richtige Abreibung verpasst. Er hat mir neue Sparringspartner aus einem Club am anderen Ende der Stadt besorgt. Besonders hart zuschlagen konnten sie nicht, aber die Bein- und Handarbeit dieser Jungs war so schnell, dass sich mir der Kopf gedreht hat. Auch wenn die kleinen Pisser keine bleibenden Spuren hinterlassen haben – ich fühle mich wie nach einem zwölfstündigen Kardio-Tag.

„Na, aus der Puste?“, fragt Nico grinsend, als ich vornübergebeugt dastehe und die Hände auf die Knie stütze, um nach dem letzten Sparringskampf des Tages wieder zu Atem zu kommen.

„Du bist ein Sadist.“

„Ach was. Ich guck bloß gern zu, wenn *dir* mal jemand den Arsch versohlt.“ Lachend wirft er mir ein Handtuch zu.

„Wie geht's Elle und dem kleinen Nicholas?“

„Gut.“ Gedankenverloren lacht Nico leise in sich hinein.

„Was gibt's da zu lachen?“

„Sie hat die Flasche angekokelt.“

„Die Flasche angekokelt? Ich bin überrascht, dass du sie auch nur in die Nähe des Herds lässt.“ Das ist ein Running Gag, seit Nico und Elle sich kennen. Die Frau ist klug, schön, witzig ... Aber sobald man sie in die Küche stellt, ist sie wie eine Nonne im Sexshop: verängstigt und völlig überfordert, was sie mit dem ganzen Kram anfangen soll.

„Es war zwei Uhr morgens, ich schätze, sie hat nicht genug Wasser in den Topf getan, in dem sie das Fläschchen anwärmen wollte. Jedenfalls ist das Plastik geschmolzen. Rauchmelder, Feuerwehr … das ganze Programm." Nicos Grinsen ist anzusehen, dass ihn der Zwischenfall eher erheitert als ärgert.

„Das wird sie sich ihr Leben lang anhören dürfen."

„O ja."

Lachend gehen wir gemeinsam in Richtung Kaffeeküche, um uns ein Wasser zu holen. „Kann ich dich was fragen?"

„Klar."

„Warum gerade Elle?"

Sichtlich verwirrt von meiner Frage runzelt Nico die Stirn. Er kann nicht einordnen, warum ich das wissen will, und seltsamerweise geht es mir genauso. „Du hast immer jede Menge Frauen gehabt." Ich grinse. „Wirklich eine *Menge*. Ich glaube, ich bin damals in der Mittelstufe zur Hälfte allein deswegen immer so früh ins Studio gekommen, weil ich sehen wollte, was du in der Nacht davor so abgeschleppt hattest."

Kurz angebunden wirft Nico ein: „Und gibt es auch einen Grund für deine plötzlichen nostalgischen Anwandlungen?" Er verschränkt die Arme vor der Brust und lehnt sich an die Arbeitsfläche, nachdem er eine halbe Flasche Wasser in einem einzigen Zug hinuntergestürzt hat.

Die Erheiterung verschwindet, denn ich brauche dringend einen Rat – etwas, worum ich Nico äußerst selten bitte.

Generell frage ich so gut wie nie jemanden um Rat. „Woher wusstest du, dass Elle die Richtige ist?“

Einen Moment schweigt er und denkt über seine Antwort nach, bevor er erklärt: „Ich hab angefangen, über die Zukunft nachzudenken. Vor Elle habe ich nur im Hier und Jetzt gelebt, mich nie mit irgendwas über heute oder morgen hinaus beschäftigt. Aber von dem Tag an, als ich ihr begegnet bin, hat sich meine Perspektive erweitert … und bei jeder Idee, jedem Plan, den ich im Kopf geschmiedet habe, war sie an meiner Seite.“

Ich nicke. Vor ein paar Monaten wusste ich teilweise noch nicht mal, was ich an dem Abend vorhatte, wenn ich auf mein Motorrad gestiegen bin, um loszuziehen. Dagegen ist mir heute Morgen, als ich die Gedanken habe schweifen lassen, eingefallen, dass in sechs Monaten mein Mietvertrag ausläuft. Und ich habe mich gefragt, ob es vielleicht Zeit für einen Umzug sein könnte. In eine schönere Wohnung, die Liv gefallen würde – die sie vielleicht sogar mit mir teilen wollen würde.

Abwartend beobachtet Nico mich, während ich über seine Worte nachdenke, und ich sehe, wie sich ein wissendes Grinsen auf seinem Gesicht breitmacht. „Steigst du jedes Mal aufs Laufband oder stemmst Gewichte, wenn du dich dabei erwischst, wie du über die Zukunft mit Liv nachdenkst?“

Ich lache in mich hinein – er liegt so gottverdammt richtig. „Laufband“, gestehe ich.

Wir werfen unsere Wasserflaschen in den Müll, und Nico schlägt mir auf die Schulter. Gemeinsam verlassen wir die Küche und schalten nach und nach die Lichter im Boxclub aus. „Irgendwann wirst du von der ganzen Rennerei so platt sein, dass du es einfach geschehen lässt.“

KAPITEL 43 Liv

Das Büro, das ich einst jeden Tag voller Stolz auf das Erreichte betreten habe, ist jetzt reduziert auf montagmorgendliches Grauen. Meine engste Kollegin hasst mich und bedenkt mich bei jeder Gelegenheit mit bösen Blicken und fiesen Bemerkungen, und mein Chef ist ein widerwärtiges, notgeiles Ekelpaket. All die Ehre und der journalistische Stolz, die mich zu Beginn erfüllt haben, sind nun erdrückt von der Story, die man mir aufgebürdet hat.

„Wie läuft's mit deinem Artikel, Olivia?", erkundigt Summer sich lächelnd. Ich bin mir nicht sicher, ob sie in den letzten zwei Monaten tatsächlich hässlich geworden ist, aber ich kann mich nicht erinnern, was um alles in der Welt ich bei unserer ersten Begegnung in ihr gesehen habe, das meinen Neid geweckt hat. Ihre natürlich strahlende Schönheit ist verschwunden, ersetzt durch falsche, schale, schablonenhafte Tricks, um Aufmerksamkeit zu ergattern.

Ohne auf sie zu reagieren, begebe ich mich für unsere montagmorgendliche Teamsitzung in Ekelpakets Büro. Auch wenn unser erbärmliches „Team" aus gerade mal zwei Spielern besteht, begleitet von einem Coach, dessen einziges Ziel es ist, uns an die Wäsche zu gehen, statt uns zu betreuen und unsere Karrieren auf den Weg zu bringen.

„Meine Damen. Wie geht's uns denn heute?", fragt er, wartet jedoch keine Antwort ab. Hauptsächlich, weil es ihn nicht wirklich interessiert. In gespieltem Bedauern stößt er hörbar den Atem aus. „Unser gemeinsamer Montagmorgen wird mir wirklich fehlen. Nur noch ein paar Wochen, dann schrumpft unser kleines Trio auf ein Pärchen zusammen."

Soll uns das motivieren, um den Job zu kämpfen? Denn bei mir sorgt das eher dafür, dass es plötzlich gar nicht mehr so schrecklich erscheint, das Rennen zu verlieren. Langsam klingt ein weniger attraktiver Job im tausend Kilometer entfernten New York durchaus verlockend.

„In zwei Wochen möchte ich von euch beiden eure finalen Storys haben." Er lehnt sich auf seinem Schreibtischsessel zurück, verschränkt die Arme vor der Brust und lächelt uns mit erhobener Augenbraue an – fast als wolle er uns herausfordern, uns zu beschweren.

„Kein Problem, James, ich werde so weit sein. Das ursprüngliche Geschreibsel musste ich leider komplett streichen, aber meine zusätzlichen Recherchen haben mir einen tollen neuen Ansatz geliefert. Ich glaube, du wirst sehr zufrieden sein damit."

Während sie das sagt, schlägt Summer langsam die Beine übereinander und kurz darauf noch einmal andersherum, und mit jeder Bewegung rutscht ihr ohnehin schon nur mit Mühe bürotauglicher Rock ein kleines bisschen weiter hoch – ein klar kalkulierter Schachzug. Auf den das Ekelpaket natürlich sofort anspringt.

„Wundervoll, weniger hätte ich auch nicht von dir erwartet, Summer", schleimt er. „Du hast deine Vorzüge hier wirklich schon erstklassig präsentiert.“ *Ja, und wie sie ihre Vorzüge präsentiert hat.*

Einen Moment später wendet sich das Ekelpaket widerwillig mir zu, aber auch nur, weil ich mit ihm rede und er es muss. „Du kriegst deinen Artikel.“

Beim Gedanken an die Geschichte, die ich ihm bringen werde, fängt er praktisch an zu sabbern, und bei seinem Lächeln rollen sich mir die Fußnägel hoch. „Ich kann's kaum erwarten, deine Story zu lesen, Olivia. Kann's kaum erwarten.“

Mit schwerem Herzen verbringe ich den Rest des Vormittags damit, den Hintergrund für meinen Artikel auszuarbeiten. Ich bete darum, dass ich ihn niemals werde einreichen müssen, aber irgendetwas muss ich zu Papier bringen.

Den Anfang mache ich mit Senator Knight, denn ich bringe es immer noch nicht über mich, auch nur ein Wort über Vinny zu schreiben. Meine Schuldgefühle fressen mich auf. Verzweifelt grüble ich darüber nach, wann in den letzten vier Wochen ich falsch abgebogen bin.

Wie konnte ich zulassen, dass mir ein Mann so sehr ans Herz wächst, der mich schon bald zutiefst verabscheuen könnte? Habe ich wirklich dafür so hart gearbeitet? Die Gelegenheit, Geschichten zu schreiben, die für gute Verkaufszahlen sorgen – auf Kosten der Leute, deren Leben dadurch zerstört werden? War ich einfach nur die ganze Zeit naiv, weil ich meine journalistischen Vorbilder auf ein Podest der noblen Absichten gehoben habe, während sie in Wahrheit bloß geldgeile Schmierfinken sind?

Als es endlich Zeit für die Mittagspause ist, brauche ich dringend frische Luft. Mir schwirrt der Kopf vor lauter Fragen, auf die ich keine Antwort weiß. Bei dem Gedanken, alles, wovon ich mein Leben lang geträumt habe, könnte ein einziger großer Schwindel sein, fühle ich mich verloren. Als würde die Last der Welt, die ich mir in meinem Kopf aufgebaut habe, jetzt meine Träume erdrücken.

Das trübe, graue Wetter erscheint mir passend, als wäre das Universum im Einklang mit meinen Gefühlen. Gedankenversunken, wie ich bin, erschrecke ich mich im ersten Moment, als ein kräftiger Arm mich von hinten packt und in eine Gasse zerrt, keinen halben Block vor meinem Ziel für die Mittagspause.

Doch dann nehme ich etwas Vertrautes wahr, und für ein paar kurze Sekunden denke ich, es ist Vinny, der mich aufzieht. Dann wird mir der Arm auf den Rücken gedreht, sodass ein scharfer Schmerz von meiner Schulter bis in mein Handgelenk schießt, und mir geht auf, dass ich mich geirrt habe ... Vinny würde mir niemals wehtun.

Eine der Hände, die mich gepackt hatten, legt sich über meinen Mund, während meine beiden Handgelenke gnadenlos von der anderen umklammert werden. Mit der Schulter rammt mein Angreifer mich rücklings gegen die Mauer. So hart, dass mir die Luft wegbleibt.

„Was spielen Sie hier für ein Spielchen, Miss Michaels?" Meine Augen werden groß, als ich wenige Zentimeter vor mir Senator Knights Gesicht erkenne. Lodernde Wut verzerrt seine sonst so distinguierten Züge, und von seinem geübten Lächeln ist nichts zu sehen.

So fest, wie seine Hand über meinem Mund liegt, könnte ich nicht einmal antworten, wenn ich wollte, auch wenn es nicht lange dauert, bis ich begreife, dass er gar nicht an einer Antwort interessiert ist.

„Mein Leben hat einen Wert. Anders als das von dieser Crackhure und ihrem gewalttätigen Sprössling. Wenn Sie glauben, Sie könnten hier einfach so aufkreuzen und mein Leben ruinieren, dann haben Sie sich bitter getäuscht. Niemand würde einen Scheißdreck darauf geben, wenn die beiden einem tragischen Unfall zum Opfer fallen. Haben Sie mich verstanden?“ Der Druck seiner Hand auf meinem Mund wird noch stärker.

Wie versteinert starre ich ihn an, weder fähig zu einer Antwort noch sicher, ob er überhaupt eine hören will.

„Haben Sie mich verstanden?“, brüllt er mich mit wildem Blick aus nächster Nähe an. Es ist nicht die Lautstärke, die mir Angst macht, sondern die Wut und Verzweiflung in seiner Stimme. Das ist es, was mich glauben lässt, dass seine Worte mehr als eine leere Drohung sind. Ich nicke, so gut ich kann, während seine Hand immer noch auf meinen Mund gepresst ist und er mich an die Wand gedrückt hält.

„Und dieses Mal werde ich keine Gnade zeigen.“ Plötzlich klingt er so ungerührt, dass ich mir sicher bin, er ist auch fähig zu dem, was er mir androht. Ein wenig löst sich seine Hand von meinem Mund. „Killen Sie diese Story. Sonst gehen die Konsequenzen auf *Ihr* Konto.“

Endlich entlässt er mich aus seinem Klammergriff. Kerzengerade ragt er vor mir auf, rückt sich den Anzug zurecht und fährt sich mit den Fingern durchs Haar, um die paar

Strähnen zu bändigen, die es gewagt haben, aus der Reihe zu tanzen. Von jetzt auf gleich tritt wieder das Lächeln auf sein Gesicht, das ich von unserer ersten Begegnung kenne. Mir wird am ganzen Körper eiskalt angesichts der mühelosen Verwandlung dieses Mannes. Er weicht einen Schritt zurück und lächelt mich an, ganz der makellose Politiker, für den die Welt ihn hält. „Auf Wiedersehen, Miss Michaels." Und mit einem Nicken wendet er sich zum Gehen.

Aus der Gasse heraus – immer noch wie gelähmt an der Stelle, wo er mich gegen die Wand gedrückt hat – beobachte ich, wie eine dunkle Limousine am Straßenrand hält, sobald er auf den Bürgersteig tritt. Würdevoll öffnet er die Tür zum Fond und steigt ohne einen Blick zurück hinein. Der gesamte zweiminütige Austausch fühlt sich so surreal an, dass ich mich ernsthaft frage, ob ich das einfach nur geträumt habe.

KAPITEL 44 Liv

Seit Senator Knights Stippvisite sind zwei Tage vergangen, und trotzdem lassen mir seine Drohungen keine Ruhe. Zeitweise sagt mir mein Herz das eine, während mein Kopf mich in die andere Richtung drängt, bis ich überhaupt nicht mehr weiß, was ich denken soll.

Senator Knights Besuch hat keinerlei Zweifel an der Ernsthaftigkeit seiner Drohungen gelassen. In dieser Angelegenheit sind mein Herz und mein Gehirn sich einig: Was er gesagt hat, war keine verschleierte Drohung. Das war ein Versprechen. Ein Versprechen, von dem ich mir sicher bin, dass er es einlösen würde, ohne mit der Wimper zu zucken, um dann weiterzumachen, als wäre nichts geschehen.

Ich muss dringend Abstand von meiner Arbeit gewinnen. Das Problem ist nur: Mittlerweile sind meine Arbeit und mein Privatleben so untrennbar miteinander verflochten, dass ich beides kaum noch auseinanderhalten kann. Zwei Tage ohne Vinny haben mich angespannt und traurig gemacht. Ich mag mir nicht vorstellen, was ein Leben ohne ihn mit mir anstellen würde.

Als ich das Restaurant betrete, in dem ich mit Ally auf ein paar Drinks verabredet bin, bevor Vinny zum Essen dazustößt, sehe ich zu meiner Überraschung ihren Bruder Matthew an ihrer Seite.

„Hey“, begrüße ich ihn lächelnd, und er steht auf, als ich näher komme. „Das ist ja eine schöne Überraschung. Ally hat mir gar nicht gesagt, dass sie ihren Leibwächter mitbringt.“ Matthew ist fünf Jahre älter und war schon immer unser Beschützer. Nur dass es jetzt offiziell ist, da er als Detective bei der Chicagoer Polizei arbeitet.

„Irgendwer muss ja ein Auge auf euch zwei haben.“ Matthew beugt sich zu mir herunter und gibt mir einen Kuss auf die Wange. „Außerdem hat sie mich breitgeschlagen, sie herzufahren.“

„Ihr seid mit dem Auto da? Es sind doch nur sechs Blocks“, wundere ich mich, während ich meine Jacke abstreife, die Matthew mir zuvorkommend von hinten abnimmt. So ein Gentleman – er erinnert mich sehr an seinen Vater. Ich weiß noch, wie toll ich es fand, wenn ich als kleines Mädchen mit Allys Familie unterwegs war und Mr Landry immer ums Auto gelaufen ist, um seiner Frau die Tür aufzuhalten. Schon lustig, welche Dinge man so mitnimmt, wenn man als Kind die Erwachsenen beobachtet.

„In denen hier sind sechs Blocks nicht zu schaffen.“ Ally deutet auf ihre schwarzen Peeptoes hinunter. Silberne Schnallen halten das Leder vom Zehenansatz bis über den Knöchel zusammen. Die Innenseite des Fünfzehn-Zentimeter-Absatzes ist mädchenhaft pink, ein krasser Kontrast zu dem schnittigen, rockigen Schuh, den man von vorn sieht.

„Es ist mir unbegreiflich, warum sie Schuhe kauft, in denen sie nicht mehr als ein paar Schritte gehen kann“, bemerkt Matthew und schüttelt lächelnd den Kopf. Dann richtet er seine Aufmerksamkeit auf die Barkeeperin, die gerade am anderen Ende der langen Theke ein paar Drinks ausschenkt, und winkt sie heran. „Stehst du auch immer noch auf billigen Wein?“, erkundigt er sich, und ich nicke und lächle.

Ally lehnt sich an die Schulter ihres Bruders und kommt auf seinen Kommentar von eben zurück. „Ich kaufe sie, weil sie sexy aussehen.“

„Jetzt wirst du eklig, Al. Meine Schwester kann keine sexy Schuhe tragen. Nichts an meiner Schwester ist sexy.“

„Ich wette, an Liv würdest du sie sexy finden“, zieht sie ihn auf, kurz bevor ihr Fokus sich auf das andere Ende der Bar verlagert. Sie winkt einem Kerl mit Bart zu. „Ich geh mal Hallo sagen, den kenne ich aus der Uni. Seht zu, und staunt, wie meine Schuhe ihren Zauber wirken.“

Es verstreicht eine ganze Stunde, bevor Ally auch nur wieder in unsere Richtung schaut ... so viel zu ein paar Drinks mit meiner besten Freundin in der Happy Hour. Aber so haben Matthew und ich Gelegenheit, uns mal wieder zu unterhalten. Es ist lange her, dass wir wirklich miteinander geredet haben. Als Ally und ich zusammengezogen sind, hat er uns beim Kistenschleppen geholfen und ist danach sogar noch ein paarmal mit seiner Freundin Brie vorbeigekommen.

„Wie geht’s Brie?“

Matthew zuckt die Achseln. „Das ist vorbei.“

„Was war denn los? Sie hat einen echt netten Eindruck gemacht.“

„Sie war auch echt nett. Es hat einfach das gewisse Etwas gefehlt.“ Mit ernster, beinahe trauriger Miene nimmt Matthew einen langen Schluck von seinem Bier und stellt die Flasche zurück auf die Bar. „Das lässt sich ja nun leider nicht kontrollieren, auch wenn es das Leben um einiges einfacher machen würde."

„Das kannst du laut sagen", bekräftige ich und nehme den letzten Schluck von meinem zweiten Glas Wein.

„Ally hat erzählt, dass du mit jemandem zusammen bist. Nicht derjenige, den du dir freiwillig ausgesucht hättest?"

Als von hinten Vinnys vertraute sexy Stimme ertönt, zucke ich zusammen. „Auf die Antwort bin ich gespannt." In seinem Ton liegt eine ungewohnte Schärfe.

Ich schlucke schwer und drehe mich auf meinem Stuhl um. Vinny steht dicht hinter uns, zwischen den zwei Barhockern, auf denen Matthew und ich sitzen. Er sieht wütend aus, hat die Fäuste geballt – als könnte er sich nicht entscheiden, ob er zu mir kommen oder den Mann in Stücke reißen soll, der neben mir sitzt.

Matthew steht auf, und ihn umgibt die gewohnte Respekt einflößende Aura. Bei der stummen Geste flammt Vinnys Temperament nur noch höher auf. Mir wird klar, dass ich sofort auflösen muss, was sich hier gerade zusammenbraut, und so rutsche ich ebenfalls von meinem Hocker und hisse die weiße Fahne. Ich richte all meine Aufmerksamkeit auf Vinny und lege ihm beide Hände an die Brust, um zärtlich seine Lippen mit meinen zu streifen.

„Hi."

Nach einem kurzen Blick auf Matthew wendet Vinny sich wieder mir zu und fragt: „Wer ist dein Freund hier?"

Wenigstens hat mein Kuss einen Teil der Wut von seinen Zügen getilgt, wenn auch nicht alles. Ich stelle die beiden einander vor. „Das ist Allys Bruder Matthew. Matthew, das ist …"

„Vince Stone“, beendet Matthew meinen Satz für mich.

„Verfolgst du seine Kämpfe?“ Verwirrt ziehe ich die Augenbrauen zusammen.

„Gewissermaßen.“

Was zum Teufel soll das denn nun wieder heißen? Das war eine klare Ja-oder-Nein-Frage. „Gewissermaßen?“, hake ich nach und warte auf eine Erklärung.

„Letztes Jahr haben wir eine Schlägerei in einer Bar aufgelöst. Ich hätte ihn beinahe festgenommen, weil er so einem Großmaul die Nase gebrochen hat.“

Vinny schließt die Augen, und sein Kiefer spannt sich an. Offenbar hat er Matthew nicht wiedererkannt. Als er die Augen wieder öffnet, nickt er Matthew zu. „In dem einen Jahr hat sich viel verändert.“

„Das hoffe ich.“ Matthew lässt den Blick zwischen Vinny und mir hin- und herwandern. „Sie ist wie eine Schwester für mich.“

Immer noch sichtlich angespannt fährt Vinny sich mit einer Hand durchs Haar und wendet sich mir zu. „Können wir los?“

In dem Bewusstsein, dass ich mich auf dünnem Eis bewege, nicke ich stumm und lächle Matthew zu, wobei ich es sorgsam vermeide, ihm eine Gelegenheit zu unserem üblichen Abschiedskuss zu geben. Irgendetwas an Vinnys Haltung sagt mir, dass Matthews Lippen auf meiner Haut keine gute Idee wären. Besitzergreifend fasst Vinny mich um die Hüften, und ich bedanke mich noch schnell bei Matthew für die Drinks, bevor wir zum Essen hinüber ins Restaurant gehen.

„Bist du böse auf mich?“ Schon seit wir uns hingesetzt haben, ist Vinny still, aber das ist es nicht, was mir einen Knoten im Bauch bereitet und es mir schwer macht, mich zu entspannen. Es sind die nonverbalen Dinge, die für mich Bände sprechen – Dinge, die einem Außenstehenden gar nicht auffallen würden. Weder hat er für mich bestellt, noch hat er sich mit auf meine Seite des Tischs gesetzt – nicht einmal ein die Grenzen des Anstands strapazierender Kuss, um sein Revier zu markieren.

„Sollte ich?“ Seine Augen halten meinen Blick fest.

„Natürlich nicht. Matthew ist für mich wie ein Bruder.“

„Um den mache ich mir auch keine Sorgen.“

„Was ist dann los?“

„Wie lautet die Antwort auf seine Frage, Liv?“ Er muss nicht präzisieren, um welche Frage es ihm geht. Er will wissen, ob mein Kopf das Gleiche will wie mein Herz. Hätte ich mich bewusst für ihn entschieden, hätte mein Herz nicht seine eigenen Vorstellungen gehabt? Ich wünschte, ich könnte meine Reaktion verbergen, doch er hat eine Gabe dafür, mich zu durchschauen, und liest die Antwort an meiner Miene ab.

Stumm schließt er die Augen, fast als würde er eine verdiente Strafe entgegennehmen, und bei seinem knappen Nicken wird mir das Herz in der Brust schwer. Ich greife nach seiner Hand und antworte schließlich doch: „Ich glaube nicht, dass es eine Rolle spielt, was wir für Pläne für uns selbst haben. Manche Dinge im Leben sind einfach zu machtvoll, als dass wir sie ändern könnten.“

Als wir das Restaurant verlassen, hat Vinnys Stimmung sich etwas gehoben, und lachend machen wir uns zu Fuß auf den Weg zu seiner Wohnung. Das dritte Glas Wein zum Essen hat mich leicht betrunken gemacht, doch dank Vinnys Arm um meine Schultern gerate ich nicht ins Wanken. „Erinnerst du dich noch an den Nachmittag, als wir im Park ‚Romeo und Julia' bearbeitet und das Stück mit wechselnden Rollen vorgelesen haben?"

„Ob ich mich erinnere? Wie könnte ich das je vergessen? Ich saß an den Baum gelehnt da, und du lagst mit dem Kopf auf meinem Schoß, eine Handbreit von meinem Schritt entfernt. Ich hab nichts von dem verstanden, was du vorgelesen hast, aber es war schön, auf dich runterzuschauen und dir zuzusehen … wie dein Mund sich bewegt hat. Und ständig musste ich mich anders hinsetzen, damit mein Schwanz dich nicht ins Auge pikst", scherzt Vinny.

Als wir vor seinem Haus ankommen, drehe ich mich zu ihm um und lege ihm die Arme um den Hals. Der Alkohol macht mich mutig, und so stelle ich mich auf die Zehenspitzen und bringe meinen Mund ganz dicht an sein Ohr. „Als ich an dem Abend wieder zu Hause war, hab ich mich angefasst. Hab zum ersten Mal masturbiert, mit deinem Bild vor meinem inneren Auge", vertraue ich ihm flüsternd an.

Mit einem kehligen Laut hebt Vinny mich hoch, wirft mich über seine Schulter und hastet die Treppe hinauf, immer zwei Stufen auf einmal.

In fieberhafter Eile schließt er die Tür auf und tritt sie hinter uns zu, bevor er mich ins Schlafzimmer trägt, wo er mich sanft am Fußende des Betts absetzt.

Er weicht einen Schritt zurück und betrachtet mich so intensiv, dass mich eine bebende Vorfreude durchläuft. Bei der Art, wie er mich ansieht, voll hungriger … unbändiger Begierde, pulsiert mir das Blut in den Adern, und jede Nervenzelle in meinem Körper ist in Alarmbereitschaft versetzt, obwohl er mich noch nicht einmal angefasst hat.

„Zeig's mir", befiehlt er mit seiner sündhaft sexy Stimme. Der gutturale Klang hat weit mehr Wirkung auf mich, als irgendein Geräusch auf einen Menschen haben sollte.

Auch wenn ich weiß, was er meint, schaue ich zu ihm auf und suche nach Bestätigung. „Zeigen?", frage ich atemlos.

„Zeig mir, wie du's dir an dem Abend selbst gemacht hast." Seine Stimme ist noch immer rau, aber diesmal klingt er fordernder. Er weiß, dass dieser Befehlston irgendetwas mit mir macht. Etwas, das ich selbst nicht erklären kann. Es weckt ein Bedürfnis, ihm zu gehorchen, wenn er so mit mir spricht.

„Zieh dich aus." Mit zitternden Händen öffne ich den Reißverschluss meines Rocks und lasse ihn über meine Beine nach unten gleiten. Das Top streife ich auch ab, und dann stehe ich nur noch in meiner schwarzen Spitzenunterwäsche vor ihm und schaue unter langen Wimpern zu ihm empor.

„Den Rest auch." Ich lege meine restlichen Sachen ebenfalls ab, sodass ich mit nichts als meinen Ohrringen und einer langen Weißgold-Kette vor ihm stehe, die zwischen meinen Brüsten liegt und an der auf Bauchnabelhöhe ein großes herzförmiges Medaillon baumelt.

Träge gleitet Vinnys Blick über mich, und mir wird warm. Ich fühle mich schön. Wertgeschätzt. Als seine strahlend blauen Augen meinen Blick einfangen, sagt er: „Setz dich oben aufs Bett, den Rücken ans Kopfteil gelehnt."

Dass er immer noch voll bekleidet am Fußende steht, lässt mich zögern, aber schließlich zwinge ich mich, seine Anweisungen zu befolgen. Mit jedem Befehl aus seinem Mund wächst mein Wunsch, ihm zu gefallen.

„Beine auseinander", verlangt er als Nächstes. Bei der Vorstellung, so völlig entblößt vor ihm zu sitzen, zögere ich erneut. Doch als ich zu ihm aufschaue, spürt er mein Verlangen. „Na los."

Langsam, fast verlegen öffne ich die Beine, vielleicht dreißig Zentimeter, aber weit genug, dass er mich sehen kann.

„Weiter."

Mit einem tiefen Atemzug schiebe ich die Füße auseinander, so weit ich kann, ohne dass es unangenehm wird. Das Lächeln auf seinem Gesicht verrät mir, dass er sehr zufrieden ist. Das hilft mir, dieses Gefühl von völliger Entblößung abzuschütteln.

Er kommt einen Schritt näher, bleibt jedoch weiterhin am Fuß des Betts. „Zeig es mir, meine Schöne. Wie hast du dich in jener Nacht beim Gedanken an mich angefasst?"

Mein Blick huscht zu seinen Augen, und das ungebrochene Begehren, das dort lodert, gibt den letzten Ausschlag, bringt mich dazu, ihm zu geben, was er will. Langsam hebe ich eine Hand an meine Brustwarze. Mit dem Fingernagel fahre ich zaghaft über das empfindsame rosige Fleisch, und der ohnehin schon geschwollene Nippel richtet sich noch weiter auf. Ich schließe die Augen und lasse mich in das berauschende Gefühl hineinsinken, das mich erfüllt, wenn ich mich selbst befriedige.

Als Nächstes hebe ich die Finger an den Mund und befeuchte sie mit der Zunge, bevor ich sie wieder an meine Brustwarze lege und diese in kleinen, kreisenden Bewegungen massiere. Als kühle Luft auf die Feuchtigkeit trifft, entweicht mir ein leises, kehliges Stöhnen, und meine Sehnsucht wächst. Fest zwirble ich die empfindsame Spitze zwischen den Fingern, bis das Ziehen geradewegs in meinen längst pulsierenden Kitzler hinunterschießt.

Als ich die Augen öffne, sehe ich Vinny immer noch an derselben Stelle stehen. Mit halb gesenkten Lidern und vor Lust glasigem Blick beobachtet er aufmerksam, wie meine Hände sich auf meinem Körper bewegen. Seine Augen sind dunkel und voller Hitze, als er wieder zu mir aufschaut und unsere Blicke sich treffen. Ich hole tief Luft, schöpfe neuen Mut aus dem Begehren, das ich in ihm erkenne, und lasse meine Hand langsam über meinen Körper nach unten gleiten. Zu sehen, wie er die Augen nicht von meiner Hand wenden kann, während ich es mir selbst mache, ist beinahe so erregend – wenn nicht mehr – wie die Berührung an sich.

Sachte streife ich mit Zeige- und Mittelfinger über meinen Kitzler und übe in sanften, rhythmischen Kreisen nach und nach mehr Druck aus. Jedes Mal durchfährt mich ein kleiner Stromschlag, der mir durch sämtliche Nervenzellen schießt, und mein Körper ist wie elektrisiert von meiner eigenen Berührung.

Meine Lust steigert sich, und ich spüre das unverkennbare Zusammenziehen in meinem Inneren. Ich brauche mehr. Wieder schließe ich die Augen und dränge entschlossen alle Hemmungen und alle Schüchternheit zurück, die noch in den hintersten Winkeln meines Gehirns lauern. Dann gleiten meine Finger tiefer und umkreisen langsam die feuchte Hitze. Mir entfährt ein Keuchen, als ich zwei Finger in mich schiebe und meine inneren Muskeln spüre.

Vinny knurrt, und bei dem Geräusch zieht sich alles in mir zusammen, und mein Orgasmus nimmt seinen Lauf. Jetzt pumpen meine Finger ohne jede Zurückhaltung in mich. Die langsame Massage wird schnell zu tiefen, ausladenden Stößen, und ich stöhne, als meine Finger rein- und rausgleiten, rein und raus, sehne mich verzweifelt nach dem Gefühl des Ausgefülltseins, das nur Vinny mir schenken kann, wenn er in mir ist.

Vage dringt das Geräusch eines Reißverschlusses an mein Ohr, und ich nehme Bewegung wahr, aber im Augenblick bin ich zu sehr auf meine eigene Erlösung fokussiert, als dass irgendetwas anderes mich wirklich erreichen würde.

„Mach die Augen auf", sagt Vinny mit dunkler, belegter Stimme, doch sein Tonfall macht unmissverständlich klar, dass es ein Befehl ist, keine Bitte. Ich gehorche.

„Ich will in dir sein, wenn du kommst. So unfassbar heiß ich es auch finde, dir zuzusehen, wie du es dir selbst machst – ich bin selbst auf *dich* eifersüchtig, wenn du dich zum Orgasmus bringst und nicht ich." Besitzergreifend packt er mich an den Hüften und zieht mich aufs Bett hinunter, um sich über mir zu positionieren. „Augen auf. Du kommst mit *mir* in dir“, beschwört er mich, als er sich in mich versenkt. Dick und hart füllt sein Schwanz mich aus.

„Fühlt es sich besser an, wenn ich in dir bin?“, presst er heiser hervor und schlägt ein fieberhaftes Tempo an. Mit jedem Stoß dringt er tief in mich ein und zieht sich dann fast vollständig wieder aus mir zurück.

„Ja.“

„Sag es, wer bringt dich zum Orgasmus?“

„Du“, wimmere ich und bebe unter der Macht meines nahenden Höhepunkts.

„So unfassbar schön.“ Fast brutal presst Vinny seinen Mund auf meinen, während ich wieder und wieder seinen Namen stöhne und mein Orgasmus mich überrollt wie ein Tsunami. Woge um Woge pulsierender, unkontrollierbarer Zuckungen umklammert seinen Schaft in mir. Während ich noch die Nachwehen abreite, spüre ich, wie Vinny sich heiß in mich ergießt und so tief in mein Innerstes stößt, als wollte er ein Stück von sich für immer dortlassen.

KAPITEL 45 Vince

Ich war noch nie ein Morgenmensch, aber der Anblick von Livs nacktem Hintern in meinem Bett könnte das tatsächlich ändern. Gerade als ich ihr zeigen will, wie sehr mir diese Aussicht gefällt, klingelt auf dem Nachttisch mein Handy.

Schon strecke ich den Arm aus und will „Anruf ablehnen" drücken – wen interessiert's, wer da dran ist? Das kann warten –, da sehe ich den Namen und das Bild auf dem Display. Sie zu sehen ist schlimmer als ein Eimer kaltes Wasser. Meine Mutter. Sonst ruft sie nie an, und erst recht nicht an einem Sonntagmorgen um acht Uhr früh. Unbehagen schießt mir in die Magengrube.

„Was gibt's?"

„Würdest du heute vorbeikommen, damit wir mal reden können?"

„Sicher, ist alles in Ordnung?" Sie klingt nüchtern, und allein das lässt bei mir schon die Alarmglocken schrillen, so seltsam das auch ist.

„Mir geht's gut. Ich brauche bloß ein bisschen Hilfe dabei, mir was zu überlegen." Ihre Stimme bricht. „Tut mir leid, dass ich dich damit belästige. Ich weiß, ich habe kein Recht, dich um irgendwas zu bitten, aber …" Ihre Stimme zittert, bevor sie verstummt.

„In einer Stunde bin ich bei dir. Wir kriegen das schon hin. Mach dir keine Sorgen."

Ich werfe das Telefon zurück auf den Nachttisch und reibe mir das Gesicht. Mit einem tiefen, reinigenden Atemzug lasse ich mich zurück ins Bett fallen und versuche, mich zu entspannen.

„Alles okay?", erklingt Livs wunderbare Stimme. Ich hatte gar nicht bemerkt, dass sie wach ist. Sanft drückt sie mir einen Kuss auf die Brust, legt ihren Kopf darauf und schlingt einen Arm um mich, um sich eng an mich zu kuscheln.

Scheiße, ich liebe, wie sich das anfühlt. Früher konnte ich es nicht ausstehen, wenn Frauen mich angetatscht haben, außer beim Sex. Ich habe keinen Sinn darin gesehen, mit einer zusammen im Bett zu liegen, solange wir nicht darauf hingearbeitet haben, dass einer von uns – oder wir beide – kommt. Doch hier liege ich nun und will nichts lieber tun, als die Finger durch ihr Haar gleiten zu lassen und die Wärme ihrer Wange auf meiner Brust zu spüren. *Fuck*, bald fresse ich ihr aus der Hand. Werde genauso ein Pantoffelheld wie Nico und darf mich dafür auch noch die ganze Zeit von den Jungs verarschen lassen.

„Das war meine Mutter. Sie will, dass ich vorbeikomme."

„Warum, hat sie nicht gesagt?"

„Nein. Aber irgendwas ist da im Busch. Sie ruft mich nie an – nur, wenn sie in Schwierigkeiten steckt."

„Kann ich mitkommen?"

„Du willst mitkommen?"

„Sicher, ich würde mich freuen, deine Mom kennenzulernen."

Wieso? Ich selbst wünschte, ich könnte vergessen, dass wir einander je begegnet sind. „Wenn du willst."

„Ja, will ich."

„Okay. Ich hab ihr gesagt, ich bin in einer Stunde bei ihr ... Das bedeutet, wir haben noch eine halbe Stunde totzuschlagen." Schwungvoll drehe ich sie auf den Rücken, was ihr ein fröhliches Kichern entlockt. Das Geräusch bringt mich zum Lachen. *So was von Pantoffelheld.*

„Mom?" Als wir die Wohnung betreten, bin ich überrascht, meine Mutter nicht auf ihrem üblichen Platz vorzufinden ... auf der Couch vor dem Fernseher.

Stattdessen kommt sie aus dem Schlafzimmer und sieht gar nicht allzu schlimm aus. „Hallo, Schätzchen." Sie ist zu dünn und braucht dringend ein bisschen Farbe im Gesicht, aber zumindest scheint sie heute Morgen bei klarem Verstand zu sein. Und wenn ich mich nicht täusche, sind sogar ihre Kleider sauber. Ist heute irgendein Feiertag, den ich verpennt habe?

Ich nehme Liv bei der Hand und führe sie ins Wohnzimmer. Es riecht nach altem Zigarettenrauch und einer jahrelangen Sammlung von verschüttetem Zeug, das unterm Teppich vergammelt ist, weil sie zu breit war, um sauber zu machen.

Verwirrt schaut meine Mutter zwischen Liv und mir hin und her. Wieso sie so erstaunt ist, verstehe ich nicht ganz ... Früher habe ich ständig Frauen hier angeschleppt. Von meinem sechzehnten bis zum neunzehnten Geburtstag jeden Monat eine andere, bis ich dann ausgezogen bin.

„Das ist Olivia."

Lächelnd geht Liv auf meine Mutter zu und reicht ihr die Hand. So höflich und zuvorkommend – ich komme mir vor wie der letzte Idiot, weil ich sie mitgebracht habe. „Hi, Mrs Stonetti, wie schön, Sie kennenzulernen." Ihr Lächeln ist ehrlich, das sehe ich ihr an. Auch wenn ich mir nicht sicher bin, warum – denn ich selbst wäre im Augenblick überall lieber als hier.

„Freut mich auch, Olivia." Meine Mutter lächelt sie ebenfalls an, dann auch mich. Bis eben habe ich mir darüber keine Gedanken gemacht, aber es ist verdammt lange her, dass ich dieses Lächeln gesehen habe. Zu lange.

Gemeinsam lassen wir uns nieder, meine Mutter auf ihrem gewohnten Platz auf der Couch und Liv und ich ihr gegenüber auf dem Zweiersofa. „Also, Mom, was ist los?"

Nachdenklich blickt sie von Liv zu mir und zurück, ohne etwas zu sagen. Offensichtlich ist sie sich unsicher, ob sie ihre schmutzige Wäsche vor Liv ausbreiten soll.

„Ist schon gut, Liv weiß, was los ist", beruhige ich sie.

„Diese zwei Männer waren noch mal hier. Sie haben gesagt, sie konnten Jason nicht finden, und mir würden nur noch ein paar Tage bleiben. Es tut mir leid, dass ich dich mit der ganzen Sache belaste. Immer mache ich dir nur Ärger." Ihr treten Tränen in die Augen. „Ich weiß nur einfach nicht, was ich tun soll. Ich kann ihn nirgends finden."

Ich stoße den Atem aus und kläre sie auf. „Er ist irgendwo im Norden. Anscheinend hat er da eine Schwester."

„Woher weißt du das?“

„Liv und ich haben einen kleinen Ausflug gemacht, um einer Spur nachzugehen. Bis wir da waren, hatte er schon wieder das Weite gesucht, aber das Pack, bei dem er untergekrochen ist, hat gesagt, er ist zu seiner Schwester gefahren, um sich zu verstecken. Sofern man den Aussagen von einem Haufen drogensüchtigem Abschaum Glauben schenken will.“

Empfindlich getroffen verzieht meine Mutter das Gesicht. Nett ist es nicht, aber es ist die Wahrheit … genau das sind diese Leute. Unzuverlässige, cracksüchtige, beschissene Versager. Plötzlich liegt Livs Hand auf meinem Oberschenkel und drückt zu. Als ich zu ihr aufschaue, bedenkt sie mich mit einem tadelnden Blick.

„Ich gehe hin und rede mit denen. Vielleicht können wir uns ein bisschen mehr Zeit verschaffen. Irgendwann taucht der Penner garantiert wieder auf – spätestens wenn er es sich mit seiner Schwester verscherzt. Dürfte nicht allzu lange dauern, bis er alle einmal durchhat, die noch bereit sind, ihn zu unterstützen, und wieder hier angekrochen kommt.“

Als wir einige Zeit später wieder in meinem Pick-up sitzen, ist Liv still. Bis sie ihr Schweigen bricht. „Kannst du nicht ein bisschen netter zu ihr sein? Sie ist immerhin deine Mutter.“

Das soll doch wohl ein Scherz sein. „Der Elternteil in diesem Haushalt war immer ich, Liv, seit ich alt genug war, um sie abends ins Bett zu schleifen. Von mir kriegt sie keine Sonderbehandlung. Das ist nicht das erste Mal, dass ich ihren Arsch aus der Scheiße ziehe, und es wird auch nicht das letzte Mal sein.“

„Ich weiß. Es ist bloß ...“

„Nein, du weißt *nicht*“, unterbreche ich sie. „Du bist in deiner perfekten kleinen Familie aufgewachsen, mit deinen perfekten Noten und deinem hübschen kleinen Leben. Du hast keine Ahnung, also sag mir nicht, du würdest irgendwas wissen.“

KAPITEL 46 Liv

Als Vinny und ich gestern auseinandergegangen sind, hat eine seltsame Stimmung zwischen uns geherrscht. Ich wollte ihm Zeit geben, sich abzuregen – in der Erwartung, dass er es einsehen würde. Dass ich nur helfen wollte, auch wenn er vermutlich recht hat mit der Aussage, dass ich keinen Schimmer von der Beziehung zwischen ihm und seiner Mom habe. Aber er hat sich den ganzen Tag nicht mehr gemeldet, und ich weiß, dass er heute schon früh in den Boxclub wollte, um die erste Hälfte seiner Trainingseinheit abzureißen.

Mir knurrt der Magen, eine unbehagliche Erinnerung daran, dass es beinahe zwölf Uhr mittags ist. Doch bei der Vorstellung, allein zum Mittagessen zu müssen, vergeht mir der Appetit fast wieder. Die Erinnerung an den Zwischenfall mit Senator Knight ist noch äußerst frisch. Der Mann macht mir Angst.

Verzweiflung kann selbst gute Menschen dazu treiben, schlimme Dinge zu tun. Was sie mit bösen Menschen macht, daran mag ich nicht einmal denken. Aber ich habe auch schon das Abendessen gestern ausgelassen. Beim Gedanken an meine Diskussion mit Vinny hatte ich plötzlich irgendwie keinen Hunger mehr. In einer ewigen Abwärtsspirale zerren meine Schuldgefühle mich runter.

Schließlich raffe ich mich auf und gehe los, doch als ich aus der gläsernen Drehtür trete, erwartet mich ein Anblick, bei dem mir das Herz stehen bleibt. Direkt vor mir am Bordstein parkt ein Motorrad, und daran gelehnt steht Vinny. Die Beine lässig an den Knöcheln gekreuzt, in der Hand einen großen Blumenstrauß in leuchtenden Farben. Sämtliche Frauen drehen sich nach ihm um, und selbst einige Kerle bleiben stehen und starren.

Der Mann ist einfach so übertrieben sexy, verdammt. Heute trägt er ein weißes T-Shirt und eine Jeans, die perfekt auf seinen schmalen Hüften sitzt, und für seine zerzauste Frisur würden manche Leute viel Geld zahlen und trotzdem nur wie eine billige Kopie wirken. Ein paar Meter vor mir steht das Original. Der, den andere nachzuahmen versuchen. Inklusive Dreitagebart, eines breiten Lächelns mit tiefen Grübchen und funkelnder blauer Augen, die einen nicht mehr loslassen.

„Suchst du jemand Bestimmtes?“, frage ich. Grinsend beobachtet er, wie ich auf ihn zukomme.

„Ja, meine Freundin, die wahrscheinlich ziemlich sauer auf mich ist, weil ich ein kompletter Idiot war. Hast du sie zufällig irgendwo gesehen?“

Ich spiele mit und zeige die Straße hinunter. „Ich glaube, sie ist da lang gegangen.“

Vinny schnappt sich meinen ausgestreckten Arm und zieht mich an sich. Mit einer Hand hält er mir die Handgelenke hinter dem Rücken fest. „Verzeihst du mir?“ Zärtlich drückt er mir einen Kuss auf die Lippen.

Trocken antworte ich: „So leicht bin ich deiner Einschätzung nach also rumzukriegen? Ein sexy Lächeln und ein Blumenstrauß?“

„Du findest mein Lächeln sexy?“ Seine Grübchen werden tiefer.

Ich verdrehe die Augen und entgegne: „Du hörst auch nur, was du hören willst.“

Da zieht er mich enger an sich und hebt die Augenbrauen. „Ich will hören, wie du beim Versöhnungssex meinen Namen stöhnst“, sagt er zu laut.

„Pssst!“, zische ich und sehe schon, wie sich ein paar Köpfe nach uns umdrehen.

„Magst du’s etwa nicht, wenn ich in der Öffentlichkeit das Wort ‚Sex‘ in den Mund nehme?“ Diesmal schreit er das Wort praktisch, mitten auf dem dicht bevölkerten Bürgersteig in der Chicagoer Innenstadt zur Mittagspausenzeit. Ich spüre, wie mir die Röte ins Gesicht steigt, als sich noch mehr Blicke auf uns richten.

„Okay, okay, ich verzeihe dir. Aber jetzt sei bitte still.“

Mit triumphierender Miene nimmt er meine Hand und führt mich zum Mittagessen aus. Und die ganze Zeit über sorgt der Blumenstrauß in seiner Hand dafür, dass er noch mehr Aufmerksamkeit auf sich zieht als sonst.

Nach dem Essen begleitet er mich bis zum Eingang des Bürogebäudes, und ich komme mir vor wie eine Fünfzehnjährige, die nach einem Date unter den wachsamen Blicken ihres

Vaters noch zur Tür gebracht wird. Ohne sich um die restliche Welt zu scheren, küsst er mich, während die Leute um uns herum wahrscheinlich mit offenem Mund dastehen und ein leises Unbehagen angesichts dieses leidenschaftlichen Schauspiels in der Öffentlichkeit verspüren. Lächelnd reicht er mir den Blumenstrauß, den er die letzte Stunde über getragen hat, und gibt mir einen festen Klaps auf den Hintern, als ich mich umdrehe.

„Hi, Summer." Als ich beim Klang ihres Namens aus seinem Mund herumfahre, zwinkert Vinny mir zu. Zuerst denke ich, er macht bloß einen Scherz, doch das missmutige Gesicht, das – sichtlich irritiert von seinem Lächeln – an mir vorbeirauscht, ist unverkennbar ihres.

KAPITEL 47 Vinny

Noch nie in meinem Leben ist es mir in den Sinn gekommen, einen Kampf gewinnen zu wollen, um eine Frau zu beeindrucken. Sicher, mir ist klar, dass meine bisherigen Siege das Vorspiel zu einigen meiner Eroberungen waren, aber das war nie der *Grund*, aus dem ich gewinnen wollte. Bis jetzt.

Bei meinem Kampf nächste Woche geht es nicht bloß um mich – ich will, dass Liv stolz auf mich und das von mir Erreichte ist. Für mich verändert sich gerade so einiges. Was ich denke und fühle, wie ich das Leben betrachte. Das schenkt mir zusätzliche Motivation, aber zugleich jagt es mir auch eine Scheißangst ein.

Ich bin immer noch im Boxclub, obwohl mein Training schon seit einer Stunde vorbei ist. Lege eine zusätzliche Runde Kardio auf dem Laufband ein – früher war das für mich bloß eine Strafe. Aber ich will vorbereitet sein. Also fordere ich mich ein bisschen mehr, bleibe ein bisschen länger, gehe klüger an die Sache ran.

Schließlich schalte ich von meinem Lauf- zum Gehtempo, um mich abzukühlen. Als ich mir das Handtuch um den Nacken lege, fällt mir eine Frau ins Auge, von der ich nicht erwartet hätte, dass sie hier aufkreuzt. Sal, unser Mann an der Empfangstheke, zeigt ihr mit wackelnden Augenbrauen und einem schmutzigen Grinsen, wo ich bin, und ich sehe zu, wie sie auf mich zustolziert kommt. Sie ist es definitiv gewohnt, dass Männern ihre Show gefällt. Doch für mich ist diese Show bloß eine Wiederholung, die ich schon viel zu oft gesehen habe, und so bin ich gelangweilt, bevor sie überhaupt bei mir ankommt.

„Hi, Vince“, schnurrt sie mit glänzenden Lipgloss-Lippen.

„Summer“, begrüße ich sie mit einem knappen Nicken. Ich weiß, was hier läuft. Für eine Frau wie sie bin ich bloß ein Spiel – und zwar eins, das sie spielen will, um der Frau eins auszuwischen, die im Büro neben ihr sitzt. *Meiner* Frau. Das kann sie sich abschminken.

„Könnten wir uns vielleicht ein paar Minuten unterhalten?“ Bemüht kokett neigt sie den Kopf zur Seite.

„Ich hab gerade viel zu tun. Worum geht’s, Summer?“

Sie schaut nach links und rechts, dann lehnt sie sich vor und senkt die Stimme, obwohl sie sich gerade höchstpersönlich davon überzeugt hat, dass niemand in Hörweite ist. „Ich helfe Olivia mit ihrer Story, dafür wollte ich dir bloß noch ein paar Fragen stellen.“

„Ihre Story wurde schon vor Wochen gedruckt. Was willst du ihr da denn bitte noch helfen?“

Das Laufband piepst und zeigt damit das Ende meiner Abkühlphase an. Für einen Moment ziehe ich in Erwägung, noch ein paar Meilen hintendran zu hängen, nur um es für Summer schwieriger zu machen, mich vollzulabern. Aber in einer Stunde soll ich Liv abholen, also lasse ich es. Stattdessen springe ich vom Band und verschränke die Arme vor der

Brust, um mein Desinteresse und meine Ungeduld deutlich zu machen.

„Oh, nicht diese erste Story. Die, an der sie jetzt arbeitet."

„Ich weiß nicht, wovon du redest, Summer, aber ich hab's eilig, weil ich gleich Liv abhole. Kannst du also mal zum Punkt kommen?" Meine Ungeduld ist nicht gespielt – ich *bin* ungeduldig. Summer soll verschwinden.

„Die Story über ..." Sie hält inne und blickt sich um. Wieder diese Geste, als wollte sie sichergehen, dass die Luft rein ist. *Was soll der Scheiß, Dramaqueen?* Und dann flüstert sie: „Du weißt schon, über deinen richtigen Vater."

Eine Stunde später stehe ich vor Livs Tür. Ich tigere einige Sekunden auf und ab, bevor ich klopfe. Mir schwirrt der Kopf. Liv würde mich niemals ausnutzen. Oder? Das knochige kleine Miststück muss sich den Blödsinn ausgedacht haben. Wahrscheinlich, weil sie sauer ist, dass ich ihr nicht die Aufmerksamkeit geschenkt habe, auf die sie aus war ... um Liv eins auszuwischen. Mit jeder Faser meines Körpers will ich glauben, dass alles, was sie mir erzählt hat, gelogen war, doch dieses nagende Gefühl in meiner Magengrube macht mich fertig. Ich weiß nicht mehr, wo oben und unten ist.

Endlich reiße ich mich zusammen und klopfe an. Liv öffnet die Tür und lächelt, sie sieht aus, als würde sie sich wirklich freuen, dass ich da bin. Kann ich denn ein solcher Vollidiot sein, dass ich nur sehe, was ich sehen will? Als sie meine Miene registriert, verschwindet ihr Lächeln.

„Was ist los?“ Aus ihrer Stimme spricht echte Sorge.

„Kann ich reinkommen?“

„Sicher.“ Sie tritt beiseite und schließt leise die Tür hinter mir.

Ich bringe nicht mal ein paar Sätze Small Talk zustande, und so komme ich gleich zur Sache, keine zwei Schritte hinter ihrer Wohnungstür. „Summer war bei mir.“

Livs Kiefer spannt sich an, und ich bete, dass es ein Zeichen von Eifersucht ist und nicht von Nervosität, aber ich kann es nicht einschätzen. „Okay ...“ Sie zieht das Wort in die Länge.

„Sie hat gesagt, du arbeitest an einer weiteren Story über mich. Stimmt das?“ Bei meiner Frage schaue ich ihr direkt in die Augen. Ihre Reaktion vernichtet mich. Reißt mir das Herz aus der Brust, wirft es zu Boden und trampelt darauf herum. Sie antwortet nicht. Langsam verliere ich die Geduld. Und die Beherrschung.

„Antworte!“, brülle ich sie an. Erschreckt von meiner wütenden Stimme zuckt sie zusammen.

„Es ist nicht, wie du denkst“, flüstert sie. Ihr steigen Tränen in die Augen.

„Antworte auf die gottverdammte Frage, Liv.“ Mein Blick bohrt sich in ihren. Ausdruckslos starrt sie zurück, ohne zu antworten. „Antworte auf die gottverdammte Frage!“

„Ja ... Aber ...“

„Scheiße, willst du mich verarschen?“, falle ich ihr ins Wort, bevor sie weitersprechen kann. Adrenalin schießt durch meine Adern, und ich öffne die verkrampften Fäuste und raufe mir das Haar. Ich komme mir vor wie ein Löwe im

Käfig, bloß dass mich nichts dort festhält – nichts Physisches jedenfalls.

„Es tut mir leid." Jetzt fängt sie an zu heulen. „Ich wollte nicht, dass du es so erfährst. Ich hab versucht, dich zu beschützen."

Nach jahrelangen Enttäuschungen bin ich auf Selbstschutz geeicht, und aus meiner Verletztheit wird Zorn. „Ich brauche keinen Beschützer." Schwer atmend zische ich sie an: „Vor allem nicht *dich*."

„Du verstehst das nicht." Sie hätte Schauspielerin werden sollen, so gottverdammt gut ist sie. Ihre Miene sieht gequält aus, und sie zittert am ganzen Leib, während ihr die Tränen übers Gesicht laufen.

„Nein, Liv, da liegst du falsch. Ich verstehe sehr wohl – endlich. Du bist genau wie alle anderen." Mein irres Lachen macht selbst mir Angst. Ich muss schleunigst hier weg, bevor ich etwas tue, das ich später bereuen würde.

Ich fahre zur Tür herum und reiße sie so heftig auf, dass sie fast aus den Angeln bricht, dann drehe ich mich noch einmal um. „Du hättest mir auch einfach sagen können, dass du es mir mit gleicher Münze heimzahlen willst. Wahrscheinlich hätte ich sogar mitgemacht, so dringend, wie ich dich ficken wollte."

Ich beuge mich vor, bringe mein Gesicht ganz nah an ihres – so nah, dass ich ihren Atem höre, während sie stumm schluchzt. „Die anderen Huren sind wenigstens offen und ehrlich, wenn sie mich benutzen." Es kostet mich all meine Willenskraft, durch diese Tür zu gehen. Aber ich tue es. Ohne einen Blick zurück.

So viel zum Thema Engagement – am nächsten Morgen komme ich mit drei Stunden Verspätung und einem Kater im Boxclub an. Möglicherweise bin ich sogar noch ein bisschen betrunken von gestern Nacht. Oder war es schon Morgen, als ich mit dem Trinken aufgehört habe? Ich habe keine Ahnung, meinen Wecker habe ich kaputt geschmissen. Genau wie mein Handy. Und einen ganzen Haufen anderen Kram, als ich in meinem letzten betrunkenen Wutanfall meine Kommode umgeworfen habe.

„Wo zum Teufel bist du gewesen?", faltet Nico mich zusammen, sobald ich den Empfangstresen hinter mir habe.

„Unterwegs."

„Und dann gehst du nicht ans Telefon?"

„Ist kaputt." Weil ich es gegen die Scheißwand geworfen habe.

„Hat das irgendwas mit der Kleinen zu tun, die ich hier gestern Abend hab reinkommen sehen?", fragt Nico missbilligend.

„Ja, aber es ist nicht, was du denkst."

„Hör mir zu." Nico stellt sich vor mich und legt mir beide Hände auf die Schultern. „Du stehst zu kurz vor dem Ziel, um es jetzt zu versauen. Was auch immer da los ist, komm damit klar, oder leg es auf Eis. Wir haben keine Zeit für Spielchen."

„Verstanden", knurre ich mit zusammengebissenen Zähnen. „Ich bin bloß ein bisschen spät dran, jetzt mach nicht aus einer Mücke einen Elefanten." Ich schüttle seine Hände ab.

Mit misstrauisch zusammengekniffenen Augen mustert Nico mich. „Fünf Meilen auf dem Laufband – krieg erst mal den Kopf frei. Dann fangen wir an."

Eine halbe Stunde später habe ich den Restalkohol von gestern Nacht komplett ausgeschwitzt, und das Brummen in meinem Schädel hat sich zu brüllenden Kopfschmerzen gemausert. Aber der Schmerz fühlt sich gut an. Ich ziehe meinen Kopfschutz über und steige in den Ring, wo Alex auf mich wartet. Er ist einer meiner gewohnten Sparringspartner, aber er hält sich für besser, als er ist, und kann die Klappe nicht halten. Und heute bin ich wirklich nicht in Stimmung für sein gottverdammtes großes Maul.

Mit ein paar Hüpfern bringe ich mein Blut in Wallung, während ich darauf warte, dass auch Alex seinen Kopfschutz anlegt. „War das deine Neue, die ich da gestern Abend hab reinkommen sehen?"

„Nein", antworte ich kurz angebunden und hoffe, dass er den Wink mit dem Zaunpfahl versteht. Aber so viel Glück habe ich natürlich nicht.

„Bist du immer noch mit dieser anderen zusammen? Der Journalistin?"

Ich feuere eine Zweierkombi ab, die er abfängt – gerade so.

„Nein." Die schlichte einzelne Silbe brennt in meiner Kehle.

Alex grinst, und schon sein Lächeln auf meine Antwort hin kotzt mich an, aber es sind seine nächsten Worte, die sein Schicksal besiegeln. „Wenn du mit ihr fertig bist, kann ich ihre Nummer haben? Was für ein Prachtarsch."

Wie ein gereizter Stier sehe ich rot. Vollgepumpt mit Testosteron und Wut gehe ich auf ihn los, und nichts kann mich aufhalten. Mit einer einzigen Geraden, die er nicht einmal kommen sieht, schlage ich ihn nieder, und mein Zorn ist so übermächtig, dass er die Kontrolle übernimmt. Wie besessen prügle ich auf das Gesicht meines Gegners ein, Schlag um Schlag um Schlag, während er unter mir auf der Matte fixiert ist. Als es den vier Kerlen, die ihm beispringen, endlich gelingt, mich von ihm runterzuzerren, ist das Gesicht des armen Typen schon extrem übel zugerichtet.

Alle in dem halb vollen Boxclub weichen vor mir zurück, niemand wagt es, näher als fünf Meter an mich heranzukommen. Außer Nico. Der Penner wusste noch nie, wann er auf Abstand gehen sollte.

„Bist du fertig? Ich hoffe, du hattest deinen Spaß, denn wenn ich heute mit dir fertig bin, wirst du nicht mehr die Arme heben können." Er hält inne und kommt noch einen Schritt näher, sodass er Nase an Nase vor mir steht. „Schaff deinen Arsch zu dem Sandsack da rüber. Zwölf Runden à drei Minuten, eine Minute Pause. Höchstens."

Jeder normale Profikämpfer, selbst in Bestform, würde nach dem mörderischen Training, das Nico mich heute hat abreißen lassen, in der heißen Badewanne liegen und seine Wunden lecken. Aber nicht ich. Ich bin noch immer im Griff des Adrenalins. Wie unter Strom springe ich nach einer kurzen Dusche direkt wieder aufs Motorrad.

Ich muss mit dem Denken aufhören. Muss vergessen. Für eine kurze Zeit nichts mehr empfinden. Es ist schon eine Weile her, dass ich losgezogen bin, um mir eine BBM zu suchen, aber nicht so lange, dass ich vergessen hätte, was ich brauche, um mir den Kopf freizupusten. Ein bisschen harter Sex, bis ich nicht mehr geradeaus gucken kann, sollte da genau das Richtige sein.

Ich stehe an einer roten Ampel und schaue zu dem hoch aufragenden Gebäude neben mir auf, während ich wartend die Füße auf den Boden setze. *Daily Sun Times*. Mich überkommt ein so starker Drang, das Motorrad geradewegs in die gläserne Front zu jagen, dass ich darum kämpfen muss, zu bleiben, wo ich bin.

In meiner vorderen Hosentasche brennt mir etwas, das mir irgendwo im Hinterkopf festsitzt, ein Loch in die Jeans, bis ich hineingreife und eine Visitenkarte herausfische. Auf der Rückseite steht eine handgeschriebene Adresse. Summer Langley. Als die Ampel auf Grün schaltet, biege ich links ab, statt geradeaus weiterzufahren.

Als sie die Tür öffnet, trägt sie bloß einen knappen Morgenmantel und ein Lächeln. Worte braucht es nicht, doch dieses Lächeln kenne ich gut. Sie mag nobler aussehen, ein bisschen mehr was fürs Auge bieten als die Durchschnitts-BBM im Flannigan's, aber im Grunde ist sie nichts anderes. Hat keine Ahnung, wer ich bin, und will nicht mal versuchen, es herauszufinden. Zieht ihre Vorstellung von mir der Realität vor. Normalerweise spiele ich dieses Spiel bereitwillig mit. Aber heute … heute bin ich hier, um mir zu holen, was ich brauche.

Der Schlafmangel sitzt mir in den Gliedern, und mein Körper schreit nach Erholung, doch ich wälze mich gnadenlos aus dem Bett. Jeder einzelne Muskel in meinen Armen und Beinen protestiert. Nico denkt garantiert, dass er mich heute nicht zu Gesicht bekommt. Dass ich nach der Tortur, die er mir gestern verpasst hat, zu schwach bin, um trainieren zu kommen.

Aber ich bin zu stur, um ihm die Befriedigung zu gönnen, recht zu behalten. Also gönne ich mir zehn zusätzliche Minuten unter der Dusche, um das kochend heiße Wasser über meinen Muskelkater laufen zu lassen, bevor ich extrafrüh das Haus verlasse. Ich muss noch bei der einzigen anderen Frau vorbeischauen, der ich je erlaubt habe, mir echtes Leid zuzufügen.

Der Türknauf lässt sich schon drehen, bevor ich den Schlüssel hineinstecke. Kein gutes Zeichen. Wenn sie unter Drogen steht, geht ihr jeglicher Selbsterhaltungstrieb über Bord. Zu meiner Überraschung finde ich sie jedoch wach und ansprechbar vor. Sie sitzt rauchend auf der Couch, vor ihr steht ein voller Aschenbecher. Und statt der gewohnten zwei Versager sitzt ihr gegenüber auf der Couch wieder das dynamische Duo. Die beiden sehen besser aus als die meisten anderen Leute in diesen Kreisen, aber es ist nicht alles Gold, was glänzt. Diese Typen bringen mehr Ärger als alles andere, was sie sich je eingebrockt hat.

Der Kleinere der beiden, der offenbar fürs Reden zuständig ist, entdeckt mich als Erster. Fast unmerklich lässt er seine Jacke auseinandergleiten, eine stumme Erinnerung daran, wer hier das Sagen hat, bevor ich auch nur den Mund aufmachen kann.

„Was ist hier los, Ma?“ In dem Zimmer ist es so still, dass ich höre, wie sie an ihrer Zigarette zieht. Der Stummel ist schon so kurz, dass sie nur noch die Dämpfe des Filters einatmet und kurz davor ist, sich die Finger zu verbrennen.

Sie lächelt mich an und schließt die Augen. Eine Miene, die um Verzeihung bittet und mir zugleich sagt, dass sie froh ist, dass ich hier bin. „Sie haben Jason gefunden.“

Ich atme tief aus und bin ein wenig erleichtert. Lange hält das Gefühl allerdings nicht an.

„Tot. Überdosis“, erklärt der Drogendealer mit der Waffe stoisch.

Toll, einfach nur scheißfantastisch. Verzweifelt greife ich nach dem letzten Strohhalm, auf den ich noch hoffen kann. „Und sind neben der Leiche zufällig auch die Drogen oder das Geld aufgetaucht?“

Schweigend schüttelt er langsam den Kopf.

Natürlich nicht, was habe ich auch erwartet? Das hier ist mein Leben, seit gut zwanzig Jahren das Land des *Scheiße, ich fasse es nicht*. „Und jetzt? Euch fehlen zweihundert Riesen.“ Ich blicke zu meiner Mom hinüber, die mich anschaut, und sehe sie bei meinen nächsten Worten zusammenzucken.

„Bringt ihr sie um, fehlen euch immer noch zweihundert Riesen. Damit gewinnt ihr gar nichts, bloß dass ihr von da an jede Minute eines jeden Tages auf der Hut sein müsst. Weil ich euch das Genick brechen werde, wenn ihr es am wenigsten erwartet." Regungslos starre ich einem Mann in die Augen, der selbst bereits getötet hat.

Wenn man nichts mehr zu verlieren hat, geschieht etwas Seltsames. Alles, was man sagt, ist genau auf den Punkt. Kein Überlegen mehr, keine Versuche, das Gesagte nett zu verpacken. Weil es einem ab diesem Moment scheißegal ist, was irgendjemand anders denkt.

Unverwandt starren der Drogendealer und ich einander an, minutenlang, ohne dass einer von uns einknickt. Keiner zuckt auch nur mit der Wimper. Dann steht er auf, und als er den Kopf schüttelt, huscht etwas über sein Gesicht, das beinahe aussieht wie ein echtes Lächeln. „Du gefällst mir, Kleiner. Entweder bist du noch durchgeknallter, als ich dachte, oder du hast Eier aus Stahl." Er nimmt eine Sonnenbrille aus seiner Brusttasche und setzt sie auf. „Ich glaube, es ist ein bisschen von beidem."

Für einen Moment hält er inne. „Also, Folgendes werde ich tun. Ich werde deine Mutter nicht umbringen. Darauf hast du mein Wort." Sein Lächeln wird breiter. „Aber ich werde ihr ein paar Finger abschneiden, vielleicht auch noch ein paar Zehen, nur so zum Spaß. Dann brenne ich ihr die Augen aus. Und drehe sie so durch die Mangel, dass sie sich *wünschen* wird, sie wäre tot. Aber das wird sie nicht sein. Sie wird weiterleben. Und derjenige, der sich für den Rest ihres

Daseins um den jämmerlichen Rest, der von ihr noch da ist, wird kümmern müssen ... das wirst du sein."

Unwillkürlich balle ich die Fäuste, und zielsicher senkt sich sein Blick dorthin. Er kann sehen, dass ich gleich in die Luft gehe. Der Größere der beiden steht auf und stellt sich neben ihn, ein klares Zeichen seiner Unterstützung. „Aber wie gesagt, Kleiner, ich mag dich. Deshalb will ich es so weit nicht kommen lassen. Und zwar so: Wir schließen ein paar hohe Wetten ab. Und du wirst diesen Kampf nächste Woche verlieren." Er nickt. „Dann sind wir quitt."

Eine Hand an der Hüfte, sicher über dem, was da unter seinem Hemd steckt, kommt er auf mich zu und legt mir die andere Hand auf die Schulter. „Kapiert?"

Und dann sind die beiden weg.

KAPITEL 48 Liv

Ich will nicht mehr weinen. Endlich setze ich mich mit Ally aufs Sofa und gehe im Kopf zum tausendsten Mal alles durch, nur dass ich meine Gedanken diesmal ausspreche. Zwei Tage lang habe ich in Embryonalstellung im Bett gelegen und abwechselnd geheult und geschlafen. Das hat ihr Angst gemacht. Hat *mir* Angst gemacht. Ich fühle mich schlecht, weil ich ihr solche Sorgen bereitet habe. In meinen wildesten Träumen hätte ich nicht damit gerechnet, dass der Verlust eines Mannes mich so erschüttern könnte. Allerdings ist Vinny nicht irgendein Mann, und sein Verlust trifft mich hart. Endlich gestehe ich mir ein, wieso.

„Ich liebe ihn, Ally.“ Mein Gesicht ist fleckig von getrockneten Tränen, meine Augen geschwollen und meine Nase gegen meine blasse Haut so rot wie die von Rudolph, dem Rentier. Vielleicht ist die Quelle versiegt, jetzt, wo ich bereit bin, zu reden. Worte ohne Tränen.

„Und um das rauszufinden, hast du ernsthaft so lange gebraucht?“, fragt sie halb scherzend. Tief drinnen habe ich es wohl die ganze Zeit gewusst. Ich hatte nur Angst, es mir einzugestehen. Angst, er könnte mir ein weiteres Mal so wehtun, wenn ich ihm mein Herz schenke. Was für eine Ironie des Schicksals.

„Ich kann nicht mal sagen, wo ich falsch abgebogen bin. Am Anfang war alles ganz unschuldig. Zugegeben, mir mit seiner Story meinen Traumjob zu erkaufen war verlockend. Einen Moment lang dachte ich vielleicht sogar, ich könnte es – so sehr wollte ich diese verdammte Stelle. Aber je mehr Zeit ich mit ihm verbracht habe, desto mehr bin ich ihm verfallen. Dann habe ich mir Dinge eingeredet, um mich nicht damit auseinandersetzen zu müssen. Eine Zeit lang habe ich mich ernsthaft davon überzeugt, dass es überhaupt nicht wahr ist. Dass ich am Ende die Heldin sein könnte, die der Zeitung die Wahrheit präsentiert, der Story den Garaus macht und dazu auch noch den Mann kriegt.“ Bitter lache ich auf. Laut ausgesprochen klingt es so lächerlich.

„Als ich mir dann endlich eingestanden habe, dass es tatsächlich stimmt, habe ich es schon nicht mehr über mich gebracht, ihm das Herz zu brechen, indem ich ihm erzähle, worin mein Auftrag besteht. Und so ist es mit jedem Tag schwerer geworden, reinen Tisch zu machen, während ich mich unaufhaltsam weiter in ihn verliebt habe.“

„Das musst du ihm sagen, Liv.“

Ich lächle meine beste Freundin an. Sie ist immer für mich da, und ich weiß es zu schätzen, dass sie versucht, mir zu helfen. Aber sie hat ihn nicht gesehen. Der Zug ist abgefahren. „Ich wünschte, es wäre so leicht, Ally.“

„Und was willst du dann machen? Hier sitzen bleiben und tatenlos zusehen, wie er aus deinem Leben verschwindet? Zum zweiten Mal?“

„Ich weiß nicht, Ally, ich glaube nicht, dass ich zu diesem Zeitpunkt noch irgendetwas tun kann, wodurch sich etwas ändern würde. Du hast ihn nicht gesehen.“

Nach einer weiteren unruhigen Nacht fühle ich mich, als hätte mich ein Zug überfahren. Und zurückgesetzt. Und noch mal vor. Aber abgesehen von meinem körperlichen Zustand schenkt mir der Morgen wenigstens ein bisschen Klarheit.

„Morgen, Sonnenschein." Ally lächelt mir zu, holt dabei ihren Toast aus dem Toaster und verbrennt sich prompt die Finger. Rasch steckt sie sich die Fingerkuppen in den Mund, ihre Standard-Erste-Hilfe-Maßnahme, und fragt: „Wie geht's dir?"

„Beschissen."

Sie lächelt. „Siehst auch beschissen aus."

Typisch Ally, nur sie kriegt es hin, mich heute zum Lachen zu bringen. „Vielen Dank auch."

„Kein Ding." Sie holt einen Teller aus dem Schrank und wirft ihren halb verbrannten Toast in die ungefähre Richtung. „Soll ich dir einen Toast machen?"

„Äh … nein, danke. Ich hol mir unterwegs was."

Überrascht hebt sie die Augenbrauen. „Wo willst du hin?"

„Ich möchte Delilah einen Besuch abstatten."

„Vince' Mutter?"

„Ja."

„Wieso?"

Ich schütte mir meinen morgendlichen Kaffee in einen Thermobecher und gehe zur Tür. „Ich habe keine Ahnung. Ich muss einfach mit ihr sprechen."

Ich schaffe es tatsächlich, Delilahs Adresse wiederzufinden. Keine schlechte Leistung, wenn man bedenkt, dass ich nur ein einziges Mal hier war und mich gern mal verfahre. Sie sieht erschöpft und gestresst aus, aber nach dem, was ich so von Vinny über sie gehört habe, bin ich froh, dass sie nüchtern zu sein scheint.

„Kann ich reinkommen?"

„Natürlich. Ist alles in Ordnung?" Sie tritt zur Seite und schaut an mir vorbei, in Erwartung einer Begleitung.

„Alles bestens. Obwohl, nein. Das stimmt nicht. Es ist nicht alles bestens. Vinny geht es gut. Ich meine, er ist nicht verletzt oder so was", stammle ich. *Gute Arbeit, Olivia, klingst total lässig.* Im Geiste verdrehe ich die Augen angesichts meiner Vorstellung.

„Ich weiß, was du meinst." Besiegt lässt sie die Schultern sinken. „Er war vorhin hier."

Himmel, daran hatte ich überhaupt nicht gedacht. Was, wenn er bei meinem Eintreffen noch hier gewesen wäre? Oder hereingekommen wäre, während ich mit seiner Mutter rede? Nicht einmal ich weiß so ganz genau, warum ich hier bin ... Ihm hätte ich es auf gar keinen Fall erklären können. Garantiert hätte er geglaubt, ich wäre wegen der Arbeit hier. Würde noch ein bisschen Material für meine Story sammeln.

„Ist er sehr aufgewühlt?"

„Wütend. Er ist richtig wütend." Ihr steigen Tränen in die Augen. „Mein Leben lang habe ich diesen Jungen nur enttäuscht. Ich weiß genau, diesmal verliere ich ihn wegen dem Schlamassel, in den ich ihn reingezogen habe."

„Ich fürchte, *ich* habe ihn bereits verloren.“ Ich schaue seine zerbrechlich wirkende Mutter an. Die Zeit hat es nicht gut gemeint mit ihr. Sie sieht älter aus, als sie ist, nicht gesund, viel zu dünn. Auch wenn unser Hintergrund völlig verschieden ist, in diesem Moment verbindet uns etwas. Zwei Frauen, die denselben Mann lieben und gleichzeitig verletzen. Eine einsame Träne rollt mir über die Wange, und ich habe nicht die Energie, sie aufzuhalten. Dazu bin ich einfach zu sehr emotional ausgelaugt.

„O nein. Das tut mir leid, Liebes, ich wusste nicht, dass ihr Schwierigkeiten habt.“ Sanft nimmt sie meine Hand in ihre. „Ich habe gesehen, wie er dich angeschaut hat. Was auch vorgefallen ist, ihr kriegt das bestimmt wieder hin.“

„Ich bin mir nicht sicher, ob er mir verzeihen kann.“

„Dir verzeihen? Was um alles in der Welt könntest du ihm denn getan haben?“

Dann hat er ihr wohl nicht erzählt, dass er meinetwegen auf so hässliche Weise die Wahrheit über seinen Vater herausgefunden hat. „Es ist eine lange Geschichte.“ Ich atme laut aus. „Aber ich bin diejenige, der man den Auftrag gegeben hat, die Story über seinen wahren Vater zu schreiben.“

„Seinen was?“ Ihr ohnehin schon teigiges Gesicht wird kreidebleich, von jetzt auf gleich verschwindet jeder Hauch von Farbe.

Die folgende Stunde verbringe ich damit, ihr alles zu erzählen. Ich schütte ihr mein gesamtes Herz aus. Über den Senator, Jax, den Schaukampf, die Zeitung. Alles. Nichts lasse ich aus bei meinem Geständnis. Ich dachte, sie weiß nur nicht, welche Rolle ich bei der Geschichte gespielt habe, aber wie sich herausstellt, weiß sie gar nichts davon.

Nach dem ersten Schock darüber, dass ihr dunkles Geheimnis nun ans Licht gekommen ist, sieht sie traurig aus. Doch zugleich strahlt sie eine unglaubliche Erleichterung aus. Fünfundzwanzig Jahre lang so was mit sich herumzutragen muss unglaublich schwer gewesen sein.

„Aber ich bin verwirrt", sage ich schließlich. „Wenn Sie gar nichts von dieser Enthüllung wussten, warum haben Sie dann solche Angst, Vinny zu verlieren?"

„Ich habe ihn in etwas Furchtbares hineingezogen. Es gab da so einen Kerl, dem ich vertraut habe. Den habe ich mit einigen schlimmen Menschen in Kontakt gebracht …" Sie verstummt.

„Jason?"

Sie nickt und versucht ein Lächeln. „Tja, sie haben ihn gefunden."

„Das ist ja super." Gefühlt die erste gute Nachricht seit Tagen.

„Nicht wirklich."

Jetzt ist sie an der Reihe. Eine Stunde braucht sie, um mir zu berichten, was Vinny und sie in den letzten zwei Tagen durchgemacht haben. Angesichts der Wahl, vor der Vinny steht, wird mir schlecht. Als wäre das, was ich ihm angetan habe, nicht schon schlimm genug. Jetzt muss er auch noch das wahrscheinlich Einzige aufgeben, von dem er das Gefühl hat, es kontrollieren zu können. Das, wofür er so viele Jahre so hart gearbeitet hat. Mein Herz, von dem ich dachte, es wäre bereits unrettbar gebrochen, zerspringt in Millionen winzige Stücke.

Als ich mich von Delilah verabschiede, bin ich noch ausgelaugter und erschöpfter als bei meiner Ankunft zwei Stunden zuvor. An der Tür halte ich noch einmal inne. Eine letzte unbeantwortete Frage ist mir noch eingefallen. „Wessen Erkennungsmarken sind das, die er jeden Tag trägt? Er glaubt, sie haben seinem Vater gehört."

Ich hätte nicht gedacht, dass es noch schlimmer werden kann, doch ihre Antwort überrascht selbst mich. Trauer färbt ihre Stimme. Ihre Miene. Ihr gesamtes Wesen. „Die habe ich aus einer Grabbelkiste bei der Heilsarmee."

Ich fahre in die Stadt und wandere stundenlang durch die Straßen, ohne Sinn, ohne Ziel. Meine Gedanken kreisen haltlos immer um dasselbe. Als ich mich vor Nicos Boxclub wiederfinde, beschließe ich, dass ich mehr Angst vor den Konsequenzen meiner Untätigkeit habe als vor dem Empfang, der mich möglicherweise erwartet.

Innerlich bebend beschwöre ich mich, mich zusammenzureißen, und öffne die Tür. Der Typ, der mir entgegenkommt, ist völlig zerschlagen, das Gesicht übersät mit Platzwunden, Blutergüssen und Pflastern. Er dreht sich schneller weg, als ich eine Begrüßung zustande bringe.

Allerdings muss ich auch nicht fragen, ob Vinny hier ist, denn ich weiß es. Ich spüre es in den Knochen, in meinem Blut ... Das Knistern in der Luft, die unverkennbare Spannung, die mir sagt, dass er in meiner Nähe ist. Mit einer langsamen Drehung suche ich den Saal ab ... und brauche nicht lange, um ihn zu finden.

Er hat mich bereits vom anderen Ende des Raums aus entdeckt, bevor unsere Blicke sich treffen. Mit tödlicher Miene kommt er mit langen Schritten auf mich zu. Bei dem Ausdruck in seinen Augen schreit mein Gehirn mir zu, zu fliehen, doch mein Herz lässt mich wie angewurzelt stehen bleiben.

„Was willst du?“, stößt er scharf zwischen zusammengebissenen Zähnen hervor.

„Ich wollte sehen, ob du okay bist.“

„Mir geht’s gut. War’s das?“ Gespielt gleichgültig verschränkt er die Arme vor der Brust, doch ich weiß es besser. Er ist verletzt, und seine Selbstschutzmechanismen greifen.

„Vinny, es tut mir leid.“

„Das hast du schon gesagt. Sonst noch was?“

„Ich wollte dir nicht wehtun.“

„Hast du nicht.“

Ich senke den Kopf. Sosehr ich mich auch für das schäme, was ich ihm angetan habe – ich schäme mich nicht, ihm zu sagen, was ich empfinde. Ich brauche die Gewissheit, dass er es weiß. „Ich liebe dich.“ Mir rollt eine Träne übers Gesicht.

„Wenn du dann fertig bist, sieh zu, dass du zum Teufel noch mal verschwindest, Liv.“ Damit kehrt er mir den Rücken und stürmt wutentbrannt davon.

KAPITEL 49 Liv

Wer auch immer behauptet hat, die Zeit heile alle Wunden, ist offensichtlich niemals Vince Stone begegnet. Nicht dass ich erwartet hätte, dass er mich anruft. Schon gar nicht, dass er gerannt kommt, um mir zu sagen, dass er mir verzeiht. Aber dass es so endet, damit habe ich nicht gerechnet. Mein Herz schlägt zwar weiter, doch mit jedem Schlag verwelkt es ein wenig mehr, einsam und unglücklich.

„Wann sagst du's dem Ekelpaket?" Ally fläzt sich über die Lehne der Couch, während sie mit mir spricht, und lässt die Arme baumeln. Ich bin in der Küche und dabei, meine Sachen einzupacken.

„Der Abgabetermin für den Artikel ist Freitag. Da sprechen wir uns sowieso, also hab ich mir gedacht, ich sag's ihm dann. Außerdem will ich denen keine Zeit lassen, selbst weiterzugraben. Die Story sollte am Tag nach dem Kampf erscheinen."

„Wie sieht's aus mit deinem Trip nach D. C.?"

„Ich fliege Freitag Abend. Wenn alles gut geht, bin ich Samstag Nachmittag wieder in Chicago." Ich seufze. „Ich will diesen Kampf wirklich sehen. Auch wenn ich weiß, er will mich nicht dahaben, ich will trotzdem hin."

Ich nehme die Vase mit dem getrockneten Blumenstrauß in die Hand, den Vinny mir an dem einen Nachmittag mitgebracht hat. Seufzend ziehe ich die schönste Blume heraus und werfe den Rest in den Müll. Noch bin ich nicht so weit, mich von allem zu trennen.

Seit einer Woche packe ich meine Sachen. In sieben Tagen trete ich meine Stelle in New York an. Wenn ich Vinny schon nicht den Schmerz dieser Enthüllung ersparen konnte, will ich ihm und seiner Mutter doch wenigstens etwas Privatsphäre gönnen, um das durchzustehen. Ihnen die Würde und den Respekt zukommen lassen, die sie verdienen, damit sie sich fernab der Öffentlichkeit mit der Geschichte auseinandersetzen können.

Wenig überraschend hat der DNA-Test eine Übereinstimmung ergeben. Senator Knight ist Vinnys Vater, doch niemand wird es je erfahren. Ally und ich haben das Testergebnis verbrannt, und Senator Knight wird sich freuen, dass ich beschlossen habe, die Klappe zu halten. Arrogant, wie er ist, denkt er wahrscheinlich glatt, es wäre seinetwegen. Dass sein Drohgebaren mich gefügig gemacht hat.

„Was soll ich nur ohne dich machen?“ Übertrieben theatralisch lässt Ally sich in die Couch sinken, einen Arm überm Gesicht.

„Du meinst, wer kutschiert dich durch die Gegend, wenn ich weg bin?“, ziehe ich sie auf.

Sie fährt hoch, und ihre Antwort ruft mir einmal mehr in Erinnerung, wie sehr sie mir fehlen wird. „Ha, aber wenn du in New York bist, habe ich wenigstens eine Ost-West-Connection!“

„Du weißt schon, dass Chicago nicht wirklich im Westen liegt, oder?“

„Ach, wen interessiert's?" Sie wedelt mit der Hand, als wären solche Details für sie völlig irrelevant.

Am Freitagvormittag lächelt Summer mich an, als ich aus dem Büro des Ekelpakets komme. Tatsächlich ist es weniger ein Lächeln als ein schadenfrohes Grinsen. Seltsamerweise bin ich erleichtert, nachdem ich meinem Chef mitgeteilt habe, dass ich die Verbindung zwischen Senator Knight und Vinny nicht bestätigen konnte. Es ist, als würde ich hinter all dem Herzschmerz eine Tür schließen. Ich hoffe nur, Vinny und seine Mutter finden einen Weg, das zu überstehen. Sich von der Seelenqual zu erholen, die aus jahrzehntelangen Lügen und Halbwahrheiten erwachsen ist.

Während ich die spärlichen Habseligkeiten zusammensuche, die auf und in meinem Schreibtisch sind, lehnt Summer sich auf ihrem Stuhl zurück und grinst wie eine Katze, die den Sahnetopf ausgeschleckt hat. Sie hat gewonnen, und trotzdem empfinde ich Mitleid für sie angesichts der Mittel, zu denen sie greifen musste, um ihr Ziel zu erreichen.

„Weißt du, Olivia, mach dir keine allzu großen Vorwürfe. Wenn nicht die Story, dann hätte euch irgendetwas anderes das Genick gebrochen." Sie macht eine Pause, während ich vorgebe, sie nicht zu hören, und weiter meine Schubladen ausräume. Sie will mir doch ohnehin nur ein letztes Mal eins reinwürgen. „Der Mann ist einfach ein paar Nummern zu groß für dich."

Das Bedürfnis, ihn zu verteidigen, gewinnt die Oberhand – auch wenn mir das nicht mehr zusteht. „Du weißt nicht das Geringste über Vinny."

„Bis vor ein paar Tagen hat das vielleicht gestimmt, aber immerhin weiß ich, dass er an dem Abend zu *mir* in die Wohnung gekommen ist. Nicht zu dir."

Mit einem tiefen Atemzug greife ich innerlich nach der Kraft, meinen aufwallenden Zorn zu ersticken. Ich schließe die Augen und versuche verzweifelt, drüberzustehen. Aber ich bin Journalistin, und in der Dunkelheit hinter meinen Lidern erwacht die Vision zu ihren Worten. Und das ist mehr, als ich ertragen kann. Beinahe unwillkürlich gehe ich die zwei Schritte, die mich von ihrer Seite des Schreibtischs trennen, hole aus und verpasse ihr eine schallende Ohrfeige. Ihr Kopf fliegt zur Seite, so viel Kraft steckt hinter meinem Schlag.

Mit brennender Handfläche, meinen Karton unterm Arm, verlasse ich hoch erhobenen Hauptes die Redaktionsräume der *Daily Sun Times*.

KAPITEL 50 Vince

Wir sind unter der Arena, in nicht einmal einer Stunde beginnt der größte Kampf meines Lebens, und mir geht es hundeelend. Es fällt mir schwer, so zu tun, als würde ich freudig erregt auf einen Kampf warten, von dem ich weiß, dass ich ihn nicht gewinnen darf – deshalb bin ich froh um das Chaos in der Umkleidekabine, das ein Titelkampf mit sich bringt. Sonst müsste ich mich eins zu eins mit Nico auseinandersetzen. Das Beschissenste ist, Nico tut mir noch viel mehr leid als ich selbst angesichts dessen, was ich ihm gleich antun muss.

Im Augenblick spricht er auf der anderen Seite des Raums mit einem Reporter. Stolz berichtet er von den Jahren unserer Zusammenarbeit. So ätzend es auch ist, dass er ständig seine Nase in meine Angelegenheiten steckt: Ich weiß nicht, wo ich heute ohne ihn wäre. In mehr als einer Hinsicht.

Eine halbe Stunde bevor wir für die Ansagen nach oben müssen, wirft Nico alle aus der Kabine. Während er mir die Hände bandagiert, beginnt er mit der Anfeuerungsrede, von der ich wusste, dass sie mir bevorsteht.

„Du bist besser als der Typ."

„Ich weiß."

„Lass dir das nicht zu Kopf steigen. Halt die Augen offen, warte, bis er seine Linke fallen lässt ..."

„Ich weiß."

„Und lass dich nicht von ihm zu Boden bringen."

„Ich weiß."

„Wenn du schon alles weißt, wozu zum Teufel brauchst du dann mich?", witzelt Nico und gibt mir spielerisch einen Klaps auf die Wange.

„Nico, hör mal ..." Ich mache eine Pause, weiß nicht, wie ich es ausdrücken soll, ohne wie ein rührseliger Waschlappen zu klingen ... Also beschließe ich, es simpel zu halten. „Danke."

„Ich bin dein Trainer, du musst dich nicht bei mir bedanken. Ich kriege eine Provision, schon vergessen?" Er lächelt.

„Ich meinte, für alles."

Die Bandage sitzt, und für einen Moment hält Nico inne, bevor er zu mir aufschaut. Sein Nicken sagt mehr als tausend Worte. Dann legt er mir einen Arm um die Schultern. „Na los, verpassen wir dem Typen die Abreibung seines Lebens."

Wartend stehe ich in den Katakomben der Arena direkt vor der verschlossenen Doppeltür und höre das Publikum jubeln, als der Ansager meinen Gegner in den Ring ruft. Mit gesenktem Kopf schließe ich die Augen und lasse die Elektrizität des Moments auf mich wirken. Ein Moment, der mir gehören sollte. Zehn Jahre Vorbereitung, und endlich stehe ich hier.

Die Zweifler haben nie geglaubt, ich könnte es schaffen. Und wenn ich so zurückdenke, habe ich es an den meisten

Tagen nicht einmal selbst geglaubt. Mein Leben lang bin ich gegen den Strom geschwommen, aber manchmal ... manchmal war es einfach zu viel für mich. In diesen Zeiten habe ich aufgehört, zu schwimmen, und mich einfach von der Strömung mitreißen lassen, ohne je zu wissen, wohin sie mich tragen würde.

Nico packt mich bei der Schulter, die Tür geht auf, und ich starre den vertrauten dunklen Gang hinunter zur Mitte, wo sämtliche Scheinwerfer strahlen. „Bist du bereit?", schreit er über das Toben der Menge hinweg, das durch die geöffnete Tür zu uns hereindringt.

„So bereit, wie es eben geht."

KAPITEL 51 Liv

Während das Flugzeug zur gefühlt hundertsten Schleife ansetzt, rutsche ich unruhig auf meinem Sitz hin und her. So schaffe ich es nie. Warum landen die nicht endlich diesen verdammten Flieger? Eine Stimme aus dem Lautsprecher über mir reißt mich aus meinen Gedanken.

„Meine sehr verehrten Damen und Herren, ein kleines bisschen müssen wir noch hier oben ausharren. Nach einem Rückstau hat man uns nun in die Warteschleife verlegt. Es hat den Anschein, als hätten wir durch unseren verspäteten Abflug in D. C. unser Landefenster hier in Chicago verpasst, deshalb müssen wir jetzt warten, bis wir an der Reihe sind."

Eine warme Hand legt sich auf meine und macht dem unablässigen besorgten Fingertrommeln auf der Armlehne ein Ende. „Entspann dich, wir haben noch Zeit. Wir schaffen das." Elles Lächeln beruhigt mich. Zumindest ein bisschen. Es gibt keine Worte, mit denen ich ausdrücken könnte, wie viel es mir bedeutet, dass Elle mich auf dieser Reise begleitet hat.

Sie hat so viel mehr getan, als bloß die rechtsgültige Vereinbarung vorzubereiten – ich weiß nicht, ob ich das ohne sie hätte durchziehen können. Dass sie die ganze Zeit über an meiner Seite geblieben ist, hat mir das Selbstvertrauen gegeben, mir vor Augen zu führen, dass ich das Richtige tue. Nun ja, rein technisch gesehen war es nicht unbedingt *richtig*, was wir getan haben – ich bin mir nicht mal sicher, ob es wirklich legal war –, aber manchmal muss man Gleiches mit Gleichem bekämpfen, um am Ende für Gerechtigkeit zu sorgen.

„Ich kann dir gar nicht genug danken, dass du das mit mir zusammen durchgezogen hast", wende ich mich an die schöne Frau auf dem Platz neben mir. „Ich weiß, wie schwer es dir gefallen sein muss, dich einen ganzen Tag lang von dem Kleinen zu trennen. Und Nico wird mit Sicherheit eine Menge zu sagen haben, wenn er erfährt, warum du diesen Ausflug wirklich unternommen hast." Die letzte Bemerkung ist eher als Scherz gedacht, und so bemühe ich mich um ein Lächeln, doch das Ergebnis ist unverkennbar ... ein kläglicher Versuch, meine zum Zerreißen gespannten Nerven zu überspielen.

„Du hast dich jetzt bestimmt schon hundert Mal bei mir bedankt, Liv." Sie lächelt. „Ich helfe gern, aber jetzt mal im Ernst: Vinny gehört für mich zur Familie. Für den Jungen würde ich alles tun." Sie dreht sich in ihrem Sitz, um sich mir mehr zuwenden zu können, und erklärt mit einem überzeugend aufrichtigen Blick: „Ich weiß, im Augenblick hältst du das nicht für möglich, aber das renkt sich schon alles wieder ein. Das fühle ich einfach. Er liebt dich, Liv. Sonst wäre er nicht so wütend und unglücklich."

Mir ist klar, dass sie nur helfen will, aber zu hören, dass ich Vinny wütend und unglücklich gemacht habe, versetzt mir einen Stich ins Herz. Als sie sieht, wie mir das Lächeln vergeht, fährt sie fort: „Es tut weh. Ich weiß. Aber du bringst ein großes Opfer, um die Dinge für ihn in Ordnung zu bringen, und irgendwann, wenn er sich wieder eingekriegt hat, wird er das auch sehen."

Endlich fahren wir bei der Arena vor. Das Taxi steht noch kaum, da werfe ich schon ein paar Scheine auf den Beifahrersitz und reiße die Tür auf. Draußen ist es still, als wir zum Eingang laufen. Es sind schon alle im Gebäude. Kein gutes Zeichen. Irgendwie muss Elle noch an ihn rankommen, bevor es zu spät ist.

Wir werden zügig durch die Sicherheitskontrollen geschleust, drücken dem Kartenabreißer unsere Tickets in die Hand und rennen schon den Flur entlang, bevor er dazu kommt, sie uns zurückzugeben.

„Hier lang", ruft Elle über das Getöse hinweg, das aus der Arena dringt. Als wir die erstbeste Tür zum Innenraum aufreißcn, dröhnt die Stimme des Ansagers aus den Lautsprechern und schallt über das Johlen der Menge hinweg.

„Ladies and Gentlemen, in der roten Ecke, einen Meter achtzig groß, dreiundachtzig Kilo schwer, der Herausforderer im Kampf um den Titel des Mittelgewichts-World-Champion, Kampfbilanz zwölf zu null, in der Hoffnung, an diesem Abend die dreizehn vollzumachen – die Frauen lieben ihn, die Männer fürchten ihn … Hier kommt Vince ‚The Invinnnnncible' Stone!"

Donnernd schlägt mir das Herz in der Brust, im Takt mit den Rufen des tobenden Publikums, und wie gelähmt sehe ich zu, wie er ins Zentrum des Rings tritt. Meine Füße sind gerade so über die Schwelle, kaum auf dem Teppich, mit dem der Innenraum ausgelegt ist, und ich sehe, wie Vinny sich dreht und den Blick über die Menge schweifen lässt – fast als würde er nach jemandem Ausschau halten.

Elle reißt mich aus meiner Erstarrung, indem sie mich beim Arm packt und zu einem der Sicherheitsmänner zieht, der uns zeigt, in welcher Richtung unsere Plätze liegen. Wir schaffen es bis nach vorn und finden unsere leeren Stühle, nur drei Reihen vom Käfig entfernt.

„Setz du dich hin, ich versuche, an ihn ranzukommen", ruft Elle mir über den Lärm hinweg zu, und ich gehorche, den Blick immer noch gebannt auf den Rücken des Mannes gerichtet, der jetzt in seiner Ecke steht. In grauenvoller Angst kauere ich bewegungsunfähig auf meinem Sitz und muss zusehen, wie Elle sich mit einem weiteren überproportionierten Sicherheitsmann in die Haare kriegt. Wiederholt schüttelt der Mann den Kopf und verweigert ihr den Durchgang, während die beiden Kämpfer sich in der Mitte des Rings gegenübertreten und sich per Faustschlag begrüßen. Der Kampfrichter geht die Regeln mit ihnen durch.

Uns läuft die Zeit davon. Stumm flehe ich zu Gott und versuche, einen Deal mit ihm auszuhandeln, damit er mir hilft. *Bitte, bitte, lass sie durch. Lass sie rechtzeitig zu ihm gelangen, und ich tue alles. Alles.* Dann erklingt die Ringglocke ...

Mein Blick klebt am Käfig, und voller Entsetzen muss ich zusehen, wie die Männer im Inneren sich in Bewegung setzen. Vinnys Gegner schlägt zuerst zu und landet einen

Treffer an Vinnys rechter Schulter, doch Vinny bewegt sich mühelos hindurch. Nach ein paar präzisen kurzen Geraden ins Gesicht des anderen dreht Vinny sich leicht nach links und schließt mit einem Ellbogenstoß ab, der hart gegen den Wangenknochen seines Gegners kracht. Lamaro trägt eine Platzwunde davon.

Für ein paar Sekunden trennen die beiden sich voneinander, springen hin und her, auf der Suche nach einer Gelegenheit. Lamaro findet als Erster eine Lücke, senkt die Schulter nach vorn und stürmt auf Vinny los, dass der gegen den Käfig prallt – offenbar ein gescheiterter Versuch, ihn zu Boden zu bringen. Aber jetzt ist Vinny in der Defensive, und sein Gegner lässt eine Flut von Schlägen auf ihn niederprasseln. Irgendwie schafft er es, den meisten davon auszuweichen – wenn auch nicht allen, denn ein paar Treffer erwischen ihn, als er versucht, sich zu befreien.

Endlich gelingt es ihm, Lamaro zurückzudrängen und sich neu aufzustellen. Doch bevor er den linken Arm wieder hochnehmen kann, landet sein Gegner einen heftigen Roundhouse-Kick, der Vinny direkt ins Gesicht trifft. Entsetzt muss ich zusehen, wie sein Kopf von der schieren Wucht des Tritts zur Seite fliegt. Noch steht er, aber der Treffer hat ihn ins Wanken gebracht, und Lamaro sieht seine Gelegenheit. Er springt vor und reißt Vinny rücklings zu Boden. Der Aufprall auf der Matte ist so laut, dass ich zusammenzucke. Selbst mir bleibt der Atem weg, und ich bin nicht diejenige im Käfig.

Jetzt kämpfen die beiden am Boden weiter, wälzen sich herum und bearbeiten einander eine gefühlte Ewigkeit lang – die wahrscheinlich nicht länger dauert als eine Minute –

mit brutalen Kniestößen gegen den Oberkörper. Und dann gelingt Lamaro ein geschicktes Manöver, sodass er oben landet, während er Vinnys Gesicht in die Matte drückt und ihm den Arm in einem äußerst schmerzhaft aussehenden Winkel nach hinten verdreht. In diesem Moment denke ich, es ist alles vorbei, meine Gebete sind ungehört verhallt, Vinny wird verlieren … Da erklingt die Ringglocke und verkündet das Ende der Runde.

Die Meute dreht durch, und zwei junge Fans rennen in Richtung Käfig und lenken für einen Augenblick den Schrank von Sicherheitsmann ab, mit dem Elle immer noch diskutiert. Flink duckt sie sich unter seinem linken Arm hindurch, als er mit rechts die beiden Jungs abfangen will, und flitzt zum Käfig. Nico steigt in den Ring und geht zu Vinny in die Ecke, gerade als Elle die beiden erreicht und verzweifelt durch das festgeschweißte Gitter auf sie einschreit.

Schon packt der Sicherheitsmann sie wieder beim Arm, doch in dem Moment schaut Nico auf und sieht die Pranke des Muskelbergs auf dem Arm seiner Frau. Bei dem Ausdruck, der jetzt auf Nicos Gesicht tritt, rechne ich für eine Sekunde damit, dass gleich ein noch viel brutalerer Kampf ausbricht. Stattdessen blafft er den Wachmann an, der sofort Folge leistet und kapitulierend die Hände hebt.

Die Wut ist Nico immer noch anzusehen, während seine Frau ihn mit den Informationen bestürmt, die er an Vinny weitergeben soll. Er schüttelt den Kopf, und ich sehe förmlich den Dampf aus seinen Ohren schießen. Kurz springt sein Blick zwischen Elle und Vinny hin und her, dann wendet er sich seinem Lieblingskämpfer zu und lässt eine aufgebrachte Schimpftirade auf ihn los.

Die Sekunden ticken dahin, und angespannt beobachte ich das Geschehen, ohne zu wissen, worauf ich eigentlich warte. Vinnys Kiefer verspannt sich immer mehr, während er zuhört, dann hebt er den Blick und entdeckt mich. Keiner von uns rührt sich, kein Blinzeln, kein Schlucken, kein Zucken ... und ich versuche, ihm ohne Worte alles zu sagen, beschwöre ihn stumm, mir zu vertrauen. Zu glauben, dass es okay ist, auf das zu hören, was Nico ihm gerade erzählt. Aber warum sollte er? Er hat mir schon einmal vertraut, und was habe ich gemacht mit diesem Geschenk, das er nur so wenigen zuteilwerden lässt?

Die Glocke ertönt und zwingt uns, den Blickkontakt zu unterbrechen. Sofort ist er mit Augen und Körper wieder ganz auf seine Aufgabe fokussiert, und ich sehe zu, wie die zwei Männer erneut aufeinander losgehen.

„Okay, jetzt weiß er es jedenfalls. Bleibt nur zu hoffen, dass er uns auch glaubt." Elle lässt sich auf den Stuhl neben mir fallen.

„O mein Gott, Elle. Nico sieht so unfassbar wütend aus."

„Ja, für die Aktion werden Vinny und ich so dreißig bis vierzig Jahre untertauchen müssen, bis er sich ein bisschen abgeregt hat", sagt sie grinsend. Offenbar versucht sie, es mit Humor zu nehmen. Aber was auch immer sie vorgibt – heute Abend wird ein stinkwütender Mann zu Hause auf sie warten, ganz egal, wie dieser Kampf ausgeht.

Der erste Tritt lenkt unsere Aufmerksamkeit zurück auf das Geschehen im Käfig. Um die Konsequenzen können wir uns später noch Gedanken machen. Vinny verfolgt seinen Gegner mit einer blitzschnellen Serie von Schlägen und kommt ihm immer näher, während er ihn in eine Ecke des Käfigs drängt. Doch das lässt Lamaro sich nicht einfach so gefallen. Er nimmt das Bein hoch, nutzt das Gitter hinter sich als Hebel und rammt Vinny den Fuß in die Rippen, dass der drei Schritte zurücktaumelt.

Vinny erholt sich rasch, tritt dem auf ihn zukommenden Lamaro entgegen und landet einen harten Roundhouse-Kick seitlich an dessen Brust. Doch auch Lamaro ist schnell wieder fokussiert, und in der nächsten Minute geht es Schlag auf Schlag. Die beiden prügeln sich buchstäblich zu Brei. Jeder Angriff kommt schneller und härter als der letzte, und es ist ein Wunder, dass sie beide noch auf den Beinen sind.

Als sie schließlich das brutale Tempo dieser unerbittlichen Schlacht im Zentrum des Rings nicht weiter aufrechterhalten können, weichen sie beide gleichzeitig zurück und bringen Abstand zwischen sich. Aus dem Augenwinkel sehe ich die Uhr mitlaufen und zähle die Sekunden herunter. Zwanzig, neunzehn, achtzehn ...

Langsam umkreisen die Männer einander, beide sichtbar keuchend, während jeder versucht, vor dem anderen wieder zu Atem zu kommen. Vierzehn, dreizehn ...

Ich kann mich nicht mehr auf meinem Stuhl halten, so sehr hat mich die Aufregung im Griff. „Komm schon, Vinny ... Du schaffst das!", höre ich mich schreien, aber es ist, als würde ich mich selbst aus der Ferne betrachten. Alles läuft wie in Zeitlupe vor mir ab. Zehn, neun ...

Aus dem Brüllen der Menge eine einzelne Stimme herauszuhören, ist unmöglich, und doch – als ich auf meinem Platz auf und ab springe, die Hände trichterförmig an den

Mund gelegt, um den Schall in seine Richtung zu lenken, könnte ich schwören, für einen Sekundenbruchteil treffen sich unsere Blicke … nur einen winzigen Moment.

Acht, sieben …

Vinny täuscht nach rechts an, Lamaro fällt darauf herein und lässt die Linke nur einen Hauch sinken. Das ist der Moment, in dem Vinny zuschlägt und ihn mit einer brutalen rechten Geraden erwischt, die zu viel für seinen malträtierten Gegner ist.

Fünf, vier …

Lamaro stolpert, bemüht sich mit aller Kraft, auf den Beinen zu bleiben, doch sein Körper kann nicht mehr. Wie in Zeitlupe sackt er auf die Matte und schlägt mit einem dumpfen Geräusch auf, während es in der Arena still wird. Lamaro liegt rücklings ausgestreckt auf der Matte.

Das Publikum jubelt, während Sanitäter in den Ring stürmen. Als sie Lamaro irgendetwas unter die Nase halten, kommt er wieder zu sich und öffnet abrupt die Augen. Eine Sekunde lang sieht es so aus, als wollte er versuchen, aufzustehen, doch dann sinkt sein Kopf zurück, und er begreift, dass er nicht weitermachen kann. Es ist vorbei.

Zwei, eins …

Der Kampfrichter reißt Vinnys Arm in die Luft, und die Menge dreht durch. Die Dezibelstärke nimmt schmerzhafte Ausmaße an, als die Leute schreiend und jubelnd von ihren Stühlen aufspringen. Jeder liebt es, einen Underdog gewinnen zu sehen, und erst recht, wenn er aus der eigenen Heimatstadt stammt.

Im Käfig wird es langsam voll, und mit Freudentränen in den Augen sehe ich Nico zu Vinny stürzen und ihn jubelnd hochheben. Elle stupst mich an. „Na, komm.“ Sie will, dass ich mit ihr zu den beiden in den Käfig gehe, mit ihnen den Sieg feiere. Mehr als alles andere auf der Welt wünsche ich mir, ich könnte das. Wünsche mir, die Geschichte meines Lebens umschreiben zu können, um uns beiden ein Happy End zu schenken. Doch das kann ich nicht, und ich will Vinny seinen Moment des Triumphs gönnen. „Geh ruhig. Feier mit den Jungs. Ich will, dass er glücklich ist.“

In ihren Augen schimmert Traurigkeit, doch sie lächelt mich an und drückt mich für einen Moment fest. Dann schaue ich ihr nach, wie sie versucht, sich zu dem Chaos in dem stetig voller werdenden Käfig durchzuschlagen. Aber ich würde es nicht ertragen, ihn an mir vorbeigehen zu lassen, wenn er aus der Arena kommt. Also verschwinde ich, verlasse ohne einen Blick zurück das Gebäude.

KAPITEL 52 Vince

Die Party im Boxclub ist schon in vollem Gange, bevor wir überhaupt eintreffen. Nach zwei Stunden voller Interviews und Fotos bin ich rastlos, aber auch sauer auf mich selbst. Ich habe den verdammten Weltmeistertitel geholt. Eigentlich sollte ich jede Minute dieser Aufmerksamkeit in mich aufsaugen, Gott weiß, dass das in diesem Geschäft sehr schnell wieder vorbei sein kann. Es gibt immer jemanden, der größer und besser ist.

Bei jedem Interview und jedem Foto ertappe ich mich dabei, wie ich zur Tür schaue und mich frage, wo sie steckt. Ich habe immer noch keinen Schimmer, wie sie das Ding abgezogen hat. Liv hat nicht das Geld, um diese Leute auszuzahlen. Ich weiß nicht mal, woher zum Teufel sie überhaupt wusste, was ich vorhatte.

Ich schnappe mir ein Bier von der improvisierten Theke hinter dem Sparring-Ring und will zu Elle hinübergehen, doch alle zwei Meter hält mich jemand auf, um mir zu gratulieren. Allein Nicos Brüder kosten mich fast eine Stunde. Super Kerle, aber die können einem echt ein Ohr abkauen.

Bis ich alle durch habe, ist es nach Mitternacht, und langsam tauchen die BBMs auf. Es spricht sich schnell herum, wenn im Boxclub eine Party stattfindet, und die Groupies wissen, dass sich da Unmengen harter Kerle tummeln. Ich mache einen Umweg, um nicht an zwei aggressiven Weibern vorbeigehen zu müssen, die schamlos deutlich machen, dass sie mich beide zusammen vernaschen wollen, und finde mich am Rand neben Nico wieder.

Er hebt sein Bier und stößt lächelnd mit mir an. „Heute Nacht wird gefeiert." Nach einem langen Schluck deutet er mit dem Kinn auf mich. „Aber morgen unterhalten wir uns darüber, was zum Teufel da heute fast passiert wäre."

Scheiße. Trotzdem nicke ich. Er muss wirklich gut drauf sein, sonst würde er mir keine Ruhe lassen wegen der Sache. „Wo ist Elle?"

„Die Babysitterin musste los. Sie ist nach oben gegangen."

Mist. „Ich muss dringend mit ihr reden."

Nico stößt sich von der Wand ab, an der er bis eben lässig gelehnt hat, und trinkt in einem langen Zug den Rest seines Biers aus. Dann klopft er mir lächelnd auf den Rücken. „Sie hat mir schon prophezeit, dass du keine Ruhe geben wirst, bis du ein paar Antworten hast."

Ich warte und hoffe, dass sie ihm irgendetwas mitgegeben hat. Etwas, das mir hilft, die letzten paar Stunden zu begreifen.

„Sie hat gesagt, ich soll dir ausrichten, du sollst mit deiner Mutter reden."

„Ernsthaft?" Meine Mutter hat die Antworten? Normalerweise ist sie die Frage.

Nico schlendert davon, doch dann dreht er sich noch einmal um, wirft mir einen scharfen Blick zu und grinst. „Ach ja, und ich soll dir sagen, wenn du damit fertig bist, sollst du den Kopf aus dem Arsch ziehen und dir deine Süße holen, bevor es zu spät ist."

Sieben Uhr morgens ist normalerweise keine Zeit, zu der meine Mutter auf ist, es sei denn noch von der Nacht davor. Leise gehe ich ihre Wohnung und sehe sie zu meiner Überraschung in der Küche stehen und sich einen Kaffee einschenken. Lächelnd sieht sie mich an und holt einen zweiten Becher vom Regal.

„Ich hab's mir im Fernsehen angeschaut." Sie reicht mir eine dampfende Tasse heißen, schwarzen Kaffee, lässt jedoch nicht los, bis ich zu ihr aufschaue. „Ich bin so stolz auf dich." Forschend blicke ich in die müden, erschöpften Augen meiner Mutter und bin erstaunt, dass sie tatsächlich nüchtern zu sein scheint. Mit einem Nicken nehme ich das Kompliment entgegen.

Sie setzt sich an den Küchentisch und nippt an ihrem Kaffee. Mit einer Geste bedeutet sie mir, mich zu ihr zu setzen, dann fängt sie an: „Diese Frau liebt dich."

Unwillkürlich beiße ich die Zähne zusammen, und sie sieht mir meine Wut an. Sie ist schwer zu verbergen. Der Treffer sitzt tief.

„Das ist alles meine Schuld. Mach ihr bitte dafür keinen Vorwurf. Es waren meine Lügen, die uns an diesen Punkt gebracht haben. Ich weiß, das wird für dich schwer zu verstehen sein, aber sie hat nur versucht, dich zu schützen. Zu verhindern, dass *meine* Lügen dich verletzen."

„Erzähl mir alles von Anfang an, Mom. Ich brauche keine Beschützer, ich brauche endlich Antworten."

Zwei Stunden und eine Menge Tränen von uns beiden später habe ich meine Antworten. Die Story klingt wie ein Artikel aus der verdammten Regenbogenpresse. Einer, den Liv schreiben sollte. Aber stattdessen hat sie gelogen und die Wahrung meines Geheimnisses mit dem Job bezahlt, von dem sie geträumt hat, seit sie ein kleines Mädchen war. Und sich dann ihr Schweigen von meinem machtgeilen Drecksack von Vater bezahlen lassen, nur um mit dem Geld die Schulden meiner drogenabhängigen Mutter zu bezahlen, damit ich eine Chance auf *meinen* Traum habe. So was passiert auch nur in meinem Leben.

Als ich meiner Mutter zum Abschied einen Kuss auf die Stirn drücke, fasst sie mich beim Arm. „Ich habe kein Recht, dir mit irgendwelchen Ratschlägen zu kommen. Ich bin dir eine beschissene Mutter gewesen. Aber wenn du sie liebst, dann finde einen Weg, das wieder hinzubekommen. Du bist ein guter Mann, du hast es verdient, glücklich zu sein."

„Wo ist dein Boss?" Beim Klang meiner Stimme fährt das knochige Prinzesschen herum.

„Sie ist schon weg", erklärt Summer dann.

„Hab ich gefragt, wo Liv ist? Ich will deinen Boss sprechen." Mit offenem Mund zeigt sie auf eine geschlossene Tür in der Nähe. Ich klopfe einmal und gehe hinein, ohne auf eine Antwort zu warten.

KAPITEL 53 Liv

Ally setzt mich am Flughafen ab. „Sei lieb zu meinem Auto. Ich komme bald wieder, um zu überprüfen, dass es ihm gut geht.“

„Das will ich auch hoffen.“ Sie grinst. Wir sind schon lange befreundet, und sie weiß, dass mir das Auto herzlich egal ist. Zurückkommen werde ich, um *sie* zu sehen.

„Ich nehme ihn dann nach dem langen Wochenende am Labor Day mit.“

„Falls du’s dir doch noch anders überlegst …“ Ally drückt mich fest, dann zieht sie den Kopf zurück, um mich anzuschauen. Die Sorge ist ihr deutlich anzusehen. „Unsere Tür steht dir immer offen.“

Da mein Flug erst in einer Stunde geht, mache ich noch einen Zwischenstopp an einer Kaffeebar, bevor ich zum Sicherheitscheck gehe. Abwesend starre ich auf den Fernsehbildschirm über dem Kopf der Kassiererin, während ich in der langen Schlange warte.

Gedankenverloren, wie ich bin, dauert es einen Moment, bis die Worte, die mein Gehirn in dem Newsticker am unteren Bildschirmrand liest, zu mir durchdringen. *Eilmeldung – Exklusivinterview in der Daily Sun Times – Senator Preston Knight hat unehelichen Sohn.* Entsetzt sehe ich Sekunden später ein Foto von Vinny auf dem Fernseher aufleuchten.

Wie betäubt starre ich auf den Monitor und spüre, wie sich eine Woge der Übelkeit durch meinen Körper wälzt. Kalter Schweiß dringt mir aus den Poren und legt sich in einem dünnen Film auf meine Haut, während Grauen und Scham über mich hereinbrechen. Wie kann das sein? Ich habe den einzigen Beweis vernichtet, und die einzigen Menschen, die davon wussten, hatten mit dem Öffentlichwerden dieser Story alles zu verlieren und nichts zu gewinnen.

Noch immer stehe ich vor Schock wie angewurzelt da, während mein Gehirn endlich wieder anläuft und auf allen Zylindern zu feuern beginnt. Ich muss Vinny erreichen. Ihn warnen. Ihm sagen, dass ich das nicht war. Ihn irgendwie überzeugen. Keine Ahnung, warum das so wichtig für mich ist, ich weiß nur, dass ich es tun muss. Sofort. Und so schnappe ich mir mein Gepäck, fahre herum und gehe zwei Schritte in Richtung Ausgang, bis ich bei dem Anblick vor mir wie angewurzelt stehen bleibe. Vinny.

Ich lasse die Taschen fallen und starre ihn an. Nervös und ängstlich, weil ich ihm gegenüberstehe, zugleich aber auch erleichtert. Anderthalb Meter trennen uns, und meine Stimme ist kaum laut genug, um ihn zu erreichen, als ich flüstere: „Ich hab das nicht durchsickern lassen."

Zögernd tritt Vinny einen Schritt näher. „Ich weiß."

„Du weißt?" Die Verwirrung muss mir deutlich anzusehen sein.

Noch einen Schritt näher. „Das war ich."

Mit großen Augen schaue ich ihn an. Ich habe die Worte gehört, aber ich verstehe sie nicht. „Wieso?"

Ein weiterer Schritt, und der Abstand zwischen uns ist verschwunden. Jedes Härchen auf meiner Haut richtet sich auf, befeuert von der unerklärlichen Anziehungskraft, die er auf mich ausübt, wie jedes Mal zuvor. Nichts kann mein Verlangen nach diesem Mann ersticken. Weder Wut noch Trauer noch Jahre der Trennung.

„Hab dir damit deinen Job zurückgeholt." Vorsichtig hebt Vinny die Hand und streicht mir sanft über die Wange.

„Aber wieso?"

„Nachdem du mit Elle nach D. C. gejettet bist, um dir dein Schweigen bezahlen zu lassen und damit die Schulden meiner Mutter zu tilgen, dachte ich, das ist das Mindeste, was ich tun kann." Er macht eine Pause. „Auch wenn ich dich eigentlich übers Knie legen sollte, weil du dich so in Gefahr gebracht hast." Seine Mundwinkel zucken.

Ein kleines Lächeln kribbelt an die Oberfläche, erlischt jedoch sofort, als mein Herz mich daran erinnert, wie sehr ich ihm wehgetan habe. Wie er mir wehgetan hat. Zum zweiten Mal. Bei der Vorstellung von Vinny mit Summer empfinde ich körperliche Schmerzen.

Ich schlage die Augen nieder, atme tief ein und stehle ein paar kostbare Sekunden, um mich zu sammeln. Bitter wie Galle liegen die Worte auf meiner Zunge. „Du und Summer?" Mit immer noch gesenktem Kopf wappne ich mich für seine Antwort. Doch es kommt nichts. Ohne Worte, ohne ihn zu sehen, spüre ich, wie sein Blick mich versengt.

„Schau mich an, Liv." Sein Ton ist bestimmt, aber sanft. Widerstrebend hebe ich den Kopf und blicke ihm in die Augen. Einen Moment verharrt er so und bleibt stumm. Forschend betrachtet er mich, und ich sehe meinen eigenen Kummer in seinen Zügen gespiegelt. „Mit Summer ist nichts passiert."

„Aber sie hat gesagt ..."

Seine Stimme ist ruhig und leise, aber sein Tonfall wird eindringlicher. „Es ist nichts passiert, Liv."

Ich würde ihm so gern glauben ... Es tut körperlich weh, so sehr will ich ihm vertrauen. Er sieht mir meine innere Zerrissenheit an.

„Muss ich dir erst die Einzelheiten erzählen?" Die Worte klingen brutal, doch dieses Angebot macht er mir, weil er mich kennt. Selbst wenn ich behaupten würde, ihm zu glauben, würden Visionen von den beiden mich innerlich auffressen. Unterbewusst würde ich es niemals ganz vergessen können, würde immer zweifeln. Ich brauche die ganze Geschichte, damit meine Fantasie sich nicht eine eigene zusammenstrickt.

Also nicke ich.

Vinny schließt für einen Moment die Augen und sammelt Kraft. Als er sie wieder öffnet, sehe ich eine tiefe Qual darin, und es bricht mir das Herz. Ich sehne mich so sehr danach, die Arme auszustrecken und ihn festzuhalten, ihn zu trösten, ihm den Schmerz zu nehmen, doch das kann ich nicht. Ich muss hören, was er mir zu sagen hat. Der Schmerz in seiner Stimme treibt mir brennende Tränen in die Augen, aber ich kämpfe darum, sie zurückzuhalten.

„Summer ist zu mir gekommen und hat mir von der Story erzählt, mit der du beschäftigt warst. Ich hab ihr gesagt, sie soll verschwinden, wollte ihr nicht glauben. Sie hat mir ihre Karte dagelassen, mit ihrer Privatadresse auf der Rückseite."

Vinny hält inne. Die Hoffnung, die in mir aufgekeimt ist, als er gesagt hat, mit Summer sei nichts passiert, beginnt zu welken.

„Ich war sauer, Liv. Stinkwütend. Ich wollte dir genauso wehtun. Dieses Gefühl bin ich einfach nicht losgeworden, ganz egal, wie hart ich auf den Sandsack eingedroschen habe oder wie schnell ich gerannt bin. Also bin ich losgezogen, um irgendeine Frau abzuschleppen, die mir das Vergessen leichter machen sollte. Und irgendwie bin ich bei Summer gelandet."

Ich zucke unter seinen Worten zusammen. Vinny entlässt mich aus seinem Blick und senkt den Kopf. Mit tief beschämter Miene fährt er fort: „So habe ich das immer gemacht, Liv."

Ich halte das alles nicht länger aus, und eine einsame Träne fällt von meinen Wimpern, genau in dem Moment, als Vinny wieder zu mir aufschaut. Sanft wischt er sie mir von der Wange, rahmt mein Gesicht mit beiden Händen ein und zieht mich an sich. „Es ist nichts passiert. Ich bin hingefahren, und sie hat mich lächelnd reingelassen. Es wäre so einfach gewesen."

Bei der Erinnerung schüttelt er den Kopf. „Aber ich konnte es nicht. Und dieses breite schadenfrohe Grinsen auf ihrem Gesicht hat mich nur noch wütender gemacht. Sie hat es genossen, dir wehzutun. Also bin ich gegangen. Hab sie nicht angerührt. Könnte sein, dass ich ihr ein Loch in die Wand geschlagen habe, so heftig hab ich die Tür aufgerissen, um da bloß schnell wegzukommen."

Vinny beugt sich zu mir herunter, und sein Gesicht ist mir so nah, dass ich seinen Atem warm auf meiner Wange spüre. „Ich hab sie nicht angerührt, Liv." Zärtlich streichelt er mir mit dem Daumen über die Wange. „Glaubst du mir das?"

Ich nicke, denn es ist die Wahrheit. Es ist die Ehrlichkeit in seinem Blick, die mich dazu bringt, ihm zu vertrauen.

Sichtlich erleichtert schließt er die Augen, lehnt die Stirn an meine und verharrt für einen langen Moment so. Als er den Kopf hebt, sieht er deutlich weniger angespannt und besorgt aus, aber ein wenig davon ist immer noch da, lauernd in den Schatten seiner Ruhe. „Warum hast du mir nicht einfach von diesem Auftrag erzählt, Liv?"

Ich wünschte, darauf gäbe es eine einfache Antwort. Eine, die den Schmerz fortnehmen würde, den ich in den Tiefen seiner Augen sehe. Ein Schmerz, den ich verursacht habe. Er hat mir vertraut, und ich habe ihn verraten. Diese Verletztheit auf seinem Gesicht zu sehen und zu wissen, dass ich dafür verantwortlich bin, tut noch viel mehr weh als die Vorstellung, dass er mit Summer geschlafen hat.

Aber ich weiß, dass ich jetzt ehrlich sein muss. Dass ich ihm dasselbe geben muss wie das, was er mir gerade gegeben hat, wenn wir je eine Chance haben wollen, das alles hinter uns zu lassen. Also beginne ich bei der Wahrheit, wo ich von vornherein hätte beginnen sollen.

„Am Anfang habe ich mir eingeredet, es wäre nicht wahr. Irgendwie dachte ich wohl, ich könnte Beweise finden, die das Gerücht entkräften, und damit beides kriegen, was ich wollte – dich und den Job.“ Ich mache eine Pause und denke an den Moment zurück, in dem mir klar geworden ist, dass ich mir nur etwas vormache. „Dann habe ich Senator Knight persönlich getroffen. Und Jax.“

An Vinnys Kiefer treten die Muskeln hervor. Ich bin mir nicht sicher, ob es an der Erwähnung seines Vaters liegt oder ob er an die Begegnung mit Jax bei dem Schaukampf zurückdenkt.

„Der Kerl hat dich körperlich bedroht, hat Mom gesagt.“ Suchend schaut er mir ins Gesicht, und wie von selbst ballen sich seine Fäuste, als sein Beschützerinstinkt anspringt – schon bei der bloßen Vorstellung, wie jemand Hand an mich legt.

„Als ich mir endlich eingestanden habe, dass es stimmt, habe ich es nicht über mich gebracht, es dir zu sagen. Ich wollte dir nicht wehtun. Du warst immer so stolz auf das Andenken deines Vaters. Manchmal war es fast, als *bräuchtest* du das. Das wollte ich dir einfach nicht wegnehmen.“

„Du hast mich also nie ausgenutzt, nur um an deine Story zu kommen?“ Er klingt verzweifelt, voller Qual, dass er mich das überhaupt fragen muss. Er muss wissen, dass das zwischen uns echt war. Muss begreifen, dass ich ihn niemals so verraten könnte.

„Ich wollte dich schützen. Ich hatte nie vor, dir wehzutun.“

„Ich beschütze dich, Liv. Ich brauche keinen Schutz von dir. So funktioniert das“, erklärt er mit lauter werdender Stimme und eindringlichem Blick. Er will, dass ich ihm recht gebe.

„Nein." Meine entschiedene Antwort überrascht ihn.

Mit schmalen Augen mustert er mich für einen Moment, ohne ein Wort zu sagen. Manche würden seine Miene als drohend bezeichnen, aber mich bringt das nicht ansatzweise ins Wanken. Stattdessen straffe ich die Schultern.

Fragend hebt er eine Augenbraue und hakt nach: „Nein?" Ich kann nicht sagen, ob er amüsiert oder verärgert ist.

„Nein. *Wir* beschützen *einander*. *So* funktioniert das."

Diesmal schießen beide Augenbrauen in die Höhe. Und ich ertappe ihn dabei, wie sein linker Mundwinkel hochrutscht, bevor er es verbergen kann. Er ist amüsiert, will es mich aber nicht wissen lassen.

„Okay", antwortet er schließlich.

„Okay?", vergewissere ich mich. Ermutigt setze ich nach. „Wieso war das so einfach?"

Vinny lacht, und auch der letzte Rest Wut fällt von seinem Gesicht und seinem Körper ab und weicht ungetrübtem Glück. Er schlingt mir die Arme um die Taille und drückt mich eng an sich. Mir wird ganz warm ums Herz, als ich das Funkeln in seine Augen zurückkehren sehe und weiß, dass das auch mein Verdienst ist. „Du bist echt eine Nervensäge."

In gespielter Empörung versuche ich, mich aus seinem Klammergriff zu lösen. Doch in Wahrheit gibt es keinen Ort, an dem ich lieber wäre.

Ein paar Minuten später hebt Vinny meine Taschen auf und nimmt meine Hand. „Können wir los? Ich bin mir ziemlich sicher, dass du mir jede Menge Versöhnungssex schuldest." Grinsend sieht er mich an.

Auch wenn schon der bloße Gedanke daran, diesen Mann nackt zu sehen, mir einen Schauer über den Rücken rieseln lässt – es gibt noch etwas, was ich loswerden muss. „Warte." Nach nur einem Schritt bleibt Vinny stehen und dreht sich zu mir um. „Ich muss dir noch was sagen."

Er nickt und wartet, und die Vorsicht ist ihm anzusehen. Ich überbrücke die kurze Distanz zwischen uns und lege eine Hand an das attraktive Gesicht, das mir noch immer den Atem raubt, selbst nach all den Jahren. Dann schlinge ich ihm die Arme um den Hals und ziehe ihn ganz dicht an mich, sodass wir uns auf ganzer Länge berühren, er mir aber immer noch in die Augen sehen kann. Unsere Blicke finden sich, und ich sage ihm mit kaum hörbarer Stimme, was ich mit jeder Faser meines Seins empfinde: „Ich liebe dich."

Lächelnd legt er mir beide Hände an die Wangen. „Ich liebe dich auch, Liv. Ich glaube, ein Teil von mir hat dich immer geliebt." Sanft drückt er seine Lippen auf meine und besiegelt die Worte, auf die ich beinahe ein Jahrzehnt gewartet habe.

EPILOG Liv

Veterans Day, Monate später

Ich trete in den Dampf des Badezimmers und bewundere sprachlos den Anblick des herrlichen nackten Körpers, der gerade aus der Dusche steigt. Mittlerweile kenne ich das seit Monaten, aber es wird nie langweilig.

Vinny nimmt sich ein Handtuch und wickelt es sich um die Hüfte. Dieses Handtuch ist echt ein Glückspilz.

„Morgen." Er beugt sich vor und küsst mich auf den Mund, ohne sich darum zu kümmern, dass er alles volltropft. Auf seinem attraktiven Gesicht strahlt ein verspieltes, spitzbübisches Grinsen.

„Guten Morgen." Lächelnd schaue ich zu ihm auf.

„Könnte es jedenfalls werden." Er nimmt sich das Handtuch von der Hüfte und trocknet sich in aller Ruhe die Schultern damit ab, sodass es mir bei einem Blick nach unten kaum entgehen kann, dass er mehr als bereit für mich ist. Sein selbstbewusstes, wissendes Lächeln verrät mir, dass dieser Schachzug wohlkalkuliert war und nichts damit zu tun hat, dass er sich abtrocknen müsste. Anzüglich wackelt er mit den Augenbrauen, als er mich dabei ertappt, wie ich ihn anstarre.

„Du bist unersättlich." Ich lache.

Mit festem Griff umfasst er meinen Hinterkopf und zieht mich in seine Richtung. „Du weißt doch, dass es mich anmacht, wenn du Wörter aus dem Leistungskurs benutzt.“ Ein weiterer heißer, feuchter Kuss landet auf meinen Lippen.

„‚Unersättlich‘ ist definitiv kein Leistungskurs-Vokabular.“

„Wenn du das sagst … Red weiter.“ Das Handtuch fällt zu Boden, als er geschickt einen Arm hinter meine Knie schiebt und mich hochhebt.

„Existenziell, exkulpierend, überschwänglich, temporell, ephemer.“

Wir sind am Bett angelangt, und Vinny hebt eine Augenbraue. „Ephemer?“

„Kurzlebig. Flüchtig.“

„Okay, aber was ich dir jetzt gleich gebe, ist ganz und gar nicht ephemer.“

Befriedigt liege ich mit Vinny im Bett, das Ohr an seine Brust gepresst, und lausche seinem stetigen Herzschlag. Das Geräusch beruhigt mich, schenkt mir Erfüllung – ein Gefühl, das ich sehr zu schätzen weiß, nachdem um uns herum über Monate das Chaos regiert hat.

Rückblickend hätte alles so anders laufen können. Für die Presse war Vinnys Verkündung ein gefundenes Fressen. Die monatelange Belagerung durch die Journalisten hätte ihren Tribut fordern können, stattdessen hat sie uns irgendwie noch fester zusammengeschweißt. Vinny und ich gegen den Rest der Welt.

Nachdem klar war, dass ich im Austausch gegen die Exklusivrechte an Vinnys Story meinen Traumjob bekomme, haben wir uns für eine Weile zurückgezogen. Vinny musste sich erholen – körperlich von seinem Kampf und seelisch von den Strapazen der letzten fünfundzwanzig Jahre. Preach, Nicos ehemaliger Trainer, hat uns in seinem Haus am See wohnen lassen, einem malerisch ruhigen Zufluchtsort vor den Horden von Reportern und Fotografen, die alle ein Stück von Vinny wollten.

Genau wie Vinny hat schließlich auch Senator Knight den Medien seine Version der Geschichte berichtet. Von kompletter Offenlegung konnte dabei keine Rede sein, aber immerhin hat er einen einmaligen betrunkenen Seitensprung eingestanden. Mrs Knight war dabei die ganze Zeit pflichtbewusst an seiner Seite, das Plastiklächeln wie festgeklebt auf ihrem perfekt geschminkten Gesicht. Von Jax war auf den Familienbildern, mit denen das Image des Senators wieder aufpoliert werden sollte, interessanterweise nichts zu entdecken, doch meine Gedanken dazu habe ich für mich behalten.

„Ich muss bald aufstehen", sagt Vinny und streichelt mir dabei über den Kopf.

„Ich weiß. Aber es ist so kuschlig." Ich schmiege mich enger an ihn, und sein warmer Leib fühlt sich herrlich an so dicht an meiner Haut. Meinem Körper ist es egal, dass er sich gerade eine Stunde lang an Vinny gütlich getan hat – meine Lust auf ihn ist einfach unstillbar. Selbstsüchtig, wie ich bin, würde ich ihn am liebsten den ganzen Tag bei mir im Bett behalten und die geplante Benefiztour einfach vergessen. Ich mache mir Sorgen, dass der Tag schwer für ihn werden könnte.

Nico dagegen glaubt, es wird ihm guttun. Dass sein Einsatz bei der Benefiz-Motorradtour des Veteranenverbands ihm helfen wird, über den schalen Beigeschmack des verlorenen Andenkens an seinen Vater hinwegzukommen. Ich bin mir da nicht so sicher. Für Vinny war dieser Verlust eines Vaters, den es nie gegeben hat, ein härterer Schlag als alles andere. Er hat um einen Mann getrauert, den er seit frühester Kindheit verehrt hat. Einen Soldaten, an dessen Andenken er sich in seinen dunkelsten Stunden geklammert hat – der seinem Leben einen Sinn gegeben hat.

Während Vinny sich anzieht, bin ich immer noch unsicher, ob ich ihm das Geschenk geben soll, das ich mir ausgedacht habe. Fünf Wochen lang habe ich auf der Idee herumgekaut. Am einen Tag war ich der Überzeugung, es sei eine fantastische Idee, am nächsten habe ich mich gefragt, ob ich verrückt bin, überhaupt in Erwägung zu ziehen, ihm so etwas zu schenken.

Schließlich stehe ich ebenfalls auf und schlüpfe in meine Sachen. „Alles okay?" Ich setze mich neben ihn aufs Bett. Seit er angefangen hat, sich fertig zu machen, ist er auffallend still.

Gedankenverloren nickt er. „Es gibt eine Menge Veteranen da draußen, die es verdienen, dass man sie ehrt. Ich sage mir immer wieder, dass es dabei nicht um mich geht. Aber es ist schwer, die Erinnerung zu vergessen." Er macht eine Pause. „Ich weiß nicht, es fühlt sich an, als hätte ich jemanden verloren, den ich überhaupt nie wirklich hatte."

Damit hat er mir meine Entscheidung abgenommen, und ich gehe zu meiner Handtasche und hole einen Umschlag heraus. Ich ziehe das einzelne Blatt Papier hervor, das ich so oft zerknüllt und wieder glatt gestrichen habe, und reiche es dem Mann, den ich liebe, in der Hoffnung, dass es ihm Trost schenkt. Vinny nimmt es entgegen und beginnt zu lesen.

Staff Sergeant Charles Fisher jr.

30. März 1960 – 19. Januar 1988

Am 19. Januar 1988 wurde Staff Sergeant Charles Fisher jr., von seinen Eltern Charles Fisher, sr., und Laura Cantly Fisher zur letzten Ruhe gebettet.

Sgt. Fisher, ein engagierter, mutiger Soldat, fiel bei seinem zweiten Auslandseinsatz in Ausübung seiner Pflicht in der Provinz Helmand in Afghanistan. Drei Tage vor Ende seines Einsatzes befand Sgt. Fisher sich auf dem Weg in die Botschaft der Vereinigten Staaten von Amerika, als er auf einen Bus stieß, der dem Sprengstoffanschlag eines Selbstmordattentäters zum Opfer gefallen war.

Ohne Zögern und ohne Rücksicht auf seine eigene Sicherheit rettete Sgt. Fisher unter Feindbeschuss sieben Kinder aus dem brennenden Fahrzeug. Als er das letzte Kind herausholte, rückten die Angreifer näher und fanden in ihm ein neues Ziel. Sgt. Fisher wurde fünfmal getroffen. Sämtliche Opfer wurden schnellstmöglich in ein nahe gelegenes Militärkrankenhaus gebracht. Wie durch ein Wunder überlebten alle sieben Kinder. Bei Sgt. Fisher konnte bei der Ankunft im Krankenhaus nur noch der Tod festgestellt werden.

Auf Vinnys Gesicht zeigt sich Verwirrung, und ich hole die Erkennungsmarken aus dem Umschlag, die er sich an dem Tag vom Hals gerissen hat, als er die Wahrheit über seinen Vater erfahren hat.

„Diese Erkennungsmarken haben einem Helden gehört. Ich habe die ID recherchiert. Der Mann, dessen Andenken du geehrt hast, indem du sie getragen hast, war vielleicht nicht dein Vater, aber ich dachte mir, du bist vielleicht trotzdem stolz, sie heute wieder zu tragen."

Für einen Moment schließt Vinny die Augen, und ich sehe seinen Adamsapfel hüpfen, als er schwer schluckt. Als er sie wieder öffnet, sind sie wie ein Fenster in sein Herz, und der Schmerz, der noch vor Kurzem an vorderster Front stand, weicht nun zurück hinter Mitgefühl und Liebe. Er lehnt sich vor und senkt den Kopf. Vorsichtig streife ich ihm die Kette mit den abgewetzten Erkennungsmarken über und gebee ihm einen sanften Kuss auf die Wange.

Vinny zieht mich an seine Brust und schließt mich fest in seine Arme. „Du hast das Ende meiner Geschichte umgeschrieben – mit der Wahrheit."

Ich lächle an seiner Brust. So hatte ich das noch gar nicht betrachtet, aber genau genommen hat er recht. Ein wenig löst er sich von mir und lehnt sich weit genug zurück, um mich ansehen zu können. Der Blick seiner himmelblauen Augen trifft mich wie ein Pfeil direkt ins Herz. „Und ich schreibe das Ende unserer Geschichte um, Liv. Ich schenke dir dein ‚glücklich bis ans Ende ihrer Tage'. Versprochen."

Und endlich, nach mehr als sieben Jahren des Wartens, habe ich keinen Zweifel mehr daran, dass er genau das tun wird.

TREFFEN SIE VI

https://www.facebook.com/vi.keeland

https://www.facebook.com/Author-Vi-Keeland-435952616513958/

Twitter - @vikeeland

23687449R00226

Printed in Poland
by Amazon Fulfillment
Poland Sp. z o.o., Wrocław